AF145043

Angela Mackert

VAMPIRBLUT
Antiquerra-Saga (3)

Bibliografische Information der Deutschen Nationalbibliothek: Die Deutsche Nationalbibliothek verzeichnet diese Publikation in der Deutschen Nationalbibliografie; detaillierte bibliografische Daten sind im Internet über http://dnb.d-nb.de abrufbar.

Impressum

Titel: Vampirblut – Antiquerra-Saga (3)

Copyright © 2016 by Angela Mackert
2. Auflage 2017
Alle Rechte vorbehalten. Nachdruck – auch auszugsweise – nur mit Genehmigung der Autorin.
Redaktion: Angela Mackert
Lektorat: KaGr
Covergrafik: Kiselev Andrey Valerevich / Shutterstock.com
Coverlayout und Innengrafik: Angela Mackert
Herstellung und Verlag: BoD — Books on Demand, Norderstedt
ISBN der Printausgabe: 978-3-7412-3731-7
Auch als eBook erhältlich

Herausgegeben von
Angela Mackert

Sie finden mich im Internet unter: www.angela-mackert.de

Beachten Sie auch bitte:
https://business.facebook.com/autorin.angela.mackert

Angela Mackert

VAMPIRBLUT
Antiquerra-Saga (3)

Dieser Roman gehört zu einer mehrteiligen Saga. Jedes Buch beinhaltet eine eigenständige Geschichte, und kann unabhängig vom Vorgängerband gelesen werden.

Bisher erschienen:

Band 1: DIE FARBE DER DUNKELHEIT

Band 2: FEENSCHWUR

Band 3: VAMPIRBLUT

Kein Vergessen ...

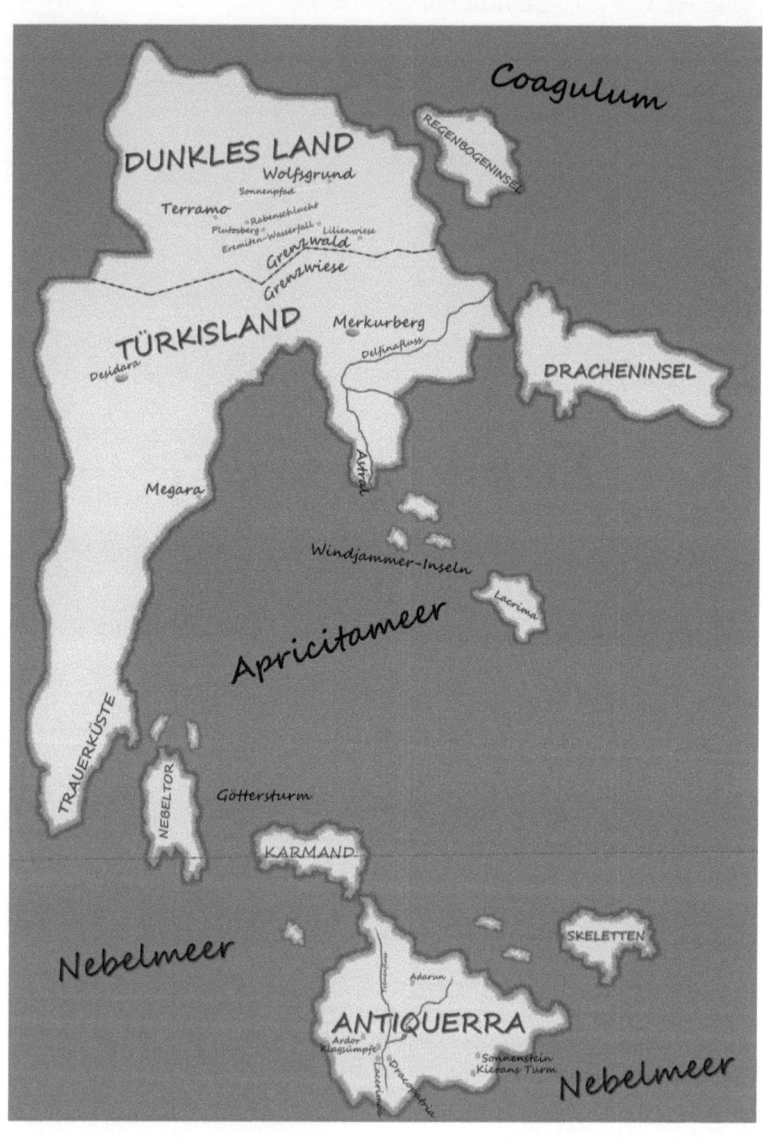

»Im Grunde ist unsere alte Erde Antiquerra nur eine Insel in einem zeitlosen Raum. Doch in ihr ist ein Geheimnis verborgen, das ihre Bedeutung über alle Grenzen der Schöpfung hinweg ausdehnt.« - Luczin zu Briann, während einem ihrer vielen Gespräche, die den Ereignissen folgten.

Kapitel 1

Am Fluss der Tränen …

Wieder einmal hatte mich der Fluch der Ewigkeit kalt erwischt, und die Trauer über Kierans Tod wühlte auf eine Weise in mir, dass jeder Sterbliche mit pulsierendem Blut in den Adern gut daran tat, mir aus dem Weg zu gehen. Deshalb zog ich mich vor ein paar Tagen in unsere Burgenstadt Dracopatria zurück, die mit ihren hohen Mauern ringsum wie ein Bollwerk wirkte, dem der Puls der Zeit nichts anhaben konnte. Vom Altan aus, einem von Mauerwerk und Säulen gestützten Balkon vor meiner Bibliothek, sah ich den Fluss der Tränen, den Lacrimoa, in dem sich neben anderen Burgen auch meine in den Wellen des ruhig dahinfließenden Wassers spiegelte. Seit meinem Rückzug saß ich jede Nacht auf der Brüstung dieses Balkons und betrachtete das wässrig-bewegte Schattenbild meiner Festung da unten, suchte darin Antworten, Frieden. Konnte man Frieden finden, wenn die Seele einer offenen Wunde glich? Ich starrte in den Strom und wünschte mir, dass er meine Tränen forttrüge. Doch ich konnte solche nicht einmal weinen, uns Vampiren blieb so etwas zumeist versagt.

Ich hasste diesen Fluch! Er weckte immer auch die Vergangenheit wieder auf. Als wir auf Finleys Nachricht hin vor vierzehn Tagen zum Turm eilten, sahen wir Kieran in seinem Studierzimmer, die aufgeschlagenen Bücher noch vor sich auf dem Tisch. Um seinen Mund spielte ein Lächeln. Ich aber hätte schreien mögen, denn mit der Erkenntnis, dass der alte Herr des Turms gegangen war, kehrte auch der Schmerz um all die lieb gewonnenen Gefährten, die ich vor ihm schon verloren hatte, mit Macht zurück – besonders der Schmerz um einen Verlust.

Briann, mein treuer Gefährte seit über dreitausend Jahren, Vampir wie ich, wusste es. Er war beim letzten Gespräch, das ich erst vor Kurzem noch mit Kieran geführt hatte und das mich damals so aufwühlte, dabei gewesen – er und Finley, der Nachfolger von Meister Kieran. Beide bedrängten mich jetzt. Ich sollte mein Versprechen, welches ich an jenem Tag gab, erfüllen und unser Geheimnis preisgeben, das wir alle so viele Jahrzehnte für uns behalten mussten. Aber ich konnte das nicht – nicht jetzt. Allein der Gedanke daran riss alte Wunden wieder auf, und ich haderte damit, dass Kierans Wahl auf mich gefallen war. »Es wird deiner Seele Frieden geben, Luczin«, hatte er zu mir gesagt. Aber wie sollte das gehen, wenn meine Erinnerungen sich immer nur zu ihrer Stimme formten, die mir zurief: Kein Vergessen! Niemals!

Der scharfe Klang von Brianns Stimme riss mich aus meinen Gedanken. »Luczin, du hockst ja schon wieder auf dieser verdammten Brüstung!«

Ich hörte, wie die Tür meiner Bibliothek ins Schloss fiel, lauschte seinen Schritten, die näher kamen, und spürte, wie er mich kurz darauf an der Schulter packte.

Er beugte sich nah an mein Ohr. »Findest du nicht, dass es allmählich genug ist? Du hast ein Versprechen gegeben und du musst es erfüllen.«

»Das hab ich getan.«

Briann ging zu meinem Schreibtisch und betrachtete das aufgeschlagene Buch. »Zwei Worte?«

»Kein Vergessen!«

Briann kam wieder zu mir heraus. »Und du glaubst, jetzt werden alle verstehen, was aus Lena und Niven geworden ist?«

»Es ist die Essenz.«

Briann stemmte die Arme in die Seiten und atmete tief ein. »Hast du heute noch nicht getrunken?«

»Mehr als dir lieb ist.« Ich nahm wahr, wie sich in Brianns Kopf die Gedanken überschlugen. Beinahe hätte ich gelacht.

Er zischte mich an. »Meinst du etwa den Menschen, den sie vor ein paar Stunden gefunden haben?«

Ich zuckte mit den Schultern.

»Das muss aufhören, Luczin!«

Ich warf ihm einen Blick zu. »Der schadete den anderen aus seinem Dorf, hat sich nicht in die Gemeinschaft eingefügt. Ich tat nur, was wir geschworen haben, als die Flüchtlinge vor drei Jahren hierherkamen.«

»Es hätte genügt, die Zähne zu zeigen.«

»Seit wann bist du so nachsichtig?«

Briann schüttelte den Kopf. »Es passt nicht zu dir, den Henker zu spielen. Kieran wäre entsetzt, wenn er wüsste, was du seinetwegen anrichtest.«

»Kieran …« Ich sprang von der Balkonbrüstung herunter. Meine Trauer verwandelte sich plötzlich in furchtbare Wut, und ich schrie ihn an: »Er hätte das Schicksal der Fatas aufschreiben sollen! Ich hätte ihm gern assistiert. Aber er hat es ja vorgezogen zu sterben!«

Briann wich nicht vor mir zurück. »Du vergisst, dass wir alle trauern, Luczin!«

Sein Gleichmut machte mich erst recht rasend und das fegte auch noch den letzten Rest meiner Vorsicht fort. Briann erkannte das, als ich mit geballten Fäusten hastig einen Schritt auf ihn zutrat. Er presste die Lippen zusammen, sog heftig die Luft durch die Nase und ehe ich meinem Zorn freien Lauf lassen konnte, packte er mich und sauste mit mir hoch in die Luft bis zu den Wolken. Ich begriff noch kaum wie mir geschah, da raste er auch schon im Sturzflug wieder der Erde zu. Es riss mir fast den Umhang vom Leib. Verflucht! Was sollte das! Ich hielt den Atem an, weil die Fallgeschwindigkeit auf meine Lungen drückte, versuchte gegenzusteuern, doch mein Freund sah jede meiner Bewegungen voraus. Er ließ mir keine Chance. Weit unter mir sah ich den spitzen Fahnenmast auf einem der Türme meiner Burg. Cumaru-Holz! Wir stürzten direkt darauf zu! Wenn dieses Holz unsere Herzen durchbohrte, war es aus, wir würden von innen heraus verbrennen.

»Briann, bist du wahnsinnig?«, schrie ich.

»Wir sehen uns in der Schwarzen Zone …«, brüllte er zurück, während wir der Spitze des Masts immer näher entgegensausten. »Vielleicht gibt dir das ja deinen Verstand wieder!«

Verzweifelt versuchte ich, meine Eigenständigkeit zurückzuerlangen. Vergebens. Wollte Briann erst im letzten Moment an dem Mast vorbeifliegen? Bestimmt! Er war ja nicht lebensmüde. Aber bei dieser Geschwindigkeit war das höllisch gefährlich! Das musste ihm doch klar sein! Nur ein winziger Fehler, nur eine klitzekleine Ablenkung seiner Aufmerksamkeit genügte, und wir würden beide aufgespießt werden. Herrje! Ich musste mich beruhigen, kalt werden wie Eis. Mir blieb ja nichts anderes übrig. Briann war sehr geschickt, es würde sicher alles gutgehen! Schon sah ich die Spitze des Fahnenmasts ganz deutlich vor mir, sie wies auf die Stelle meines Herzens. Im nächsten Moment fühlte ich einen messerscharfen Schmerz, der mir durch die Brust fuhr. Ich spürte, wie mein Hemd zerriss. Nein! Vor Schreck schnappte ich nach Luft. Wind zerrte an meinem Haaren, als Briann zur Seite schwenkte. Ich sah einen Blutstropfen von meiner Brust fallen, schrie auf. Verdammt! Gleich würde ich in Flammen aufgehen! Ich merkte kaum noch, wie Briann den Balkon vor meiner Bibliothek erreichte und dort mit mir zu Boden fiel.

Geschockt blieb ich liegen, dann riss ich mir mein zerlöchertes Hemd vom Leib und tastete über meinen Brustkorb. Ein breiter Schnitt klaffte dort, nicht tief, eigentlich nur ein Kratzer, aber ich blutete tatsächlich. Doch mein Herz schlug, schien unversehrt. Ich schaute zu Briann, der mich mit einem undefinierbaren Ausdruck im Gesicht beobachtete, und schrie ihn an. »Du wolltest mich wohl umbringen!«

Briann schüttelte den Kopf. »Hab's nicht fertig gebracht. Meine Freundschaft zu dir stand mir im Weg.«

»Du spinnst!« Ich wies auf meine Brustwunde. »Ist dir klar, wie lang das dauern wird, bis das wieder verheilt? Cumaru-Holz! Wenn es mich durchbohrt hätte, dann könntest du jetzt sehen, wie du ohne mich zurechtkommst!«

»Hat es aber nicht, und was regst du dich überhaupt auf, Luczin. Du wolltest ja unbedingt so einen mahnenden Finger auf dem Dach haben!« Briann stand vom Boden auf, griff nach meiner Hand und zog mich mit einem Ruck hoch. »Außerdem, in ein paar Stunden ist das wieder verheilt, hab's vor ein paar Tagen an mir selbst getestet.«

»Du bist eindeutig nicht mehr ganz richtig im Kopf!«, erwiderte ich aufgebracht. Als Briann grinsend über meine blutende Wunde strich und seinen Finger ablutschen wollte, schlug ich ihm auf die Hand. »Lass das!«

Er bugsierte mich in die Bibliothek hinein. »Nur dann, wenn ich ab jetzt wieder vernünftig mit dir reden kann.«

Drinnen wurde mir plötzlich schwindlig. Das Blut rauschte in meinen Adern, schien sich auf einmal in meiner Wunde zu sammeln, die versuchte, sich klopfend und höllisch brennend zu schließen. Aber das, was bei normalen Verletzungen binnen weniger Augenblicke erledigt war, wollte hier einfach nicht richtig klappen. Stöhnend ließ ich mich auf das Sofa fallen, das gegenüber meines Schreibtischs stand.

»Herrjemine, ist doch nur ein Kratzer!« Briann öffnete wenige Schritte neben mir die Geheimtür in der Bücherwand, die zu unseren Schlafräumen führte. Wenige Augenblicke später kam er mit einer Schüssel zurück, in der sich eine blau schimmernde, milchige Flüssigkeit befand, sowie einem Tuch und breiten Stoffbändern. Er stellte das Gefäß auf den kleinen Couchtisch, nahm das Tuch, tunkte es in den dünnen Brei und drückte es aus. Dann half er mir, die Reste meines Hemds auszuziehen, legte das zusammengefaltete Tuch auf die Wunde und fixierte es mit den Stoffstreifen. Ich ließ ihn gewähren.

»Kornblumen-Lotion. Damit ist es bis morgen verheilt«, erklärte Briann.

Während er mich verarztete, beobachtete ich jede seiner Bewegungen. »Du bist bewusst so geflogen, dass ich mich an dem verdammten Holz verletze!«

»Du kennst meine Methoden, mit denen ich dich zur Vernunft bringen will.«

Oh ja, ich wusste, zu was Briann fähig war, wenn er glaubte, mich vor mir selbst schützen zu müssen. Und ich war blöd genug gewesen, es darauf ankommen zu lassen.

»Bist du jetzt zufrieden?«, fauchte ich ihn an.

»Sofern du wieder geerdet bist, ja. Bist du es? ... BIST DU ES?«

Ich warf ihm einen kurzen Blick zu. »Der Tag wird kommen, da ich mich revanchiere. Das ist dir sicher klar!«

»Ich bitte darum!« Briann grinste, atmete durch und schwieg eine Weile. Dann setzte er sich neben mich auf das Sofa. »Luczin, ich weiß, dass du Kieran vermisst und ich weiß auch, wie schwer es dir fällt seinen letzten Willen zu erfüllen und das Schicksal der Fatas in Worte zu fassen. Aber denk auch mal an Wighard. Vor jedem anderen hat er das Recht darauf, alles zu erfahren – aus deiner Feder! Und zwar bald. Außerdem geht es nicht nur um Lenas Geschichte, nicht nur um die Nivens, sondern auch um unsere. Wenn ich es recht bedenke, um noch viel mehr. Es ist die Geschichte derer, die aus Taherehs Schattenreich zurückkehrten, um einen Kreis zu schließen, von dem sie nicht einmal wussten, dass es ihn gab.«

Ich seufzte. Briann hatte es wieder einmal auf den Punkt gebracht, und ein besseres Argument als Finleys Ziehsohn Wighard hätte er nicht vorbringen können, denn dieser war unter anderem das Ziel der vergangenen Ereignisse gewesen. Ja, um seinetwillen musste ich alles zu Papier bringen.

Am nächsten Abend war meine Wunde verheilt und mein Ärger auf Briann und seine haarsträubenden Therapiemethoden verraucht. Ich hatte mich dazu entschlossen, nun endlich mit dem Schreiben anzufangen, und nichts konnte mich jetzt mehr davon abbringen. Durch die offene Balkontür hörte ich das Rauschen des Flusses, der mich einlud, aber ich ging nicht mehr hinaus, um in seine Tiefen zu sehen. Es blieb mir auch gleichgültig, ob einer der Tränenperlenfischer die Zeit vergessen hatte und jetzt im Licht der untergehenden Sonne mit seiner Beute eilig davonpaddelte, um keinem von uns zu begegnen. Vor mir mussten sie sich jedenfalls nicht mehr fürchten, ich hatte mich wieder im Griff. Die Grungalp, die am gegenüberliegenden Ufer in ihren Hütten lebten, mochte ich ebenso wenig beobachten. Sie würden wie jeden Abend aufwachen, weggehen und der einen oder anderen Fee eine Krankheit oder sonst ein Verderben bringen, ob ich das nun bemerkte oder nicht.

Meine Aufmerksamkeit galt nun ausschließlich meinem Vorhaben, und ich saß an meinem Schreibtisch aus Ebenholz mit den wuchtig wirkenden Tischbeinen, welche die Form von geschnitzten Drachen hatten. Deren Augen schienen jede meiner Bewegungen zu beobachten. Es machte mir nichts aus, jetzt nicht mehr. Ich entschloss mich, nicht nur einfach mein Versprechen zu erfüllen und für Wighard oder meine Gefährten zu schreiben, auch nicht nur für die Stämme der Feen, Lichtmagier und Alraunen, sondern für alle Wesen unserer alten Erde Antiquerra, wer sie auch sein mochten und wo sie auch lebten. Auch meine eigene Sippe sollte etwas aus der Geschichte lernen, denn die Jungen unter uns begriffen noch nicht, was es hieß, endlos zu leben. Sie machten sich keine Gedanken darüber, dass jeder Vampir seine Erinnerung über viele Jahrhunderte hinweg mit sich schleppen muss, vor allem die schmerzlichen. Aber auch von der wahren Liebe, die weit über die Begierde hinausgeht, wussten die meisten Vampire nichts. Wer überhaupt?

Wie gesagt, ich wollte für alle schreiben, sogar für die Erdenkinder. Mit »Erdenkinder« meinte ich natürlich nicht diejenigen Menschen, die vor drei Jahren von den Feen nach Antiquerra gebracht worden waren und sich allmählich ihrer neuen Umwelt anpassten. Diese betrachtete ich bereits als zu uns gehörig. Nein, ich meinte die, welche im alles entscheidenden Jahr 2099 auf der Menschenwelt geblieben waren. Ob sie die von ihren Vorfahren herbeigeführte Apokalypse überlebt hatten, wusste ich zwar nicht, aber das konnte ich herausfinden.

Ich schloss für einen Augenblick die Augen, um mich zu sammeln. Vor mir lag das aufgeschlagene Buch. Ich schaute hinein und las die zwei Worte, die ich gestern geschrieben hatte: »Kein Vergessen.«

Lena sagte das, wenn ich ihr die Erinnerung an ein schreckliches Erlebnis nehmen wollte. Ja, es liegt durchaus eine gewisse Ironie darin, dass ich andere so spielend vergessen machen kann. Ich betrachtete diese Vampirfähigkeit immer als ein Geschenk, das ich großherzig geben konnte, denn warum sollte jemand mehr leiden als unbedingt nötig? Zu Anfang verstand ich deshalb nicht, warum sich Lena so vehement gegen das Vergessen wehrte. Ich ließ ihr ihren Willen, aber erst später begriff ich, dass sie nur wegen ihrer Erfahrung von leidvollen Zeiten das Schöne ebenso intensiv empfand. Doch diese zwei Worte besiegelten nicht nur ihr Schicksal, sondern auch meines, und so wurden Lenas dunkle Zeiten auch ein Teil von mir.

Mehr als dreiundneunzig Jahre ist es her, da versprach ich, ihr Freund zu bleiben, obwohl Lena sich für Niven entschieden hatte. Es erschien mir besser, als sie zu verlieren, aber jedes Mal, wenn ich sie danach im Arm hielt, zerriss es mich fast, weil ich sie nicht so berühren durfte, wie ich es gern getan hätte. Ich weiß nicht, ob Lena das wusste, aber ich glaube nicht. Ich ließ es mir ihr gegenüber nie anmerken. Niven dagegen ahnte es, denn ich sagte ihm offen, dass ich eingreifen würde, sollte er sie je schlecht behandeln. Aber das tat er nicht. Und je öfter ich die beiden zusammen sah, desto mehr begriff ich, dass sie wirklich zusammengehörten, nicht aufgrund ihrer Herkunft – beide waren Halbfeen, Fatas –, sondern weil sie wahrhaft Seelenverwandte waren. Aber kann das Glück von zwei so innig verbundenen Wesen Bestand haben, wenn der dunkle Schleier der Nacht auf ihnen liegt? Beiden war Taherehs Siegel eingebrannt, aber damals bemerkte das keiner von uns.

Manchmal fragte ich mich, ob wir, die wir Lena und Niven in Taherehs Schattenreich begleitet hatten, bei unserer Rückkehr nicht alle gezeichnet waren. Sicher, wir durften stolz darauf sein, dass wir unseren Auftrag erfüllt hatten, und froh, dass wir noch lebten. Aber kann man wirklich darauf hoffen, frei zu sein, wenn man der Herrin der Toten gegenübergestanden hat? Lena und Niven blickten ihr ins Antlitz, und ich erinnere mich noch gut an Taherehs Zorn, auch wenn ich sie nur aus der Entfernung sah. Sie wollte die beiden nicht gehen lassen, und zumindest zum Teil hing alles, was danach geschah, damit zusammen.

Nachdem wir zurückgekehrt waren, dachte allerdings niemand daran, dass es noch nicht vorbei sein könnte. Alrik, der Feenkrieger, ging in sein Korria-Dorf zurück. Mihai, Feenkrieger der Sidda, machte sich ebenfalls auf den Heimweg und bereitete alles vor, um seinen wiedergefundenen Neffen Niven bei sich aufzunehmen. Die Lichtmagier Meister Kieran und Finley sowie Finleys Liebste, die Sidda-Fee Cara, nahmen ihr Leben im Turm wieder auf. Reik, der Alraun, kehrte zu seinem Volk zurück, das im Eichenwald neben dem Turm lebte, und Lena ging zunächst in die Menschenwelt, in der sie aufgewachsen war und weiter zur Schule gehen wollte, um ihr Abitur zu machen. Wir Vampire – Briann, Darian, Vico, Thure und ich – zogen uns erst einmal in die Burgenstadt Dracopatria am Fluss der Tränen zurück, um dort nach dem Rechten zu sehen und den Unseren zu zeigen, dass ihre Führer noch lebten. Nach unseren Anweisungen entstanden in Dracopatria auch bald Gemälde mit den Stationen unserer Schattenreise, die wir Meister Kieran für das Museum der Strahlenkönigin überließen.

Immer wieder trafen wir uns alle in Kierans Turm, und unsere Freundschaften vertieften sich. Es war eine gute Zeit, auch wenn ich heute glaube, dass sie nur dem Atemholen vor dem nächsten Sturm diente. Cara zauberte uns Vampiren immer köstliches Hirschblut, wir scherzten und lachten, aber vor allem lernte ich die Gespräche mit Meister Kieran schätzen.

Lena schickte mir stets einen himmelblauen Schmetterling, wenn sie unsere alte Erde Antiquerra besuchen wollte. Meistens ging ich dann zusammen mit Niven, Cara und Finley in die Menschenwelt, um sie abzuholen. Ich liebte es, sie zur Begrüßung im Arm zu halten, auch wenn es gleichzeitig wehtat, weil sie nicht mir gehörte.

Drei Jahre vergingen auf diese Weise wie im Flug. Doch dann, kurz nach Lenas Abiturfeier, schlug das Schicksal unerwartet wieder zu.

Es begann zur Zeit der zweiten Heuernte im Juli. Lenas Vater, den ich schon vor einiger Zeit kennengelernt hatte, war im Krankenhaus mit einer schrecklichen Diagnose konfrontiert worden: Krebs im Endstadium. Der Arzt hatte ihm gesagt, dass er sterben würde und es traf ihn umso härter, da er bis vor Kurzem keinerlei Beschwerden gehabt hatte. Als Lena mich bald darauf zu sich bat, wirkten beide ziemlich niedergeschlagen, aber dennoch relativ gefasst.

Während wir uns alle drei an den Esstisch vor dem Wohnzimmerfenster setzten, betrachtete ich Lenas Vater, den ich seit zwei Monden nicht mehr gesehen hatte. Er sah blass aus und ich entdeckte bereits die ersten Spuren des Schattens um ihn herum, den der Tod so gern vorausschickt. Vielleicht ein Jahr noch, eher weniger, dachte ich und sprach ihn an: »Ich habe es schon gehört. Wie geht es dir?«

Er zuckte mit den Schultern. »Ich muss es akzeptieren.« Sein Blick flog zu Lena, dann wieder zu mir und er straffte seine Haltung. »Luczin, ich hoffe, ich trete dir jetzt nicht zu nahe, aber ich möchte eines gleich klarstellen: Ich will kein Vampir werden! Versprecht mir also, dass ihr mich gehen lasst, wenn es soweit ist.«

Lena seufzte, und ich begriff, dass sie ihrem Vater angedeutet hatte, dass ich ihn zum Vampir machen konnte. Natürlich, wir Vampire redeten ja immer wieder einmal davon, jemanden zu beißen, um ihn zu einem der Unseren zu machen. Aber ganz so einfach war es in der Realität doch nicht. Es gab Regeln, an die wir uns halten mussten. Ein von uns erschaffener Vampir blieb nämlich nur dann ein fühlendes Wesen, wenn die geheimnisvollen gläsernen Drachen ihm beistanden und seine Seele während der Verwandlung mit ihrem Atem schützten. Keiner in Antiquerra außer uns konnte diese magischen Wesen sehen, aber wenn sie sich verweigerten, brachte unser Blut nur kaltherzige, blutgierige Monster hervor. Das konnte Lena für ihren Vater nicht wollen und ich wollte es nicht erklären müssen. Ich war daher jetzt froh, dass er von sich aus ablehnte.

Ich nickte ihm zu, griff dann nach Lenas Hand und drückte sie. »Es ist schwer. Für euch beide, ich weiß.« Ich schaute ihren Vater an. »Ich fühle, dass du etwas anderes willst.«

Lenas Vater nickte. »Lena hat mir soviel über Antiquerra erzählt, von den Blumen, dem Duft dort, dem Korria-Dorf. Ich würde das alles so gerne selbst einmal sehen.«

Ich spürte seine Sehnsucht, die vielleicht weniger Antiquerra galt, sondern mehr seiner Frau, Lenas allzu früh verstorbener Mutter, die im Korria-Dorf aufgewachsen war.

Ehe ich jedoch etwas sagen konnte, mischte sich Lena ein. »Der Weltenwirbel erfasst keine Menschen, und ich weiß nicht, ob es noch eine andere Möglichkeit gibt. Hab schon Niven gefragt, aber der kennt auch nur die wirbelnden Worte.«

»Doch«, sagte ich, »es gibt einen Weg, auf dem wir auch Menschen mitnehmen können. Und ich fände es gut, wenn ihr beide für immer zu Großmutter Dorith ziehen würdet. Damit wäre jedem geholfen, denn Dorith würde sich freuen, das weißt du, Lena.«

»Ein Besuch genügt mir, ich will ihr keinesfalls zur Last fallen«, warf Lenas Vater schnell ein. »Jetzt geht es mir noch einigermaßen gut, aber das wird nicht so bleiben.«

Ich lächelte ihn an. »Da mach dir mal keine Gedanken. Ich kenne Dorith mittlerweile gut. In der Menschenwelt fühlt sie sich nicht wohl, deshalb kommt sie so selten zu euch, wie du weißt, aber in ihrem Zuhause wird sie dich mit Freuden umsorgen.«

»Das ist wahr!«, sagte Lena und atmete aus. Sie schaute mich an. »Was ist das denn für ein Weg, den Vater auch benutzen kann?«

Ich erklärte es. »Es ist ein uralter magischer Wasserweg, der sich hinter einem Weltentor befindet. Man entdeckt solche Tore zumeist bei einer Quelle oder in einer Eiche. Allerdings reagiert die Eiche in eurem Stadtpark nur auf die wirbelnden Worte, ich muss also nach einem Tor mit klassischem Verbindungsweg suchen. Aber da die Gegend hier sehr waldreich ist, finde ich bestimmt eines. Es wird sich mir zeigen, sobald ich in der Nähe bin.«

Lena nickte. »Dann ist es beschlossen. Wir ziehen um. Ich schicke Dorith gleich einen Schmetterling, damit sie alles vorbereiten kann.«

Lenas Vater hob den Finger. »Stell sie bloß nicht gleich vor vollendete Tatsachen. Frag sie erst, was sie von der Idee hält!«

Lena nickte wieder und ging in den kleinen Garten hinter der Küche, um den Papilio-Wurfzauber auszuführen. Wenig später bekam sie bereits begeisterte Antwort: Großmutter Dorith freute sich sehr, bald mit ihrer Familie zusammenleben zu können, so wie es in den Feendörfern von jeher Brauch war. Sie wollte gleich damit beginnen, die Zimmer herzurichten.

Noch am selben Abend machte ich mich auf die Suche nach einem Tor. Aber erst ein paar Tage später fand ich eines. Die alte Eiche, die es hütete, stand etwa eine Stunde zu Fuß von Lenas Zuhause entfernt im Wald, abseits des Wegs an einer versteckten Stelle neben einem kleinen Quellbach. Wenn alles geregelt war, würde ich Lena und ihren Vater dorthin fliegen, denn der Fußweg würde den Kranken wohl überfordern.

In den Wochen darauf begann Lena nach und nach den Haushalt aufzulösen, und auch in Antiquerra liefen bereits Vorbereitungen. Cara plante zusammen mit Großmutter Dorith eine kleine Begrüßungsfeier, zu der alle aus dem Dorf eingeladen wurden und natürlich auch unsere Gefährten und ich. Das behagte mir zwar nicht, weil viele der Korria-Feen uns Vampiren noch immer gern aus dem Weg gingen, aber ich musste Dorith versprechen, dass wir an dem Tag wenigstens kurz vorbeischauen würden.

Der Sommer neigte sich allmählich dem Ende zu und brachte die Landschaft Antiquerras mit üppigen warmen Farben zum Leuchten. Die Wälder färbten sich bunt und in den Korria-Gärten reckten die ersten Herbstastern ihre Blütenköpfe. Wenn Lena mit ihrem Vater im Dorf ankommen würde, stand hier sicher alles in bunt schillernder Farbenpracht. Niven und ich wollten die beiden in acht Tagen abholen. Von ihrem Gepäck, das hauptsächlich aus Erinnerungsstücken bestand, hatte ich eben die letzten Stücke zu Dorith geschafft und nun befand ich mich auf dem Heimweg nach Dracopatria.

Ich hatte jedoch noch kaum den Waldrand hinter dem Korria-Dorf erreicht, als etwas Ungewöhnliches geschah. Ein hellblauer Schmetterling mit einem schwarzen Punkt auf dem linken Flügel setzte sich auf meine Schulter und zu meiner Überraschung hörte ich Nivens Stimme in meinem Kopf: *Luczin, es ist etwas Schreckliches passiert! Mihai wurde von einer Grungalp berührt und liegt jetzt wie tot danieder.*

Mir wurde plötzlich so kalt, als wenn ich in einer Gruft aus Eis und Schnee begraben läge. Erst Lenas Vater, jetzt Mihai. Konnte das Zufall sein? Unwillkürlich dachte ich an Tahereh.

War es möglich, dass die Schattenkönigin noch einen Groll gegen uns hegte und sich jetzt rächen wollte? Niven hatte einmal gesagt, dass ihr Zorn lange anhielt, dass sie diesen pflegte, bis ihr die Zeit reif schien für eine Strafe. Und die Grungalp gehörten immerhin zu ihrem Gefolge und taten, was sie von ihnen verlangte. Sogleich sprang ich in die Luft, um zu Niven zu fliegen.

Am Waldrand vor dem Sidda-Dorf landete ich und ging von dort aus zu Fuß zu dem weißen Feenhäuschen, in dem Niven und Mihai lebten. Die Haustüre war geschlossen. Ich atmete durch, klopfte, drückte die Klinke herunter und trat in die Wohnküche.

Niven, der gerade einen Tee aufbrühen wollte, eilte sofort auf mich zu. »Luczin, du musst ihn dir ansehen, du nimmst mehr wahr als andere! Ich brauche deine Meinung, bevor ich unsere Gefährten alarmiere – und Lena, ich weiß nicht, wie ich es ihr sagen soll, und womöglich ist auch bei ihr etwas nicht in Ordnung.«

So aufgewühlt hatte ich Niven nie erlebt. »Vielleicht sieht es ja schlimmer aus als es ist«, beruhigte ich ihn. »Und um Lena mach dir keine Sorgen, es geht ihr gut, ich komme gerade von ihr.« Ich schaute ihn prüfend an. »War das ein Lichtpfeil, der Mihai getroffen hat?«

Niven schüttelte den Kopf und schluckte schwer. »Eben nicht! Die Grungalp berührte ihn hier.« Er deutete auf seine Brust. »Es hat ein Mal hinterlassen, die gerötete Abbildung einer Hand auf seiner Haut, und seither ist er kaum noch ansprechbar.«

Ich hatte mich vollkommen geöffnet, um alles um mich herum erfassen zu können und so schwappten jetzt seine Gedanken ungebremst zu mir herüber: *Tahereh hat mir nicht verziehen, dass ich von ihr fortging. Jetzt rächt sie sich an denen, die mir lieb sind!* Ich begriff, dass Niven von seinen Gefühlen überrollt wurde, und das passte so gar nicht zu ihm. Es machte daher auch wenig Sinn, ihn jetzt auf seine Wahrnehmungen anzusprechen. Er hätte sich womöglich verschlossen wie früher.

Ich legte ihm meine Hand auf die Schulter. »Es kann Zufall gewesen sein, dass die Grungalp Mihai berührt hat, eine Laune, der sie nachgab. Bring mich zu ihm, vielleicht kann ich etwas für ihn tun.«

Während Niven mich zu Mihais Schlafzimmer führte, bewegte er den Kopf, als ob er gleichzeitig Ja und Nein sagen wollte. »Ich kenne die Grungalp wie mich selbst, das weißt du. Sie tat es nicht aus einer Laune heraus, sie wurde von *ihr* beauftragt.«

Wir traten in Mihais Stube, und so konnte ich nichts mehr erwidern, aber das war wohl auch besser so. Jeder Widerspruch wäre einer Lüge gleichgekommen, wusste ich doch, zu was Tahereh fähig war. Die Schattenkönigin würde zu jedem Mittel greifen, um Niven – sei es lebendig oder tot – zurückzubekommen, zumindest dann, wenn sie das immer noch beabsichtigte. Auch uns, seine Gefährten, würde sie in dem Fall nicht verschonen. Als ich Mihai gleich darauf in seinem Bett liegen sah, erschrak ich zutiefst. Der sonst so kraftvolle Feenkrieger lag mit geschlossenen Augen da, ein Zerrbild seiner selbst, grau, alt, glanzlos und fast ohne Atem.

»Ich lasse euch einen Augenblick allein.« Niven schloss schnell die Tür hinter sich.

Ich setzte mich auf Mihais Bettstatt, aber als ich ihn ansprach, reagierte er nicht. Nur seine Lider zuckten kurz. Vorsichtig knöpfte ich sein Hemd auf, um seine Brust zu betrachten. Auf Höhe seines Herzens erkannte ich die Abdrücke einer kleinen Hand. Sachte strich ich mit den Fingern darüber. Die Haut fühlte sich rau und ledern an, zog sich wie ausgetrocknet zusammen. Sicher verursachte ihm das heftige Schmerzen. Ich schob den Ärmel meines Umhangs hoch, biss in mein Handgelenk und ließ ein wenig von dem aus der Wunde schießenden Blut in Mihais halb geöffneten Mund tropfen. Unwillkürlich schluckte er. Vielleicht half ihm das zu gesunden, und wenn nicht, so richtete es keinen Schaden an. Zum Vampir konnte er auf diese Weise jedenfalls nicht werden, dazu hätte es ein bisschen mehr als mein Blut gebraucht.

Für mich selbst hatte mein Handeln jedoch Konsequenzen, wenn auch nur für kurze Zeit. Mein Blut schuf eine direkte Verbindung zwischen Mihai und mir, ich sah seine wirbelnden Erinnerungen: das wie gemeißelt wirkende Gesicht einer Grungalp, die lächelnd ihre Hand ausstreckte. Wie ein Schlag traf mich die Empfindung seines Schmerzes, als ihre Finger wie brennende Fackeln seine Haut versengten. Die Dunkelheit, die sein Herz danach umfing, empfand ich nicht leichter, denn in den Schatten seines Geistes brodelte es, und das fühlte sich an wie damals, als die Dämonen angegriffen hatten. Nur mit Mühe konnte ich mich dem Zustrom seiner Empfindungen entziehen.

Als ich Mihais Hemd wieder zuknöpfte, beobachtete ich sein Gesicht. Es hätte durch meine Blutspende zumindest ein wenig von seinem porzellanen Glanz zurückgewinnen müssen, aber die Haut blieb fahl.

Plötzlich riss Mihai jedoch die Augen auf, packte mich an den Armen und zog mich zu sich herunter. Er flüsterte: »Luczin, hilf uns! Sie drohte mir. Wir müssen Niven schützen!«

Gleich darauf fiel er wieder in seinen katatonischen Zustand zurück. Meine Hoffnung auf Mihais Genesung sank mit meiner zunehmenden Gewissheit, dass die Schattenkönigin Tahereh tatsächlich zum Schlag gegen uns ausholte. Ich wollte

Niven jedoch nicht noch mehr deprimieren, als er wieder hereinkam und mich fragend ansah. Und dass ich Mihai von meinem Blut gegeben hatte, durfte er sowieso nicht wissen. So etwas taten wir immer heimlich, die Geheimnisse unseres Blutes mussten ein Geheimnis bleiben.

»Im Augenblick können wir nur abwarten und die Augen offenhalten. Mihai ist in einem seltsamen Zustand, aber zumindest sehe ich keinen Todesschatten um ihn herum«, sagte ich daher zu ihm. »Briann gebe ich gleich Bescheid, damit er in der Nacht auf euch achtet. Und ich gehe zum Turm und erkläre, was geschehen ist. Morgen sehen wir dann weiter.«

Niven seufzte. »Bitte geh auch nochmal zu Lena, Luczin. Sag ihr aber vorerst nur, dass Mihai krank ist und dass ich vielleicht nicht mitkommen kann, um sie abzuholen.«

»Gut!« Ich zog Niven an mich. »Wir alle haben die Schatten bereits kennengelernt, und wir werden sie auch diesmal überwinden.«

Ich spürte, wie er nickte. Schon einmal hatte er es mit Tahereh aufgenommen, und er würde es wieder tun, ganz gleich, womit sie ihn strafte.

Ich ging zu dem Transporttor, das nahe des Sidda-Dorfs am Waldrand stand – ein mit Efeu umrankter, gemauerter Torbogen mit einem zweiflügeligen Portal darin. Nahe des Drachenkopfs, der als Türklopfer diente, gab es eine Wegweisertafel für die sieben Ziele, die man von hier aus erreichen konnte. Neben »Birkenwäldchen beim Turm« stand die Zahl 3. Also griff ich nach dem Ring im Maul des Drachens und schlug damit dreimal gegen die Tür. Kurz darauf strahlte ein Licht auf, die zwei Flügel öffneten sich, und ich schritt hindurch. Noch ehe das Portal sich wieder verschloss, erkannte ich den Waldweg, von dem seitlich eine Abzweigung zum Korria-Dorf führte. Ganz kurz überlegte ich, ob ich dort hinuntergehen und Alrik informieren sollte, aber dann dachte ich an die Korria-Feen seines Stammes, die sich noch immer nicht an unsere Besuche im Dorf gewöhnt hatten und noch zu oft erschraken, wenn sie einen von uns sahen. Das konnte ich heute nicht gebrauchen, es hätte mich womöglich zu unüberlegten Handlungen hingerissen. Also nahm ich erst einmal davon Abstand, wanderte geradeaus weiter und erreichte wenig später die Lichtung vor dem Turm.

Die Tür des aus groben Sandsteinen gemauerten Turms stand offen, und ich trat hinein. Meister Kieran war jedoch nicht da, nur Finley und Cara.

Mit wenigen Worten erklärte ich ihnen die Lage. Dann atmete ich durch. »Wir dürfen nicht kopflos reagieren. Es ist nicht sicher, dass die Schattenkönigin dahintersteckt. Schließlich erlebt jeder Lebende auch dunkle Tage.« Ich trank das Glas Hirschblut aus, das Cara mir gezaubert hatte. »Informiert Meister Kieran, Alrik und Reik. Ich schaue jetzt nochmal nach Lena. Morgen Abend treffen wir uns dann hier bei euch im Turm.«

Cara klammerte sich an Finley. Dass sie nicht an eine normale Ursache von Mihais Krankheit glaubte, wurde an ihren Augen deutlich. Sie verengten sich, und ihr Gesicht verwandelte sich für einen kurzen Augenblick in die fauchende Fratze einer Raubkatze.

»Beruhige dich!« Finley streichelte ihren Rücken und nahm sich sehr zusammen, um seinen eigenen Schreck nicht zu zeigen. »Luczin hat recht, wir können nichts tun, ehe wir die Zusammenhänge kennen.« Er schaute mich an. »Hoffentlich sehen wir morgen klarer.«

Ich nickte und ging in dem Bewusstsein, wider besseren Wissens nach verharmlosenden Erklärungen zu suchen. Das war im Grunde nicht meine Art, ich sprach die Dinge sonst immer deutlich aus, aber im Augenblick standen mir meine eigenen Gefühle im Weg. Meine Hauptsorge galt natürlich Lena, die Krankheit ihres Vaters belastete sie schon genug, und sie würde dazu unter allem leiden, was Niven zustieß. Aber auch um uns alle machte ich mir Gedanken, denn ich hatte das beklemmende Gefühl, dass wir – falls uns tatsächlich ein Kampf bevorstand – dieses Mal mit unseren üblichen Waffen nicht viel erreichen konnten.

So schnell meine Füße mich trugen rannte ich durch den Eichenwald, vor allem deshalb, damit mich keiner der Alraunen sah und Fragen stellen konnte. Unten an der Wiese vor dem Wasserfall legte ich meine Hand auf den Fels und konzentrierte mich auf Lenas Zuhause. »Antiquerra Terra.«

Ein Sog erfasste mich und wirbelte mich davon, in die Menschenwelt hinüber, bis zu der Eiche im Stadtpark von Lenas Wohnort. Von hier aus ging ich zu Fuß durch die Dämmerung bis zu dem Reihenhaus, in dem sie mit ihrem Vater lebte. Hinter den Fenstern brannte Licht. Erst wollte ich an der Fassade hochklettern, um über das Dach auf die Rückseite bis zu ihrem Zimmer im ersten Stock zu gelangen, doch als ich sie unten im Wohnzimmer spürte, entschied ich mich dafür, zu klingeln.

Mein Gehör ist exzellent, ich kann Geräusche selbst aus sehr weiter Entfernung wahrnehmen und so hörte ich auch jetzt, wie auf mein Klingeln hin drinnen im Wohnzimmer das Sofa ächzte, weil jemand hektisch aufstand. Ich wusste sofort, dass das nur Lena sein konnte, ihren Herzschlag würde ich jederzeit zwischen tausend anderen wiedererkennen. Sie hielt den Atem an, und als sie kurz darauf ausatmete und wieder Luft holte, nahm ich wahr, dass ihr Blut plötzlich so schnell durch die Adern rauschte, als würde ein Schrecken es antreiben. Das letzte Mal, als ich dieses schnelle, rhythmische Rauschen bei ihr gehört hatte, waren wir alle in großer Gefahr gewesen, und dass ich dies jetzt wieder erlebte, irritierte mich. Vor ein paar Stunden war doch noch alles in Ordnung gewesen! Ich lauschte. Zwei, drei Sekunden lang rührte sie sich nicht von der Stelle, dann erklangen ihre Schritte, jedoch nicht in Richtung Haustüre, wie üblich, wenn wir klingelten, sondern zum Wohnzimmerfenster hin. Mir schien gar, dass sie besonders leise auftrat, und dann sah ich, wie sie vorsichtig den Vorhang beiseiteschob. Ich stellte mich ein wenig mehr ins Licht der Straßenlaterne, damit sie mich besser erkennen konnte. Wenig später öffnete Lena die Haustüre.

»Luczin! Ist etwas passiert?« Ihre Stimme klang angespannt und auch ihre Haltung, die sonst so deutlich die besondere Magie, die in ihr steckte, spiegelte, erschien heute Abend ungewohnt verkrampft und mir fiel auf, dass sich ihre Aura verändert hatte. Die Farben, die ihren Körper umgaben, schienen viel dunkler zu sein, und als ich eintrat und sie umarmte, da klammerte sie sich für einen Augenblick an mich, als ob sie Halt bräuchte.

»Ich wollte noch einmal nach euch schauen«, wich ich ihrer Frage aus, während wir ins Wohnzimmer gingen und uns an den Esstisch vor dem Fenster setzten. »Schläft dein Vater schon?«

Sie nickte. »Gleich nachdem du heute Nachmittag fortgegangen warst, legte er sich ins Bett. Er hatte Schmerzen.«

Ich versuchte zu trösten. »Antiquerra wird ihm guttun.«

28

»Ja.«

Während Lena ein Glas stilles Wasser einschenkte, die Hände darüber hielt und es mithilfe gemurmelter Zauberworte in Hirschblut verwandelte – diese Magie hatte Cara ihr beigebracht – betrachtete ich sie. Lena wirkte traurig, was in Anbetracht der tödlichen Krankheit ihres Vaters natürlich war, aber sie erschien mir im Gegensatz zu heute Nachmittag auch seltsam unruhig.

Sie schob mir das Glas herüber, hielt aber den Kopf gesenkt. »Ich glaube, es braut sich was zusammen, Luczin.«

Ich sog den Atem ein. »Was meinst du?«

Lena schaute mich an. »Kurz nach Sonnenuntergang ging ich in den Garten hinaus, um noch ein bisschen frische Luft zu schnappen. Zwischen den Rosenstöcken entdeckte ich einen seltsam dunklen Nebel und ich fühlte mich beobachtet.«

Ich ließ mir meinen Schrecken nicht anmerken. »Glaubst du, das war eine magische Erscheinung? Geister womöglich?«

Lena seufzte. »Ja, etwas in der Art. Der Nebel erschien mir zumindest nicht natürlich. Ich hörte auch keinen einzigen Vogel mehr singen, sie waren alle fort. Außerdem habe ich ein komisches Gefühl wegen Niven, ich spüre, dass etwas nicht in Ordnung ist«, sie schaute mich forschend an, »und dass du deswegen gekommen bist.«

Ich lehnte mich im Stuhl zurück und lächelte. »Du kennst mich gut!«

Lena atmete tief durch. Ihre angespannte Haltung veränderte sich. Mit einem Mal schien sie wieder kraftvoll, bereit alles zu tragen, das ihr auferlegt wurde, wie damals auf dem Weg durch das Schattenreich.

Sie nickte. »Dann sag mir jetzt, was passiert ist.«

Ich beugte mich über den Tisch und ergriff Lenas Hände. »Niven geht es gut, aber sein Onkel Mihai wurde von einer

Grungalp berührt und ist dadurch krank geworden. Ich soll dir sagen, dass Niven vielleicht nicht mitkommen kann, wenn ich euch in acht Tagen nach Antiquerra bringe.«

Lena entzog mir ihre Hände, stützte sich das Kinn auf. »Tahereh … *Sie* macht das.« Sie rieb sich die Stirn. »Ja, ich bin mir sicher. Aber warum jetzt? Was will sie?«

Ich gewann den Eindruck, dass Lena eher zu sich selbst gesprochen hatte als zu mir, und die Art, wie sie da saß, mich anschaute und dennoch scheinbar wie abwesend in sich selbst hineinhorchte, bestürzte mich. Mehr denn je erschien sie jetzt als die Fata, deren Ahnungen sich aus geheimem Quellen speisten, zu denen ich keinen Zugang hatte.

Ich räusperte mich. »Du glaubst also, dass die Schattenkönigin Tahereh dahintersteckt?«

Lena schien bei meiner Frage wieder in die Wirklichkeit zu finden. Sie blies die Backen auf. »Mit der Krankheit meines Vaters hat Tahereh sicher nichts zu tun, aber auf jeden Fall weiß sie davon, spätestens seit heute Abend. Ich glaube, dass einer ihrer Diener oder vielleicht sogar sie selbst mich beobachtet hat. Der unnatürliche Nebel im Garten … Was Mihai betrifft: Die Grungalp gehören zu Taherehs Gefolge, nicht wahr? Ich bin mir ziemlich sicher, dass Tahereh sie beauftragt hat, und wenn es so ist, dann ist Niven ihr eigentliches Ziel.«

Lena hatte ganz sachlich gesprochen. Sie schien sich nicht zu fürchten, war auch nicht mehr unruhig, wie zu Anfang. Sie wirkte jetzt eher klar, gefasst, so als ob eine neue Tatsache geschaffen wäre, die sie eben einfach akzeptieren musste.

»Unsere Gefährten wachen über die Beiden, du musst dir also keine Sorgen machen«, sagte ich.

»Ja.« Lena erschien schon wieder wie abwesend. Dann sah sie mich an, und ich begriff, dass sie einen Entschluss gefasst hatte. »Ich habe hier nicht mehr viel zu regeln, sodass wir schon zwei oder drei Tage früher nach Antiquerra gehen können. Ich kann dir nicht sagen, warum, aber ich glaube, dass Vater und ich so schnell wie möglich bei Dorith einziehen sollten.«

Meine Gedanken überschlugen sich. Was meinte sie damit? War sie hier in Gefahr? »Ich werde heute Nacht in deiner Nähe bleiben«, sagte ich spontan.

Lena griff nach meiner Hand, lächelte. »Ich bin so froh, dich als Freund zu haben, Luczin.«

Ich küsste ihre Fingerspitzen. »Du kannst immer auf mich zählen, Süße …« Dann lenkte ich schnell ab. »Ist die Gartentüre offen? Ich möchte mich dort draußen gern umsehen.«

»Ja, ich hab sie noch nicht verschlossen.«

Gemeinsam gingen wir in den kleinen Küchengarten hinaus und ich betrachtete jeden Winkel. In der nächtlichen Dämmerung sah ich in der hinteren Ecke zwischen den Strauchrosen einen bewegten Schatten. »Meinst du das da hinten?«, fragte ich und deutete in die Richtung. Als Lena bestätigte, schob ich sie hinter mich. »Bleib hier, ich gehe näher heran.«

Ich stellte all meine Sinne auf Empfang und trat nach vorne. Aber ich blieb vorsichtig. Als ich etwa zehn Schritte von dem Schattengebilde entfernt war, spürte ich einen Widerstand, einen Druck gegen meinen Bauch, als ob mich jemand zurückschieben wollte. Ja, das war eindeutig eine magische Erscheinung! Sie wollte mich fernhalten, aber hatte sie auch die Absicht, anzugreifen? Nein, zumindest nicht jetzt und nicht mich. Ich hörte ein Flüstern zwischen den Blüten, verstand aber nichts.

Lena hatte es an ihrem Platz nicht ausgehalten und kam zu mir. »Kannst du etwas hören?«

»Nicht wirklich.« Ich sah, wie der Schatten sich plötzlich nach Lena ausstreckte und zog sie schnell ein Stück weit zurück. »Du darfst keinesfalls in die Nähe dieses Gebildes kommen!«

»Ich weiß«, flüsterte sie.

Ich schlang meinen Arm um Lenas Taille, behielt den Schatten fest im Auge und ging mit ihr rückwärts bis zur Küchentüre zurück.

Plötzlich streckte Lena ihren rechten Arm nach vorne aus. Ihre Fingerspitzen begannen zu leuchten. »Zeig dich, wer immer du bist!«, rief sie.

Das magische Gebilde begann zu pulsieren. Für einen kurzen Moment sah ich ein Stückchen dunklen Stoff und eine Hand, dann erhob sich der Schatten schwebend in die Luft und verwandelte sich in einen gespenstischen Schwarm von schwarzen Vögeln, die lautlos dem Nachthimmel zuflogen.

Ich drückte Lena an mich, atmete durch. »Vermutlich waren das Taherehs Spione. Sie sind fort, aber sie werden bestimmt wiederkommen. Bis ich euch nach Antiquerra bringe, darfst du jedenfalls nur noch tagsüber hier herausgehen. Sobald die Sonne untergeht, musst du den Garten meiden.«

Lena seufzte. »Ja, das ist mir klar. Ich bin so froh, wenn wir endlich in Antiquerra sind.«

Ich gab ihr einen Kuss auf die Stirn. »Wir schaffen das auch diesmal wieder! Jetzt bleibe ich hier und passe auf euch auf, und ich komme auch die nächsten Nächte. Du kannst also unbesorgt schlafen gehen.«

Lena gähnte. »Das war das Stichwort. Danke, Luczin! Ich schau noch kurz nach meinem Vater und geh dann zu Bett.« Lena nestelte an dem Beutel, den sie auf Taillenhöhe an ihrem Kleid befestigt hatte. »Aber vorher schicke ich Niven einen Schmetterling. Er leidet sicher sehr wegen Mihais Krankheit.«

Damit hatte sie recht, aber ich sagte nichts, sah nur zu, wie sie einen Kokon aus dem Beutel nahm und sich konzentrierte.

Die weiße Seidenhülse in ihrer Hand vibrierte, schoss dann in die Luft und platzte dort mit einem hell klingenden Ton auf. Heraus flog ein hellblauer Schmetterling, der eilig davonflatterte.

Bald darauf ging Lena ins Haus hinein. Kurz nachdem das Licht hinter dem Fenster ihres Zimmers erlosch, sah ich, wie sich zwischen den Rosenbüschen erneut ein magischer Schatten bildete.

Erst nach Sonnenaufgang traf ich wieder in Antiquerra bei Niven und Mihai ein. Im Garten unter dem Apfelbaum stand Briann.

»Er ist immer noch in demselben Zustand wie gestern, keine Veränderung«, sagte er und sah mich aufmerksam an.

Ich wollte meine schlechte Nachricht noch ein wenig hinauszögern. »Lena geht es gut. Niven hat zwischenzeitlich sicher schon einen Schmetterling von ihr bekommen.«

Briann nickte. »Ja, hat er, schon gestern Abend. Und wieso kommst du erst jetzt zurück?«

Jetzt musste ich es sagen. »In Lenas Nähe gibt es neuerdings ebenfalls Anzeichen für Taherehs Wirken. Sie wird von einer magischen Erscheinung in ihrem Garten beobachtet. Sieht aus wie ein dunkler Nebel, der sogar versucht, nach ihr zu greifen, wenn sie in seine Nähe kommt. Ich blieb deshalb die Nacht über bei ihr.«

Briann seufzte. »Dann hat mich mein Gefühl doch nicht getäuscht. Konntest du etwas über den Nebel in Erfahrung bringen?«

»Lena hat das magische Gebilde gezwungen, sich zu offenbaren. Aber so ganz eindeutig war es trotzdem nicht. Ich sah nur kurz ein Stück Stoff und dann löste sich die Erscheinung auf und gab Schattenvögel frei. Vermutlich waren das Taherehs Diener, aber mit Bestimmtheit kann ich das nicht sagen, denn ihre Absichten konnte ich nicht in Erfahrung bringen. Sie flogen einfach davon. Schon zuvor hat mich eine machtvolle Energie daran gehindert, Fühlung aufzunehmen. Ich hab mir das vor Lena nicht anmerken lassen, aber ich fand das sehr bedenklich, und – das Nebelgebilde kam wieder, nachdem sie schlafen gegangen war.«

Briann gab einen grollenden Ton von sich. »Schattenvögel … Ja, das passt zu Tahereh. Verdammt! Dann müssen wir uns wohl tatsächlich darauf einstellen, dass es wieder beginnt.«

Ich nickte und deutete dann auf das Feenhäuschen. »Ich hab Lena nicht erzählt, wie schlimm es um Mihai steht.«

»Ja, ich denke, das ist Nivens Sache.«

Wir gingen zum Hauseingang, doch dann hörte ich auf dem Weg neben dem Gartenzaun Schritte und drehte mich um. Cara kam, um Niven bei der Pflege seines kranken Onkels zu unterstützen.

»Euren ernsten Gesichtern nach zu urteilen, hat sich Mihais Zustand wohl nicht verbessert.«, mutmaßte sie.

Ich schüttelte den Kopf und hielt ihr die Tür auf. Nacheinander traten wir in Mihais große Wohnküche.

Niven bereitete bereits das Frühstück zu. Er wirkte heute wieder ganz gefasst und nickte nur, als ich von dem Schatten erzählte, der Lena beobachtet hatte. »Wir müssen jetzt alle vorsichtiger sein. Ihr wisst, wie Tahereh reagiert, wenn man sich ihr in den Weg stellt.«

»Ja, deshalb hat sie auch keine Freunde«, murmelte Cara düster. Dann ging sie kopfschüttelnd zu Niven und nahm ihm den Topf weg, in dem er rührte. »Lass mich mal an den Herd. Dieses verbrannte Zeug kann doch keiner essen!«

Während Cara nun in rascher Folge mit den Fingern schnipste, um Niven und dem kranken Mihai ein kräftigendes Frühstück zu zaubern, verabschiedeten wir uns. Wir brauchten ein wenig Schlaf und am späten Nachmittag wollten wir dann zum Turm gehen, um mit den anderen zu reden.

Der Morgen graute schon und ich schrieb noch immer. Beinahe hätte ich nicht einmal mitbekommen, dass Briann eintrat. In der Hand hielt er eine doppelwandige Kanne und ein Glas. »Mir scheint, du fällst jetzt ins andere Extrem. Hast du die ganze Nacht geschrieben?«

Ich nickte. »Du unterbrichst meinen Gedankenfluss.«

»Das ist Absicht.« Briann schwenkte die Kanne vor meiner Nase. »Na, duftet das? Noch warm!«

Ich sah auf die Kanne, dann zu ihm und legte die Schreibfeder beiseite. »Noch warm, sagst du?«

»Eben frisch gezapft von einem prächtigen Kronenhirsch.« Briann lachte. »Ich glaube, der mag mich jetzt erst einmal eine Weile nicht mehr sehen.«

Ich deutete auf seine Schulter, wo ich einen kleinen blut-verschmierten Riss in seinem Hemd entdeckt hatte. »Sag bloß, er hat dich erwischt.«

Briann schenkte ein und reichte mir das Glas. »Ja, ich war ein bisschen unvorsichtig. Passiert mir nicht wieder.« Er stellte die Kanne auf dem Schreibtisch ab und griff sich meinen Um-hang, der gegenüber auf dem Sofa über der Lehne hing. »Du erlaubst doch? Ich hasse es, so unordentlich herumzulaufen.« Als ich nickte, warf er sich das Kleidungsstück über, kam wie-der zu mir und zog das Buch, in dem ich geschrieben hatte, zu sich herum. »Ah, du warst fleißig.«

Briann setzte sich auf die Schreibtischkante, blätterte die Seiten mit meinen Aufzeichnungen bis zum Anfang zurück und begann zu lesen.

Ich trank währenddessen das Hirschblut, das er mir ge-bracht hatte, erst in kleinen Schlucken, doch dann wurde mir bewusst, welch großen Durst ich hatte. Schnell schenkte ich mir ein zweites Glas ein, trank es leer, und das flaue Gefühl in meinem Magen verging.

»Was meinst du zu dem, was du liest?«, fragte ich Briann.

Er hob nicht den Blick. »Das sag ich dir später.«

Ich beobachtete ihn, aber in Brianns Gesicht zeigte sich nicht die leiseste Spur einer Regung. Als ich versuchte, seine Gedanken aufzuschnappen, um herauszufinden, was er von dem hielt, was er las, grinste er nur und verschloss seinen Geist vor mir. Dieses Spiel kannte ich gut. Briann sagte mir alles, was er dachte, er nahm kein Blatt vor den Mund, aber den Zeitpunkt wollte stets er bestimmen. Als mein schärfster Kritiker sprach er auch die Dinge aus, die er nicht gut fand, und neben seiner Fähigkeit zu Gesprächen, die mir immer wieder etwas zum Nachdenken gaben, liebte ich das am meisten an ihm.

Nach einer Weile – ich hatte die Kanne inzwischen völlig leergetrunken – sah Briann auf. »Ja, ich denke schon, dass wir alle gezeichnet waren, aber nicht erst seit unserer Rückkehr aus Taherehs Schattenreich. Ursache und Wirkung.«

»Du meinst, das, was wir nach unserer Rückkehr wahrnahmen, entsprach lediglich einer Wirkung auf etwas, das schon weitaus früher in Gang gesetzt worden war?«

Briann machte eine Handbewegung, die ausdrückte, dass er es für möglich hielt. »Warum haben wir uns damals entschlossen, der Fata zu helfen, die Strahlenkönigin Alyssa aus der Gewalt ihrer Schwester Tahereh zu befreien? Nur weil die zunehmende Dunkelheit der Tage unseren Schlafrhythmus störte? Alyssa stand uns Vampiren nie nahe, ihre Strahlen bereiten uns zuweilen Schmerzen, und Lena kannten wir zu der Zeit noch nicht. Wir hätten abwarten können, ob ihr als Fata die nötige Kraft innewohnt, ihre Aufgabe zu erfüllen, statt an ihr zu zweifeln und zu glauben, dass sie uns braucht.«

Ich zuckte mit den Schultern. »Sogar Kieran zweifelte an ihr. Erinnerst du dich? Er gab sich zuversichtlich und hatte doch bereits alle Hoffnung verloren. Das gab für uns den Ausschlag.«

Briann wiegte den Kopf. »Offensichtlich. Aber wussten wir nicht, dass die Königinnen unsterblich sind?«

»Worauf willst du hinaus?«

Briann klappte das Buch zu und legte es vor sich hin. »Wie konnten wir annehmen, dass Alyssas Licht tatsächlich ausbrennt, einfach so, und nur weil Tahereh sie fesselte, wenn sie doch unsterblich ist, mehr Göttin als Königin? Und noch etwas beschäftigt mich – das, was Alyssa damals zu Lena sagte: ›Mein Licht verbirgt sich in den Schatten meiner Schwester Tahereh, und ihr Schatten zeigt sich in meinem Licht‹, oder so ähnlich.«

Ich stand auf und begann, auf und ab zu gehen. Dann blieb ich stehen und sah Briann an, der noch immer lässig auf der Schreibtischkante saß. »Warum hätten die Königinnen Lena und uns alle in Taherehs Schattenreich locken sollen, wenn Alyssa nicht tatsächlich Hilfe gebraucht hätte? Du vergisst auch, dass es bereits lange vorher schon einmal Fatas gebraucht hat, um die Strahlenkönigin aus der Gewalt ihrer Schwester zu befreien.«

»Aber damals hielten wir Vampire uns heraus, Luczin.«

Ich setzte mich wieder. »Das ist jetzt nicht dein Ernst!«

Briann grinste und zuckte die Schultern. »Man kann es von verschiedenen Seiten betrachten. Angenommen, dass das, was du über uns geschrieben hast, annähernd der Wahrheit entspricht, dann wären du und ich mit einer schmerzbringenden Liebe für solche, die nicht sind wie wir, gezeichnet worden – was ich durchaus als Strafe empfinden könnte für unseren Widerstand gegen Tahereh. Ich mochte Kieran ebenso sehr wie du, er fehlt mir, aber Finley liebe ich mehr, so wie du Lena geliebt hast. Nein, da schwingt ganz und gar nichts Sexuelles mit, es ist einfach eine tiefe Freundschaft, die uns verbindet, ein Gleichklang der Seelen. Er ist wie mein Bruder, meine Freude, und schon jetzt graut mir vor dem Tag, da er nicht mehr sein wird.«

Ich nickte. Briann sprach zwar selten über seine Gefühle für Finley, übertünchte das gern, aber ich wusste trotzdem, was er empfand. »Und die anderen Seiten?«

Briann griff sich wieder das Buch und ließ seine Finger über die Blattkanten gleiten. »Nun, ehrlich gesagt, ich bezweifle, dass die Königinnen ihre Handlungen stets vollständig überblicken, aber das bringt sie uns näher. Und nur weil wir Tahereh unsere Existenz verdanken, wird sie uns sicher nicht gleich strafen wollen, wenn wir nachdenken und ihre Fehler, die schließlich auch uns zu schaffen machen, auszubügeln versuchen. Gerade wir können ihren Zorn und ihre Schmerzen nachvollziehen, das weiß sie. Wenn man jedoch den ältesten Geschichtsbüchern glauben kann, dann steht über den beiden noch die Sternengöttin Liora, die Mutter der Königinnen. Ja, ich weiß, sie ist fast vergessen, aber sie ist der Ursprung von allem. Aus ihrem Willen, den Talenten, die sie verteilt, schmiedet sich jeder Lebende sein Schicksal. So heißt es zumindest. Was also, wenn die Sternengöttin Liora das Los der Tahereh erleichtern, ihr zu mehr Ansehen verhelfen wollte? Wie hätte sie es angestellt, damit wir Lebende die Initiative ergreifen, die wir ergriffen haben? Wenn einer vorausdenken kann, abschätzen kann, was uns zum Handeln antreibt, dann doch sie, und sie hätte ihre Kinder sicher beraten. Vielleicht begab sich Alyssa deshalb freiwillig in die Gefangenschaft ihrer Schwester Tahereh. Sie wurde in Antiquerra immer als Göttin verehrt, Tahereh jedoch allzu gern als ihr dämonischer Zwilling verteufelt. Wir dagegen wussten immer, dass Licht und Schatten zusammengehören.«

Du liebe Güte, da hatte Briann mir einen Brocken hingeworfen! Ich ahnte zwar mittlerweile, dass wir uns in einem schicksalsträchtigen Kreis bewegten, der weit über die Anfänge dessen, was wir mit den Gefährten erlebt hatten, hinausging. Aber so weit?

Ich schaute Briann an. »Du glaubst also, dass Tahereh uns deshalb zu ihren Kindern machte, weil sie hoffte, dass wir ihr zu mehr Ansehen verhelfen? Und als das nicht klappte, heckte sie dreitausend Jahre später mit ihrer Schwester einen Plan aus, um uns alle in ihr Schattenreich zu locken? Nur weil sie wollte, dass wir den Entschluss fassen, uns den sterblichen Gefährten anzuschließen? Damit dann das geschehen konnte, was passiert ist?«

Ich blies den Atem aus und schüttelte den Kopf, weil ich das nicht fasste.

Briann grinste und dann warf er mir noch einen Happen zu. »Wer weiß, vielleicht fing alles sogar noch früher an.«

Ich schüttelte wieder den Kopf, schaute durch die offene Tür auf den Balkon hinaus, ließ meinen Blick über das Panorama der Berge dort draußen schweifen. Meine Gedanken wanderten unwillkürlich in die Vergangenheit zurück. Bilder aus meiner Jugend stiegen vor meinem inneren Auge auf. Briann und ich waren damals noch sterblich, gehörten zum Volk der Inominati. Wir waren Magier mit der besonderen Fähigkeit, die Toten zu rufen. Nun ja, eine gewisse Verbindung zu Tahereh konnte man da wohl mit verknüpfen. Zusammen mit ebenfalls magisch begabten Olims, welche heilen konnten, sowie ein paar Sylphen, Werwölfen, Waldelfen und Kentauren hatte es uns durch einen Unglücksfall nach Antiquerra verschlagen, das damals nur von Feen und Alraunen bevölkert war. Wir Inominatis taten uns notgedrungen eng mit den Olims zusammen. Unsere Völker verschmolzen miteinander und später, als Briann und ich bereits Vampire geworden waren, gingen aus ihnen sowohl die Lichtmagier hervor als auch die Hirudo-Hexen, welche berüchtigt sind für ihre Blutmagie und die heute noch in den dunklen Wäldern des Rodar-Gebirges leben.

Ich schaute kurz zu Briann, der ungerührt weiter in meinem Aufzeichnungen las. Dann stand ich auf, trat auf den Balkon hinaus und wandte dort meinen Blick dem Gebirge zu. Dort drüben, in den Wäldern der uns abgewandten Bergseite, war es geschehen. An dem Tag, an dem Briann und ich vor über dreitausend Jahren unsterblich wurden, vertrieben wir uns in diesem Rodar-Gebirge die Zeit. Wir maßen uns im Bogenschießen, wie junge Männer es eben tun, und dann entdeckten wir plötzlich einen ungewöhnlich großen Hirsch. Das Tier schaute uns an mit einem Blick, als ob es uns erkennen würde, und trabte davon. Neugierig folgten wir ihm quer durch das Tannengehölz, sprangen über schmale Gebirgsbäche und hangelten uns an überstehenden Felsen entlang. Wir merkten nicht, wie dabei die Zeit verging und dann verschwand der Hirsch so plötzlich, als hätte es ihn nie gegeben. Gleich darauf legte sich der dunkle Schleier der Nacht über den Wald und die Schattenkönigin Tahereh stieg hernieder. Ja, wir erkannten sie. Sie sah aus wie in den Erzählungen, die wir gehört hatten: tiefschwarzes, glänzendes Haar, ein ebenmäßiges Gesicht mit eisblauen Augen, und sie trug ein Kleid mit endloser Schleppe. »Habt keine Angst«, flüsterte sie und reichte uns lächelnd einen Kräutertrank, der sich durch ihr Blut, das sie hatte hineintropfen lassen, allmählich rot färbte. Wir tranken alles aus, abwechselnd, Schluck für Schluck. Ich weiß noch, wie sie dabei flüsterte: »Meine Kinder.« Ja, so wurden wir, was wir sind, und vielleicht liefert das auch die Erklärung dafür, dass sie Niven an sich binden wollte. Es kam mir jetzt zumindest nicht mehr so unnatürlich vor, dass sie ihn als Sohn hatte haben wollen.

Ich seufzte, weil ich trotz meiner Gedanken an Niven die alte Erinnerung nicht abschütteln konnte, mich in die Anfangszeit zurückversetzte fühlte, in das Chaos nach unserer Verwandlung. Zu unserem Volk konnten wir nicht mehr zurück, sie verjagten uns. Natürlich streiften wir trotz allem durch die Dörfer, des nachts, und wir tranken auch den einen oder anderen leer, der uns über den Weg lief, wenn auch nicht aus Lust, sondern aus Verzweiflung über das, was wir geworden waren: Bluttrinker, aus der Gemeinschaft der Dörfer Ausgestoßene. Man setzte uns mit Taherehs Dämonen gleich und behauptete im gleichen Atemzug, dass die Strahlenkönigin Alyssa ihrer Schwester geholfen hätte, uns zu erschaffen. Das stimmte zwar nicht, aber wir stellten es auch nicht richtig, und eine Zeitlang glaubten wir ja fast selbst an die Geschichten, die über uns verbreitet wurden. Erst viel später begriffen wir, welches Geschenk Tahereh uns gemacht hatte, denn unsere körperlichen und geistigen Fähigkeiten gingen weit über die der zauberkundigen Inominati und Olims hinaus, die wir schon mit einem einzigen Blick außer Gefecht setzten konnten. Trotzdem dauerte es lange, bis wir die ersten unserer Art schufen. Wir taten es, um Gesellschaft zu bekommen, denn obwohl Briann und ich schon immer dicke Freunde waren, empfanden wir uns einsam. Wie wir unsere Gabe weitergeben konnten, durchschauten wir instinktiv: Wir flößten den Probanden einfach von unserem Blut ein und nahmen uns im Gegenzug ihres. So konnte sich unser Erbe ungehindert in ihnen ausbreiten. Die gläsernen Drachen, welche Tahereh uns als Seelenwächter ans Herz gelegt hatte, führten mich damals zu Darian und Thure, und kurz darauf brachten sie Briann mit Vico zusammen. Gemeinsam wanderten wir danach durch Antiquerra, lehrten die drei, was es hieß, ein Vampir zu sein, und gründeten hier am Fluss der Tränen dann unser Dracopatria. Von da an wurde alles besser. Unsere Gemeinschaft wuchs, wenn wir auch immer wieder einige der Unseren verloren, weil sie die Ewigkeit nicht ertragen konnten und sich in den Zwischentodbereich der Schwarzen Zone stürzten. Diese glich jedoch mehr einem Gefängnis als einem wirklichen Tod, den wir niemals fanden. Derzeit blieb die Zahl der Vampire relativ konstant, was auch daran lag, dass wir nur noch selten jemanden an unserem Blut teilhaben lassen konnten, aber wir hofften natürlich, dass diese Jung-Vampire die nötige Stärke aufbrachten, um die Zeit zu überdauern. Meine Memoiren sollten dazu einen Teil betragen. Ja, ich betrachtete das, was ich derzeit über das Schicksal von Lena und Niven aufschrieb, zum Teil auch als eine Geschichte von mir.

Ob Briann recht hatte mit seiner Vermutung, dass alles schon weit vor unserer Reise in die Schattenwelt anfing? Es würde erklären, warum wir Vampire damals mit Lena mitgehen *mussten*. Ja, dieses Gefühl hatten wir immer gehabt. Vielleicht lag daher der Anfang dessen, was wir mit den Gefährten erlebt hatten tatsächlich in der Tatsache, dass Tahereh uns zu ihren Kindern machte. Der Gedanke erschreckte mich, denn damit wäre auch ich eine Ursache für das, was Lena widerfahren ist, und darüber wollte ich lieber nicht nachdenken.

Ich wandte mich von den Bergen ab, ging in die Bibliothek zurück, und setzte mich auf das Sofa gegenüber des Schreibtischs. Ich sprach Briann an: »Es war schwer damals. Weder du noch ich begriffen, was mit uns geschehen war, wir fühlten nur diesen elenden Durst.«

Briann schaute kurz auf. Er saß noch immer auf der Schreibtischkante, meine Aufzeichnungen jetzt neben sich auf der Tischplatte. »Ja.«

Er widmete sich wieder dem, was ich geschrieben hatte, blätterte im Buch vor und zurück. Ich beobachtete ihn dabei, dann schaute ich wieder hinaus zum Balkon und auf das Rodar-Gebirge, das uns vor so langer Zeit zum Schicksal geworden war. Ich wusste, dass Briann mich nicht zu einer Antwort zu seinen Überlegungen drängen würde und hing daher weiter meinen Gedanken nach. Denn er hatte vorhin noch etwas anderes gemeint, etwas, das noch ein paar Jahre weiter zurücklag als unsere Vampir-Geburt und das direkt mit unserer alten Erde Antiquerra zusammenhing. Antiquerra, diese große, wundervolle Insel in einem Ozean, der »Nebelmeer« genannt wurde, weil er Taherehs Schattenreich vor uns verbarg. Jedes Transporttor führte direkt dorthin, aber wenn ich es einrichten konnte, dann mied ich den Sandstrand dort. Es war der Ort, an dem die Feen und Magier bei beginnender Nacht ihre Toten dem Feuer übergaben, damit der Wind die Asche über das Meer trug, um etwas Neues daraus zu formen. In der Felswand hinter dem Strand steckten gebogene Hörner, in regelmäßigen Abständen. Sie nahmen Asche auf, die der Wind nicht mitnehmen mochte. Es kam selten vor, denn er blies zur Zeit der Totenfeuer stets in Richtung des Nebelmeers. Wenn dies aber doch geschah, so galt das immer als ein Zeichen, dass einer zur Stimme Antiquerras werden sollte, und die Angehörigen brachten seine zurückgebliebene Asche mit Taherehs Barke zum Kristallenen See, der sich ganz in der Nähe von Kierans Turm in dem Felsen verbarg, der auch das Weltentor enthielt. Dort verband sich seine Stimme mit der anderer. Wir Vampire konnten niemals zur Stimme Antiquerras werden, denn keiner von uns fand je einen endgültigen

Tod, egal wie er umkam. Unter der richtigen Sternenkonstellation genügte ein Tropfen Blut, um ihn aus seiner Asche wiederauferstehen zu lassen.

Herrje, so erging es mir immer, wenn Briann mir etwas zu kauen gab. Meine Gedanken schweiften in alle Richtungen, blieben hier hängen und dort. Denn eigentlich hatte er darauf angespielt, dass unser Antiquerra mitsamt dem Nebelmeer zu einer größeren Welt namens Velam gehört.

Briann und ich stammten ursprünglich aus einem kleinen Dorf am Rande des unteren Küstenausläufers vom Türkisland. Als wir noch Kinder waren, brach jedoch ein Stück dieser Küste ab und trieb als schwimmende Insel samt uns und ein paar anderen Überlebenden in den Ozean hinaus. Ich sah alles wieder vor mir … Der Wind und das tobende Wasser spülten unser Stück Land ins Nebelmeer hinein, wo es sich dann mit Antiquerra verband. In meiner Erinnerung hörte ich wieder die Schreie der Ertrinkenden, sah die hochpeitschenden Wellen, welche den Baum, in dessen Ästen Briann und ich uns aneinander geklammert hatten, wütend umspülten. Ich schaute zu Briann hin, doch seine Gestalt verschwamm vor meinen Augen. Ich fror plötzlich.

Nein, das ist längst vorbei! Mit aller Gewalt schüttelte ich die Erinnerung ab, zwang mich in die Gegenwart und rief mir Brianns Worte von vorhin ins Gedächtnis zurück. Ja, er könnte mit seinen Überlegungen recht haben, denn Tatsache ist, dass in der Zeit vor diesem Unglück noch niemand die Königinnen unterstützte. Erst lange danach fand Alyssa unter den aus Olims und Inominati hervorgegangenen Lichtmagiern treue Hüter ihres Lichtkristalls. In seiner Eigenschaft als Herr des Turms verwahrte Finley diesen an einem gut gesicherten Platz in der Burg hinter dem Turm, und diese Aufgabe machte ihn auch zum Sprachrohr der Strahlenkönigin. Aber Tahereh ... Ich habe bis jetzt noch keine Fee getroffen, die ihre Dunkelheit schätzt, auch keinen Magier, der sich getraut hätte, die Frucht ihres Schoßes zu hüten. Und wir Vampire, wir waren einfach nur Taherehs Kinder. Wer würde uns zuhören, wenn wir ihre Sorgen oder ihren Willen kundtaten? Viele hatten vor uns genauso viel Angst wie vor Tahereh selbst.

Ja, vielleicht gingen Brianns Gedanken in die richtige Richtung. Vielleicht begann sich der Kreis tatsächlich schon ab dem Zeitpunkt zu drehen, als unsere ursprüngliche Heimat ins Nebelmeer geschleudert wurde. Aber wenn es so war, dann durften wir die Königinnen in Zukunft nicht mehr als voneinander getrennt betrachten. Und all das, was passiert ist, hätte dann geschehen müssen. Ja, Kieran hatte mir das auch schon einmal angedeutet. Aber es wollte mir einfach nicht schmecken, denn es würde bedeuten, dass sich alle Handlungen von jedem Einzelnen zu einem einzigen Faden des Schicksals verknüpfen.

Ich schloss für einen Augenblick die Augen, atmete durch und schaute dann wieder zu Briann. Er las noch in meinem Buch und seine Finger blieben hier und da an einer Zeile haften. »Deine Gedanken und das, was sie in mir auslösen, sind mir im Augenblick zu schwere Kost, um nachher davon zu träumen«, sagte ich zu ihm. »Hast du noch etwas anderes auf Lager, über das ich nicht soviel grübeln muss?«

Briann blätterte noch einmal das Buch durch und klappte es dann zu. »Als Niven in jener Nacht den Schmetterling von Lena bekam, war ich bei ihm. Während er ihren Worten lauschte, wurde er plötzlich ganz ruhig, so als ob ihm auf einmal klar wäre, was zu tun sei. Aber er sagte dann nur, dass eine Erinnerung in ihm aufgestiegen sei, der er nachgehen müsste.« Als ich die Augenbrauen hob, winkte er ab. »Ah, du weißt, was ich meine. Er erinnerte sich an die Raben.«

»Es hätte nichts geändert, wenn wir von Anfang an gewusst hätten, was sie bedeuten.« Ich seufzte, schwieg eine Weile, und merkte dann, wie mich die Müdigkeit übermannte. »Ich glaube, ich sollte ein bisschen schlafen, ehe ich weitermache.«

Briann nickte und stand auf. »Falls du mich später suchst, ich geh am Nachmittag zum Turm. Ach, noch eines: Ich nehme an, es wird verschiedene Versionen geben?«

Ich gähnte hinter vorgehaltener Hand, und sah ihn dann an. »Sicher! Oder glaubst du, ich will unsere Freunde mit den dunklen Seiten unseres Vampirdaseins erschrecken? Wenn ich alles fertig geschrieben habe, dann kann Thure das Ganze einem ›selbstschreibenden Buch der Geschichte‹ diktieren. Soweit ich weiß, hat er ein paar Exemplare dieser grandiosen Erfindung so manipuliert, dass sie Vampirgeheimnisse und Schilderungen von Blutbädern – sofern ich davon berichten werde – nicht aufschreiben, sondern durch harmlose Bemerkungen ersetzen.«

Kapitel 2

Pläne ...

Bei der Besprechung mit den Gefährten waren wir übereingekommen, dass wir vorläufig nur Augen und Ohren offenhalten konnten, um mehr über Sinn und Zweck der seltsamen
Phänomene herauszufinden. Zwei Nächte lang forschten meine Vampirgefährten in der Gegend um Mihais Wohnstatt nach
ungewöhnlichen Aktivitäten, aber wie Niven vorausgesagt hatte, fanden sie nichts. Briann belauschte sogar die Grungalp,
jedoch ebenfalls ohne Erfolg. Die Schattenfeen ließen nichts
über Taherehs Pläne verlauten, verhielten sich wie immer.
Auch das hatte Niven nicht anders erwartet. Er glaubte, dass
nur sein Onkel mehr dazu sagen konnte – falls er aus seiner
Bewusstlosigkeit wieder erwachte.

Doch Mihais Zustand veränderte sich auch in den folgenden Tagen nicht. In Lenas Garten dagegen erschien jede
Nacht erneut das Nebelgebilde. Es schien zu wachsen, und
manchmal formte es sich zu einem riesigen Schattenvogel, der
versuchte, sich bis zum Fenster von Lenas Zimmer hin aus-
zudehnen. Ich sprang in solchen Momenten stets in die Luft,
um die Nebelgestalt mit meinem Körper zurückzudrängen,
aber von Mal zu Mal fühlte ich einen stärkeren Widerstand.
Dennoch war mir, als ob dieses Gebilde nur mit mir spielte,
völlig emotionslos, wie ein ferngesteuertes Wesen, das vorge-
schickt worden war, um den Gegner zu testen. Es machte
mich wütend!

Lena hatte ihr Haus mit Zaubersprüchen geschützt, sodass
sie zumindest drinnen einigermaßen sicher sein sollte, dennoch verließ ich mich nicht darauf. Aus der Waffenkammer
meiner Burg suchte ich mir aus meinem Beuteschatz ein Lang-

schwert mit einem reichverzierten Knauf heraus, das aus der Menschenwelt stammte und einmal einem Kreuzritter gehört hatte. Dieses Schwert nahm ich jedes Mal mit, wenn ich zu Lena ging. Ich trug es über meinem langen Ledermantel, den ich extra für meine Besuche in der Menschenwelt hatte anfertigen lassen. Niemand sah meine Waffe, ich bewegte mich zu schnell, und auch Lenas Vater bekam sie nie zu Gesicht. Sobald die Sonne unterging, machte ich mich dann im Garten kampfbereit. Doch solange Lena und ihr Vater noch nicht schliefen, musste ich mich auf die Abwehr des magischen Nebels beschränken, alles andere hätte die beiden in Gefahr gebracht. Wenn ich mich dann jedoch im Laufe der Nächte mit dem Schwert in der Hand dem Gebilde näherte, um das, was sich darinnen verbarg, aus dem Weg zu räumen, warf mich eine unsichtbare Kraft jedes Mal gegen die Hauswand zurück. Ich weiß nicht, wie oft ich mir dabei die Knochen brach, meine Verletzungen heilten ja schnell, aber zum Glück krachte ich wenigstens nie in die Glasscheibe eines Fensters hinein. Dank meiner Tiefschlaf fördernden Vorsorge hörten Lena und ihr Vater nichts von meinen nächtlichen Kämpfen, obwohl ich jede Nacht wütender focht. Nur ein einziges Mal gelang mir ein Hieb in die magische Masse hinein, und ich hörte einen leisen Schrei. Gleich darauf verdichtete sich der Nebel, stand vollkommen still, wie lauernd. Als ich danach voller Zorn erneut angriff und das hellgraue Gebilde traf, da hörte es sich an als ob Eisen auf Eisen schlug und die Spitze meines Schwerts brach ab. Ich fasste es nicht! Ein eisenbewehrter Nebel! Was ich in der Folge auch ausprobierte, sei es der offene Kampf oder der Versuch, meinen verborgenen Gegner zu manipulieren, ihm meinen Willen aufzuzwingen, ich kam einfach nicht gegen dessen Zauber an. Unter Aufbietung aller Körperkräfte konnte ich zwar verhindern, dass sich dieses seltsame Ding bis zu Lenas Fenster vorschaffte, aber ich vermochte es nicht zu vertreiben oder gar zu zerstören. Fünf Tage lang ging das so, bis Lena und ihr Vater endlich reisefertig waren. Was war ich froh, als sie mir das sagte!

Noch vor Sonnenuntergang brachte ich sie am sechsten Tag nach Antiquerra, wo sie im Korria-Dorf wie geplant festlich empfangen wurden. Natürlich untersuchte ich auch hier sofort die Umgebung von Doriths Häuschen, aber ich fand nirgendwo Anzeichen abnormer Energien. Der magische Schatten schien in der Menschenwelt geblieben zu sein, nichts störte das Fest, dennoch atmete ich noch nicht auf. Aber zumindest Großmutter Dorith sah glücklich aus, sie strahlte über das ganze Gesicht, weil sie ihre Familie jetzt bei sich hatte. Weder sie noch Lenas Vater hatten bislang mitbekommen, dass wir uns Sorgen machten, und das sollte auch so bleiben.

Während der Nacht kontrollierte ich dann das gesamte Dorf, doch das Nebelgebilde tauchte nirgendwo auf. Vielleicht hielt die Strahlenkönigin Alyssa ihre schützende Hand über die Feensiedlung. Ich hoffte es, immerhin hatte sie Lena ja ihre Freiheit zu verdanken.

Am folgenden Vormittag trafen wir uns mit Lena zu einem späten Frühstück in Kierans Turm, und bei aller Sorge um Mihai und Niven, die natürlich nicht dabei waren, gab uns das wieder so etwas wie ein Gefühl von Normalität. Wie immer saßen wir an dem grob gezimmerten Tisch neben dem Eingang. Wir Vampire hatten die Plätze im Schutz einer hohen Tanne eingenommen, denn obwohl wir die Sonne aushalten, schält ein Zuviel schnell unsere Haut ab, vor allem, wenn wir nur wenig geschlafen hatten, so wie ich heute.

Reik, der Alraun, kniete auf seinem Stuhl, weil er bei seiner geringen Größe anders nicht an den Tisch heranreichen konnte. Schon oft hatte ich darüber nachgedacht, dass seine kleine Statur vielleicht nur der Tarnung diente, denn Reik hätte sich nicht gescheut, sich schützend vor uns alle zu stellen, seine Steinschleuder aus der Hosentasche zu ziehen und jedweden Angreifer zu vertreiben. Besonders gut verstand er sich mit Vico, den er in Erinnerung an gemeinsames Leid seinen Schlangenbruder nannte. Jedes Mal, wenn sie sich trafen, musste Vico ihn hochheben, damit Reik ihn ausgiebig herzen konnte. Sein an eine runzlige Rübe erinnerndes Gesicht strahlte dann auf wie eine Sonne.

Jetzt rutschte er aber unruhig auf dem Stuhl herum und schnupperte in der Luft, dass seine wie feines Wurzelwerk wirkenden, abstehenden Haare zitterten. »Mmh, Cara bringt meine Brennesseljauchensoße.«

Vico und Thure verzogen das Gesicht. »Wo sind unsere Atemmasken?«

»Weiß gar nicht, was ihr alle immer habt. Probiert doch erst mal, die ist köstlich zum Getreidebrei!« Reik schüttelte den Kopf, weil auch Finley wie üblich zu wedeln anfing, als Cara die stinkende Brühe vor Reik auf den Tisch stellte. »Und Kraft gibt sie auch!«

»Dir vielleicht, uns würde sie vergiften«, brummelte Finley und senkte seine Nase tief über den Teller, auf den er sich Brei mit Beerensoße gehäuft hatte.

Nun, uns Vampire verlockte auch Getreidebrei mit Beerensoße nicht, obwohl wir das hätten essen können, allerdings im Bewusstsein der ein paar Stunden danach eintretenden Folgen, die ich niemanden wünsche, außer er genießt das Gefühl zu sterben und tagelang anhaltenden Brechreiz. Lieber hielt ich mich da an Caras köstliches Hirschblut. Das gab mir Kraft, wenn auch nicht soviel wie echtes. Ich trank in manierlichen Schlucken und betrachtete die anderen. Briann, Vico, Thure und Darian hielten immer wieder die Luft an. Nun ja, die Brennesseljauchensoße roch ja auch wirklich schlimmer als ein Keller voll Knoblauch. Alrik, der unerschrockene Feenkrieger mit dem Gesicht einer verweinten Madonna – die rotgeränderten Augen verdankte er einem Unfall mit einem von uns, was ihm zum Schluss die Nachtsicht geschenkt hatte – ließ sich kaum etwas anmerken, sowenig wie Kieran, dem so etwas wie eine Jauchensoße sowieso kaum eine äußere Regung entlockte. Allerdings hatte Kieran auch eine Möglichkeit, seine Nase zu verstecken, nämlich in dem langen, weißen Bart, der sein Gesicht umrahmte. Finley konzentrierte sich voll und ganz auf den Duft seiner Beerensoße und ich musste grinsen, als ich seine Gedanken hörte: *Hier riecht's gut, hier riecht's gut …* Sein dunkles Haar, das ihm bis über die Schultern reichte, tunkte fast in seinen Teller, so tief beugte er den Kopf. Seine Cara saß neben ihm, aß in völligem Gleichmut, wiewohl sie vorhin den Krug mit ausgestrecktem Arm und abgewandtem Gesicht vor sich hergetragen hatte. Ja, Finley konnte sich glücklich schätzen, diese rassige rothaarige Sidda-Fee an seiner Seite zu haben. Von Lena unterschied sie sich wie der Tag von der Nacht. Cara wirkte für eine Fee eher robust, ein feuriger Typ, und sie konnte sich sogar in einen gefährlichen schwarzen Panther verwandeln. Lena mit ihrem Korria-Feenerbe und den dafür typischen hellblonden Locken erschien dagegen eher zart und zerbrechlich.

Als alle satt waren, standen Cara und Lena auf, um die leergegessen Schüsseln und Teller in den Spülstein der Küche zu dirigieren. Sie taten das mit dem üblichen Fingerschnipsen. Ich zog schnell den Kopf ein, als ein paar durcheinanderwirbelnde Löffel zu nahe an mir vorbeiflogen, um dann jedoch in einer eleganten und geordneten Wendung durch die geöffnete Tür im Turm zu verschwinden. Reiks Soßenkrug folgte nicht, aber als Cara noch einmal schnipste, erhob sich das Gefäß und flog zu seinem Platz im Freien hinter dem Turm.

Ich betrachtete Reik, dessen Gesicht seltsame Falten schlug.

»Untersteh dich zu rülpsen!«, warnte Vico, der das auch sah.

»Ups!« Reik hob die Hand vor den Mund und kicherte.

Nun ja, was man halt nicht halten kann … Vico hielt sich entsetzt die Nase zu und wedelte so hektisch wie meine anderen Vampirgefährten. Aber ein gnädiger Wind kam uns zu Hilfe und der Gestank von Reiks halbverdauter Brennesseljauchensoße verflog.

Meister Kieran nutzte den Augenblick und klatschte in die Hände. Gläser flogen herbei samt einer Flasche Kräuterschnaps. Jetzt konnten wir Vampire wieder mithalten! Wasser oder andere klare Getränke behielten wir bei uns, allerdings immer nur auf der Grundlage eines kräftigen Bluttrunks, so wie heute, niemals auf nüchternen Magen. Das »Kräuterbiest« machte nämlich seinem Namen alle Ehre. Es enthielt zwar keinen Alkohol, brannte aber in der Kehle wie der Schnaps der Menschen und wurde deshalb auch vereinfachend so genannt. Wir Vampire benutzten Kräuterbiester sogar manchmal als Arznei, wenn wir unserem Lebenssaft zu sehr zugesprochen hatten. Bei Kieran im Turm artete das allerdings schon mal zum Gelage aus, keine Ahnung, wieso. Dass Kieran überhaupt so etwas Höllisches zu sich nahm, hatte uns anfangs sehr verwundert, aber er erwies sich als ausgesprochen trinkfest, und es regte seine philosophische Ader an. Ein Fest für mich. Allerdings konnten wir zu so früher Stunde nur eine kleine Arzneidosis erwarten. Auch recht, und nicht dass einer denkt, ich bräuchte dieses scharfe Brennen im Hals. Nein, ich kann durchaus verzichten, die anderen übrigens auch, aber es gibt

Nächte, da gibt es nichts Schöneres, als gemeinsam eine Flasche falschen Schnaps zu leeren und dabei zu philosophieren.

Kieran wollte gerade einschenken, da erklang plötzlich das Spiel einer Mundharmonika.

Lena stand hektisch auf. »Seht nur!«, rief sie und deutete links vom Turm auf das Birkenwäldchen.

Ich schaute dorthin und traute meinen Augen nicht! Niven trat von dem Weg dort heraus auf die Lichtung, nahm seine Mundharmonika von den Lippen und steckte sie in die Tasche seines schwarzen Umhangs. Und neben ihm ging Mihai, fast so sicheren Schrittes, wie wir es vor seiner Erkrankung von ihm kannten! Ehe ich mir aber darüber Gedanken machen konnte, was Mihais überraschende Genesung wohl zu bedeuten hatte – bisher hatte nicht einmal ein Wunschring seinen kritischen Zustand gebessert – eilte Lena auf die beiden zu. Sie umarmte den Feenkrieger, gab ihrer Freude über seine wiedergewonnene Kraft mit übersprudelnden Worten Ausdruck, und schlang dann ihre Arme um Nivens Hals.

Er zog sie an sich und ich hörte ihn flüstern: »Lena! Mein strahlender Stern, du Licht meiner Seele.« Während ich aufstand, um mit den anderen den beiden entgegenzugehen, sah ich, wie Niven Lenas Haar streichelte und ihr Gesicht mit Küssen bedeckte. »Wie hab ich mich nach dir gesehnt, nach deinem Lächeln, nach dem Klang deiner Stimme, die mein Herz erhebt und über die Nacht hinausträgt. Jede Stunde ohne dich ist dunkel.«

Sagte ich schon, dass Niven zuweilen etwas exaltiert klang? Nicht, wenn es um Alltägliches ging, aber immer, wenn er mit Lena sprach. Es nervte mich manchmal, aber Lena schien das zu gefallen. Und ja, ich gebe es zu, es versetzte meinem Herzen einen Stich, als ich auch heute wieder sah, wie sie sich an ihn schmiegte, in fast kindlicher Unbefangenheit.

Niven ging, wie immer wenn er zum Turm kam, Hand in Hand mit ihr zu der goldenen Eiche, die am Rand des Birkenwäldchens wuchs und die den Geist von Gustav beherbergte, des mutigsten Alraunen, den ich je kennengelernt habe. Er verneigte sich tief und entbot den Feengruß. »Ich weiß, was ich dir zu verdanken habe, mein großherziger Freund.«

Wir ließen den beiden Zeit für ihre Erinnerung, dann begaben wir uns alle zurück zum Tisch. Während Finley zwei weitere Stühle herbeizauberte, begann Niven zu erzählen. »Gestern am frühen Abend schlug Mihai plötzlich die Augen auf. Stellt euch vor, er war ganz klar und verlangte zu essen! Von Stunde zu Stunde ging es ihm wie durch ein Wunder besser, und jetzt scheint es fast so, als ob nie etwas gewesen wäre.«

Wir setzten uns, und Mihai ergänzte: »Ja, ein Wunder. Als ich aufwachte, hatte ich keine Ahnung, wie lange ich im Schoß der Dunkelheit gelegen hatte. Ich wusste nur von furchtbaren Träumen, spürte die Erleichterung, dass es vorbei war. Jetzt geht es mir wieder gut, und der Spaziergang hierher hat meinen vom langen Liegen eingerosteten Knochen gutgetan.« Mihais Stirn umwölkte sich mit einem Mal. »Aber ich denke …«

Niven drückte seine Hand. »Jetzt bin ich erst einmal froh, dass alles gut ausgegangen ist. Du bist wieder gesund, und du«, er wandte sich lächelnd an Lena, »die du mein Stern in der Nacht und meine Sonne am Tag bist, du bist hier.«

Ich sog den Atem ein. Das reichte jetzt wohl wieder für eine Weile. Nivens verliebtes Geschwafel brachte mein Blut in Wallung und lenkte mich sogar von Mihais Gedanken ab, die eigentlich recht offen zu mir herüberschwappten.

»Jetzt trinken wir erst einmal auf deine Genesung, Mihai, und darauf, dass wir dich, Lena, nun endlich bei uns haben.« Meister Kieran schwenkte die Flasche mit dem Kräuterbiest und begann einzuschenken.

Ich beobachtete derweil die beiden Turteltäubchen aufs Neue. Wie jung sie noch waren – Lena gerade einmal neunzehn vorbei und Niven zwanzig Jahre. Aber eigentlich doch ein Alter, in dem sterbliche Paare mehr wollten als Händchenhalten. Ob die beiden schon das Bett miteinander geteilt hatten? Ich war mir nicht sicher, aber eigentlich wollte ich es auch gar nicht wissen, mich lieber in der Illusion wiegen, dass es nicht so war. Mein Blick schweifte zu Finley und Cara. Ja, die beiden hatten die Freuden der Liebe längst für sich entdeckt, strahlten eine Sinnlichkeit aus, die ihre Körper und Seelen aneinanderbanden. Sie waren nicht viel älter als Lena und Niven, nur wenige Monde, aber was die Liebe betraf, wohl wesentlich bodenständiger als die beiden.

Nicht, dass man mich falsch versteht, ich zweifelte keineswegs daran, dass Niven Lena aufrichtig liebte und dass beide füreinander bestimmt waren. Aber ihre Liebe schwebte immer irgendwo in den Wolken, zwei Seelen, die miteinander tanzten, um eine zu werden, und die dabei das Irdische abstreiften.

Wenn ich Niven so betrachtete, diesen kampferfahrenen, eigenartigen Mann, der sich stets ganz in Schwarz kleidete, völlig ohne Kontrast zu seinen verstrubbelt wirkenden langen Haaren: Noch immer malte er sich mit dickem Kajal diese seltsamen Zeichen auf die Stirn wie zu der Zeit, als wir ihn kennengelernt hatten. Eigentlich hätte er in seiner äußeren Erscheinung mehr zu uns Vampiren gepasst als zu den Feen. Nein, er war hier nicht wirklich zu Hause, nirgendwo, konnte sich nicht verankern, und das machte ihn trotz unser aller Freundschaft zu einem einsamen Suchenden. Obwohl er sich in den letzten drei Jahren uns gegenüber geöffnet hatte, hielt er noch zu viele Geheimnisse in sich verschlossen. Nur Lena erreichte ihn in den tieferen Winkeln seiner Seele, aber auf einer Ebene, die mir eher fremd blieb.

Gläserklirren und Prost-Rufe rissen mich aus meinen Gedanken. Ich verschloss mich, hob mein Glas, sah, wie Lena und Cara mit Kräutertee schummelten. Dann fiel mein Blick auf Mihai, der sehr entschlossen wirkte.

Er hob die Stimme. »Also, ich muss mit euch reden. Nur deshalb habe ich heute schon den weiten Weg hierher auf mich genommen.«

»Onkel!« Niven legte ihm schnell die Hand auf den Arm, aber Mihai schüttelte den Kopf.

»Du bist mir zu wichtig, Niven, als dass ich einfach zuschauen könnte, wie die Schattenkönigin ihre Finger nach dir ausstreckt.« Mihai schaute mich an. »Luczin, ich erinnere mich, dass du, als ich im Delirium lag, bei mir warst, und ich sagte dir etwas.«

Ich nickte. Der Gedanke, dass Mihai ausgerechnet zu dem Zeitpunkt genesen war, als ich Lena für immer nach Antiquerra gebracht hatte, blitze in mir auf und setzte sich wie ein Kloß in meinem Hals fest. Es hatte etwas zu bedeuten!

Mihai ließ seinen Blick über uns alle schweifen und fuhr fort: »Die Grungalp, die mich berührte, drohte mir. Sie sagte, ich stünde dem Schicksal im Weg. Ich weiß, was sie meinte. Tahereh will sich an Niven vergreifen, ihn zurückhaben. Wir müssen ihn schützen, mir allein wird das nicht gelingen!«

Niven nahm den Arm von Lenas Schultern und richtete sich auf. Mit einem Mal wirkte er wieder wie der unbeugsame Krieger von einst, der uns fünf Vampire in Schach gehalten hatte. »Mein Entschluss steht bereits fest und nichts wird mich umstimmen. Ich werde mir ein Haus bauen, an einer geschützten Stelle zwischen dem östlichen Ausläufer des Dragho-Gebirges und dem Ufer eines Seitenarms des Tränenflusses. Von dort aus kann ich die Klagsümpfe im Blick behalten, und das Wasser verrät mir vielleicht Taherehs Pläne.«

Briann stieß unwillig die Luft aus. »Fällst du wieder in alte Gewohnheiten zurück, um uns von deinen Sorgen auszuschließen?«

»Nein!« Niven lächelte und seine Stimme nahm einen weicheren Klang an. »Ich will euch schützen. Tahereh will mich, nicht euch. Und sie würde euch zweifellos aus dem Weg räumen, wenn ihr versuchen würdet, euch gegen sie zu stellen.«

Da hört ihr es!«, beschwerte sich Mihai. »Der Junge ist nicht ganz bei Verstand.«

Ich empfand es genauso. Wie konnte Niven nur annehmen, dass er allein gegen Tahereh ankam? Er hatte keine Chance ohne uns. »Niven, deine Rücksicht in allen Ehren, aber das ist widersinnig. Wir fürchten uns nicht davor, Tahereh und ihren Dämonen die Stirn zu bieten, wir haben es schon einmal getan. Und unsere Freundschaft wäre nichts wert, wenn wir dich allein ließen. Das kommt auch überhaupt nicht infrage!«

Niven schüttelte fast trotzig den Kopf. »Ja, ich weiß, dass ihr die besten Kämpfer unter den Lebenden seid. Aber dies hier ist etwas anderes, als in ihr Reich einzudringen und ihre Schwester dort herauszuholen. In der direkten Konfrontation stehen Tahereh andere Mittel zur Verfügung als euch. Niemand weiß das besser als ich. Pfeil und Bogen, Schwerter oder die Steinschleuder von dir, Reik, das richtet nichts aus bei ihr. Auch Zaubersprüche nicht. Und ihr«, er wandte sich an uns Vampire, »Taherehs Blut fließt zwar in euren Adern – ja, Luczin, ich weiß, dass sie Briann und dich einst zu ihren Kindern machte – aber es schützt euch nicht vor ihrem Todesfluch. Sie würde ihn über jeden sprechen, der sich ihrem Willen entgegenstellt, und einer nach dem anderen von euch ließe sein Leben. Verzeiht mir also, wenn ich will, dass ihr lebt, ihr alle.« Sein Gesicht verschloss sich plötzlich vollkommen. »Versucht es gar nicht, ich lasse nicht mit mir handeln.«

Es traf mich zuerst wie ein Schock, dass Niven den Ursprung unserer Existenz kannte. Es war zwar kein Geheimnis, zumal die Geschichtsbücher unser Vampirdasein letztendlich immer als von beiden Königinnen gewollt beschrieben, aber keiner unserer Freunde hatte bisher ein Wort darüber verloren oder nachgefragt. Hatte Niven das in der Hoffnung ausgesprochen, dadurch einen Graben zwischen sich und uns Vampiren zu schaffen? Wenn ja, dann wusste er trotz allem nicht viel über uns. Was machte es schon aus, wenn jeder daran erinnert wurde, wie wir wurden was wir sind. Es änderte nichts, auch nichts an unserer Freundschaft, die vertrug noch viel mehr Wahrheiten. Aber als Lena dann den Mund aufmachte, glaubte ich, unter einem Felsbrocken zermalmt zu werden.

»Wenn Nivens Haus fertig ist, werde ich zu ihm ziehen. Ich konnte Tahereh schon einmal besänftigen und es wird mir wieder gelingen«, sagte sie, und ihre Haltung drückte die gleiche Unbeugsamkeit aus, die Niven zeigte.

Ein mehrstimmiger Aufschrei machte deutlich, wie wenig alle von diesem Vorhaben hielten, und es entbrannte eine hitzige Diskussion. Ich hielt mich – noch ganz geplättet – zurück, hörte den anderen zu und grübelte darüber nach, ob diese Entwicklung damit zusammenhing, dass ich Lena und ihren Vater hierhergebracht hatte. Aber hatte ich eine andere Wahl gehabt? Ich dachte an das Nebelgebilde in ihrem Garten. Verflucht aber auch! Dann wurde mir plötzlich klar, dass Lenas Entscheidung nicht aus dem Augenblick heraus gekommen war. Sie musste schon vorher mit Niven darüber gesprochen haben, und ich begriff, dass sie ihre Gedanken ganz gut vor mir verbergen konnte, wenn sie es darauf anlegte. Verflixt! Sie kannte mich einfach zu gut, um nicht Vorsichtsmaßnahmen zu ergreifen, wenn sie annehmen musste, dass ich etwas nicht guthieß.

So ein Haus zu bauen geht nicht von heute auf morgen, selbst dann nicht, wenn dabei Magie im Spiel ist. Dieser Gedanke beruhigte mich ein wenig, genauso wie die Tatsache, dass Lena ihren Vater nie allein bei Dorith lassen würde. Die verrückte Idee der beiden mochte also noch eine ganze Weile nicht zu verwirklichen sein. Ehe es soweit kam, konnte noch einiges geschehen. Also sollte ich jetzt wohl besser erst einmal die Nerven behalten. Im Notfall würden die zwei schon noch erleben, dass meine Sturheit ihre eigene weit übertraf.

Während Kieran noch verzweifelt die Strahlenkönigin anrief, ihm zu helfen, und Finley die beiden Fatas anschrie, dass sie doch wirklich nicht mehr alle Tassen im Schrank hätten, verschaffte ich mir Gehör.

»Also ich bin auch nicht damit einverstanden, Niven. Aber lassen wir das erst einmal außen vor. Ich will mir den Platz anschauen, den du ausgewählt hast, und wenn du mir dann einen schlüssigen Plan darlegen kannst, der mir beweist, dass du Lena nicht in Gefahr bringst, dann sehen wir weiter.«

Wie ich erwartet hatte, nickte Niven. »Ich würde Lena nie in Gefahr bringen wollen, das weißt du.«

Allmählich beruhigten sich die Gemüter. Nur Mihai saß wie ein gebrochener Mann an seinem Platz. Er tat mir leid. Ich wusste, wie gern er in einer großen Familie mit mehreren Generationen gelebt hätte, so wie es bei den Feen allgemein üblich war, aber er hatte niemanden mehr außer Niven – und der wollte ihn verlassen.

Als wir uns später trennten, spürte ich, wie viel Hoffnung die anderen in mich setzten, dass ich Niven vielleicht doch noch umstimmen konnte. Vico und Thure packten ihn und Mihai unter ihre Arme und flogen die beiden nach Hause. Lena ging mit Alrik ins Korria-Dorf zurück. Ich nahm sie zum Abschied in den Arm.

»Danke, Luczin«, sagte sie. »Es ist dir bestimmt nicht leichtgefallen, Nivens Plan nicht gleich abzuschmettern. Mach dir keine Sorgen um mich, es wird alles gut.«

Ich kam mir vor, als hätten wir die Rollen vertauscht. Aber eigentlich doch nicht, denn sie sprach eindeutig als Fata, deren Gespür aus geheimen Quellen gespeist wurde. Also sagte ich nichts, sondern küsste ihre Wange und strich ihr über das seidige Haar. Ich sah ihr nach, bis sie mit Alrik in dem Birkenwäldchen verschwand. Dann verabschiedete auch ich mich und flog mit Briann und Darian nach Dracopatria zurück.

Als auch Thure und Vico wieder zu Hause ankamen, trafen wir uns alle noch einmal in meiner Bibliothek.

Briann fasste seine Eindrücke zusammen: »Niven verschließt sich wieder, will niemanden an sich herankommen lassen. Ich denke, das hängt mit seinem Onkel zusammen. Er litt Höllenqualen, als es Mihai so schlecht ging, und er gab sich die Schuld daran.« Er schüttelte den Kopf, lachte freudlos auf. »Niven stirbt lieber, als zuzulassen, dass sich einer von uns seinetwillen der Gefahr aussetzt.«

»Ehrenhaft, aber dumm.« Thure sah mich an. »Es wird eine harte Nuss werden, ihm das auszureden.«

Das war mir klar und mittlerweile fragte ich mich sogar, ob es nicht besser wäre, es gar nicht erst zu versuchen. »Vielleicht ist es der falsche Weg, ihm das auszureden. Wenn wir die Örtlichkeiten kennen, haben wir Möglichkeiten, auf ihn aufzupassen, notfalls ohne dass er es bemerkt. Wenn ich mich nicht täusche, ist der Platz, den er meint, gar nicht so weit von hier entfernt, und wir könnten uns aufteilen und auf diese Weise auch die Klagsümpfe im Auge behalten, da er anscheinend von dort aus einen Angriff erwartet. Ich habe den Eindruck, dass er recht konkrete Befürchtungen hegt – welche, das versuche ich, herauszufinden. Alles Weitere klären wir, nachdem ich mit ihm geredet habe.«

So verblieben wir dann auch.

Auf meine Bitte hin überprüfte Darian dann von Sonnenuntergang bis tief in die Nacht hinein noch einmal das Korria-Dorf. Aber er fand nirgends eine Spur, die auf die Anwesenheit von Taherehs Spionen schließen ließ. Alles erschien ihm friedlich, so wie mir in der Nacht zuvor. Auch in der Umgebung von Mihai und Niven blieb alles ruhig. Es erleichterte mich und dennoch wusste ich nicht, was ich davon halten sollte.

Am nächsten Tag zogen Wolken auf und verschluckten das Sonnenlicht, das so viele Wochen ungehindert den Himmel beherrscht hatte. Ich hatte nur drei oder vier Stunden geschlafen, aber ich empfand mich frisch und erholt, und so machte ich mich bereits am Vormittag auf, um zu Niven zu fliegen.

Als ich vor dem kleinen weißen Häuschen ankam, entdeckte ich Mihai im Garten auf der Bank unter dem Apfelbaum. Er wirkte traurig und ich ging zu ihm hin.

»Du kannst ihn nicht umstimmen, Luczin, niemand vermag das«, sagte er.

Ich versuchte, ihn aufzurütteln. »Niven liebt dich, Mihai, vergiss das nicht. Er hat furchtbar gelitten, als du so krank warst, und er gibt sich die Schuld dafür.«

»Die Grungalp war schuld, nicht er.« Mihai sah mich an, fast beschwörend. »Luczin, ich bin ein Krieger! Meine Bestimmung ist es, diejenigen zu schützen, die in Not sind. Wie kann er mir das nehmen wollen? Es ist Taherehs Werk. Sie hat ihn wieder in ihrer Gewalt.«

»Wir werden auf ihn aufpassen, Mihai. Wir alle zusammen, ob er nun hierbleibt oder woanders lebt.« Mihai nickte, aber ich sah ihm an, dass er Niven schon verloren glaubte, und es brach ihm das Herz. Ich konnte ihn verstehen, denn innerhalb der letzten drei Jahrzehnte hatte Mihai bereits alle anderen Angehörigen seiner Sippe verloren, zuletzt seine Schwester Ava. Wie er mir einmal gesagt hatte, erschienen ihm die Todesfälle wie ein Fluch, der auf seiner Familie lastete. Ich legte meine Hand auf Mihais Schulter und schaute ihm in die Augen. »Es wird alles gut«, flüsterte ich ihm ein, und er entspannte sich ein wenig.

Kurz darauf ging ich ins Haus hinein und stand gleich darauf in der Wohnküche, die wie in jedem Feenhaus als Treffpunkt für die Familie diente. Niven saß an dem für zwei Personen viel zu großen Tisch in der Mitte des Raums und polierte seinen Bogen.

Erstaunt sah er mich an. »Luczin! So früh hab ich dich nicht erwartet.«

»Wichtiges erledigt man besser sofort. Wie geht es dir?«

Niven zuckte mit den Schultern. »Seit ich weiß, was ich tun muss, bin ich im Frieden.« Er fuhr mit seinem Lappen ein letztes Mal über den Rücken seines Langbogens, legte das Tuch weg und kontrollierte mit den Fingern das Eibenholz sowie die Spannung der Sehne. Nivens Stimme sank zu einem Flüstern herab, und ein Lächeln spielte um seinen Mund. »Fast zu lange hielt ich dich nicht mehr in der Hand.« Dann gab er sich einen Ruck, stand auf, schnallte sich seinen Köcher mit den Pfeilen auf den Rücken und sah mich an. »Gehen wir.«

Ich nickte. Während wir zur Tür gingen, betrachtete ich seine Gestalt. Mit dem bis zu den Knöcheln reichenden schwarzen Kleid, dem dichten Haar sowie den eigenartigen Zeichen auf der Stirn und der aufrechten Haltung sah er wie ein mächtiger Krieger aus einem fernen dunklen Reich aus, was er ja in gewisser Weise auch war. Er verschmolz mit seiner Waffe zu einer Einheit, obwohl er sie nur in der Hand hielt und nicht hob. Im Gegensatz zu dieser Erscheinung standen nur seine Augen, die mild und ein wenig melancholisch blickten. Welch eigenartiger Mann, dachte ich wieder einmal, voller Überraschungen.

»Geht Mihai mit?«, erkundigte ich mich.

Niven schüttelte den Kopf und seufzte. »Ich will es ihm nicht noch schwerer machen.«

Draußen hielt ich ein wenig Abstand, als er sich neben Mihai auf die Bank setzte und mit ihm sprach, ruhig, mitfühlend, aber auch bestimmt. Zum ersten Mal kam mir die Idee, dass Niven älter war als seine Jahre, eine uralte Seele auf dem letzten Stück Weg zu ihrer wahren Bestimmung. All das, was ich zuvor über ihn gesagt hatte, über seine Liebe zu Lena, die des Körperlichen entbehrte, kindlich blieb, berührte das nicht. Es erklärte nur, warum er sich nicht im Leben verankern konnte – nein, nicht wollte.

War es meine Aufgabe, ihn zu halten, ihm zu helfen, das Leben zu lieben, trotz all der Schmerzen, die es brachte, und auch wenn seine Seele eigentlich darüber hinausgehen wollte? Ich wusste es nicht. Aber wenn ja, dann würde mir das gelingen.

Während ich nun mit Niven zum ersten Transporttor ging, wies ich auf seinen Bogen, den er locker in der Hand hielt. »Sagtest du nicht, dass so etwas Tahereh nicht aufhält?«

Niven hob die Waffe ein wenig an. »Ihre Dämonen fürchten die Schmerzen, die Nachtblitz ihnen zufügt.«

»Ich wusste nicht, dass deine Waffe einen Namen trägt.«

Niven grinste. »Sie verriet ihn mir, als ich das erste Mal mit ihr übte. Es war Nacht und ein Blitz zuckte am Himmel auf, als ich den Pfeil losließ … und du denkst falsch, Luczin.«

Ich blieb stehen, aber nicht nur, weil wir das Transporttor erreicht hatten. Da war sie wieder, diese erstaunliche Intuition, über die ich mich schon damals während unserer Schattenreise gewundert hatte. »Woher willst du wissen, was ich denke?«

Er schaute mich an und ein undefinierbares Lächeln spielte um seinen Mund. »Ich weiß es eben.«

Das Tor öffnete sich, und in dem aufstrahlenden magischen Licht betraten wir den Wald von Dracopatria. Links führte ein Weg zum Flussufer und ein Abzweig bis zur Stadtmauer mit dem großen Tor. Wir hielten uns jedoch auf dem Pfad rechts, der in weitem Bogen an unserer Burgenstadt vorbeiführte.

»Und was soll falsch an dem Gedanken sein, dass wir Taherehs Dämonen schon einmal loswurden? Übrigens durch gemeinsame Anstrengung.«

»Dass ihr sie besiegt habt, überlistet oder was auch immer, das ist falsch an dem Gedanken.«

Der Weg führte jetzt steil bergan, und ich hörte die Anstrengung in Nivens Atem. Er war nicht mehr so in Form wie früher. Mir machte die Steigung nichts aus, erstens kraxelte ich oft hier herum und zweitens brauchte es schon ein bisschen mehr, ehe man uns Vampiren eine Entkräftung anmerkte. Ich sprach es an. »Du hast schon mal weniger gekeucht auf solchen Wegen – und ich versteh nicht ganz, was du meinst.«

Niven blieb stehen, um ein wenig auszuschnaufen. »Mach dir keine Sorgen um meine Kondition. Die hab ich schnell wieder. Ein bisschen Holz hacken, ein wenig Dauerlauf … Was das andere betrifft, ich habe viel gegrübelt die letzten drei Jahre. Taherehs Dämonen geben niemals auf, außer sie erhalten Befehle, das kannst du mir glauben. Ob Tahereh damals von unserem Plan gewusst hat und euch letztendlich davonkommen ließ, kann ich nicht sagen, aber ich halte es für möglich. Wenn ich heute so darüber nachdenke, dann glaube ich, dass nur eines sie wirklich überrascht hat: dass ich mit euch gehen wollte. Dies ist die Ursache ihres anhaltenden Zorns und sie wird nicht ruhen …«

Wir setzten unseren Weg fort, schweigend. Ich ließ mir das, was er gesagt hatte, durch den Kopf gehen. Aber je länger ich darüber nachdachte, desto unwahrscheinlicher schien mir das. Wir wären damals alle gestorben, wenn Lena die Schattenkönigin nicht hätte besänftigen können. Taherehs Wut war echt gewesen. Und wenn sie Niven tatsächlich immer noch so zürnte, wie er glaubte, dann auch uns, seinen Helfern.

Nach einer Weile wies Niven nach vorne. »Dort ist das letzte Tor, das wir benutzen können.«

Wir gingen hindurch, und der Wald, den wir jetzt betraten, schien völlig unberührt zu sein. Nicht nur Fichten und Tannen wuchsen hier, wie im Wald vor unserem Dracopatria, sondern alle Arten von Bäumen, auch Buchen und Eiben. Dazwischen rankten am totem Holz umgestürzter Bäume Kletterpflanzen, Efeu vor allem, aber auch das Waldgeißblatt sah ich und Waldreben. Ich roch Fledermäuse, die in Höhlen abgestorbener Stämme wohnten, hörte Käfer brummen und Mäuse durchs Unterholz huschen. Vögel zwitscherten in den luftigen Höhen der Baumkronen. Aber Wege gab es hier keine, lediglich eine Art Trampelpfad, der rechts entlang noch tiefer in den Urwald hineinführte. Niven wies dorthin und marschierte voraus. Bald gab es nicht einmal mehr diesen kleinen, dem Geruch nach fast nur von Tieren benutzten Pfad, und ich musste mich ganz auf Nivens Orientierungssinn verlassen, was mir zugegebenermaßen nicht sehr behagte, denn ich weiß gern, wohin ich gehe. Über eine Stunde kletterten wir schon über bemooste Steine und Reste von Baumstämmen immer bergan, sprangen über kleine Gebirgsbäche und zogen uns an überhängenden Felsen hoch. Niven keuchte nicht übel, blieb ein paar Mal mit seinem Kleid an ausgefransten Wurzeln hängen, aber es schien ihn eher anzuspornen, statt zu schwächen. Oh ja, ich merkte schon, wie er bereits anfing, zu trainieren. Ich nutzte natürlich meine Sprungkraft, spürte nur ein bisschen meine Gelenke. Ein Schluck Blut wäre jetzt nicht schlecht gewesen – Schwarzbärenblut, das hatte ich schon lange nicht mehr gekostet, und einer befand sich gar nicht weit von uns weg. Aber ich konnte mich hier ja nicht frei bewegen, musste bei Niven bleiben.

Nach einer weiteren Stunde mühsamer Kletterei wurde der Urwald lichter, die Gesteinsbrocken erhoben sich bald zu nackten Felsen, immer weniger Bäume klammerten sich an den kargen Grund. Schließlich erreichten wir den Gipfel des Höhenzugs, und ich sah nur noch vereinzelte Grasbüschel zwischen dem Gestein. Unglücklicherweise riss gerade in dem Moment, als wir aus dem Schutz der letzten Bäume heraustraten, die Wolkendecke auf, und die Sonne brannte auf uns herunter. Zwar hatte sie ihren höchsten Stand bereits überschritten, aber ich spürte ihre Strahlen sengend auf meiner Haut. Schnell zog ich die Kapuze meines Umhangs über den Kopf und versteckte meine Hände in den Ärmeln. Das konnte lustig werden! Kein Bärenblut und jetzt das! Ich würde mit abgeschälter Haut nach Hause kommen und alle erschrecken.

Niven, der mit auf den Knien abgestützten Händen ausschnaufte, sah zu mir herüber. Er richtete sich auf. »Luczin, hier rüber, schnell! Der Berg fällt steil ab, aber der Abstieg liegt immerhin im Schatten.«

Er rannte voraus und ich ihm hinterher, fluchend, weil die Sonne mir alle Kraft abforderte, ihr zu widerstehen. Kraft, die ich noch brauchen würde. Niven kletterte bereits wie eine Gämse die schwindelerregend hohe Felswand hinunter, trat von einem schmalen Vorsprung auf den anderen, den Bogen wie eine Tasche zwischen Schulter und Arm eingehängt. Ich hangelte mich an einer Felsspalte entlang den Berg hinunter, bis ich einen einigermaßen haltgebenden Widerstand unter den Füßen spürte, und machte mich hinter dem Felsen erst einmal klein. Steine kullerten an mir vorbei und flogen in die Tiefe. Meine Augen brannten, ich sah alles wie durch einen Schleier. *Verflucht! Verflucht! Verflucht!* Worauf hatte ich mich da nur eingelassen?

Ein Stück unter mir rief Niven zu mir herauf: »Luczin, geht es?«

Statt einer Antwort brüllte ich ihm eine Gegenfrage zu: »Kletterst du etwa ohne Sicherung? Ein falscher Schritt und Tahereh kriegt dich als Brei zurück!«

»Ich bin das Klettern an steilen Berghängern gewohnt, keine Sorge, hab das schon als Kind gemacht, und da unten ist der Platz, den ich ausgesucht habe.«

Meine Augen sahen allmählich wieder klarer und ich schaute zu ihm hinunter. Ein leises Knistern wie Kreide, die über eine Schiefertafel gleitet. Es verschlug mir den Atem, als ich sah, wie plötzlich ein Stück Fels unter seinen Füßen brach. Für einen Moment hing Niven zwischen Himmel und Erde, dann fasste er zum Glück wieder Tritt. Er war verrückt, ich wusste es immer!

Ich stieß mich von dem Felsvorsprung ab, rutschte, strauchelte, fing mich wieder, sauste in die Luft, flog einen Bogen und riss Niven von der Felswand weg in meine Arme. Im Sturzflug – zur Strafe für ihn – strebte ich dem sicheren Boden zu. Kurz davor drehte ich mich, brachte mich in die richtige Senkrechte und ließ ihn fallen.

»Du bist eindeutig lebensmüde!«, schrie ich ihn an.

Niven, der eben noch, dicht an meine Brust gepresst, erschreckt gebrüllt hatte, klappte den Mund zu und stand stöhnend auf. »Wehe mein Bogen ist zerbrochen!« Er tastete über das Holz seiner Waffe, probierte die Sehne. »Glück gehabt!«

»Ist das alles, was du mir zu sagen hast?«

Er schaute mich an, biss sich auf die Lippen, um ein Grinsen zu unterdrücken. »Jetzt, da du fragst – du siehst aus wie ein Monster.«

Ich kniff die Augen zusammen und sog den Atem ein. Blitzschnell hob ich einen der herumliegenden Pfeile auf, die ihm während unseres kurzen Fluges aus dem Köcher gefallen waren, warf und versenkte ihn im Stamm der Tanne hinter ihm. »Deine Schuld!« Ich wies auf den Fluss, der etwa dreißig Meter vor uns über Steine hüpfend rasch stromabwärts zog. »Ich habe Kondition, warum also in Dreiteufelsnamen sollte ich mit dir trainieren, wenn wir doch mit einem Boot hätten hierhergelangen können?«

»Du irrst dich, Luczin, mit dem Boot erreicht man diese Stelle nicht.« Niven griff nach meinem Arm und zog mich aus dem von Felsen hinter uns gebildeten Halbrund bis nahe an den Fluss und wies links voraus.

Jetzt wurde mir klar, dass das Donnern, das ich schon oben auf dem Berggipfel vernommen hatte, nichts damit zu tun hatte, dass mir aufgrund meiner schmerzhaften Verbrennungen die Ohren rauschten. In schätzungsweise zwei Stunden eines zügigen Laufmaßes von uns entfernt, sah ich einen Wasserfall, der ähnlich machtvoll und beeindruckend über die Klippen stürzte wie die Niagarafälle in der Welt der Menschen – die hatte ich mir schon einmal angesehen, früher, während meiner Wanderjahre. Aber diesen Wasserfall hier kannte ich auch, und ich begriff, wo wir uns befanden.

»Das ist kein Seitenarm des Tränenflusses«, sagte ich zu Niven. »Das dort sind die Dragho-Fälle, benannt nach diesem Gebirge, und dieser Platz hier liegt an der höchsten Erhebung. Hinter der Biegung dort hinten«, ich wies auf die entgegengesetzte Seite den Fluss aufwärts, »tut sich der See auf, aus dem sich dieser Fluss hier speist, und von dem ein weiterer Ausläufer nordwestlich in die Ebene hinabführt.«

»Nenn es, wie du willst. Die Wasser gehen jedenfalls bald nach dem Wasserfall ineinander über, ich sehe von hier aus den Tränenfluss und die Klagsümpfe dahinter.«

Ich drehte mich um und betrachtete den Platz: ein Halbrund, gesäumt von hohen Tannen, und dahinter der steil aufragende Berg. Der Boden bedeckte sich mit Gras und hübschen Blumen, zog sich leicht abschüssig bis zum Wasser hin. Ich schaute wieder zu Niven, wollte etwas sagen, aber das rhythmische Zucken seiner Halsschlagader lenkte mich ab. *Bum bumm ... bum bumm ... bum bumm ...* Ich fühlte die Hitze in meinem Gesicht auflodern, immer schmerzhafter. Tausend heiße Nadeln stachen auf mich ein, bohrten und wühlten sich durch meine Haut bis auf die Knochen. Ich fasste an meine Wange, hielt die Hand vor meine Augen. Feuchte Hautfetzen klebten daran. Das Dröhnen in meinen Ohren verstärkte sich, aber es lag nicht an dem Wasserfall. In sämtlichen Adern meines Körpers rauschte es, ein Versuch, die Verletzungen zu heilen, welche die Sonne mir zugefügt hatte. Aber ich stand nicht mehr in meiner Kraft, die heißen Himmelsstrahlen hatten bereits einen Großteil meiner Energie aufgezehrt. Noch immer starrte ich auf das Pochen in Nivens Hals. *Bum bumm ... bum bumm ... bum bumm ...* Das letzte Schlückchen hatte ich gestern bei meinem Besuch in Kierans Turm getrunken, und die Heilungsbemühungen meines Körpers verursachten mir jetzt elenden Durst. *Bum bumm ... bum bumm ... bum bumm ...*

Niven deutete meinen Blick falsch. »Ich sagte dir doch, du siehst grässlich aus. Komm, gehen wir zurück unter die Bäume, da kannst du dich ausruhen. Tut es sehr weh?«

»Geh du dorthin und rühre dich nicht vom Fleck. Ich muss dich für ein paar Minuten allein lassen.« Ich riss mich vom Anblick seiner pochenden Halsschlagader los und tat einen Sprung.

Kurz darauf flog ich bereits über den Berg zurück in den Wald. Der Bär! Da war doch ein Bär gewesen! Ich setzte auf dem Boden auf, sprang über Felsen, flog zwischen Baumstämmen hindurch, schnupperte, schwang mich höher, hielt auf hohen Ästen nach ihm Ausschau. Ja, er befand sich noch hier. Hoffentlich reichte meine Kraft aus, ihn zu bezwingen.

Dann sah ich ihn. Er wetzte seine Krallen an einem Baumstamm. Sein Kopf ruckte herum, er schaute nach oben, zeigte mir seine Zähne im weit aufgerissenen Maul. *Ja, sieh mich an! Bleib ganz ruhig. Ich tue dir auch nicht weh.*

Mit einem Sprung warf ich mich auf ihn, drückte seinen Kopf gegen den Baumstamm und schlug meine Zähne in seinen Hals. Sein Maul klappte zu und ich umklammerte es mit einer Hand. Ah, wie gut das schmeckte! Warm und wie ein wilder, ungezähmter Strom floss sein Blut in meinen Mund. Ich sah den Wald mit seinen Augen, so schön, so voller Duft; Schmetterlinge, die um seine Nase tanzten, wilde Bienen, die ihn von ihrem Honigstock vertreiben wollten. In seinem Körper wanderte ich zum Fluss, planschte am Ufer im Wasser und fing Fische. Hm, wie sie mundeten! Nur mühsam hielt ich mich zurück, trank langsam, Schluck für Schluck. Nur nicht zu viel, du musst noch leben. Ich sah seine Höhle, ganz in der Nähe. Ein Junges schlief darin. Ja, gleich darfst du zu ihm.

Ich trank schätzungsweise etwa einen halben Liter seines köstlichen Lebenssafts, keinesfalls mehr. Das sollte dieses gut genährte Muttertier verkraften können und mir genügte es. Ich spürte schon, wie die Schmerzen in meinem Gesicht nachließen. Noch einmal sah ich dem Bären in die Augen. Warst tapfer, meine Freundin. Geh jetzt, alles ist gut. Ich sah dem Tier nach, wie es davontapste, ein wenig wackelig, ein wenig grollend, und dann in seiner Höhle verschwand.

Ich blieb noch eine kurze Weile auf einem Baumstamm sitzen, genoss die zurückkehrende Kraft, die mich durchströmte, und machte mich dann wieder auf den Weg zu Niven. Ich entdeckte ihn unter einer der Tannen vor der Felswand. Er sah mir reglos entgegen. *Wessen Blut hat dir deine Schönheit zurückgegeben?*

Ah, du siehst es! Ich stellte mich vor ihn, sah auf ihn herab und lächelte. »Ein Bär. Aber im Gegensatz zu solchen, die ihn um seines Fleisches willen jagen, ließ ich ihn leben.«

»Verzeih! In meinen Gedanken haust der Vegetarier.«

»Hm«, sagte ich und setzte mich neben ihn auf den Boden. »Ich könnte jetzt mit dir darüber diskutieren, wie der Weizen aufschreit, wenn er die Sense sieht, die seine Kameraden niedermäht; wie die Panik durch das Feld wogt und wie die Halme sich schütteln, um die Kinder abzuwerfen, damit sie vor euren hungrigen Mägen gerettet werden, aber ich denke, wir sollten über das reden, weswegen wir hergekommen sind.«

Niven grinste. »Ja, das ist mir lieber. Also, was hältst du von diesem Platz, Luczin?«

»Er schützt dich nicht vor deinen Freunden.«

In Nivens Kehle stieg ein grollender Ton hoch, der mich an den Bären erinnerte. »Luczin, dir ist doch klar, warum ich allein sein will.«

»Ja, durchaus. Aber das ist egoistisch, weil es dir dabei um den Schmerz geht, den du nicht fühlen willst, wenn einer von uns zu Tode käme.«

»Das sind doch Haarspaltereien.«

»Nein, glaub mir, ich weiß wovon ich spreche. Was denkst du wohl, wie oft es mich schon zerriss, weil einer ging, der meinem Herzen nahe stand? Aber wenn du leben willst, musst du das aushalten.«

»Ich will nicht schuld sein!«

Wie gut ich ihn doch verstand. Ich legte meinen Arm um Niven. »Wer sagt, dass du schuld wärst? Es ist unsere Entscheidung, ob wir dich in deinem Kampf unterstützen oder nicht. Und mit der Ablehnung unserer Hilfe reichst du den Schmerz nur an uns weiter.«

»Du meinst, weil ihr genauso leiden würdet, wenn mir etwas zustieße?«

Ich nickte. »Und weil wir uns immer fragen würden, ob wir es hätten verhindern können, wenn wir nur hartnäckig geblieben wären.«

Niven seufzte tief auf. »Im Sidda-Dorf kann ich nicht bleiben, ich würde alle in Gefahr bringen, nicht nur Onkel Mihai. Die Grungalp quälte ihn wegen mir.«

Mit dieser Einschätzung hatte er wohl recht. Es war besser, wenn er sich sein eigenes Zuhause schuf, abseits der Siedlungen, und wenn wir, seine Gefährten, soweit es ging, Maßnahmen zu seinem Schutz ergriffen. Ich schaute um mich herum und nickte wieder. »Dieser Platz liegt weit abseits, ein schönes Fleckchen Erde ist es auch, und hier hinten hört man das Tosen des Wasserfalls kaum. Muss an der Form der Felsen liegen, die Geräusche abschirmen. Warum hast du ihn gewählt?«

»Eben deshalb, aber nicht nur. Alle Wasser haben ihren Ursprung in Taherehs Reich, auch dieser Fluss da vorne«, Niven wies zum Ufer, »der sich weiter unten mit dem Tränenfluss verbindet. Ihre Gedanken kommen mir so näher, und das ist wichtig, damit ich richtig reagieren kann. Aber auch die Klagsümpfe will ich im Auge behalten. Vom Fluss aus kann ich sie sehen, und wenn ich mir ein Boot baue, mit dem ich an einem Seil gesichert diesen überqueren kann, dann könnte ich im Notfall durch den Wald dort drüben in kurzer Zeit zum Tränenfluss gelangen und übersetzen.« Er biss sich auf die Lippen. »Ich könnte auch per Teleportation dorthin gehen, aber seit ich offiziell zu den Lebenden gehöre, kostet mich dieser Zauber viel mehr Kraft als früher.«

Ich sah Niven an, begriff nicht. »Wieso solltest du freiwillig noch einmal in die Klagsümpfe gehen wollen? Die gehören doch schon zu Taherehs Einflussbereich, und du hast uns einmal selbst gesagt, dass kein Lebender den Fuß dorthin setzen sollte.«

Niven verschränkte die Arme hinter dem Kopf und seufzte. »Luczin, es gibt noch einiges in meinem Leben, von dem ich euch nie etwas erzählt hab. Als ich Tahereh und ihr Schattenreich damals zusammen mit euch verließ, glaubte ich noch, alles hinter mir lassen zu können, dass es keine Bedeutung mehr haben wird. Jetzt aber befürchte ich … ich träume oft vom Geschrei der Klagfrauen.«

An das Geschrei der Klagfrauen in den Sümpfen erinnerte ich mich so deutlich, dass mir plötzlich die Ohren wehtaten. Trotzdem erkannte ich nicht, worauf er hinauswollte. »Und? Was wir zusammen erlebt haben, hat sicher auch bei unseren Gefährten für den einen oder anderen Albtraum gesorgt.«

Niven seufzte. »Ich will Tahereh nicht noch mehr verärgern, indem ich die Geheimnisse ihres Schattenreichs ausplaudere. Aber soviel kann ich vielleicht verraten: Die Klagfrauen wecken mit ihrem Geschrei die Seelenlosen auf, Geister mit leeren Augenhöhlen, die dann an den Gittern ihres Gefängnisses rütteln und versuchen, auszubrechen. Ihre Kälte kann sich auf die Lebenden übertragen. Viel Böses geschieht dadurch in den

Welten und das wiederum holt viele vor der Zeit in Taherehs Reich, was die Klagfrauen aber erst recht jammern lässt. Nur das Spiel meiner Mundharmonika beruhigt sie.«

»Hm, ich verstehe. Aber du hast siebzehn Jahre deines Lebens bei Tahereh verbracht, eine kurze Zeit in Anbetracht der Ewigkeit. Wer hat die Klagfrauen beruhigt, als du noch nicht bei ihr warst?«

»Ich weiß es nicht, Luczin.«

Ich beugte mich vor und schaute ihn an. »Mir ist klar, dass du seit Mihais unnatürlicher Krankheit an all diese Dinge erinnert wirst. Aber da du nicht mehr zu Taherehs Welt gehörst, kannst du nicht mehr damit rechnen, dass die Klagfrauen sich von dir beruhigen lassen, wenn du dich in die Sümpfe begibst. Als Lebender in der Welt der Toten hat Tahereh dich beschützt, aber jetzt bist du nur noch ein normaler Sterblicher.«

»Der Fluss wird mir verraten, was Tahereh von mir will.«

Nivens Worte erinnerten mich daran, dass Mihai ausgerechnet zu dem Zeitpunkt genesen war, als ich Lena und ihren Vater nach Antiquerra gebracht hatte. Ein dumpfes Gefühl setzte sich in meiner Magengrube fest.

»Niven, könnte es sein, dass Tahereh ihre Hände nicht nur nach dir sondern auch nach Lena ausstreckt?«

»Du meinst, weil Mihai …«

Ich nickte.

Niven rieb sich die Stirn, seufzte. »Daran hab ich gedacht. Dass Tahereh sich an mir rächen will, indem sie mir das Licht nimmt, das meine Seele durchhalten lässt. Wenn Lena stürbe, wäre mein Leben dunkel und leer, mir nichts mehr wert.« Niven schaute mich an und in seinen Augen lag so viel Schmerz, dass ich erschrak. »Luczin, ich habe dich nie um etwas gebeten, aber jetzt will ich es tun, weil ich weiß, wie sehr auch du sie liebst und wie tief deine Gefühle für sie sind. Und ich habe dir nie dafür gedankt, dass du Lena und mich nicht auseinanderbringen wolltest, dass du ihre Wahl akzeptiert hast und trotzdem unser beider Freund bliebst. Aber jetzt gebe ich sie dir wieder, Luczin. Beschütze sie, für uns beide.«

Ich glaube, dass ich nie so dämlich guckte wie in dem Augenblick, da Niven mir Lena anbot. Verlor er etwa den Verstand?

Er fuhr fort: »Luczin, ich kann Lena nicht davon abbringen, zu mir zu ziehen, wenn das Haus hier gebaut ist. Aber du kannst es!«

Jetzt begriff ich. »Du willst, dass ich sie manipuliere, damit sie ihre Liebe zu dir vergisst?«

Eine Träne rollte aus Nivens linkem Auge. »Ja.«

Ich atmete tief durch. »Das kann ich nicht tun.«

»Tue es um der Liebe willen, die du für sie empfindest!«

Ja, ich liebte Lena und ich wäre der glücklichste Vampir gewesen, wenn sie meine Liebe erwidert hätte, aber sie wollte meine Freundschaft, nicht mehr. Ihre Seele strebte zu Niven. Die beiden gehörten zusammen, das sah ein Blinder trotz allem zur Schau getragenen Überschwangs.

Ich stand auf und zog Niven mit mir hoch. »Wenn ich das täte, was du von mir verlangst, dann würde die Liebe uns alle drei verlassen, und nur ein Begehren bliebe übrig, das austauschbar ist. Willst du, das ich ihr das antue?«

Niven schwieg, atmete dann tief ein und aus. »Ich will, dass es ihr gut geht. Ich will, dass sie glücklich und in Sicherheit ist und dass Tahereh und ihr Gefolge ihr nichts antun können.«

»Gut«, sagte ich ruhig. »Damit sind wir schon zwei, die dasselbe wollen. Lass uns also schauen, wie wir euch beiden soviel Sicherheit verschaffen, dass wir alle ruhig schlafen können.« Ich wies auf einen Felsen, der wie ein Obelisk nahe des Flussufers stand und sich an der oberen Kante mit dem Berg verband. »Als Erstes sollten wir diesen Spalt zu einem Transporttor umfunktionieren, da kommt man gut durch. So wäre sichergestellt, dass jeder schnell zu euch gelangen kann, wenn Gefahr droht.«

Niven seufzte wieder. »Da ihr euch sowieso nicht abhalten lasst … Aber ich kann ein solches Tor nicht einrichten. Das kann nur Kieran, er weiß, wie das geht.«

Ich grinste in Vorfreude. »Dann wird der alte Herr nicht um einen Ritt durch die Lüfte herumkommen.«

Die Sorgenfalten auf Nivens Stirn glätteten sich und er lachte. »Oh, ich hör schon, wie er seiner Freude darüber Ausdruck verleiht!«

Ich sah mich weiter um. Ja, das Gelände hier bildete ein ideales Versteck. Aufgrund des Wasserfalls konnte keiner mit dem Boot auf dem Fluss fahren, der Sog würde ihn in den Tod reißen, und den Berg hinter uns konnten nur geübte Kletterer bezwingen. Wenn Niven sein Haus an der richtigen Stelle baute, würde man solche rechtzeitig entdecken. Außerdem, wer würde schon durch den Urwald laufen, durch den wir hierher gekommen waren? Vermutlich hatte außer uns Vampiren und Niven bisher nie einer den Fuß dorthin gesetzt. Vor den Blicken der Sterblichen blieb Niven daher geschützt, was umgekehrt aber vor allem deren Wohl diente. Die einzigen Unwägbarkeiten blieben Tahereh sowie ihre Geister und Dämonen. Die konnten sich überall materialisieren.

Ich schaute zu Niven. »Taherehs Geister und Dämonen. Was können sie in der Welt der Lebenden ausrichten?«

»Ich denke nicht, dass sie unbesiegbar sind, wenn du das meinst. Man kann sie zurückschlagen, ihnen widerstehen, wenn es auch viel Willenskraft erfordert. Und manche verwirren den Geist oder führen einen in die Irre. Die Amokay-Dämonen können sogar aus einem harmlosen Wesen ein blutrünstiges Monster machen, doch ich glaube nicht, dass Tahereh die schicken würde, um uns zu versuchen. Sie will uns nicht vernichten, sonst hätte sie Mihai sterben lassen. Sie will etwas anderes, und ich muss herausfinden, was.«

»Hm, vielleicht. Was ist mit den Saxern?«

»Ich wüsste nicht, dass sich diese auch bis in die Welt der Lebenden durch den Stein fressen. Vor denen dürften wir sicher sein.«

»Wenigstens etwas.« Ich überlegte. »Und was ist mit dem Nebelgebilde in Lenas Garten, glaubst du, das gehörte auch zur Sorte Geister und Dämonen?«

Niven schüttelte den Kopf. »Muss etwas anderes gewesen sein, aber ich weiß nicht was. Lenas Beschreibung weckte nur eine Erinnerung in mir, mit der ich nichts anfangen kann.«

»Was für eine Erinnerung?«

Wieder schüttelte Niven den Kopf. »Ein Bild. Ich sah mich umringt von Raben. Aber vermutlich ist das nur ein Symbol. Ich wüsste nicht, dass so etwas jemals Wirklichkeit war.«

»Hm, dann solltest du noch ein bisschen darüber grübeln. Das eisenbewehrte Nebelding könnte uns nämlich wieder beehren.« Ich atmete durch und wies dann auf den Fluss. »Wenn du wirklich ein Boot baust und an einer Leine gesichert dort rüber in den Wald willst, dann könnte doch umgekehrt auch jemand auf die gleiche Weise hierhergelangen.«

Niven schüttelte den Kopf. »Das Gelände dort drüben ist noch unwegsamer als der Wald, durch den wir gekommen sind. Er wird zudem gemieden, weil es dort spuken soll. Ich habe bisher nichts entdeckt, das dieses Gerücht bestätigen würde, aber selbst wenn dem so wäre – Geister und Dämonen sind sowieso nicht auf ein Boot angewiesen.«

Über den Spuk, den Niven angesprochen hatte, wusste ich mehr als er. Aber über die gläsernen Drachen, die dort drüben in ihren Felshöhlen lebten, durfte ich nichts preisgeben, da das ein Vampirgeheimnis war. Daher nickte ich nur. »Gut, belassen wir es erst einmal dabei. Es wird ja eine Weile dauern, ehe du und möglicherweise Lena hierherziehen könnt, vielleicht wird uns bis dahin sogar schon klar, was Tahereh will, und in der Zwischenzeit bespreche ich mit den anderen die Vorsichtsmaßnahmen.«

Niven ließ die Luft mit einem Seufzer aus seinen Lungen entweichen. »Irgendwie bin ich jetzt doch froh, dass ihr euch nicht abhalten lasst. Ich bin es zwar gewohnt, allein zu kämpfen, aber jetzt ist da Lena.«

»Ja, ja«, sagte ich, holte seinen Bogen, der noch an der Tanne lehnte, drückte ihn in Nivens Hand und presste meinen Gefährten an mich. »Arme um meinen Hals legen!« Ich sprang mit ihm in die Luft und flog, grinste, weil er für einen Augenblick die Luft anhielt und sich vor Schreck fest an meinem Nacken klammerte. Leise flüsterte ich Niven ins Ohr: »Was ist die Liebe doch böse, da sie an der Rüstung des einsamen Kriegers kratzt, damit er endlich lernt, ein wenig zu vertrauen.«

Ich hatte Niven bei unserer Rückkehr ins Sidda-Dorf darum gebeten, darüber nachzudenken, was Mihais Wesen ausmachte. Ich forderte ihn nicht direkt auf, seinen Onkel in seine Pläne einzubeziehen, aber er verstand auch so. Als ich die beiden ein paar Tage später wieder aufsuchte, machte Mihai jedenfalls kein ganz so unglückliches Gesicht mehr wie zuvor. Er fand sich damit ab, dass sein Neffe in absehbarer Zeit nicht mehr bei ihm wohnen würde. Die Aussicht, ihn mithilfe eines Transporttors besuchen und notfalls für ihn kämpfen zu können, trug dazu ein Wesentliches bei.

Es mochte allerdings noch eine ganze Weile dauern, ehe das Tor eingerichtet werden konnte. Wir besprachen dieses Vorhaben mit den Gefährten im Turm, aber so einfach, wie ich mir das gedacht hatte, war es nicht. Meister Kieran wusste zwar, wie man ein Transporttor aktiviert, aber das Portal durfte keinesfalls frei zugänglich sein. Es hing damit zusammen, dass Niven später einfach aus der Öffentlichkeit verschwinden würde und niemand außer uns seinen Aufenthaltsort wissen durfte. Kieran konnte deshalb keines der öffentlichen Tore prägen, wie es der gängigen Praxis entsprach. Es gab ja viele Transporttore, die außer den Wegweisern zu jeweils sieben festgelegten Orten auch die Zeichen privater Ziele trugen, oft Hunderte, aber Magiekundige konnten diese durchaus entschlüsseln. Das wollten wir nicht riskieren. Während wir noch diskutierten, streichelte sich Meister Kieran nachdenklich die Nase, sprang dann plötzlich auf und verschwand im Inneren des Turms. Als er wiederkam, hielt er ein dickes altes Buch in der Hand, das er mit Schwung vor uns auf den Tisch legte.

Er hob den Finger und räusperte sich. »Wie ihr alle wisst, lässt sich meine Ahnenreihe bis zu einem Magier aus dem

Volk der Olims zurückverfolgen, den es vor langer Zeit durch einen Unglücksfall nach Antiquerra verschlagen hatte. Er hieß Iven und kannte viele hervorragende Zauber. In diesem Buch …«, Kieran hob den dicken Wälzer vom Tisch, blies ein paar Staubkörnchen vom Umschlag und legte ihn wieder ab, »hat ein anderer Vorfahre von mir später alle überlieferte Magie aus Ivens Zeit zusammengetragen.« Er blätterte das Buch durch. »Handschriftlich, wie ihr seht.«

»Und du glaubst, dass in dem Buch eine Lösung für unser Problem zu finden ist?«, fragte ich, um seine nach solcher Einleitung üblicherweise folgende lange Rede abzukürzen.

Kieran hob wieder den Finger, nickte und dann blätterte er vorsichtig im Buch bis zu einer Seite, die neben Formeln auch eine schwarz-weiße Zeichnung enthielt, die wie ein kostbar verzierter Rahmen aussah. Er schaute uns an. »Nicht alle Zauber aus dieser Zeit funktionieren noch, sei es weil die dazu benötigte Kräuter bei uns nicht wachsen oder weil einfach die genaue Vorstellung davon fehlt. Aber manche dieser magischen Praktiken sind einfach nur vergessen worden, heute halt nicht mehr üblich und das hier«, Meister Kieran klopfte auf die Zeichnung, »ist eine ganz besonders interessante Technik, welche mein Olim-Vorfahre aus seiner alten Heimat, dem Türkisland, mitgebracht hat.« Kieran machte eine Handbewegung über seine Schulter hinweg nach hinten. »Das ist das Land hinter dem Nebelmeer, das keiner von uns betreten kann, wie ihr wisst.« Er sah uns kurz an und deutete dann wieder ins Buch. »Auf dieser Seite wird beschrieben, wie sie im Türkisland Spiegel zu Toren umfunktioniert haben und es wird mir sicher gelingen, diese alte Magie wiederzubeleben.«

Davon war ich überzeugt. Ich nickte Kieran zu. »Das ist doch mal eine gute Nachricht! Und was denkst du, wie lange es dauert, bis der Spiegel fertig ist?«

»*Die* Spiegel«, erwiderte er und hob die Schultern. »Wird schon eine Weile dauern.«

Meister Kieran erklärte, dass er Silberglas in speziellen, mannshohen Rahmen brauchte, das erst angefertigt werden musste. In der Goldglanzstraße der nahegelegenen Stadt Sonnenstein gab es aber einen Spiegelmacher, der seine Wünsche sicher umsetzen konnte. Dieser sollte für jeden außer für Niven ein Exemplar anfertigen, also zwölf Spiegel, denn Kieran wollte auch einen für Lena haben, weil er noch hoffte, dass sie am Ende doch nicht zu Niven ziehen würde. Ich ließ ihm diese Hoffnung, wenn ich auch wusste, dass sie vergebens war. Ich hätte Lena manipulieren müssen, um sie abzuhalten, und das hatte ich bereits Niven ausgeredet.

Während die anderen noch darüber diskutierten, ob man für die Spiegeltore Wandspiegel oder Standspiegel brauchte, und Finley unter gemurmelten Ahs und Ohs die Zauberanleitung aus dem Buch zu entziffern suchte, beobachtete ich Lena. Sie ruhte in Nivens Arm und obwohl ich sie schon oft so gesehen hatte, fühlte ich heute eine leise Eifersucht in mir hochsteigen, die mit feinen Nadelstichen mein Herz piesackte. Nein, es fiel mir nicht immer leicht, sie ihren Weg gehen zu lassen, gerade jetzt nicht. Aber Lena gehörte zu Niven und ich hatte mir geschworen, das zu akzeptieren. Ich seufzte, und rief mir schnell das Bild der Sidda-Fee Sansa ins Gedächtnis, zu der ich eine lockere Beziehung unterhielt. Es half, wie immer wenn mir das Herz wegen Lena schwer wurde und ich nach Ablenkung suchte. Sansa konnte Lena zwar nicht ersetzen, aber ich mochte sie wirklich gern, sie war eine ungewöhnliche junge Frau, nicht vergleichbar mit den anderen Feen, die ich kannte. Vor zwei Jahren hatte ich sie zum ersten Mal getroffen und schnell erkannt, dass sie für die Freuden einer körperlichen Beziehung offen war, solange das ohne weitere Verpflichtungen für sie blieb. Sie wollte sich ihre Unabhängigkeit bewahren, denn im Grunde erstrebte sie nur eines: eines Tages Feenkriegerin ihres Dorfes zu werden. Wenn ich Zeit dazu fand, trainierte ich sie deshalb des nachts im Wald hinter ihrem Dorf, was dann zumeist mit einer heißen Liebesnacht endete. Ja, Sansa gab ich die Liebe, die Lena nicht wollte. Ich hatte zudem von Sansas Blut getrunken, sodass wir uns auf geistigem Weg rufen konnten. Allerdings kam sie nicht immer, wenn es mich nach ihr verlangte. Aber ich selbst war ja auch nicht stets zur Stelle, wenn sie nach mir rief. Bis jetzt funktionierte unser Arrangement jedenfalls gut. Irgendwann würden Sansa und ich uns wohl wieder trennen, das wussten wir beide, aber bis dahin genossen wir, was wir uns zu geben hatten.

Für mich waren die Nächte mit Sansa jedenfalls der richtige Weg, um zu ertragen, dass Lena nur meine Freundschaft wollte, denn wie Niven bereits erkannte hatte, hätte ich sie auch meiner Anziehungskraft aussetzen können, mit Leichtigkeit sogar. Alle anderen Männer neben mir – auch Niven – wären für sie verblasst, und sie hätte sich nur mir und meiner Zärtlichkeit ergeben, vielleicht sogar mit jenem ängstlich-flattrigen Herzschlag süßen, ihr selbst unbewussten Begehrens, den ich damals, als sie meiner Liebe um des Friedens ihrer Seele willen entsagte, an ihr wahrgenommen hatte. Aber was hätte das aus ihr gemacht? Eine Marionette in meinen Händen, einen Klumpen heißes Wachs, das mir in der Hitze der Nacht entgegenpulst und meinem Herzen doch fern bleibt.

Das laute Geräusch, als Kieran das alte Buch mit den Zauberanleitungen seiner Vorfahren zuklappte, unterbrach meine Gedanken. »Punziernadeln und einen Hammer brauche ich noch, um die alten magischen Zeichen dann in die fertigen Spiegelrahmen zu drücken«, sagte er und gab Finley das Buch in die Hand. »Bring es an seinen Platz zurück. Die nächsten

Tage kannst du dir schon mal Gedanken darüber machen, welche Zauberformeln wir für unsere Bedürfnisse anpassen müssen.«

Während Finley in den Turm hineinging, machten wir anderen uns allmählich zum Aufbruch bereit, da für heute alles besprochen war. Kieran rückte dann jedoch noch mit einer weiteren Idee heraus und bat uns, bis zu unserer nächsten Zusammenkunft darüber nachzudenken. Er schlug nämlich vor, auch unsere heimischen Wohnräume als Zielorte einzuprägen, sodass wir uns auch untereinander, ohne gesehen zu werden, durch die Spiegeltore besuchen konnten, wenn etwas Wichtiges anstand. Der Vorschlag brachte uns Vampire in einige Bedrängnis, denn Dracopatria ist kein Ort für solche, die sich nicht vom Blut ernähren. Was könnten unsere Gefährten zu sehen bekommen, wenn sie unvermutet bei uns auftauchten, womöglich noch in der Nacht? Manchmal waren junge Vampire bei uns, die ihre Gabe als Freibrief betrachteten, sich nicht beherrschen wollten, dabei jegliches Mitgefühl ablegten wie einen alten Mantel, und denen wir auf unmissverständliche Weise Respekt beibringen mussten. Wie unmissverständlich, will niemand wissen, aber eben jenen sei gesagt, dass wir nicht lange fackeln, wenn einer keine Einsicht für die Notwendigkeit von Regeln zeigt. Dann brachte man auch solche Zöglinge zu uns, die gegen ihre eigene Natur wüteten und deshalb für die Lehren ihrer Vampirväter nur taube Ohren hatten. Oder jene, die der Blutdurst fast verrückt machte, weil sie zu früh versuchten, wie die Alten zu fasten, und darüber unberechenbar wurden. Junge Vampire müssen ihre Kräfte erst aufbauen, brauchen deshalb zu Anfang wesentlich mehr Blut als zu späteren Zeiten. Wir fünf, die Führer von Dracopatria, die Alten, empfanden es als unsere Pflicht, uns dieser Strauchelnden anzunehmen, die sich, von Angst, Abscheu,

Wut und Misstrauen geprägt, nicht nur die Ewigkeit zum Feind machten. Briann, Thure, Vico, Darian und ich überlegten deshalb lange hin und her. Einerseits wäre es schön gewesen, unseren Freunden die Herrlichkeit unseres Dracopatria zu zeigen, aber andererseits hätten wir es uns nie verziehen, wenn einer von ihnen zu Schaden gekommen wäre. Wir fanden dann einen annehmbaren Kompromiss und erklärten meine Bibliothek zur jugendfreien Zone. Thure besaß ja mindestens ebenso viele Schriften wie ich, und falls doch etwas für die Unterweisung der Jungen gebraucht wurde, konnte er es sich bei mir holen. Die doppelte Tür mit den fünf eisernen Riegeln blieb während unserer Abwesenheit verschlossen, auch während meiner Ruhezeiten, die ich in dem geheimen Raum hinter der Bücherwand verbrachte. Jede noch so leise Bewegung in meiner Bibliothek nahm ich auch im Schlaf wahr, und sollte ich abwesend sein, wenn einer durch den Spiegel trat, so würden die damit verbundenen ungewohnten Gerüche alle Vampire im Umkreis meiner Burg aufschrecken, was mir nicht verborgen bliebe.

Kierans Augen strahlten auf, als ich ihm während der nächsten Zusammenkunft unseren Entschluss mitteilte, und ich wusste warum, war er doch schon lange begierig darauf, meine Bibliothek persönlich in Augenschein zu nehmen, die sicherlich etliche ihm unbekannter Schätze enthielt. Natürlich versprach ich ihm, ihn dann ab und zu nach Sonnenaufgang abzuholen, damit er meine Schriften in Ruhe studieren konnte. Cara dagegen bat ich, nie in ihrer Panthergestalt durch den Spiegel zu gehen, denn das würde unter den Meinen zu viel Unruhe verursachen. Innerlich seufzte ich, dass ich das ansprechen musste, denn es nahm meinen Freunden die Illusion, dass alle Vampire so wären, wie wir fünf uns ihnen zeigten: selbstbeherrscht, fühlend, zufrieden mit Zauberblut, manierlich getrunken aus edlen Gläsern. Darian wischte den Schatten jedoch fort: »Nichts ist sicherer als Luczins Bibliothek mit den fünf Riegeln an der Tür. Und was die Jungen unter uns betrifft, die schlagen eben manchmal über die Stränge, wenn sie seine oder Brianns eiserne Hand beschäftigt wähnen. Der Bußtag kommt immer. Das kennst du doch, Finley, oder nicht? Meister Kieran, sehe ich da ein vergnügtes Lächeln um deinen Mund?«

Die beiden ließen sich auf die Ablenkung ein, erzählten Episoden aus Finleys wilden Jahren, während derer er sich mit seiner Voreiligkeit und Ungeduld selbst so manches Bein gestellt hatte. Natürlich war das nichts im Vergleich zu dem, was unsere Erziehung leisten musste. Unsere Jungen waren immerhin nur jung als Vampir, aber nicht unbedingt an Jahren als Mann oder Frau. Und so mancher, der erst in reiferem Alter zum Vampir wurde, fügte sich schwerer in sein neues Leben ein als ein Siebzehnjähriger. Natürlich ließen wir darüber kein Wort verlauten, wir waren froh, die Klippe umschifft zu haben.

Wenige Tage nach dieser Besprechung erhielt Kieran die Spiegel und machte sich an die Arbeit. Ob er langsamer arbeitete als nötig, kann ich nicht beurteilen, aber ich schätze, dass ihm so manches Mal die Finger zitterten, wenn seine Gedanken sich mit dem bevorstehenden Flug beschäftigten, den er mit mir unternehmen musste, um auch das Steintor für Niven mit entsprechenden Zeichen zu prägen. Als es dann auch bei noch so genauer Betrachtung nichts mehr zu glätten und nichts mehr zu polieren gab und die Spiegel die Testtransporte zu Mihai, Reik und Alrik einwandfrei ausführten, da blieb ihm nichts mehr, als uns die Zaubergegenstände auszuhändigen und dem Grauen, das da über ihn kommen sollte, aufrecht entgegenzutreten. Reik hatte übrigens einen kleineren Spiegel als wir bekommen, denn seine Wohnung unter der Baumwurzel im Eichenwald war entsprechend seiner Körpergröße niedriger als übliche Behausungen. Wir stellten später fest, dass wir ihn trotzdem besuchen konnten und bei ihm nur den Kopf ein wenig einziehen mussten, wenn wir aufrecht stehen wollten, was wohl an der Magie Antiquerras lag. Dies aber nur nebenbei. Jedenfalls trat Kieran, als ich ihn zu unserem Flug abholte, beherzt aus dem Turm und auf mich zu. Er trug wie gewöhnlich sein langes, naturfarbenes Kleid mit dem Kapuzenumhang darüber. An den Riemen quer über der Schulter hing sein Beutel, in dem er einem Meißel, einen Vorschlaghammer sowie Notizen zu den Zaubersprüchen verwahrte. Allerdings hielt er auch seinen langen Stab fest umklammert, gerade so, als ob er zu Fuß reisen würde.

Ich sprach ihn darauf an. »Es dürfte etwas unbequem werden mit dem Stab.«

Er schüttelte den Kopf. »Der bleibt in der Nähe deines Nackens, falls ich dir aus den Händen rutsche.«

Ich lachte, zog ihn an mich und legte seine Arme um meinen Hals, spürte die Anspannung seiner Muskeln, als er den Stab noch fester umklammerte. »Mach die Augen zu und genieße den Wind!«

Sein erschrockener Schrei klang laut wie bei den anderen vor ihm, die zum ersten Mal mit einem von uns den Boden verlassen hatten und geflogen waren. Aber schon nach kurzer Zeit merkte ich, wie er sich entspannte.

»Ich wusste gar nicht, wie fest dein Fleisch ist und welche Kraft dir innewohnt. Du könntest wohl locker drei von meiner Statur tragen«, flüsterte er.

»Muskeln und Sehnen, ja. Und ob ich Berge verschieben kann, hab ich noch nicht ausprobiert«, antwortete ich in absichtlicher Übertreibung, damit er sich nicht zu sehr mit der stählernen Spannkraft meines Körpers beschäftigte. »Wir sind gleich da.«

Seine Arbeit an dem steinernen Transporttor dauerte dann nicht lang, er musste nur den Zauber für die Öffnung anbringen, da Niven darauf bestand, die Wohnziele wegzulassen, aus Angst, Tahereh könnte das gegen uns nutzen. Und er prägte das Tor auf das Ziel der drei Birken am Rand der Klagsümpfe – so waren wir alle übereingekommen, denn die Idee mit dem Boot an der Leine schien doch zu unsicher.

Nach getaner Arbeit blieb Kieran noch Zeit, den Ort genau zu inspizieren. Was er sah, stimmte ihn zufrieden, jedoch nur in Bezug auf Niven, nicht für Lena, falls sie sich nicht umzustimmen ließ. Kieran erfasste das Problem, das sich für Lena auftun könnte, sofort, denn falls Niven tatsächlich Nachforschungen in den Klagsümpfen anstellen wollte, würde er sie entweder mitnehmen oder allein hier in dieser Einsamkeit zurücklassen. Beide Möglichkeiten empfanden wir als inakzeptabel, aber wir hofften, auch dafür eine Lösung zu finden.

Ich hatte Kieran zum Turm zurückgebracht und wir blieben dort noch bis Sonnenuntergang zusammen. Dann verabschiedete ich mich. Ich hatte mich für diesen Abend mit Sansa verabredet und freute mich auf eine unbeschwerte Nacht. Meine Vampirgefährten behielten derweil Lena und Niven im Auge, sodass ich beruhigt ein paar Stunden wegbleiben konnte.

Während ich mich zu dem Waldstück aufmachte, das nahe des Dorfs lag, in dem sie lebte, schickte ich ihr eine geistige

Nachricht: *Nimm dich in Acht, Sansa! Ich komme!* Kaum einen Augenblick später hörte ich ihre Stimme in meinem Kopf: *Pass du lieber auf, dass ich dir mit meinem Pfeil nicht das Herz durchbohre!* Ich grinste. Sansa würde mich nie wirklich besiegen, soviel sie auch trainierte. Das hätte nur einer gekonnt – Niven, dessen Geschicklichkeit schon überirdisch anmutete. Aber das musste sie nicht wissen. Unsere Trainingsabmachung gefiel mir viel zu gut, als dass ich riskiert hätte, dass sie die Lust verlor. Ich übte mit Sansa nämlich unter realen Bedingungen und biss sie, wenn ich sie erwischte. Es löste immer einen herrlichen Wut-anfall bei ihr aus und stachelte sie an, es erneut zu versuchen. Ab und zu ließ ich sie dann gewinnen. Mein Biss tat ihr zwar nicht ernsthaft weh, weil meine Zähne beim Zubeißen ein be-täubendes Sekret absondern, aber ich wollte sie nicht über-fordern. Schließlich sollte Sansa bei Kräften bleiben für den schönsten Teil der Nacht.

Mein Geruchssinn sagte mir, dass ich die Stelle des Waldes erreicht hatte, wo wir aufeinandertreffen würden. Von halb links streifte mich ein Hauch von Jasmin und Orangenblüten mit einer Spur von Vanille. Das war eindeutig Sansas Duft!

Ich schaute unauffällig zwischen den Bäumen hindurch. Ah, dort oben hinter der Eibe! Ich entdeckte beim Stamm eine winzige Strähne langen, glatten, schwarzen Haares. Gleich würde sie leise einen Schritt seitwärts treten, ohne ihre De-ckung dabei völlig aufzugeben, so, wie ich es sie gelehrt hatte, und den Bogen spannen. Gut gemacht, meine Kleine! Ich fing Sansas Pfeil auf, spurtete im selben Moment los, packte sie und biss zu.

Wie fast immer bei diesem Spiel trank ich nicht von Sansa, genährt hatte ich mich zuvor schon reichlich. Ich benötigte nur ein paar Tropfen ihres Bluts an meinen Lippen für den theatralischen Effekt, wenn ich sie gleich ansah. Aber ich hielt

Sansa fest umklammert, drückte meine Zunge auf die Wunden, die meine Zähne ihr gestochen hatten. Während sich die zwei Male an ihrem Hals wieder verschlossen, wartete ich darauf, dass Sansa anfing, sich zu wehren. Es dauerte nicht lang. Ich lockerte meinen Griff und grinste sie an. »Hallo, Süße!«

Sansa starrte auf meine blutverschmierten Lippen, verzog frustriert das Gesicht und stieß mich von sich weg. »Verschwinde! Ich will's nochmal probieren!«

Was? War das alles? Keine Schimpftirade? Keine Erdbrocken, die mir um die Ohren flogen? Was war los mit Sansa? Ich deutete einen spöttischen Feengruß an und ging rückwärts von ihr weg. »Aber gern!«

Als tatsächlich nichts weiter folgte, und Sansa sich einfach umdrehte und weglief, verschwand ich mit meiner üblichen Vampirgeschwindigkeit. Aber noch im Fortgehen schnupperte ich. Was war das eben für ein Geruch gewesen? Irgendwie muffig-scharf, wenn auch kaum wahrnehmbar, und nah bei Sansa. Faulende Pilze vielleicht?

Während ich wartete, damit Sansa sich einen neuen Standort und eine neue Taktik für ihren Angriff wählen konnte, grübelte ich darüber nach, wo diese unangenehme Brise wohl hergekommen war. Ich musste nachher unbedingt noch einmal zu der Stelle gehen und bewusst schnuppern.

Nach einer Weile verließ ich meinen Platz und lief los. Diesmal flog mir Sansas Pfeil entgegen, noch bevor ich auch nur einen Hauch ihres Jasmindufts gerochen hatte. Donnerwetter, sie war wirklich gut geworden! Aber ein leises Knacken verriet Sansas Standort dann doch. Ich wich dem Pfeil aus und kaum einen Wimpernschlag später hatte ich sie.

Diesmal nahm ich einen winzigen Schluck von ihrem Blut und behielt es im Mund. Als ich sie danach anschaute, ließ ich den roten Saft aus meinem Mundwinkel wieder herauslaufen.

Dieser Anblick musste sie fuchsteufelswild machen! Aber wieder reagierte Sansa nicht so, wie ich es gewohnt war. Sie gab nur einen seltsamen Wehlaut von sich. Als ich sie irritiert losließ, schwankte sie und lief von mir weg, um sich an einen Baumstamm zu lehnen.

Sie tastete seitlich ihren Hals ab und schaute mich anklagend an. »Mir ist so schwindlig. Du hast viel zuviel von meinem Blut getrunken! Willst du mich etwa töten?« In ihren wunderschönen dunklen Augen sammelten sich Tränen. »Geh fort von mir!«

Mit allem hatte ich gerechnet, aber nicht damit. Ich schaute Sansa prüfend an. Wieso verhielt sie sich heute so anders als sonst? Ihr Blick verriet jetzt sogar eine leise Angst. Das konnte doch nicht wahr sein! Ich trat zu ihr, um sie in den Arm zu nehmen. »Süße, was ist los mit dir? Du musst doch keine Angst haben. Das bisschen Blut, das ich von dir genommen habe, füllt nicht einmal zur Hälfte ein Schnapsglas!« Ich streichelte über ihren Rücken, merkte, wie sie ein wenig entspannte. Als sie dennoch nicht antwortete, gab ich ihr einen Kuss auf die Stirn. »He, du warst eben wirklich gut! Du hast die Windrichtung beachtet, dir gute Deckung gesucht und ganz ehrlich – verdammt schnell warst du auch noch.«

»Du hast mich trotzdem erwischt«, klagte sie.

Ich küsste sie noch einmal. »Weil du auf einen Zweig getreten bist, Süße.«

Sansa stöhnte und klammerte sich plötzlich haltsuchend an mich. »Das ist nur passiert, weil mir auf einmal alles vor den Augen verschwamm, so wie jetzt auch schon wieder. Mir ist ganz elend und in meinen Ohren rauscht es, als ob jemand hineinatmen würde.«

Ich spürte, wie ihre Beine nachgaben. Schnell hob ich sie in meine Arme. In der Bewegung stieg mir derselbe muffigscharfe Geruch in die Nase wie vorhin. Wie mit Messern fuhr mir der Schreck durch die Glieder, weil ich plötzlich begriff was das war und dass Sansa in Gefahr schwebte. Aber hier konnte ich sie nicht nach dem Teufelszeug absuchen, jemand hätte uns sehen können. Ich presste Sansa an mich, tastete nach ihrem Bogen, den ich nicht hier zurücklassen wollte, dann rannte ich mit ihr tiefer in den Wald hinein bis zu der kleinen Hütte, die uns versteckt zwischen Bäumen als heimlicher Treffpunkt für Liebespiele diente. Dort legte ich sie auf die primitive Bettstatt und knöpfte sofort ihren Umhang auf.

»Luczin, heute nicht«, bat sie matt.

»Alles wird gut, Süße. Du trägst irgendetwas am Körper, das dir schlecht bekommt, und ich muss es finden!« Ich schälte Sansa aus dem Umhang heraus und beobachtete dabei ihr Gesicht. Sie hielt jetzt die Augen geschlossen, sah sehr blass aus. Kleine Schweißperlen bildeten sich auf ihrer Stirn. Hoffentlich hatte sie das Zeug nicht schon zu lange mit sich herumgeschleppt. Es wirkte immer erst nach einer Weile, dann aber zumeist heftig. Ich untersuchte den Umhang, griff in die Taschen. Ich fand nichts, keine Splitter von spitzen Dämonen-Fingernägeln und auch keine Reste vom klebrigen Netz einer Hornspinne. Aber so etwas musste es sein, das Sansas Zustand auslöste.

Ich warf ihren Umhang in eine Ecke und wollte schon ihr Gewand aufknöpfen, da fiel mein Blick auf den kleinen Beutel, den sie an einer Schlaufe ihres Kleids befestigt hatte. Sie würde doch nicht solch gefährliche Sachen irgendwo auflesen, nur weil sie so schön schimmerten? Ich öffnete den Beutel und schüttete seinen Inhalt in meine Hand. Neben Feenringen, Kokons und bunten Schnüren entdeckte ich ein kleines spitzes Horn. Es verschlug mir schier den Atem, als ich es betrachtete. Etwas Gefährlicheres hätte sie kaum bei sich tragen können! Mit Mühe unterdrückte ich einen saftigen Fluch, nahm das Ding zwischen Daumen und Zeigefinger.

»Sansa, mach die Augen auf«, verlangte ich und sie hob die Lider. Ich hielt ihr das Horn hin. »Weißt du, was das ist?«

Sie zuckte die Schultern und machte die Augen wieder zu. »Ein abgestoßenes Horn von irgendeinem Tier«, flüsterte sie matt, »hab ich heute Morgen im Fata-Dorf gefunden, als ich meine Freundin besuchte.«

»Fata-Dorf«, so wurde die Sidda-Siedlung genannt, in der Niven und Mihai lebten. Auch das noch! Diesen Abend hatte ich mir wirklich anderes vorgestellt.

»Sansa, bleib wach!«, befahl ich scharf, weil ich das Gefühl hatte, dass sie wieder abdriftete. Ich hielt das Horn vor ihre Nase. »Du musst dir diesen Geruch gut einprägen! Das ist ein sehr gefährliches Dämonenhorn, es verursacht furchtbare Visionen und Schlimmeres. Solltest du so etwas je noch einmal finden, dann vergrab das sofort tief unter den Wurzeln eines Holunderbaums! Hörst du! Nur dann kann es keinen Schaden mehr anrichten.«

Sansa öffnete die Augen, schien plötzlich wieder mehr da zu sein. Sie versuchte sich aufzurichten, schaffte es aber nicht ohne meine Hilfe. »Was sagst du da? Ich hab das Horn vor dem Haus des Fata Niven gefunden, auf dem Weg davor zwischen den Zweigen eines Haselstrauchs. Ist er jetzt womöglich in Gefahr?«

»Nein«, log ich und atmete auf, weil Sansa sich jetzt typisch Fee geäußert hatte. Sie war also noch einigermaßen klar im Kopf.

Ich steckte das Dämonenhorn in die Tasche meines Umhangs.

Sansa wollte meine Hand festhalten. »Nicht! Wenn du auch so schwach wirst wie ich, komme ich nie mehr nach Hause.«

Ich zog Sansa an mich und drückte einen Kuss in ihr Haar. «Keine Sorge, uns Vampiren können Dämonenzauber nichts anhaben. Ich werde das Horn nachher vergraben.« Sanft strich ich ihr über die Wange und den Hals. »Ich bring dich jetzt heim. Du musst dich mit Eisenkraut abreiben, dann wird sich die Dämonenenergie von dir lösen. Dein Kleid mit dem Beutel und den Umhang solltest du eine Woche lang zusammen mit viel Salbei in eine dicht schließende Kiste packen.« Ich half Sansa in den Umhang, hob sie hoch und gab ihr den Bogen in die Hand. «Wahrscheinlich wirst du dich noch etliche Tage elend fühlen, aber es geht vorbei. Du hast das Dämonenhorn zum Glück noch nicht lang genug bei dir getragen, als dass es dir dauerhaft hätte schaden können.«

Sansa kuschelte sich an mich. »Zu dumm aber auch! Da mach ich einfach schlapp, dabei hatte ich mich so auf dich gefreut, Luczin!«

»Ah, das holen wir nach, Süße!«

Ich trug Sansa zu ihrem Dorf und wartete, bis sie in dem Feenhäuschen verschwand, in dem sie wohnte. Dann machte ich mich umgehend auf den Weg zu Niven. Hoffentlich schlief er noch nicht. Ich musste unbedingt mit ihm über das Horn reden, denn mit Sicherheit hatte es nicht aus Zufall in der Nähe seiner Wohnstatt gelegen.

Als ich bei Niven eintraf, stand die Haustüre noch offen. Bevor ich eintrat, ging ich aber noch zu Thure, der im Garten Wache hielt, um ihn ins Bild zu setzen. Er versprach, die ganze Nacht auszuharren und noch mehr aufzupassen als sonst.

Mihai war schon zu Bett gegangen, aber Niven saß drinnen in der Wohnküche am Tisch und las in einem Buch. Anscheinend hatte er aber vor Kurzem erst seinen abendlichen Dauerlauf durch den Wald beendet, eine Haarsträhne klebte ihm noch feucht an der Stirn und über der Lehne des Stuhls neben ihm hing ein Handtuch.

Als ich zu ihm trat, sah er auf. »Luczin! Ist etwas passiert?«

»Nicht mit Lena«, beruhigte ich ihn, kramte in der Tasche meines Umhangs und holte das Dämonenhorn heraus. »Ich brauche dein Urteil.«

Als ich Niven das Horn hinhielt, wich alle Farbe aus seinem Gesicht. Er riss das Handtuch von der Stuhllehne und wickelte es eilig um meine Hand, sodass das Teil darin verschwand. »Bring das Ding sofort weg«, presste er leise zwischen den Lippen hervor. »Vergrabe es unter einem Holunderbaum im Wald und wickle danach das Handtuch um den Sabei draußen im Garten. Wenn du wiederkommst, erkläre ich dir alles.«

Ich fackelte nicht lange und sauste davon. Als ich eine Weile danach wiederkam, schaute Niven mich forschend an. »Wie fühlst du dich?«

»Noch etwas außer Atem.«

Niven verzog keine Mine. »Keine Visionen? Du siehst keine Hörner auf meiner Stirn?«

Ich begriff. Deshalb hatte Sansa mich so ängstlich angesehen und geglaubt, dass ich mich von ihr genährt hätte. Vermutlich hatte sie auf meiner Stirn sogar einen Moment lang nicht vorhandene Hörner wahrgenommen.

Ich schüttelte den Kopf. »Bei uns Vampiren lösen Dämonenhörner keine Visionen aus. Ich möchte aber von dir wissen, ob von diesen Dingern sonst noch eine Gefahr ausgeht.«

»Und ob! Wo hast du das Horn denn gefunden?«

»Ich hab es einer Fee abgenommen, davon erzähle ich dir nachher. Welche Gefahren sind das, die sonst noch mit dem Horn verbunden sind?«

Niven strich sich mit beiden Händen die Haar zurück, seufzte und sah mich dann an. »Vielleicht hast du schon davon gehört, dass Dämonen viele Augen, viele Ohren und viele Zungen haben. Das ist natürlich nur ein Sinnbild, aber im Prinzip gar nicht so falsch. Es hängt damit zusammen, dass junge Dämonen sich ihre Hörner jeden Winter abstoßen, fünfzehn Jahre lang, erst danach wächst das dauerhafte Gehörn. Die abgestoßenen Hörner sind aber keinesfalls tote Materie sondern bewahren einen Teil der Dämonen-Sinne in sich. Sie werden aufgesammelt und verwahrt, um sie für besondere Zwecke zu verwenden.«

Ich fing an, zu verstehen. »Dann sind die Zungen das Bild dafür, dass so ein Horn Visionen auslöst und demjenigen, der es bei sich trägt, verrücktes Zeug einredet.«

Niven nickte. »Genau. Wenn einer sich lange genug in der Nähe so eines Horns aufhält, wird er Stimmen hören, die ihm schreckliche Dinge einreden. Das kann ihn dann recht schnell in den Wahnsinn treiben.«

»Und die Augen und Ohren?«, hakte ich schnell nach, weil mich bereits eine furchtbare Ahnung beschlich.

Niven seufzte. »Deshalb habe ich vorhin so schnell das Handtuch über deine Hand mit dem Horn gewickelt. Die Dämonenhörner haben Augen und Ohren. Sie nehmen alles aus einem weiten Umkreis wahr, sodass Taherehs Dämonen alles erfahren, was innerhalb dieses Bereichs geschieht.«

»Verdammt!«, entfuhr es mir.

Niven wiegelte halbherzig ab. »Wenn der Dämon, der das Horn kontrolliert, uns gesehen hat, dann wohl zu kurz, als dass er daraus Schlüsse ziehen könnte.«

»Er hat mich mit Sicherheit zusammen mit der Fee gesehen und ich kann nur hoffen, dass ihr das nicht zum Schaden gereicht.« Ich seufzte. »Noch eine schlechte Nachricht! Sansa, so heißt die Fee, hat das Horn heute Morgen auf dem Weg vor eurem Haus gefunden.«

Niven verzog das Gesicht, als ob er Zahnschmerzen hätte, rieb sich dann nachdenklich die Stirn. Doch schon nach einer kurzen Weile straffte er seine Haltung. »Das ist zwar nicht erfreulich, aber ich denke, der Schaden ist gering. Viel kann der Dämon durch das Horn nicht gesehen haben. Seit Mihais Begegnung mit der Grungalp habe ich täglich die Umgebung nach Hinweisen auf Taherehs Maßnahmen abgesucht und nichts gefunden. Zudem wurden weder Mihai noch ich von Visionen heimgesucht. Das Horn kann also noch nicht lang dort gelegen haben.«

Ich konnte nur hoffen, dass er recht hatte. Da wir alle Lagebesprechungen in Kierans Turm abgehalten hatten, sollten zumindest unsere Pläne nicht zu Taherehs Ohren gelangt sein. Das beruhigte mich zumindest ein bisschen. Was Sansa betraf, so musste ich in Zukunft vorsichtiger sein. Zu leicht könnte sie durch mich oder Briann, den sie ja auch kannte, in Gefahr geraten, und in unsere Probleme mit Tahereh hineingezogen werden, jetzt, da der Besitzer des Dämonenhorns sie gesehen hatte.

Die Wochen vergingen, aber es tat sich nichts mehr, das uns erneut einen Schrecken eingejagt hätte. Wir entdeckten weder irgendwelche unnatürlichen Nebel noch weitere Hinterlassenschaften von Dämonen noch sonst etwas Ungewöhnliches. Wollte Tahereh uns in Sicherheit wiegen, damit sie uns umso leichter überrumpeln konnte? Das war nicht auszuschließen!

Sansa hatte viele Tage lang unter den Nachwirkungen des Hornstücks gelitten, aber jetzt ging es ihr wieder gut. Ich hatte mich noch einmal mir ihr getroffen und eine heiße Nacht mit ihr verbracht, ihr danach aber erklärt, dass wir uns nun eine Weile nicht mehr sehen konnten. Ich müsse fort, sagte ich ihr, geheime Vampirsache, und sie nahm es hin. Zu ihrer Sicherheit behielten Briann und ich sie im Auge, aber sie bekam uns nie zu Gesicht. Manchmal schickte sie mir geistige Botschaften, fragte, wann ich zurückkäme, und ich antwortete ihr, vertröstete sie aber immer auf später. Erst wollte ich mir einigermaßen sicher sein, dass ich sie durch unsere Treffen nicht in Gefahr brachte.

Niven ging noch ein paarmal über das Dragho-Gebirge zu dem Platz am Fluss, zu Fuß, um seine Kondition zu stählen, und um die Lehmgrube vorzubereiten, die das Material für sein künftiges Zuhause liefern sollte. Mihai folgte ihm durch den Spiegel, half ihm, packte kräftig mit an, wie es seine Art war, und ließ sich nicht anmerken, wie sehr es ihn beruhigte, dass erst im späten Frühjahr mit dem eigentlichen Bau begonnen werden konnte. Fast ein halbes Jahr noch bis dahin … Meine Vampirgefährten brachten die beiden jedes Mal rechtzeitig vor Sonnenuntergang nach Hause zurück und blieben danach in ihrer Nähe, um in der Nacht über sie zu wachen.

Ich selbst nutzte diese Zeit, um so oft wie möglich bei Lena zu sein, natürlich so, dass es nicht auffiel. Ich schilderte ihr, was auf sie zukam, wenn sie tatsächlich im kommenden Jahr zu Niven in die Abgeschiedenheit ziehen würde. Aber meine Bemühungen, Lena mit der Realität ihrer Pläne zu konfrontieren, brachten wie erwartet keinen Erfolg. Sie lehnte ihren Kopf an meine Schulter und griff nach meiner Hand, die auf ihrer Hüfte lag. »Niven braucht mich. Das verstehst du doch, Luczin?«

Ja, ich verstand das, und genau da lag mein Problem. Damals, bei unserer Rückkehr aus dem Schattenreich, glaubte Niven, dieses Leben nicht verdient zu haben, weil ein anderer sich für ihn geopfert hatte. Briann und ich hatten oft mit ihm darüber geredet, versucht, ihm zu erklären, dass er nur deshalb Taherehs Todesfluch entkommen war, weil seine Zeit den Lebenden gehörte. »Du hast jetzt hier deine Aufgabe, nicht mehr in den Schatten bei ihr, und du musst dieses Leben, das allein dir gehört, kennenlernen, es lieben, wenn du wirklich von Tahereh frei sein willst.« Wie oft hatte Briann das zu ihm gesagt! Es schien gewirkt zu haben, Niven war viel offener geworden. Trotzdem erkannte ich immer deutlicher, dass nur Lena ihn halten konnte, nur um ihretwillen kämpfte er weiter gegen den Sog der Schattenwelt, der ihn jetzt endgültig wegreißen wollte. Dabei lag die Gefahr nicht nur im Psychischen, sie war durchaus real und körperlich. Tahereh hatte ihm gedroht, und er kannte sie und ihre Mittel zu gut, als dass er das hätte übersehen können. Was also blieb ihm übrig, als sich erneut zum Kampf zu rüsten? Wenn nicht für sich selbst, dann für Lena und für Mihai – und ja, auch für uns. Aber wer sein Leben lang kämpfen muss wie er, wird müde. Wir, seine Freunde, konnten ihn wohl unterstützen, aber nur Lena gab ihm die Kraft, das Leben gegen die Schatten des Todes zu verteidigen. Und ich, ich ließ es zu, weil ich wusste, dass er das brauchte und weil ich Lena umso mehr liebte und glaubte, sie beschützen zu können.

Kapitel 3

Spurensuche ...

Der Herbst verging, und der Winter verbarg die Erde Antiquerras unter einem weißen, kalten Tuch. Auch die Schattenwelt schien sich in schweigender Kühle bedeckt zu halten, kein Unglück brach über uns herein, und fast hätte man glauben können, dass wir uns die Bedrohung durch Taherh nur eingebildet hatten.

Aber es war keine Einbildung!

Wenige Tage nach dem Jahreswechsel wurde es ernst: Niven verschwand, ohne eine Spur zu hinterlassen.

Finley hatte mich in meiner Bibliothek aufgesucht und es mir gesagt. Als Briann und ich zusammen mit ihm aus dem Zauberspiegel heraus und in Mihais Wohnstube traten, waren die anderen schon da – außer Lena, die bei ihrem Vater bleiben musste, weil sich dessen Gesundheitszustand in den letzten Tagen rapide verschlechtert hatte.

Sorgen um Niven machte ich mir zu dem Zeitpunkt noch nicht. Vico und Darian, die in der Nacht ein Auge auf die Umgebung gehabt hatten, war nichts Ungewöhnliches aufgefallen. Vielleicht war Niven einfach bei Morgengrauen aus dem Haus gegangen, um zu joggen, was er oft tat, und hatte seinen Onkel nicht wecken wollen. Aber als Mihai uns dann die Umstände seines Verschwindens schilderte, stellten sich meine Nackenhaare auf.

»Hier, schaut in sein Schlafzimmer«, sagte er, »sein Kleid hängt vor dem Schrank und auch sein Umhang ist da. Niven wäre nie freiwillig im Nachtgewand fortgegangen. Und hier«, Mihai schloss die Tür und wies auf die daran anschließende Wand der Wohnstube, »Nachtblitz ist auch noch an seinem

Platz. Nie würde Niven ohne seinen Bogen und seine Pfeile weggehen! Das wisst ihr!«

»Könnte es sein, dass er schlafwandelt?«, fragte Meister Kieran.

Mihai schüttelte den Kopf. »Bisher nicht, und selbst wenn, dann hätten Vico oder Darian es doch bemerkt.«

Ich schaute zu meinen beiden Vampirgefährten, doch sie schüttelten die Köpfe. »Er kletterte weder aus einem Fenster heraus noch ging er vor die Tür. Wir hätten ihn gesehen.« Darians Stimme klang sicher.

Vico schaute zu ihm hin, nickte. Dann rieb er sich nachdenklich die Stirn. »Etwa kurz nach Mitternacht hatte ich einmal den Eindruck, als ob der Himmel für einen winzigen Augenblick dunkler würde, sternenlos. Aber es schien mir ohne Bedeutung, war ja kaum wahrnehmbar und viel zu kurz, als dass ... Verdammt noch mal! ... Das war *sie*, Tahereh!« In Vicos Blick lag plötzlich Entsetzen. Er wandte sich von Darian ab und schaute zu Briann und mir.

Mir lief ein eiskalter Schauer über den Rücken. Ja, Tahereh! Damals, als der Hirsch verschwand, der uns tief in das Rodar-Gebirge gelockt hatte, kurz vor dem Zeitpunkt, als Tahereh zu Briann und mir herabstieg, um uns zu Vampiren zu machen, da hatte ich auch einen winzigen Moment lang geglaubt, dass sich alles um uns herum verdunkeln würde. Dann fiel mir das Dämonenhorn ein, das auf dem Weg vor dem Haus gelegen und Niven ausspioniert hatte. Verflucht! Es hatte ihm wohl mehr geschadet als angenommen. Die Lage war wirklich ernst! Ich sog tief den Atem ein, doch bevor ich etwas sagen konnte, ergriff Briann das Wort.

Er wandte sich an Mihai. »Bevor wir uns jetzt verrückt machen, sollten wir erst alle natürlichen Möglichkeiten in Betracht ziehen! Könnte Niven in die Klagsümpfe gegangen sein, nur in Hose und Hemd, ohne das Kleid überzuziehen? Hast du nachgeschaut, ob seine Mundharmonika noch in seiner Manteltasche ist?«

Mihai schüttelte den Kopf. »Alle seine Kleidungsstücke sind da, ich hab im Schrank nachgesehen, nur das Nachtgewand fehlt. Wenn er die Mundharmonika genommen hätte, dann hätte er auch den Mantel angezogen.« Er öffnete aber noch einmal die Tür zu Nivens Zimmer, kramte in den Taschen des schwarzen Umhangs und hob dann das silberglänzende Musikinstrument hoch. »Siehst du? Auch noch da!«

Für einen kurzen Moment blitzte vor meinem inneren Auge ein Bild auf, das Nivens Körper tot in einem Tümpel zeigte. Ich unterdrückte es schnell. Wir mussten handeln, die Schatten vertreiben, die Tahereh uns auferlegte! »Teilen wir uns auf und suchen nach ihm, irgendwo muss Niven ja sein. Ich gehe zuvor noch zu Lena, sage ihr Bescheid, und vielleicht hat Niven ihr ja etwas gesagt, das Licht in die Sache bringt.«

Alle nickten und Briann nahm umgehend die Aufteilung der Suchmannschaften in die Hand. Mihai wollte hierbleiben, falls Niven doch noch zurückkäme, und Meister Kieran erbot sich, bei ihm zu bleiben. Mein Blick flog zu Mihai, der plötzlich ganz ruhig schien. Ja, er stellte sich seinen inneren Kämpfen mit dem Mut eines Kriegers. Hoffnung, seinen Neffen lebend wieder in die Arme schließen zu können, hatte er aber wohl nicht allzu viel. Ich sah es an seinen Augen, die glänzten von ungeweinten Tränen der Trauer. So gern hätte ich ihm seine Gedanken, dass Tahereh Niven geholt hatte, ausgeredet, aber niemand wusste besser als er, wie grausam die Schattenkönigin sein konnte.

Nachdem die anderen fortgegangen waren, um nach Niven zu suchen, hielt auch ich mich nicht mehr lange auf, sondern machte mich auf den Weg ins Korria-Dorf. Als ich die kleine

Anhöhe hinunterschritt, blieb ich einen Augenblick lang stehen. Noch immer lag das Dorf im Frieden des anbrechenden Tages da, und dieser Anblick hätte mein Herz geweitet, wenn meine Gedanken an die Schattenkönigin es nicht mit eisernen Klammern gefesselt hätten. Wie sollte ich Lena sagen, dass Niven vermutlich wieder bei ihr im Schattenreich war? Dass alles darauf hinwies, dass sie ihn letzte Nacht geholt hatte? Ja, Niven hatte gesagt, dass Tahereh andere Mittel zur Verfügung standen als uns, und ich begriff es jetzt, zumindest ein wenig. Die Dunkelheit gehorchte ihr, verbarg sie vor den Lebenden. Selbst wenn Vico seine Wahrnehmung von letzter Nacht mit Tahereh in Verbindung gebracht hätte, dann wäre er wohl nicht schnell genug gewesen, um sie aufzuhalten. Ich seufzte und ging weiter, bis ich vor Doriths Häuschen stand.

Als ich eintrat, stand Lenas Großmutter am Herd und bereitete ein Frühstück. Sie lächelte mich an. »Guten Morgen, Luczin. Du willst sicher zu Lena, sie ist dort drinnen bei ihrem Vater.«

Ich dankte ihr und ging danach gleich zu der Tür gegenüber vom Hauseingang, hinter der ich leises Stöhnen vernahm. Als ich öffnete, sah ich Lena über ihren Vater gebeugt. Sie hüllte ihn in Heilungsstrahlen, die aus ihren Händen flossen. Wie so oft wunderte es mich, wie sie in den wenigen Jahren seit unserer Rückkehr aus dem Schattenreich solch machtvolle Magie hatte entwickeln können. Leise schloss ich die Tür hinter mir und verhielt mich still. Aber sie hatte mich schon bemerkt.

»Ich kann nicht mehr viel für ihn tun, Luczin«, flüsterte sie, »ihm nur noch ein bisschen Linderung verschaffen, aber die Schmerzen werden heftiger. Heute Nacht fiel ihm das Atmen richtig schwer.«

Ich ging zu ihr und küsste sie auf die Stirn. »Es tut mir so leid«, flüsterte ich, und meinte damit beides, die Krankheit ihres Vaters, bei der nicht einmal Wunschringe Wirkung zeigten, und Nivens Verschwinden. Dann setzte ich mich auf die Bettkante, betrachtete Lenas Vater, der nur noch ein Schatten seiner selbst war, und legte meine Hände an dessen Schläfen. Ich befahl ihm, die Augen zu öffnen und als er mich anschaute, nahm ich ihm den Schmerz und versetzte ihn in Schlaf. Als sich seine Gesichtszüge entspannten, wandte ich mich Lena zu. »Jetzt sollte es ihm wenigstens ein paar Tage besser gehen.«

Ich stand auf und Lena trat auf mich zu, legte ihre Arme um meinen Hals und bettete ihren Kopf an meine Schulter. Sie stieß vor Erleichterung den Atem aus. »Danke, Luczin.«

Ich nickte. Wie sollte ich ihr das von Niven sagen? Ich schob sie ein bisschen von mir weg und schaute sie an. »Wann hast du das letzte Mal etwas gegessen?«

Lena schüttelte den Kopf. »Ich hab keinen Hunger. Aber wenn es dich beruhigt – Dorith backt Buchweizenpfannkuchen, da muss ich nachher mindestens zwei davon essen.«

Sie lächelte ein kleines schiefes Lächeln und mir fiel auf, dass sie sich gar nicht nach Niven erkundigte. Ich seufzte leise. Es wäre leichter gewesen, wenn sie mich gefragt hätte.

»Ich komme gerade von Mihai«, begann ich und sie nickte. »Ich weiß gar nicht, wie ich es dir sagen soll … Niven ist verschwunden.«

»Ich weiß«, erwiderte sie.

Ja, natürlich, der Feenkrieger Alrik hatte Lena aufgesucht, bevor er zu Mihai ging. Er wohnte ja im selben Dorf. Da ich spürte, wie Lena sich innerlich aufrichtete, entschloss ich mich, nun einfach die Wahrheit zu sagen. »Niven hat nichts mitgenommen, weder seinen Bogen noch seine Mundharmonika, sich nicht einmal richtig angekleidet, und alle Umstände seines Verschwindens deuten darauf hin, dass Taherah heute

Nacht bei ihm war und ihn geholt hat. Wir suchen natürlich nach ihm, aber ich fürchte …«

Lena sah mich aufmerksam an und lauschte dann in seltsam versunkener Weise nach innen, so wie sie es in letzter Zeit oft tat. Als sie mich danach wieder anschaute, schien sie vollkommen ruhig und gefasst. Aber ihre Worte hauten mich fast um. »Niven wird wiederkommen.«

Ja, sie sprach als Fata, das war mir sofort klar. Aber trotzdem. »Woher weißt du das?«

Lena schüttelte den Kopf und wandte sich halb von mir ab. »Das kann ich dir nicht erklären.«

Ich betrachtete sie. Konnte sie nicht oder wollte sie nicht?

Niven kam weder am nächsten Tag noch am übernächsten zurück und nirgendwo konnten wir eine Spur von ihm entdecken. Wir suchten überall in der näheren und weiteren Umgebung, auch an dem Platz am Fluss, doch es gab dort keine Fußspuren in der dicken Schneeschicht, die darauf hinwiesen, dass jemand hier gewesen war. Nur die Baugrube formte sich in der weißen Fläche als unregelmäßige Erhebung ab. In den Klagsümpfen bei den drei Birken führte genausowenig eine Spur in die Nebel hinein.

Der dritte Tag verging und der vierte. Niven blieb trotz unserer intensiven Suche verschwunden. Auch unser hervorragender Geruchssinn, mit dem wir Vampire normalerweise jeden aufspüren konnten, half uns nicht weiter. Nivens Duftspur beschränkte sich wie isoliert auf sein Zimmer, führte nicht von dort weg und verflog allmählich.

Lena war jedoch weiterhin überzeugt, dass er wiederkommen würde. Ich fühlte mich deshalb hin und her gerissen.

Konnte es sein, dass sie die Realität einfach ausblenden wollte? Vielleicht, weil sie diese aufgrund der Sorge um ihren Vater derzeit nicht auch noch verkraftet hätte? Als der fünfte und der sechste Tag verging, an denen wir Niven weder lebendig noch tot fanden, schwand bei uns, ihren Gefährten, auch der letzte Funken Hoffnung. Mihai redete nur wenig, aber wir alle sahen die Vase mit den weißen Gardenien, den Trauerblüten der Feen, auf der Anrichte in der Wohnküche. Ich roch deren süßen, an Jasmin erinnernden Duft und dachte an die Schattenkönigin, die uns nicht einmal Nivens Körper ließ, damit wir ihn mit allen Ehren verabschieden konnten.

In der Nacht vom sechsten auf den siebten Tag nach Nivens Verschwinden blieben wir alle bei Mihai – außer Lena, die weiter von ihrem Vater beansprucht wurde. Mihai sollte nicht alleine in seinem Kummer sein. Wir sprachen ihm Mut zu, hingen Erinnerungen nach, und tranken von dem Kräuterbiest, das Kieran mitgebracht hatte. Gegen Morgen hörte ich plötzlich ein Geräusch, allerdings sehr leise nur. Es kam aus Nivens Zimmer und klang, als ob das Bett ächzte. Kurz darauf nahm ich ein leises Plätschern wahr, als ob jemand Wasser in die Waschschüssel goss. Ich schaute zu Briann, schickte ihm meine Gedanken und fragte, ob er das auch gehört hätte. *Nein*, antwortete er mir. Vielleicht war Briann zu sehr in die Gespräche vertieft gewesen. Ich lauschte und vermeinte jetzt, Stoff rascheln zu hören. Konnte es sein, dass ich Halluzinationen hatte, jemanden spürte, der gar nicht da war? Nivens Geist womöglich oder gar Tahereh selbst? Als ich aufstand und meinen Stuhl zurückschob, um Nivens Zimmer in Augenschein zu nehmen, ging diese Tür plötzlich auf. Ich sah eine Person in einem langen, schwarzen Gewand, vornübergebeugt, sodass ihr die verstrubbelten Haare das Gesicht verdeckten. Sie klammerte sich mit einer Hand an den Türgriff und mit der anderen an den Rahmen der Tür. Ich hielt die Luft an, fasste es nicht!

Niven!

War er es wirklich, oder war es sein Geist?

»Was ist denn hier los?«, fragte er mit Blick auf die leere Flasche Kräuterbiest.

Ein paar Wimpernschläge lang sagte niemand etwas, alle starrten Niven nur ungläubig an, aber dann kam Leben in meine Freunde. Ihre Stimmen wirbelten durcheinander, Stühle rückten und Mihai warf seinen fast um, als er aufsprang und zu Niven lief, um ihn zu umarmen.

»Oh, ich danke allen Göttern, dass du lebst!«, rief Mihai und drückte seinen Neffen so heftig an sich, dass dieser aufstöhnte. Dann führte er ihn an den Tisch. »Komm, setz dich erst einmal, du siehst furchtbar erschöpft aus.«

Ich betrachtete Niven. Er sah wirklich eher tot als lebendig aus, sein Gesicht wirkte kalkweiß, die Augen grau umschattet und er schien abgenommen zu haben.

»Warum macht ihr so ein Aufhebens um mich?« Niven rieb sich die Schläfen. »Und bitte nicht so laut. Ich habe grässliche Kopfschmerzen.«

Briann schaute ihn durchdringend an. »Gut, dann machen wir es kurz. Wo warst du?«

Niven schüttelte den Kopf und verzog gleich darauf schmerzvoll das Gesicht. »Was soll die Frage?«

Briann wartete, bis Niven den Becher voll Kräutertee entgegengenommen hatte, den Mihai ihm reichte, und hakte dann nach. »Willst du etwa behaupten, dass du nicht weißt, wo du die letzten sieben Tage gewesen bist?«

»Soll das ein Scherz sein?« Niven presste beide Hände an den Kopf und stöhnte wieder. »Eigentlich solltet ihr die Kopfschmerzen haben, ich hab schließlich keinen Tropfen von dem

Bitterbiest getrunken.« Er schloss für einen Augenblick die Augen, lachte leise auf. »Ich soll weggewesen sein, sagt ihr? Sieben Tage? … Ehrlich, eine Entschuldigung, dass ihr vergessen habt, mich zu wecken, als ihr kamt, würde mir durchaus genügen.«

»Das ist Taherehs Werk!«, murmelte Kieran. »Sie hat dir die Erinnerung genommen.« Finley, der neben ihm saß, nickte.

»Sieh mich an, Niven«, befahl Briann und ich wusste, dass er Nivens Bewusstsein manipulierte, um doch noch an Informationen zu kommen.

Aber Nivens Gehirn schien einem schwarzen Loch zu gleichen, selbst sein Unterbewusstsein gab nichts preis. Er wusste nicht, dass er sieben Tage lang weggewesen war; er wusste erst recht nicht, wo er gewesen war; er wusste nur, dass er am Abend zu Bett gegangen war und seit dem Aufwachen heute Morgen Kopfschmerzen hatte. Da Niven wirklich erbärmlich aussah und vor Entkräftung fast vom Stuhl fiel – er hatte bis jetzt nicht einmal die Trauerblumen bemerkt, was mehr als alles andere seine Schwäche deutlich machte – überließen wir ihn erst einmal Mihais fürsorglicher Pflege. Vielleicht kam seine Erinnerung ja zurück, wenn er wieder in seiner alten Kraft stand.

Es dauerte mehr als drei Wochen, bis Niven sich erholt hatte und sein Konditionstraining wieder aufnahm. Wie in der Zeit vor seinem mysteriösen Verschwinden joggte er im Wald hinter dem Sidda-Dorf. Erinnern konnte er sich jedoch weiterhin nicht, zumindest behauptete er das. Briann fand sich damit allerdings nicht so einfach ab. Er bohrte immer wieder nach, in der Hoffnung, doch noch etwas aus Niven herauszulocken.

»Wie sollen wir dich vor Tahereh schützen, wenn du Geheimnisse vor uns hast? Ihr womöglich in die Hand spielst?«, fragte Briann ihn immer wieder.

Niven begriff wohl, dass solche Fragen als freundschaftliche Provokation gemeint waren, aber er ließ sich nie darauf ein. »Denk was du willst, aber es wäre besser für deinen Seelenfrieden, wenn du meine Erinnerungslücke akzeptieren würdest.«

Briann blieb nichts anderes übrig, aber er fand sich nur schwer damit ab.

Und dann passierte es wieder!

Es war Mitte Februar, in Mihais Garten kamen die ersten Krokusse unter dem Schnee hervor, aber über Nivens Zimmer legte sich die Dunkelheit und nahm ihn mit. Diesmal blieb Niven drei Tage verschwunden. Als er auf dieselbe mysteriöse Weise zu uns zurückkehrte wie beim ersten Mal, wirkte er wie tot, und wie zuvor erinnerte er sich an nichts. Allerdings fand er diesmal wenigstens schneller zu seinen Körperkräften zurück. Aber danach redete er von nichts anderem als davon, endlich mit den Hausbau beginnen zu wollen. Angeblich würde dann alles besser werden. Hatte Tahereh ihm das eingeredet? Lena sprach ihm zu, aber wir anderen waren nur froh, dass das Wetter dieses Vorhaben noch keineswegs unterstützte.

Der Winter ging jedoch allmählich vorüber. Die Natur färbte sich wieder grün, wenn auch zum Teil noch versteckt unter Schneeresten. Mehrmals in der Woche traf ich mich mit meinen Gefährten in Kierans Turm, ohne Niven und Lena und auch ohne Mihai, der seinen Neffen nicht mehr aus den Augen ließ. Wir diskutierten und grübelten darüber nach, was wir zum Schutz unserer beiden Fatas tun könnten. Aber es fiel uns nichts ein, außer dem, was wir sowieso schon taten – Nivens

Wohnhaus in der Nacht so gut es ging zu bewachen, genauso wie Lenas. Wir bildeten weiterhin jede Nacht wechselnde Zweierteams, auch wenn sich unsere Maßnahmen bisher als vergebens herausgestellt hatten, zumindest in Nivens Fall. Denn auch Kierans Schutzzauber, den er nach dessen erstem Verschwinden über das Häuschen gelegt hatte, hatte nicht gewirkt. Lag es daran, dass Niven uns etwas verschwieg, dass er die Schattenkönigin Tahereh unbewusst zu sich einlud, ihr eine Tür zu sich öffnete, die wir nicht erkennen konnten? Wir kamen nicht dahinter! Niven litt, das sahen wir, und dennoch blieb eine Barriere zwischen ihm und uns, die wir nicht durchbrechen konnten.

Dann geschah das, was wir befürchtet hatten. Niven verschwand Ende März ein drittes Mal, und obwohl Lena neuerlich behauptete, dass er wiederkäme, beruhigte uns das nicht. Wie würde er zurückkehren? Womöglich als Sterbender oder tot? Wenn es stimmte, was wir vermuteten, dass Tahereh ihn einem Entmaterialisierungszauber unterwarf – wie lange und wie oft konnte Niven solche Magie aushalten? Sicher, er war ein Fata, mit besonderen Kräften ausgestattet, aber schon die beiden letzten Male hatten ihm körperlich extrem zugesetzt. Wir hofften und bangten, fünf Tage lang, und als er dann wieder auftauchte, da wirkte er so durchscheinend, dass wir unsere schlimmsten Befürchtungen schon bestätigt sahen. Überraschenderweise erholte Niven sich dennoch, wenn auch nur langsam. Und natürlich hatte er wieder keinerlei Erinnerung – sagte er zumindest – und er schien nicht gewillt, mit uns darüber zu diskutieren.

Während Briann versuchte, trotz allem aus Niven noch etwas herauszubringen, kümmerte ich mich um Lena, der man die durchwachten Nächte am Lager ihres Vaters mittlerweile ansah. Ab Anfang April ging ich sogar fast täglich zu ihr. Gern hätte ich ihr ab und zu ein paar Tropfen meines Bluts eingeflößt, um sie zu stärken, aber dann tat ich es doch nicht, weil mich das Gefühl, dass es falsch wäre, zurückhielt. Aber zumindest konnte ich ihrem Vater mit meinen speziellen Vampirkräften die Schmerzen nehmen. Allerdings täuschte das nicht darüber hinweg, dass es mit ihm zu Ende ging. Lena erkannte das natürlich auch. Manchmal, wenn sie wieder einmal die halbe Nacht bei ihm ausgeharrt hatte, zwang ich sie in den Schlaf und wachte statt ihrer an des Vaters Bett. Seltsamerweise wehrte sie sich nicht dagegen. Fast schien es mir, als ob sie wusste, dass ich aus Liebe zu ihr handelte. Ich meine wirklich aus Liebe, nicht nur aus Freundschaft. Wenn sie nach ein paar Stunden wieder erwachte, kam sie zu mir und schmiegte sich an mich.

»Luczin, du Lieber«, sagte sie dann und weinte Tränen, die sie sich vor den anderen nicht erlaubte.

Natürlich kam auch Cara oft ins Korria-Dorf, und zusammen mit Großmutter Dorith half sie Lena bei der Pflege des Vaters. Caras tatkräftige Unterstützung tat Lena gut, es half ihr, die Fassung zu bewahren. Trotzdem brauchte sie mich jetzt mehr denn je, zumal Niven ihr in seinem Zustand keine Hilfe sein konnte, sondern zu weiteren Sorgen Anlass gab. Ja, ich befürchtete es: Sie rieb sich auf zwischen ihm und ihrem Vater.

Obwohl Lena in dieser Zeit viele ihrer heimlichen Gedanken mit mir teilte, so sprach sie doch nicht alles aus, was sie bewegte. Es wurde mir bewusst, als wir eines Nachmittags über Niven sprachen, um den ich mir nach Brianns Bericht immer mehr Sorgen machte.

»Niven verschließt sich und ich weiß nicht, ob ihm das bewusst ist«, sagte ich zu ihr. »Ich hoffe, du findest besseren Zugang zu ihm. Herrje, dass ich das ansprechen muss! Du hast schon genug um die Ohren. Aber dass er sich weigert, mit uns über das zu sprechen, was ihm geschehen ist, beunruhigt uns sehr.«

»Ich weiß, ich war heute Vormittag bei ihm. Es wird besser werden, wenn er mit dem Bau des Lehmhauses beginnen kann.«

»Was hat er dir gesagt?«

Lena lächelte. Es war ein Lächeln, das ich ausnahmsweise nicht deuten konnte. »Dass er müde ist.«

»Sonst nichts?«, bohrte ich nach.

Sie kam auf mich zu und schlang ihre Arme um meinen Hals, küsste mich auf die Wange. »Ach Luczin! Ich weiß, dass du mich beschützen willst und auch ihn, aber das Schicksal ist nur begrenzt beeinflussbar. Wir gehen alle unseren Weg und wir werden dort ankommen, wo unsere Bestimmung liegt.«

Ich atmete tief ein, denn diese ausweichende Antwort gefiel mir nicht, auch nicht diese Abgeklärtheit, die aus ihr sprach und die nicht zu ihrem Alter passte. Ich suchte in ihren Gedanken zu lesen, aber sie verschloss sich. Es frustrierte mich. »Und was glaubst du, wo dein Platz ist?«

»Im Augenblick an meines Vaters Seite.« Ein leises Grollen kroch ihre Kehle hoch. »Bedräng mich nicht, Luczin. Du weißt, dass ich zu Niven gehöre.« Ihre Stimme wurde leise. »Aber du solltest auch wissen, dass du in meinem Herzen bist.«

Ich legte die Schreibfeder beiseite und las noch einmal den letzten Abschnitt, den ich geschrieben hatte. Als ich hörte, wie die Tür zu meiner Bibliothek geöffnet wurde, schaute ich auf. Briann kam herein, um mich mit einem Krug Hirschblut zu füttern. Er stellte die Karaffe und das Glas vor mich auf den Schreibtisch.

»Wie geht es voran?«, erkundigte er sich.

Ich streckte mich und knetete meine verspannten Schulter-muskeln. Dann stand ich auf und drehte das Buch mit meinem Manuskript zu ihm hin. »Ganz gut, denke ich.«

Während ich mit dem Hirschblut neue Energie tankte, beobachtete ich Briann, der sich an meinen Platz setzte und die Seiten bis zu der Stelle zurückblätterte, an der er zuletzt aufgehört hatte zu lesen.

Briann las danach schnell, aber das ist bei uns Vampiren nichts Ungewöhnliches.

Nach einer Weile fing er plötzlich an zu brummen. »Nivens Verschwinden und seine seltsamen Erinnerungslücken …« Er legte seine Hand auf die Mitte der Seiten, damit sich das Papier nicht von allein umblätterte, presste die Lippen zusammen und starrte nach draußen auf den Balkon. Dann sah er mich an. »Ich hab ihn hart rangenommen, damals. Es wollte mir einfach nicht eingehen, dass sein Hirn nicht das kleinste Fetzchen Erinnerung bewahrte.«

Ich lachte. »Oh ja, dein berühmter Finger in der Wunde.«

Briann zuckte die Schultern. »Nur wer seine Schwäche ak-zeptiert, kann sie überwinden. Aber bei Niven hab ich voll-kommen versagt.«

Ich widersprach vehement. »Das ist nicht wahr! Du hast ihm geholfen, sich dem Leben zu öffnen, und dass Tahereh ihn wieder an sich band, ihn zu den Schatten zog, konntest du nicht verhindern. Keiner hätte das gekonnt.«

»Das ist mir kein Trost. Er litt, und ich schalt ihn noch dafür.«

»Er wusste, dass du ihm beschützen wolltest.«

Briann seufzte. »Vielleicht hätte es mehr gebracht, wenn wir in jener Zeit einfach die Fenster verhängt hätten.«

»Wenn …«, sagte ich. »Wir werden nie erfahren, ob es etwas geändert hätte. Aber ich glaube nicht, denn wie du selbst kürzlich gesagt hast, verstehen wir erst jetzt so langsam, warum alles so geschah.«

Briann gab wieder ein brummendes Geräusch von sich. »Ja, und doch bleibt die Tatsache, dass Niven aufgrund meines Nachbohrens noch mehr gelitten hat. Und ich hasse es, wenn jemand mehr leidet, als nötig, erst recht, wenn es ein Freund ist.« Er seufzte auf, las weiter, und legte dann seinen Finger auf eine Zeile. »Dieser letzte Satz: ›Aber du solltest auch wissen, dass du in meinem Herzen bist.‹, hat Lena das wirklich so zu dir gesagt?«

»Ja, ich erinnere mich genau.«

»Ist dir klar, was dieser Satz bedeutet?«

Ich hob die Schultern. »Ich weiß, dass sie mich mochte, ich war ihr wichtig, aber eben nicht so wie Niven.«

Briann lächelte. »Vielleicht solltest du deinen Blickwinkel verändern.«

Er stand auf, gähnte und ging dann zur Bücherwand gegenüber des Schreibtisches. Dort drückte er an einer bestimmten Stelle der Vertäfelung, und ein Teil der Regalwand schwang auf. Er bewegte auffordernd den Kopf. »Hopp, du hast deinen Schönheitsschlaf auch nötig.«

Durch den offenen Durchgang sah ich hinten, eingeschmiegt in den Erker meines Zimmers, mein breites, mit

dunkelroten, seidenen Kissen und Decken ausstaffiertes Bett.
Sofort spürte ich die Müdigkeit, die nicht nur meine Glieder
erfasste. Ich folgte Briann, und während er in meinem Schlafzimmer nach rechts ging und an der Wand eine weitere Geheimtür öffnete, die zu seinen eigenen schwarz tapezierten
Räumen führte, verschloss ich die Bibliothek.

Obwohl ich hundemüde war, konnte ich lange nicht ein-
schlafen. Ich lag auf dem Rücken in meinem Bett, umhüllt von
den weichen Daunen, und starrte auf die naturbelassene Sand-
steinwand mit dem aus buntem Mosaikglas gearbeiteten Fenster, welche meine Schlafstatt in seitlicher Länge begrenzte.
Aber du solltest auch wissen, dass du in meinem Herzen bist. Was
sagte Briann dieser Satz? Was erkannte er, das mir verborgen
blieb? Ich wusste, dass ich einen Platz in Lenas Herzen gehabt
hatte. Das war offensichtlich gewesen. Es war der Platz für einen Freund, auch wenn zuweilen ein wenig Begehren mit-
schwang: ein heimlicher Blick; der vibrierende Hauch von tas-
tenden Fingern; ein Kuss, der auf der Haut haften blieb, ein
wenig länger als für Freunde schicklich. Ja, auch von ihrer Seite aus, aber sie wusste immer, dass ich den Frieden ihrer Seele
nie riskiert hätte, um mehr zu bekommen. In meiner Erinnerung gehörte Lena zu Niven. Mir blieb ein Teil von ihr. Obwohl, es gab da einen Augenblick … Aber ich durfte nicht
vorgreifen, musste chronologisch vorgehen, damit meine Erinnerungen ihren Sinn offenbarten.

Also hinfort, ihr Grübelgeister! Lasst mich jetzt schlafen.

Lena wollte sich nach unserem Gespräch ein bisschen hinlegen, freiwillig, aber ich glaube, es war nur ein Vorwand, um weiteren Fragen von mir aus dem Weg zu gehen. Mit gemischten Gefühlen kehrte ich daher nach Dracopatria zurück.

Briann und Thure erwarteten mich bereits in meiner Bibliothek. Darian weilte noch im Turm, um Meister Kieran und Finley Bericht zu erstatten, und Vico hielt in der Nähe von Mihai und Niven bereits unauffällig Wache.

Briann, der wie so oft auf der Kante meines Schreibtisches saß und in einem alten Folianten blätterte, sah auf, als ich eintrat. Er klappte das Buch zu, legte es beiseite und schaute mich auffordernd an. »Und?«

»Ich hab Lena wegen Niven gefragt, aber wenn er ihr mehr gesagt hat als euch, dann behält sie es für sich.« Ich seufzte. »Sie war mir gegenüber schon offener«, setzte ich hinzu und fühlte eine schmerzhafte Welle durch meinen Körper rollen.

Thure, der auf dem kleinen Balkon vor der Bibliothek gestanden und auf die gegenüberliegenden Berge gestarrt hatte, kam mit düsterem Blick zu uns herein. »Uns entgleitet die Kontrolle. Luczin, ich weiß, dass du Lena liebst, aber in dieser Lage sollte dich das nicht daran hindern, ihr Bewusstsein auszuschalten, um die Wahrheit auch gegen ihren Willen aus ihr herauszuholen.«

Ich starrte ihn an und presste die Lippen zusammen, damit mir nichts Unbedachtes herausrutschte. Sein Vorwurf traf mich, aber: »Hättest du in der Nacht, als Niven das letzte Mal verschwand, schneller reagiert, dann wären wir jetzt nicht in dieser Lage!«

Das saß! Thure griff nach einer der kleinen Holzfiguren auf dem Tischchen vor dem Sofa und warf es in hohem Bogen über den Balkon hinaus. Hoffentlich traf mein hölzernes Einhorn am gegenüberliegenden Ufer keine der Grungalp. Deren Wut konnten wir jetzt nicht auch noch gebrauchen. Aber Thures Reaktion zeigte mir, dass er sich meinen stichelnden Vorwurf selbst machte. Dabei wusste ich sehr gut, dass er nichts dafür konnte. Die Dunkelheit hatte sich in der Nacht nur für den Bruchteil eines Wimpernschlags lang verändert und schon war Niven wieder verschwunden gewesen. Das ging selbst für uns Vampire zu schnell.

Briann bewegte die Hände auf und ab, um die Wogen zu dämpfen. »He, wo bleibt euer kühles Blut? Vorwürfe, gleich welcher Art sind fehl am Platz. Luczin, was hältst du davon, zu Niven zu gehen und mit ihm zu sprechen? Lena ist euch beiden wichtig, vielleicht lässt er um ihretwillen dir gegenüber mehr durchblicken. Auf meine Fragen hin hat er nur immer wieder beteuert, keine Erinnerung zu haben und nicht zu wissen, wie er aus dem Haus gelangt ist. Ich muss ihm glauben, denn selbst unter Hypnose, die ich mehrfach unbemerkt einsetzte, offenbarte sich immer nur ein dunkles Loch. Aber vielleicht hab ich die falschen Fragen gestellt.«

Ich nickte. »Nachher gehe ich zu ihm.« Dann wandte ich mich an Thure. »Verzeih meine Worte! Du konntest nicht verhindern, dass Niven verschwindet. Da ist ein dämonischer Zauber im Spiel, der selbst uns täuscht.«

Thure nickte. »Wenn ich mir nur selbst verzeihen könnte! Ich mag den Kerl, ich mag sie alle, diese Sterblichen, die mit uns Taherehs Reich überlebt haben, und ich will, dass sie weiter am Leben bleiben. Ja, ich weiß, eines Tages werden sie alle nicht mehr sein, deshalb wollte ich ja nie Freundschaft zu solchen, die nicht sind wie wir. Aber es kommt nicht immer so, wie man es will, und jetzt sind mir unsere Freunde wirklich wichtig. Ich hab doch schon Wighard, diesen kleinen Alraunen

117

verloren, kaum dass ich ihn damals ins Herz geschlossen hatte, und das hielt ich fast nicht aus und ich denke so oft an ihn.« Er schnaufte auf, da er begriff, wie viel er von sich preisgegeben hatte, und legte mir dann seine Hand auf die Schulter. »Entschuldige auch du. Du weißt selbst am besten, wie du mit Lena umgehen musst, um sie schützen zu können.«

Diesmal nickte ich und ich verstand ihn ja so gut, denn wir Vampire fühlten alles so viel intensiver als Sterbliche. Heftig drückte ich ihn an mich. »Thure, die Ewigkeit hat uns gelehrt, mit vielen Schwierigkeiten fertig zu werden. Auch wenn uns die Kontrolle zeitweilig entglitt, so haben wir sie immer zurückgewonnen. Wir schaffen es auch jetzt wieder, mit vereinten Kräften!«

Mit keinem Wort erwähnte ich Lenas Vorstellung, dass das Schicksal nur begrenzt beeinflussbar sei. Es genügte, wenn mir diese Hypothese zu schaffen machte – vor allem jetzt, da die Schatten bereits nach uns allen griffen.

Am frühen Abend nahm ich die Flugroute zum Sidda-Dorf, um mit Niven zu reden. Als ich vor dem kleinen weißen Häuschen ankam, entdeckte ich seinen Onkel Mihai im Garten auf der Bank unter dem Apfelbaum. Er wirkte wie ein einsamer, alter Mann, dabei hatte er nicht einmal ein Drittel seiner rund vierhundertjährigen Lebenszeit gelebt. Auf seinem Schoß lag sein Bogen, und er streichelte über das blankpolierte Holz.

Ich ging zu ihm. Als er aufsah und mich erkannte, flog ein Lächeln um seinen Mund. Für einen kurzen Moment umhüllte ihn wieder die Aura des kraftvollen Feenkriegers, als den ich ihn kennengelernt hatte. Doch viel zu schnell sank er wieder in gramgebeugter Haltung zusammen. Lag es am Fluch der

Grungalp, die ihn kurz vor Lenas Rückkehr nach Antiquerra so hart geschlagen und ihm gedroht hatte? Dieser Gedanke schnürte mir die Kehle zu. Denn was könnte schlimmer sein, als die Hoffnung zu verlieren?

»Diesmal wird Tahereh gewinnen«, sagte er leise.

Ich legte meinen Arm um seine Schultern. »Ihr seid nicht allein in eurem Kampf!«

Mihai zeichnete mit dem Finger die Holzmaserung seines Bogens nach. »Tahereh hat ihn schon in ihrer Gewalt und er begreift es nicht.« Er stöhnte gequält auf. »Luczin, ich kann ihn nicht vor ihr schützen, nicht einmal mit eurer Hilfe, und wenn ich versuche, die ganze Nacht wach zu bleiben. Den Spiegel von Kieran mit dem magischen Tor zum Fluss halte ich nachts in der Besenkammer verschlossen, mit geheimen Formeln, die nur ich kenne. Da kommt Niven nicht heran, und die Fenster und Türen vom Haus stehen unter Bewachung der Euren. Trotzdem ist er bereits drei Mal unbemerkt verschwunden, war bei ihr, und wusste danach nichts mehr davon. Das ist eine üble Zauberei. Es wird wieder passieren und ihn am Ende töten!«

»Verliere nicht den Mut«, erwiderte ich, um ihn zu trösten, und dann fiel mir eine Bemerkung von Lena ein. »Vielleicht wird es besser, wenn er anfängt, sein Haus zu bauen. Du solltest ihm zureden, ihm dabei helfen. Hier geht er vor die Hunde, aber der Platz am Fluss ist für ihn vielleicht ein neuer Anfang, der ihn wieder stärkt.«

Mihai schwieg, aber ich hörte seine Gedanken, die flüsternden Stimmen gleich in alle Himmelsrichtungen wehten. Dann atmete er schwer auf. »Ich weiß nicht. Die Grungalp, die mich so quälte, sollte mich in Taheres Auftrag aus dem Weg räumen, und vielleicht kann die Schattenkönigin Niven dort am Fluss noch leichter manipulieren.«

»Nicht unbedingt«, erwiderte ich. »Schau – und lass mich ehrlich sein. Du bist nur noch ein Schatten deiner selbst, du hast die Hoffnung verloren. *Das* wollte die Grungalp erreichen. Sie hat dich gebrochen, durch Schmerzen und grässliche Visionen, aber mehr noch durch das, was sie dir sagte: dass du im Weg seist. In dem Zustand, in dem du jetzt bist, kannst du Niven in seinem Kampf nicht unterstützen, du glaubst nicht mehr an ihn, siehst dich verlassen vor der Zeit. Wie soll Niven noch Kraft haben, der Dunklen zu widerstehen, wenn du, der einzige seiner Blutlinie, ihm das sowieso nicht zutraust? Ihr beide seid Männer der Tat, also tut etwas!«

»Und wenn wir das Falsche tun?«

»Wir können nicht wissen, ob wir das Richtige tun oder wie alles ausgeht. Aber wussten wir das, als wir in Taherehs Schattenreich waren? Auch dort haben wir gekämpft, zu jedem Augenblick, der uns vor eine neue Herausforderung stellte.«

Mihai nickte. »Das ist wahr. Aber was kann mein Bogen uns schon nützen, wenn wir den Feind nicht einmal sehen?«

»Vielleicht werden wir deine Bogenschießkünste brauchen, vielleicht etwas anderes. Aber wie auch immer, wir müssen an Nivens Seite bleiben, um ihn im Leben zu halten.«

Ich spürte, wie Mihai meine Hand drückte, und zum ersten Mal seit langem erreichte sein Lächeln wieder die Augen. »Danke, Luczin, dass du mir den Kopf gewaschen hast. Ich denke, du hast recht. Es ist sicher besser, irgendetwas zu tun, als gar nichts. Also werde ich Niven helfen, sein Haus zu bauen, und wer weiß, vielleicht sehen wir ja bald klarer.«

Ich verließ Mihai und ging zum Haus, dessen Tür offenstand. Niven saß am Tisch in der Wohnküche, einen Becher Tee in der Hand, und starrte vor sich hin. Er sah immer noch krank aus, schwach, eher tot als lebendig.

Für einen kurzen Moment schaute Niven zu mir her, dann wandte er sich mit ausdruckslosem Gesicht wieder seiner Teetasse zu. »Kommst du jetzt auch noch, um etwas aus mir herauszuquetschen, das ich nicht weiß?« Seine Stimme klang bitter.

»Du siehst grauenvoll aus«, entgegnete ich und setzte mich zu ihm.

Niven zuckte die Schultern und blieb stumm.

»Lena war gestern bei dir, nicht wahr?«, setzte ich erneut an.

»*Sie* akzeptiert es.«

Ich nickte und schüttelte gleichzeitig den Kopf. »Was? Dass du grauenvoll aussiehst?«

Ein Brummen kam aus seinem Mund. »Dass ich nicht weiß, was mit mir geschieht und wo ich gewesen bin.«

»Briann hat mir schon gesagt, dass du dich noch immer nicht erinnern kannst.«

»Er soll mich mit seinen psychologischen Weisheiten in Ruh lassen.«

»He!«

»Tut mir leid.« Niven fuhr sich mit der Hand über das Gesicht und atmete tief ein und aus. »Ich weiß, dass er sich Sorgen um mich macht, ihr alle. Aber auch wenn es euch vielleicht so scheint, ich hab nicht aufgegeben. Im Gegenteil, ich kämpfe wie noch nie. Lena …« Seine Stimme brach.

»Was ist mit Lena?« Ohne dass ich es verhindern konnte, mischte sich Nivens Qual mit meiner eigenen Sorge um Lena und die Wucht dieser Empfindung nahm mir den Atem. Unbändige Sehnsucht nach ihrer Nähe und Angst, sie in seiner Dunkelheit zu verlieren. War es das, was auch er fühlte, wenn er an sie dachte?

»Sie ist mein einziges Licht. Ich hab ihr gesagt, sie soll im Korria-Dorf bleiben, mir fern.« Erneut brach seine Stimme.

Ich fand meinen Atem wieder. Herrje, wurden wir denn alle zu Schatten unserer selbst? Gelähmt und hilflos? Mit Nachdruck straffte ich meinen Rücken und atmete aus. »Lena hat ihren eigenen Kopf, das solltest du wissen. Aber wir müssen etwas tun! So kann es mit dir nicht weitergehen! Was ist mit deinen Bauplänen?«

Niven schien plötzlich ein wenig Interesse zu finden. Er hob den Blick. »Du bist noch dafür?«

Ich zuckte die Schultern. »Alles, was wir jetzt tun, kann richtig oder falsch sein. Fest steht nur, dass wir etwas tun müssen, um Taherehs Magie, mit der sie dich derzeit paralysiert, zu durchbrechen. Wenn wir nicht handeln, dann wird sie zuerst deinen Onkel Mihai kriegen und dann dich.«

Niven biss sich auf die Lippen und senkte den Blick. »Das Bauholz ist bereits an Ort und Stelle.«

Ich schnappte nach Luft. »Wann hast du das denn bewerkstelligt und vor allem wie?«

»Schon kurz vor Wintereinbuch. Der Kentaur Caidir hat mir geholfen. Er hat die Stämme auf das obere Plateau des Dragho-Gebirges geworfen als seien sie nur Pfeile aus seinem Köcher. Von dort oben haben wir sie dann mit einer Seilwinde heruntergelassen.«

»Dann kennt also noch jemand außer uns diesen Platz.«

»Er wird nichts verraten.«

Nivens Stimme klang bei seinen letzten Worten absolut sicher. Nun, ich kannte den Kentaur nicht, aber ich erinnerte mich, dass Niven früher einmal erzählt hatte, wie Caidir ihm schon einmal geholfen hatte, sich gegen die Schattenkönigin Tahereh aufzulehnen. Also ließ ich es dabei bewenden, wenn ich auch nicht glücklich über einen weiteren Mitwisser war.

Am 19. April feierten wir Nivens Geburtstag. Lena hatte ihm eine Torte gebacken und einundzwanzig Kerzen daraufgesteckt, die er auspusten musste. Was Niven sich dabei wünschte, verriet er nicht, aber unser Wunsch schien in Erfüllung zu gehen. Er gewann eine gesunde Hautfarbe zurück und seine Kondition besserte sich von Tag zu Tag. Vielleicht lag es daran, dass sein Ziel greifbarer wurde, denn die Sonne gewann an Kraft und signalisierte, dass er bald mit dem Hausbau beginnen konnte. Anfang Mai sprach er auf dem Platz am Fluss den traditionellen Bausegen und ab da ging es flott voran. Es schien, als ob Niven durch die körperliche Betätigung seine alte Frische wiedererlangte. Mihai blieb die ganze Zeit bei ihm und half. Abwechselnde Unterstützung erhielten die beiden durch den Korria-Feenkrieger Alrik sowie durch Finley und Meister Kieran. Selbst wir Vampire, allen voran Briann, legten beim Bau des Lehmhäuschens fleißig mit Hand an.

Kein einziges Mal während dieser Zeit verschwand Niven. Ob das ein gutes Zeichen war, wagte ich nicht zu entscheiden.

Mithilfe von ein wenig Magie machte der Hausbau schnelle Fortschritte. Es entstanden eine Wohnküche und zwei Schlafzimmer sowie ein Badezimmer. Etwa Mitte Juni verband Niven das Wasserrohr, das vom Fluss her zu seinem neuen Zuhause führte, mit dem zuvor in die Erde gegrabenen Staubecken hinter dem Haus, legte Leitungen zu den beiden Pumpstationen im Bad und am Spülstein, sodass mithilfe eines Schwengels Wasser gepumpt werden konnte. Wenig später verputzte er bereits die Innenwände.

Die zwei Schlafzimmer irritierten mich ein wenig, wenn ich das auch aus verständlichen Gründen begrüßte. Niven erklärte, dass Lena und er auch einen Rückzugsort für sich allein haben wollten, um einander bei unterschiedlichen Bedürfnissen nicht zu stören. Nun ja …

Bei der Inneneinrichtung gab Lena den Ton an, wenn auch nicht vor Ort. Das Zusammensein mit ihrem kranken Vater war ihr wichtiger als Möbelstücke zu dirigieren.

Bald konnten wir die fertig eingerichteten Schlafzimmer bewundern. In beiden stand jeweils ein breites Bett, was in mir zwanghafte Fantasien auslöste, in denen ich die schweißglänzenden, sich miteinander bewegenden Körper von Lena und Niven mal in dem einen und mal in dem anderen Bett sah. Zum Glück traf ich mich in der Zeit wieder ab und zu mit Sansa, die meine Halluzinationen mit der ihr eigenen Raffinesse wieder vertrieb.

Nivens und Lenas Wohnküche, die auch immer mehr Gestalt annahm, konnte ich dann ohne Horrorvisionen betrachten. Der offene Kamin sah heimelig aus und würde im Winter gute Wärme spenden – vorausgesetzt, Niven kümmerte sich bald um einen Vorrat an Feuerholz. Ich riet ihm zu den magischen Dauerholzscheiten, das schonte den Wald, und die Wärme konnte per Fingerschnipsen gesteuert werden. Der Kochherd war bereits mit magischem Lavagestein bestückt, deren Hitze sich durch eine Auf- oder Abbewegung der Hand steuern ließ. Ansonsten enthielt die Kochecke bereits Töpfe, Pfannen und Essgeschirr, die Lena von Großmutter Dorith und von Cara bekommen hatte. Es fehlte eigentlich nur noch der Esstisch, ein gemütliches Sofa und ein kleines Bücherregal.

Das Sofa wollte ich spenden und in den nächsten Tagen zusammen mit Briann aus meiner Festung in Dracopatria zum Häuschen schaffen. Mithilfe von Lenas Spiegeltor, das seit einiger Zeit zwecks einfacheren Transports von Einrichtungsgegenständen in der neuen Wohnküche stand, sollte das ganz gut klappen. Ich hatte noch eines mit einem hübschen Stoffbezug und zierlich gedrechselten Füßen, das Lena sicher gefallen würde und auf das ich verzichten konnte. Aber das Schicksal machte mir zunächst einen Strich durch die Rechnung: Der Tod kam ins Korria-Dorf und holte Lenas Vater.

Meister Kieran trat an jenem Spätnachmittag durch den Spiegel zu mir in die Bibliothek, um mich zu benachrichtigen und zu Lena zu begleiten. Als wir eine Weile später ins Korria-Dorf traten und kurz darauf vor Großmutter Doriths weißem Feenhäuschen standen, ergriff mich eine seltsame Anspannung. Die Ruhe über dem Tal war nicht so friedlich, wie ich es bei solchen Anlässen kannte, es lag eher eine lauernde Energie in der Luft, die sich über Doriths Wohnstatt zusammenballte. Hatte es etwas zu bedeuten? Ich schaute zum Himmel, der trübe erschien, und als ich mich umblickte zu den Feengärten, die sich bis zum Waldrand hin hochzogen, da entdeckte ich dort vom Boden aufsteigenden Nebel, der sich in Richtung zu uns hin ausbreitete. Aber die dichten Schwaden sahen nicht unnatürlich aus, nicht einmal andeutungsweise. Ich schnupperte. Nein, auch kein faulig-scharfer Geruch, der auf Dämonen schließen ließ. Also alles in Ordnung, oder? Ich versuchte, mich an den Nebel in Lenas Garten zu erinnern. Es war ein bewegtes Nebelgebilde gewesen, unruhig, als kompakte und scharf begrenzte Masse frei in der Luft treibend, anders als der Nebel dort drüben über den Feengärten. Ich schüttelte den Kopf. Vielleicht sah ich schon Gespenster, wo keine waren.

»Was hast du Luczin?«, fragte Kieran, weil ich nicht weiterging.

Ich zuckte die Schultern. »Die Atmosphäre hier ist etwas seltsam.«

Kieran nickte und ging auf die Eingangstür zu. »Es wird sicher bald regnen.«

Die Tür zu Doriths Wohnstube stand weit offen, wie es bei einem Todesfall Brauch war, damit die Feen des Dorfes ohne Umstände eintreten und Abschied nehmen konnten. Drinnen herrschte bereits ein enges Gedränge. Auch unsere Gefährten waren schon hier, Briann hatte sie zusammengetrommelt. Lenas Vater lag in dem Zimmer, das er seit seiner Ankunft in Antiquerra bewohnt hatte, bereits aufgebahrt im Bett, gekleidet in ein weißes Feengewand und umgeben von brennenden Kerzen. Lena saß bei ihm, mit Niven an ihrer linken Seite. Er hatte seinen Arm um ihre Schultern gelegt und sprach leise mit ihr.

Als Lena mich sah, streckte sie die Hand nach mir aus. Ich ergriff sie, zog mir dann einen Stuhl heran, und so saßen wir drei wie in den guten Zeiten eine Weile eng beieinander.

Im Stillen bewunderte ich Lena. Sie nahm den Tod ihres Vaters relativ gefasst auf. Ich denke, dass es daran lag, dass sie sich in den Monaten zuvor bereits Stück für Stück verabschiedet hatte.

Als dann immer mehr Feen an das Bett traten, um dem Verstorbenen eine gute letzte Reise zu wünschen, ging ich hinaus in die Wohnküche, um nach Dorith zu schauen. Sie säuberte zusammen mit Cara die letzten Wasserschüsseln, die sie für die rituelle Waschung des Toten gebraucht hatte. Ihr fast weißes Haar trug sie aufgesteckt zu einem Knoten, in dem eine der traditionellen weißen Trauerblüten steckte, wie auch Lena sie in ihren Locken trug.

Ich ergriff Doriths Hände und schaute in ihr Gesicht. Sie sah müde aus. Die vielen Feen, die sich im ganzen Haus drängten, kamen und gingen, mochten fast zu viel für sie sein.

»Wie geht es dir, Dorith?«, fragte ich.

Ihr Blick schweifte unstet über den Köpfen der Trauergäste. »Ich fühle ihn, Luczin. Er wartet.«

126

War es das, was ich gespürt hatte, als ich hierherkam? Konnte sich Lenas Vater nicht vom Leben lösen? Ich streichelte über Doriths Hände. »Worauf wartet er?«

Sie schüttelte den Kopf und presste für einen Augenblick die Lippen zusammen, als ob sie nichts sagen wollte. Dann lächelte sie. »Es war ein anstrengender Tag. Ich sollte ein wenig ruhen. Begleitest du mich zu meinem Zimmer und sagst dann Lena Bescheid?«

Ich nickte und bahnte ihr einen Weg zu ihrer Kammer, vorbei an mitfühlenden Feen, deren Beileidsbekundungen ich freundlich, aber bestimmt abkürzte.

Bevor Dorith dann in ihrem Zimmer verschwand, stellte sie sich auf die Zehenspitzen und gab mir einen Kuss auf die Wange – das erste Mal, seit ich sie kannte.

»Danke«, sagte sie. »Du bist ein guter Freund!«

Kurz darauf machte ich mich zusammen mit meinen Vampirgefährten auf den Heimweg. Wir kamen jedoch nur schwer voran, denn der Nebel, den ich bei meiner Ankunft über den Feengärten gesehen hatte, lag jetzt wie eine Dunstglocke über dem ganzen Dorf, eigenartig düster und drückend. Obwohl ich wirklich gute Augen habe und in der Nacht fast besser sehe als bei Tag, erkannte ich kaum, wohin ich den Fuß setzte. Ich sandte all meine Sinne aus, aber nichts drang zu mir durch.

»Das ist doch nicht normal!« Sogar meine Stimme klang jetzt, als ob der Nebel sie verschlucken würde.

Briann, der neben mir ging, blieb stehen und fluchte. »Ja, diese nebligen Schwaden sind Dämonenwerk! Viel zu trocken, um echt zu sein, viel zu schwer. Da ist etwas im Busch! Geh du nach Hause, such in deinen Schriften nach einen Hinweis, wie man diesen Zauber bekämpfen kann. Aber beeil dich! Ich bleibe solange hier in der Nähe vom Haus und achte auf Lena, Niven und unsere anderen sterblichen Gefährten.«

»Pass auch auf dich selbst auf, hörst du!«

Ich spürte, wie er nickte, und ging dann so schnell ich konnte weiter, setzte meine Schritte nach Gefühl. Ein paarmal stieß ich gegen Laternen, deren Licht sich unter einem trüben Schleier verborgen hielt. Später dann, als ich die Steigung zum Wald hin unter meinen Füßen spürte, rannte ich mehrfach gegen Gartenzäune und überhängende Hecken, aber immerhin zeigte mir das, dass ich auf dem richtigen Weg war. Als ich endlich am Ende des Pfads auf die Waldlichtung trat, wo das Transporttor stand, traute ich meinen Augen nicht. Hier war alles normal! Ich dreht mich um, schaute zurück auf den Weg, der von unheimlichen, dichten, grauen, bewegten Schwaden verhüllt wurde, welche mir vorgaukeln wollten, dass dort Bäume standen. Eben traten Vico, Darian und Thure aus diesem Nebel heraus, kurz hintereinander. Ich atmete auf. Wenigstens *sie* waren für den Augenblick außer Gefahr. Meine Gefährten schauten mich an, schüttelten den Kopf und erhoben sich sogleich in die Luft. Noch bevor ich fragen konnte, empfing ich von Vico die Botschaft, dass sie erst im Wald von Dracopatria auf die Jagd gehen mussten, um wieder zu sich zu finden, vor allem deshalb, weil die vielen trauernden Feen auf's Heftigste ihren Blutdurst geweckt hatten. Ja, das war in dieser undurchschaubaren Lage nur vernünftig!

Ich erhob mich nun auch in die Luft und steuerte meine Burg an. Vom Balkon aus trat ich in die Bibliothek und griff mir gleich ein paar meiner Folianten, in denen von seltsamen Phänomenen berichtet wurde. Ich setzte mich an meinen Schreibtisch und begann zu lesen. Aber ich fand keine Beschreibung und keine Erfahrungsberichte, in denen von unnatürlichen Nebeln in solchem Ausmaß die Rede war, wie ich es eben erlebt hatte. Bald stapelten sich die ausgelesenen Bücher neben mir auf dem Boden. Ich stand auf und ging suchend an den Regalwänden entlang. Eigentlich sollten alle Schriften nach Themen geordnet an bestimmten Plätzen stehen. Jeder, der meine Bibliothek nutzte, wusste das, und auch, dass ich ziemlich sauer werden konnte, wenn ich einen falsch eingeordneten Folianten entdeckte. Trotzdem kam es ab und zu vor, dass ein Buch nicht an seinem Platz stand. Derzeit auch? Ja, denn es gab noch ein Schriftwerk, das zur Themenreihe gehörte, da war ich mir sicher! Herrje, wie ich es hasste, Regalreihe für Regalreihe absuchen zu müssen! Erst recht jetzt. Wieviel Zeit blieb uns denn, um etwas gegen den dunklen Zauber, der das Korria-Dorf gefangen hielt, zu unternehmen? Aber solange wir nicht wussten, was dieser unnatürliche Nebel bezweckte, konnten wir nichts tun. Allmählich tat mir das Genick weh, weil ich den Kopf schon so lange schiefhielt, um die Titel auf den Buchrücken lesen zu können. Ich knetete meine Schultern, ging auf die gegenüberliegende Seite und betrachtete auch dort die Bücherwand. Alles sauber sortiert. Wirklich alles? Ah, ich wusste es doch! In den Ablagen der Geheimtür, die zu meinem Schlafraum führte, entdeckte ich einen dicken Wälzer, der garantiert nichts mit Methoden der Blutkonservierung zu hatte. Er trug den Titel »Gefahren einer Götternacht«. Ich griff mir das Buch, setzte mich wieder an meinen Schreibtisch und begann erneut zu lesen. Seite um Seite blätterte ich um und dann wurde ich plötzlich hellwach. Das passte! Doch der Text ließ mir schier das Blut in den Adern gefrieren. Es war die Rede von Taherehs grauen Schatten, die sich bei Sonnenuntergang erstmals zeigten und sich bis zur Nacht zusammengeballt wie ein dicker Mantel um Städte oder Dörfer legten. Meistens passierte in dieser Zeit etwas Schlimmes und nie hatte es jemand verhindern können. Dem Bericht nach waren in solchem Nebel sogar schon ganze Dörfer verschwunden. Ich bekam Gänsehaut. Waren womöglich nicht nur meine Gefährten, sondern das ganze Korria-Dorf in Gefahr? Ich musste schnellstens zurück, alle dort herausholen. Mein Blick flog über die Zeilen. Der Verfasser schrieb, dass manchmal in dem Nebelgebilde eine unbekannte Fee auftauchte, mit ungewöhnlich glänzendem, schwarzem Haar und hypnotischem Blick aus Augen, die wie eisblaue Gletscherseen schimmerten. Diese Frau streifte wie suchend umher und verschwand später zusammen mit dem Nebel. *Tahereh!*, dachte ich sofort, denn die Beschreibung passte.

Ich hatte noch nicht alles gelesen, da wurde ich von einem Lichtschein aus dem Spiegel abgelenkt, welcher an der Wand zwischen der Balkontür und dem Fenster stand. Thure trat heraus, gefolgt von Meister Kieran. Dessen Gesicht drückte seine Bestürzung aus und er sagte nur drei Worte: Dorith ist tot.

Ich fasste es nicht, sah fragend zu Thure. Er sah fast so erschöpft aus wie Kieran, seine Augen lagen tief in den Höhlen und die Lippen schienen blass, obwohl er, wie ich ja wusste, erst vor nicht allzu langer Zeit getrunken hatte. Er hob hilflos die Hände. »Was für eine Nacht! Briann rief uns, wir sollten uns beeilen, um ihn zu unterstützen, deshalb ging ich mit Darian und Vico schnell wieder ins Dorf zurück. Eine Weile später fanden wir Dorith leblos in ihrem Zimmer.«

Ich nickte, schaute dann zu Kieran, der sich schwer auf seinen Stab stützte und nahm gleichzeitig wahr, wie Thure schwankte. Schnell gab ich ihm Halt. »Du bleibst jetzt erst einmal hier und erholst dich!« Als Thure widersprechen wollte, drückte ich ihm einfach den Folianten in die Hand, in dem ich gelesen hatte. »Keine Widerrede! Beschäftige dich mit diesem Bericht. Vielleicht findest du noch etwas heraus. Ich bringe Kieran zurück und geh danach ins Korria-Dorf.«

Kieran betrachtete das Buch, sagte aber nichts. Wie abwesend löschte er mit einer Handbewegung das Licht an der

Spitze seines langen Stabs, das die gesamte Bibliothek hell ausgeleuchtet hatte. »Ja, was für eine Nacht!«, murmelte er.

Ich begriff, wie nah ihm Doriths unerwarteter Tod ging. Sachte legte ich meine Hand auf seine Schulter. »Ich fühle mit dir. Sie war eine gute Fee und eine liebevolle Großmutter. Es ist ein Schock für uns alle. Komm, ich bring dich jetzt heim, Kieran. Du musst dich ausruhen.«

Ich spürte, wie der Lichtmagier sich bei meinen letzten Worten aufrichtete. Er schüttelte den Kopf und ließ das Licht an seinem Stab mit einer Bewegung seiner Hand wieder aufleuchten. »Ich geh mit dir ins Dorf. Und versuch nicht, mich abzuhalten! Bei dem dichten Nebel dort braucht selbst ein Vampir wie du ein magisches Licht.«

Ich atmete durch und nickte. Wenige Wimpernschläge danach trat ich mit Kieran durch den Spiegel, der uns auf einem flimmernden Lichtstrahl zum Turm brachte. Von dort aus machten wir uns auf den Weg, der durch das Birkenwäldchen führte, und standen etwa eine halbe Stunde später an der Abzweigung zum Korria-Dorf.

Völlig überrascht blieben wir stehen. Kein Nebel mehr, der den Pfad zu den Feen verbarg. Die Atmosphäre hatte sich völlig verändert, es gab keine düster-drohenden Schatten, kein ängstliches Wispern im Gras, nur sternenklare Nacht und friedliche Stille.

Ich schaute zu Kieran, knüpfte an das Gespräch an, das wir zu Beginn der Nacht geführt hatten. »Der Regen bleibt wohl doch aus.«

Er presste die Lippen zusammen und brummte. »Hm. Du meinst, der Nebel, der vorhin über dem Tal lag, war Taherehs Werk? Ich fürchte, du hast recht. Aber weshalb betreibt sie solchen Aufwand? Um Dorith persönlich mit dem Todesfluch zu belegen? Und was hat die Schattenkönigin davon, wenn

Lena ihre beiden letzten Blutsverwandten verliert? Ich verstehe es nicht.«

»Ich auch noch nicht.«

Schweigend wanderten wir weiter bis zu Doriths Häuschen. Die Tür stand nun nicht mehr offen. Also klopften wir erst an und traten dann ein.

Lena saß an dem großen Tisch in der Wohnküche, mit einem Becher Tee in der Hand. Ihr gegenüber saßen Mihai, Vico und Reik. Sonst war niemand hier. Doch bevor ich mir darüber Gedanken machen konnte, sprang Lena auf und lief auf mich zu.

»Dorith! Es ist schrecklich, ich habe sie tot in ihrem Bett gefunden«, flüsterte sie. Ihre Wimpern glänzten feucht von Tränen, die sie nicht zurückhalten konnte, und sie verbarg ihren Kopf schnell an meiner Schulter.

»Es tut mir so leid.« Ich hielt Lena in meinem Arm und streichelte ihr über das Haar. Könnte ich ihr den Kummer doch nur abnehmen!

Lena atmete tief durch und ich spürte, wie sie nickte. Dann löste sie sich von mir und nahm mich bei der Hand. »Komm, wir gehen zu ihr, sie hatte dich wirklich gern.«

Lena führte mich jedoch nicht zu Doriths Zimmer, sondern zum Schlafzimmer ihres Vaters. Die Tür stand einen Spalt offen und so sah ich noch bevor ich eintrat, dass Dorith neben Lenas Vater aufgebahrt lag. Das Gesicht der Fee sah wunderschön und friedlich aus, fast lebendig. Ihre Hände lagen überkreuzt auf der Brust. Ich trat zu ihr und berührte sie. Die Wärme des Lebens war schon fort, aber das machte nichts. Im Geist sah ich Dorith lächeln, hörte ihre Stimme und ich wusste, dass ich auch diese Frau niemals vergessen würde.

Die Männer draußen in der Wohnküche flüsterten miteinander. Ich bekam mit, dass Brianns Name fiel. Ich drehte mich zur Tür, um zu sehen, was es gab, und hörte im gleichen Augenblick, wie Lena seufzte.

Sie sah mich an. »Es gibt noch etwas, das du erfahren musst! Komm.«

Ich ging mit Lena zu den anderen hinaus und wir setzten uns zu ihnen an den Tisch. Die Männer hielten sich an ihren Getränken fest und schauten mich nicht an. Während ich sie beobachtete, versuchte ich Briann zu erreichen, auf geistigem Weg, aber er antwortete nicht. Ein kalter Schauer rann mir über den Rücken, mehr noch als ich begriff, dass Vico schon die ganze Zeit seine Gedanken vor mir verschlossen hatte. Als ich meine Frage stellte, klang meine Stimme härter als ich es beabsichtigte. »Was ist mit Briann? Und wo sind die anderen?«

Vico hob den Blick, atmete durch. »Alrik ist nach Hause gegangen und schläft jetzt hoffentlich. Er kommt in der Früh wieder her.« Er sprach ruhig, aber dann krachte seine Faust auf den Tisch und es brach aus ihm heraus. »Dieser verdammte Nebel! Briann hatte etwas wahrgenommen und befürchtet, es könnte ein Dämon sein, weil die Person sich so sicher in dieser dicken Dunstbrühe bewegte. Wir sollten die Tür und die Fenster deshalb kontrollieren und sie notfalls magisch verschließen. Es war die letzte Nachricht, die er mir übermittelte. Ich versuchten danach noch, ihn zu erreichen, aber ich bekam keine Antwort. Zunächst behielt ich das für mich, denn hier herrschte schon genug Aufregung, nachdem Lena in Doriths Zimmer gegangen war, wegen des Fensters, das übrigens sperrangelweit offen stand, und sie ihre Großmutter tot im Bett vorfand.« Vico schnaufte hart auf. »Briann konnte immer alleine auf sich aufpassen, und mit einem einzelnen Dämon wäre er doch locker fertig geworden!«

»Was ist Briann passiert?«, fragte ich eisig, weil mir die Angst um meinen Freund jedes andere Gefühl raubte.

Vico hob die Hände vor das Gesicht. »Ich weiß es nicht! Wir konnten ihn bis jetzt noch nicht finden.«

Als er mich danach wieder ansah, kehrte mein normales Denken zurück. Ja, die Lage war ernst, sehr ernst sogar, wenn ich von dem ausging, was ich bereits über die Nebel wusste, die sich hier im Dorf zusammengeballt hatten. Trotzdem musste ich einen kühlen Kopf bewahren, und vor allem Vico Mut machen. Er fürchtete genauso um Briann wie ich! Die beiden verband neben Freundschaft ja auch noch das Blut, denn Briann war sein Vampirvater. Über den Tisch hinweg griff ich nach Vicos Hand und drückte sie. »Wir werden alles tun, um ihn aufzuspüren!«

Mihai nickte. »Darian, Niven und Finley haben sich sofort, nachdem der Nebel verschwunden war, auf die Suche gemacht. Cara ist in ihrer Panthergestalt auch mit ihnen unterwegs.«

Reiks Gesicht geriet in Bewegung, schlug seltsame Falten, wie immer, wenn ihn etwas sehr beschäftigte. Er nickte heftig. »Ja, die werden ihn bestimmt finden!«

Ich konnte kaum einen klaren Gedanken fassen. Es riss mich hin und her zwischen Verzweiflung und Hoffnung. Das was ich in dem Buch über Taherehs grauen Schatten gelesen hatte, sprach nicht dafür, dass wir Briann finden konnten. Aber er war stark, mutig und erfahren. Klug. Vielleicht verschloss er nur aus irgendwelchen Gründen seinen Geist vor uns. Ja, ich musste einfach daran glauben, dass Briann bald durch diese Tür da vorne zu uns hereinspazieren würde. Ich dachte an Niven. Er war schließlich auch verschwunden gewesen, wenn auch auf andere Art – und wiedergekommen.

Ich hörte, wie Meister Kieran mit einem Finger gegen seine Nasenspitze klopfte und wandte meinen Blick zu ihm hin. Er beugte sich vor, nahm Vico in den Blick. »Als Thure und ich gingen, war der Nebel noch da. War schwer durchzukommen und wir brauchten lange, bis wir den Waldweg erreichten. Bis wir dann bei Luczin aus dem Spiegel traten und ich mit ihm hierher zurückkam, kann dagegen nicht sehr viel Zeit vergangen sein. Also schätze ich mal, dass die Suche nach Briann frühestens vor einer Stunde begonnen hat.« Er schaute in die Runde und als unsere Freunde das bestätigten, nickte er. »Das heißt dann wohl, wir brauchen erst einmal Geduld, vor allem wenn sie auch außerhalb des Dorfs suchen.« Kieran sah zu mir herüber. »Als ich dich abholte, hattest du einen deiner Folianten in der Hand. Stand in diesem etwas über unser Nebelphänomen geschrieben?«

»Ja«, erwiderte ich, »man nennt es: Taherehs grauen Schatten. Aber ich hatte erst angefangen zu lesen.«

Die Haustüre wurde geöffnet und alle Blicke wandten sich dorthin, sodass ich zunächst keine weiteren Erklärungen abgeben musste. Vico und Mihai hatten sich schon halb von ihren Plätzen erhoben, aber es war nur Cara, die hereinkam. Die Fee sah zerzaust aus, müde und deprimiert.

Sie ließ sich auf den nächstbesten Stuhl fallen. »Im Dorf ist Briann nicht und am Waldrand auch nicht, wir haben da jeden Stein abgesucht. Die anderen sind jetzt noch zu den Feldern gegangen, vielleicht finden sie ihn dort.«

Die Stimmung im Raum erreichte augenblicklich den Tiefpunkt. Vico sank in sich zusammen und schlug die Hände vor das Gesicht. Mihai versuchte, ihm Mut zuzusprechen und Reik streichelte stumm seinen Rücken. Ich beobachtete Lena, die Cara einen Becher Pfefferminztee reichte. Leise sprach sie auf die Freundin ein, dass sie doch zu Bett gehen solle, um ein wenig auszuruhen. Cara schüttelte den Kopf.

Und ich? Fühlte ich noch oder war ich schon eingefroren? Ich merkte, wie Kieran über dem Tisch hinweg nach meiner

Hand griff und sie aufmunternd drückte. »Die Hoffnung ist noch nicht verloren«, flüsterte er. Und dann spürte ich plötzlich noch etwas. Ein Impuls stieg aus meinem Inneren auf. Drängend. Ich sah undeutliche Bilder, bewegte Schatten. Konnten das Weizenhalme sein? Nein. Ah, Mohnblüten, viele, dahinter Bäume. Ein Geräusch, wie fließendes Wasser. Briann! Ich nahm Kontakt zu ihm auf, bekam aber wie zuvor keine Antwort und doch hatte ich das Gefühl, dass Briann mich zu erreichen suchte.

Ich schaute zu Vico. »Ich glaube, er lebt.«

Auf geistigem Weg nahm ich Kontakt zu Darian auf. *Sucht südwestlich vom Dorf im Mohnfeld vor der Apfelplantage. Beeilt euch!* Als ich aber nach seiner Antwort begriff, wie weit sein Suchtrupp von dem Platz, den ich gesehen zu haben glaubte, entfernt war, entschloss ich mich, selbst dorthin zu gehen.

Ich stand auf. »Vico, du bleibst mit unseren Freunden hier! Ich glaube ich weiß, wo ich Briann finden kann.«

Entgegen meiner sonstigen Gewohnheit verschwand ich auf Vampir-Art, so schnell, dass zumindest meine sterblichen Freunde es nicht mitbekamen. Draußen vor dem Häuschen sprang ich in die Luft und flog auf direktem Weg zum Mohnfeld. Bereits aus der Luft suchte ich es ab. Am hinteren Ende, nahe an den Apfelplantagen, etwa zwanzig Schritte von dem Bach entfernt, der weiter oben vom Wasserfall gespeist wurde, sah ich etwas Dunkles auf dem Boden liegen. Ja, er war es! Allen Göttern sei Dank, ich erkannte Brianns Umhang.

Ich landete direkt neben ihm und beugte mich gleich darauf zu ihm hinunter, spürte im selben Moment, wie eine Schockwelle durch meinen Körper raste. Sie zerschnitt wie ein scharfes Messer mein Inneres. Ich schrie auf. »Briann!« Er lag völlig erstarrt auf dem Rücken. In seinem Gesicht entdeckte ich viele feine Äderchen, sie wirkten grau auf der weißen Haut. Die blutleeren Lippen waren hochgezogen, der Mund offen, als wenn er hätte zubeißen wollen; seine Haare staubbedeckt. Auch seine Hände sahen seltsam aus, wie von Kälte marmoriert, und ich konnte seine Arme nicht bewegen, so steif waren sie. Ich musste etwas unternehmen, sonst würde Briann zu Staub zerfallen! Ich biss mir ins Handgelenk, ließ das Blut in seinen Mund tropfen, hoffte, dass es seine Kehle hinabbrann, auch wenn er nicht schlucken konnte. Ich schrie ihn an, befahl ihm bei mir zu bleiben, wollte nicht zulassen, dass es ihn in diese schreckliche schwarze Zone zog, die seinen Blick an einen dunklen Tunnel fesseln und nur sein Fühlen lebendig halten würde. Es würde Jahrzehnte dauern, ehe ich ihn aus solchem Schlaf wiedererwecken konnte. Nein! Soweit durfte es nicht kommen! Ich musste ihn zurückholen, irgendwie! Aber meine Blutspende schien nicht zu wirken. Mit meiner Faust hieb ich auf seinen Brustkorb, um sein Herz anzutreiben, das nur noch selten schlug - einmal, zweimal, mehrfach. Ich brüllte ihn an. »Briann, komm endlich zu dir!« Aber er lag noch immer steif und unverändert. Noch einmal gab ich Briann Blut, ließ es vorsichtig in seinen Hals rinnen. »Herrje, so schluck doch endlich!« Ich beobachtete ihn. Er zeigte keine Regung. Oder doch? Konnte es sein, dass eben sein Augenlid gezuckt hatte? Seine Starre schien sich ein wenig zu lösen. Er bewegte den kleinen Finger, kaum wahrnehmbar, aber immerhin. Ich lauschte seinem Herzschlag. Einen winzigen Takt schlug es schneller, aber die Gefahr war nicht vorbei. Ich beschwor ihn. »Du musst schlucken!« So gut es ging flößte ich ihm mehr von meinem Blut ein. Aber lange hielt ich das nicht mehr durch. Mir wurde schwindlig. *Darian, wo bleibst du?*

Plötzlich riss Briann die Augen auf. Blut rann aus seinen Mundwinkeln. Er holte tief Luft, hustete. Erleichtert drückte ich ihn an mich. »Briann, was machst du nur für Sachen!«

Er stöhnte. »Vorsicht, ich glaube, meine Rippen sind gebrochen.«

Er redete undeutlich, weil er seine Gesichtsmuskeln noch nicht unter Kontrolle hatte, aber die feinen, ausgetrockneten Äderchen unter seiner Haut, die den Todesschlaf angekündigt hatten, füllten sich und verschwanden allmählich. Brianns Gesicht gewann die gewohnte anziehend männliche Ausstrahlung zurück. Auch sonst schien er das Schlimmste überstanden zu haben, wenn er sich auch noch nicht richtig bewegen konnte. Briann brauchte jetzt unbedingt mehr Blut, um wieder zu Kräften zu kommen. Ich kramte in meinen Manteltaschen und beförderte ein ledergebundenes kleines Päckchen mit getrocknetem Blut hervor. Mein Notvorrat, den ich seit einiger Zeit wieder ständig bei mir trug. Während ich Briann damit fütterte, lauschte ich den Stimmen, die in einiger Entfernung durch das Kornfeld wehten. Niven und Finley, na endlich! In der Luft ein Schrei, der ihnen die Richtung wies. Das war Darian. Wurde aber auch Zeit!

Ich spürte jetzt auch selbst elenden Durst, aber bis unsere Gefährten zu uns stießen, und ich mit Briann nach Hause fliegen konnte, würde ich es noch aushalten.

Als sie dann endlich bei uns ankamen, kürzte ich ihren Redeschwall rigoros ab. »Bitte – ich bringe Briann jetzt heim, er braucht Ruhe und sobald er mir sagen kann, was geschehen ist, melde ich mich. Ihr geht derweil ins Korria-Dorf und benachrichtigt die anderen. Ihr alle braucht Schlaf. Gleich geht die Sonne auf und dann dauert es nicht mehr lange, bis das Trauerhaus wieder offen steht. Lena braucht euch dann!« Meine Gefährten nickten und traten ein wenig zurück, als ich Briann in meine Arme hob. »Macht euch keine Sorgen mehr, er wird sich schnell erholen«, sagte ich noch und stieg mit ihm in die Luft.

Auf direktem Weg steuerte ich den Wald von Dracopatria an. Wir mussten uns zuerst nähren, aber es war gar nicht so einfach, mit Briann in meinem Armen auch noch Hirsche zu jagen. Ich traute mich jedoch nicht, ihn allein zu lassen, um ein Tier herzulocken. Angestrengt hielt ich nach einem Rudel Ausschau, und auf einer versteckten Waldlichtung fand ich eine Gruppe von Hirschkühen, die im Licht der aufgehenden Sonne friedlich ästen. Fast reglos blieb ich in der Luft stehen, damit sie mich nicht frühzeitig bemerkten. Dann ließ ich mich hinunterfallen, nahm drei, vier, fünf Tiere fest in den Blick, während die anderen mit großen Sprüngen flüchteten. Als ich Briann das erste Tier zuführte, war mir schon klar, dass sich keiner von uns beiden heute würde beherrschen können, und am Ende unserer gierigen Mahlzeit lagen vier Hirschkühe reglos am Boden. Nein, es tat mir nicht leid, dieses Blut hielt uns am Leben. Thure, den ich bereits auf geistigem Weg benachrichtigt hatte, würde nachher das Fleisch bei den Feensiedlungen der Umgebung ablegen, damit dieses sowie das Fell weitere Verwendung fand.

Ich betrachtete Briann. Er sah besser aus, stand aber noch immer nicht in seiner alten Kraft. Aber um selbstständig nach Hause zu fliegen, würde es reichen. Ich streckte ihm die Hand hin, um ihm vom Boden aufzuhelfen. »Komm!«

Während ich ihn hochzog, presste er einen Arm vor die Brust und stöhnte. »Wer hat meinen Brustkorb zertrümmert?«

Ich grinste. »Das war wohl ich. Aber so schlimm wird's nicht sein, da du noch atmen kannst. Bedank dich bei demjenigen, der dich in die Schwarze Zone schicken wollte.«

»Grobian!«

Wir flogen zur Burg, und als Briann eine Weile später in seinem Zimmer im Bett lag, setzte ich mich zu ihm. »Willst du mir noch sagen, was passiert ist, bevor du einschläfst?«

Er wandte mir das Gesicht zu. »Tahereh – das ist passiert!«, grollte er. »Sie kam in diesem verdammten Nebel auf mich zu, wie damals, als sie uns den Trank reichte. ›Ich brauche deine Erinnerung‹, sagte sie und legte ihre Hände an meine Schläfen. Ich fühlte mich hochgehoben, mir wurde eiskalt und dann träumte ich – von meiner Kindheit, von dir und mir, von der Zeit als unsere alte Heimat ins Nebelmeer geschleudert wurde. Im Traum hörte ich uns schreien, während wir mit dem Stück Land umherwirbelten und ich spürte den Stein, der gegen meine Brust gepresst wurde. Du erinnerst dich sicher an den Elfenbein-Jaspis mit den eingravierten Zeichen, die sich in Form einer Schlange außen herumwanden. Wir hatten ihn ein paar Tage vorher in der Höhle gefunden, in der wir immer spielten, und ich trug ihn danach in einem Beutel um den Hals.« Briann seufzte, griff dann nach meiner Hand und presste sie plötzlich so fest, dass er mir beinahe die Finger brach. »Der Stein, ich träumte dann nur noch von diesem Stein, sah, wie das Band des Beutels, in dem ich ihn verwahrte, riss, nachdem sich die Landstücke verbunden hatten. Immer wieder sah ich im Traum dieses Bild vor mir, beobachtete, wie der Stein zu Boden fiel und unter der Wurzel eines umgestürzten Baumes verschwand. Dann wurde mir immer kälter, ich sah plötzlich nichts mehr, nur Dunkelheit, eine erschreckend leere Dunkelheit, und es blieb nur der Gedanke an den Stein.«

Briann hatte sich vor Aufregung aufgerichtet und ich drückte ihn sanft in die Kissen zurück. »Es ist vorbei und du wirst dich wieder erholen! Zum Glück konntest du ja Kontakt zu mir aufnehmen.«

Er schüttelte den Kopf. »Ich hab dich nicht gerufen, dazu war ich gar nicht in der Lage. *Sie* war es! Tahereh. Aber frag mich nicht, wieso sie wollte, dass du mich rettest.«

Briann schlief fast den ganzen Tag und ich wachte bei ihm. Unsere Gefährten standen derweil Lena beiseite, die sich wirklich tapfer hielt. Finley, Cara und Niven übernachteten bei ihr, und halfen Lena tagsüber zusammen mit dem Feenkrieger Alrik, den Ansturm der Trauergäste zu überstehen.

Als Briann und ich am späten Nachmittag bei Lena eintrafen, war der größte Trubel vorbei. Fast alle Feen des Dorfes hatten Lena bereits besucht, aber die »Letzte Reise« musste auch geregelt werden. Da Lena weiterhin dem Trauerhaus vorstehen musste, übernahmen die Gefährten in Absprache mit ihr die organisatorischen Pflichten. Meister Kieran befand sich nun auf dem Weg zu den Waldelfen, die nicht weit entfernt im Schimmerwald lebten, um das Kutschengespann zu bestellen, das die Toten zur Feuerbestattung an den Strand des Nebelmeers bringen sollte. Der Alraun Reik sammelte zusammen mit Mihai und meinem Vampirgefährten Vico die benötigten Zweige, Blüten und Blätter aus Wald, Feld und Feengärten. Thure und Darian hatten den Platz für das Totenfeuer ausgesucht. Sie bauten jetzt dort das Gerüst mit dem Scheiterhaufen, das Dorith und Lenas Vater tragen sollte.

Neben Lena waren daher im Augenblick nur Niven, Finley, Cara und Alrik im Haus. Ihre Gesichter strahlten auf, als sie Briann begrüßten. Die Fakten kannten sie ja bereits, aber es war eben doch beruhigend, zu sehen, dass er sich von seiner Begegnung mit Tahereh tatsächlich wieder erholt hatte. Natürlich wollten sie dann auch aus seinem Mund noch hören, was ihm während der letzten Nacht im Nebel geschehen war. Aber Briann erzählte ihnen nicht viel mehr als das, was sie im Grunde schon wussten und von seinem Traum sagte er nichts, jedenfalls nichts was den Stein betraf.

Während er von Cara mit magischem Hirschblut versorgt wurde, kümmerte ich mich um Lena. Sie litt sehr darunter, dass gleich nach ihrem Vater auch Dorith so unerwartet verstorben war, und der Angriff auf Briann belastete sie zusätzlich. Äußerlich hielt sie sich gut, aber ich spürte ihren Zorn auf ein Schicksal, das sie als ungerecht empfand. Ich bedrängte sie nicht, mir zu sagen, was sie bewegte und sie sprach nicht darüber, hielt auch alle Gedanken an die weitere Zukunft in sich verschlossen, genauso wie Niven, der sie mit poetischen Worten über Taherehs Schattenreich tröstete. Es mag ihr ein wenig geholfen haben, zu hören, wie gut die Königin ihre Toten umsorgte, aber es waren meine Arme, die Lena den Halt gaben, den sie brauchte.

Nach einiger Zeit wurde Briann jedoch unruhig. Er fühlte sich schwach und hatte trotz Caras Zauberhirschblut noch immer großen Durst. Wir verabschiedeten uns daher ein wenig früher als geplant. Danach begleitete ich ihn in die Wälder rund um Dracopatria sowie in die Welt der Menschen. Die ganze Nacht über jagten wir, und als Briann sich dann endlich gesättigt fühlte, brach der Tag des Totenfeuers an.

Dank seiner robusten Vampir-Natur hatte Briann sich bis zum Nachmittag fast vollkommen erholt, und so trafen wir uns alle gegen Abend in Doriths Häuschen, um am Totenfeuer teilzunehmen. Bereits kurz nach Einbruch der Dunkelheit fuhr eine gläserne Kutsche vor, die von vier Einhörnern gezogen wurde. Die zwei zierlichen, dunkelgrün gekleideten Waldelfen, die sie führten, trugen die aus Stroh gefertigten Bahren ins Haus und betteten Dorith und Lenas Vater darauf um. Als sie zurücktraten und sich vor uns verbeugten, gab ich Lena einen der beiden bereitliegenden Beutel mit den drei Münzen darin. »Liebes, sie brauchen jetzt ihre Feenys.«

Sie nickte, und während sie zu ihrem Vater ging, sah ich, wie sie krampfhaft immer wieder schluckte. Ich half ihr, den Beutel um seinen Hals zu legen und drückte danach ihre Hand. Da endlich erlaubte sie sich zu weinen, und sie versteckte ihr Gesicht für eine Weile an meiner Schulter. Aber wir mussten noch zu Dorith, und so wischte sie ihre Tränen resolut ab, um auch ihr den letzten Liebesdienst zu erweisen. Danach stellte sie sich ans Fußende der beiden, und ich stützte sie unauffällig, während Niven an ihre andere Seite trat.

Draußen vor dem Haus sammelten sich die Feen des Dorfes. Sie sangen Lieder des Abschieds und es hörte sich wundervoll an. Unsere Gefährten trugen derweil Körbe mit bunten, wohlriechenden Blumen und Blättern herein und verteilten sie auf den Bahren um die Körper herum, die danach dicht mit ineinander verflochtenen Zweigen abgedeckt wurden. Nie zuvor hatte mich der Duft Antiquerras stärker erfüllt als in diesem Raum und in diesem Augenblick. Auch Lena empfand wohl so, denn ihre verkrampfte Haltung entspannte sich.

Nachdem wir ein letztes Mal zwei Finger auf die Stirn gelegt hatten, um uns zum Feengruß zu verbeugen, wurden die Bahren in die gläserne Kutsche gebracht. Die Gesänge der Feen verstummten, alle hoben ehrerbietig ihre Laternen hoch. Ich hielt für einen Augenblick die Luft an beim Anblick der vielen Lichter, die dieser Nacht einen feierlichen Anstrich gaben.

Der Trauerzug formierte sich und die Kutsche zog an. Lena trug als Einzige keine Lampe, sondern schlug im Takt ihrer Schritte eine Handtrommel, die weithin vom Abschied kündete. Niven und ich gingen mit ihr in der Mitte direkt hinter der Kutsche, danach folgten unsere Gefährten und dann die Korria-Feen. Wir schritten langsam durch die Dunkelheit, umhüllt von den satten Tönen und vom warmen Licht der vielen Laternen, welche auch die gläserne Kutsche und die von den

Waldelfen geführten Einhörner mit einem geheimnisvollen Schimmer umgaben. Am steinernen Torbogen, der hinter dem Dorf auf der Lichtung neben dem Waldweg stand und eine Tür aus Eichenholz hielt, stockte unser Zug. Einer der Waldelfen trat vor und ließ den Ring im Maul des Pantherkopfs sieben Mal gegen das Holz klopfen. Das Tor schwang auf und eine frische Meeresbrise fegte über uns hinweg.

Die geheimnisvolle Weite des Nebelmeers tat sich vor uns auf. Jahrelang hatte ich diesen Strand gemieden, und während ich mit den anderen hinter der Kutsche über den Sand ging, fragte ich mich: wieso? Weil diese Küste denen gehörte, die sich auf den Weg in Taherehs Reich machen mussten? Weil die Nebel den Ozean bis zum Horizont verhüllten, sodass kein Blick das Geheimnis der Schattenkönigin entdecken konnte? Vielleicht ... Dies war ein Ort der Geister, ein Ort der Klagelieder. Und doch, hinter dem Strand zogen sich die Kalksteinfelsen in die Höhe, die sich oben mit dem satten Grün des Lebens bedeckten. In Abständen waren im Stein kunstvoll geschmiedete Hörner eingelassen, welche eventuell zurückbleibende Asche auffingen. Ob von Dorith oder Lenas Vater Asche zurückblieb, sodass sie zur Stimme Antiquerras wurden? Im Augenblick schien mir alles möglich.

Die Kutsche stand plötzlich still. Wir waren an dem von meinen Vampirgefährten gebauten Tragegestell angelangt. Ich musste ein wenig zurücktreten, als die beiden Waldelfen die Bahren holten. Mit ihrer Last stiegen sie die dreistufigen Leitern hoch, die seitlich an das aus dicken Ästen, Zweigen und Stroh gebaute Podest angelehnt waren, und hoben die Tragen vorsichtig obenauf. Der Wind fuhr dabei zausend durch die Haare der Elfen, rüttelte an den Zweigenabdeckungen der Tragen, um ein paar Blütenblätter zu stibitzen, die ins Nebelmeer hineinwehten.

Nach getaner Arbeit verneigten sich die Waldelfen, nahmen von Lena die Trommel entgegen und machten sich mit der von den Einhörnern gezogenen Kutsche auf den Rückweg.

Niven und ich griffen gleichzeitig nach Lena, um ihr eine Stütze zu sein, denn nun sahen wir im Schein der Laternen das Gefäß mit dem Feuer und die lange Fackel daneben. Mit dieser musste Lena dem Brauch gemäß das geschichtete Holz entzünden, das ihres Vaters und Großmutter Doriths Körper verzehren würde.

Es schien mir, als wolle sie es einfach nur hinter sich bringen. Als Lena vortrat, zeigte ihr Gesicht kaum eine Regung, nur ihre Augen glänzten verdächtig. Sie flüsterte, verabschiedete sich endgültig und verneigte sich drei Mal, vor ihrem Vater als auch vor Dorith, wie es der Tradition entsprach. Ich hörte ihren leisen Seufzer, als sie zu der Feuerstelle trat und die Fackel nahm. Was hätte ich in diesem Augenblick gegeben, um mit ihr gemeinsam das Feuer zu legen, damit die Last nicht auf ihr alleine lag! Aber ich konnte ihr nur stärkende Gedanken schicken.

Niven jedoch fand einen besseren Weg. Er fing plötzlich an zu singen, eine raue, seltsame, fremde Weise, in einer Sprache, die keiner von uns verstand, und das obwohl Antiquerra das Land der tausend Zungen ist, die zu einer werden. Sein Lied musste direkt aus Taherehs Reich stammen. Ich nahm wahr, wie Lena durchatmete, gerade so, als ob ihr Herz ein wenig leichter würde, und dann trat sie sicheren Schrittes an das Podest heran und entzündete den Scheiterhaufen nach allen Himmelsrichtungen. Als Lena anschließend die Fackel in das Gefäß der Feuerstelle warf, damit sie dort abbrannte, endete Nivens Lied. Lena wandte sich unseren Trauerbegleitern zu, die in diesem Augenblick, so wie wir, ihre Lampen hoch über den Köpfen hielten. Sie legte ihre Fingerspitzen aneinander, verneigte sich und ging dann nahe an das Wasser des Nebelmeers heran, um ihre letzte Pflicht zu erfüllen.

»Ich lasse meinen Vater los, er ist frei! Ich lasse Dorith los, sie ist frei! Ihr Wächter der Grenzen, zeigt ihnen den Weg in Taherehs Reich, auf dass sie dort neue Heimat finden«, rief sie den Nebeln zu, und ihre Stimme zitterte kaum.

Danach trat Lena zu uns zurück, an ihren Platz zwischen Niven und mir. Sie ergriff meine Hand, und ich drückte sie sanft. Dann hörte ich plötzlich etwas. Es schien aus den Nebeln zu kommen, doch weit entfernt von tief unten. Mein Blick flog forschend über das dunstige Meer.

»Schiffsglocken«, flüsterte Niven, der wohl wieder einmal mein Verhalten richtig deutete. »Sie fordern Dorith und Lenas Vater auf, jetzt zum Tor zu gehen, das sie zu den Klagsümpfen führt.« Er wies unauffällig nach vorne, wo weit hinter den brennenden Traggestellen ein steinerner Torbogen nahe des Wassers im Sandstrand eingelassen war.

Die Glockentöne wurden allmählich zahlreicher und klangen näher, sodass auch diejenigen mit nicht so empfindlichem Gehör wie dem von uns Vampiren die Geräusche hörten. Immer mehr Blicke flogen suchend zu den Nebeln und dann tauchten sie auf: Umrisse von Geisterschiffen mit zerrissenen Segeln, zwei, drei, viele. Nach wenigen Augenblicken versanken sie wieder, es wurde still, und die Nebel waberten undurchdringlich wie immer über dem Meer.

»Sie sind gegangen.« Niven legte einen Arm um Lenas Schultern.

Viele der Korria-Feen machten sich jetzt bereits auf den Heimweg, doch ich schaute über die Flammen hinweg zu dem steinernen Tor.

»Es ist anders als damals auf unserem Weg durch die Klagsümpfe«, erklärte Niven, der wieder meine Gedanken erriet. »Die Schritte der Verstorbenen durch das steinerne Tor bleiben jedem neugierigen Blick verborgen. Aber ich fühle, dass Lenas Vater und Dorith bereits den Zwillingsbergen zustreben.«

Lena wischte die Tränen weg, die ihr während der letzten Minuten unwillkürlich aus den Augen gesprungen waren, lächelte und nickte. »Ja, ich fühle es auch. Sie sind nicht mehr hier.« Sie warf keinen Blick mehr auf die brennenden Gerüste, deren Flammen allmählich höherschlugen und die leise knisternd den Duft der Blumengaben zu uns trugen. Sie wandte sich um, und ihr Blick flog über die Gefährten. »Es ist Zeit, zu gehen.«

Der Himmel über den Bergen gegenüber meiner Festung wurde heller. Bald würden die ersten Strahlen der aufgehenden Morgensonne aufsteigen.

Ich legte meine Schreibfeder zur Seite, stand auf und ging auf den Balkon hinaus. Tief atmete ich die klare Luft, betrachtete die Landschaft, die im Zwielicht wunderschön und geheimnisvoll wirkte. Am gegenüberliegenden Ufer sammelten sich die heimkehrenden Schattenfeen, die Grungalp. Sie wuschen sich die müden Gesichter im Fluss und verkrochen sich in ihren halbverfallenen Hütten. Im nahen Wald erwachten die ersten Vögel und sangen ihr Morgenlied. Ich schaute nach unten ins Wasser, das gurgelnd und rauschend die Schatten der Nacht forttrug. Ja, das Leben ging weiter, immer, irgendwie, und es gab stets einen neuen Morgen.

Ich verspürte Hunger, und gerade als ich dachte, dass Briann sich heute anscheinend mit meinem Hirschblut verspätete, ging die Tür auf, und er trat in die Bibliothek.

»Was tust du da draußen?«, fragte er misstrauisch und kam zu mir her. »Solltest du nicht an deinem Schreibtisch sitzen?«

»Ich muss auch mal meine Augen entspannen.«

Er schenkte mir ein Glas voll Blut ein und reichte es mir. Ich trank es in einem Zug leer, nahm dann die Karaffe aus seiner Hand und schenkte mir nach. »Ich kann auch selbst auf die Jagd gehen.«

»Kommt nicht infrage. Solange du die Geschichte nicht fertig aufgeschrieben hast, wirst du die Burg nicht verlassen!«

»Wie euch beliebt, mein Herr.«

Briann sah mich an und runzelte die Stirn. »Wag es nicht!«

»Was?«

»Abzuhauen, ohne deine Arbeit zu vollenden.«

»Nicht doch! Was denkst du von mir?« Ich grinste ihn an, doch tief in meinem Inneren wusste ich, dass Briann recht hatte. Ich würde am liebsten vor meiner Erinnerung davonlaufen, von der ich noch nicht einmal das Wesentliche aufgeschrieben hatte. Aber man kann nicht davonlaufen, das hatte ich in meinem langen Leben gelernt. Die Erinnerung holt einen immer wieder ein.

Briann nahm mir die leere Karaffe aus der Hand und wartete, bis ich auch den letzten Rest im Glas ausgetrunken hatte. »Wie weit bist du heute gekommen?«

Ich ging mit ihm zurück in die Bibliothek und wies auf meinen Schreibtisch. »Lies!«

Er stellte Karaffe und Glas ab, setzte sich auf meinen Platz und blätterte die Seiten im Buch zurück. Als er das, was ich in der Nacht geschrieben hatte, zu lesen begann, setzte ich mich auf die Schreibtischkante und beobachtete ihn.

Irgendwann fing er an zu seufzen.

»Was ist?«, fragte ich ihn.

»Meine Begegnung mit Tahereh in jener Nebelnacht, das war der reinste Horror!«

»Auch für mich.«

Er nickte. »Ja, ich weiß, und ich war der Schwarzen Zone wirklich sehr nah.«

Briann atmete durch und vertiefte sich wieder in meine Aufzeichnungen. Als er zu Ende gelesen hatte, klappte er das Buch zu und schaute zum Balkon hinaus, den Blick auf den Horizont über den Bergen gerichtet.

Eine Weile schwieg er, dann schaute er mich wieder an. »Das Nebelmeer ... ich wusste bis zu jener Nacht nicht, dass es dort Geisterschiffe gibt. So viele Geheimnisse. Unsere Geschichte ist nur ein winziger Teil davon, und alles, was wir bisher erkennen, wirft neue Fragen auf.«

Ich nickte, ging zu der Geheimtür, die zu unseren Zimmern führte, löste den Öffnungs-Mechanismus aus und winkte Briann zu mir. »Wir werden sie heute nicht mehr beantworten können. Also lass uns lieber darüber schlafen.«

Nach unserer Rückkehr vom Strand des Nebelmeers setzten wir uns alle in Kierans Turm zusammen. Pflichten gab es für Lena keine mehr, da in Antiquerra die Zeit nach dem Abschied allein den engsten Angehörigen gehört. Für Lena waren wir das, denn sie hatte keine Blutsverwandten mehr. Meister Kieran hatte ihr angeboten, ab jetzt im Turm zu leben, sie hatte ja noch ihr altes Zimmer hier. Lena nahm ohne zu zögern an, stellte aber gleich klar, dass sie in ein paar Tagen mit Niven in das Häuschen am Fluss ziehen würde.

Ich beobachtete die beiden. Niven wirkte jetzt wieder aufrecht, stark und verlässlich, doch voller Mitgefühl. Mit poetischen Worten zauberte er Lena immer wieder ein Lächeln auf die Lippen. Welch tiefe Verbundenheit, dachte ich. Nein, es gab nichts, das sie hätte trennen können. Aber würde das Tahereh nicht noch mehr erzürnen?

Auch Kieran schaute immer wieder zu Lena und Niven hin. Sein Gesicht verdüsterte sich zunehmend. Dann hielt er es nicht mehr aus. »Niven, ich denke, es ist ein Fehler, wenn Lena zu dir an den Fluss zieht.«

Niven griff nach Lenas Hand, als diese antworten wollte. Er schaute erst Kieran an und dann uns alle. »In Anbetracht dessen, was geschehen ist, ist es das Beste, was wir tun können.«

Finley schaute ihn an. »Wirklich, Niven? Wir haben uns Gedanken gemacht, und ich stimme Kieran zu. Doriths Tod kann nicht erklärt werden. Sie war kerngesund, noch jung, keine siebzig Jahre und sie hätte vierhundert werden können, wie wir. Wir fragen uns, ob Tahereh sie geholt hat, damit Lena frei ist, um mit dir an den Fluss zu ziehen. Auch alle vorherigen Ereignisse deuten in diese Richtung. Es macht uns zu schaffen!«

Ich nickte. »Ja, den Gedanken hatte ich auch schon.«

Lena biss sich auf die Lippen, aber Niven blieb gelassen. »Taherehs Nebel, ich weiß. Wenn wir in mein neues Haus ziehen, dann begrenzen wir solche Erscheinungen künftig auf den Platz am Fluss und das ist uns beiden wichtig. Es hätte nicht nur Briann treffen können, sondern alle im Dorf.«

Reik schüttelte den Kopf. »Im Turm würdet ihr unter dem Schutz der Strahlenkönigin Alyssa stehen. Hier ist es sicherer als sonst irgendwo.«

Niven lächelte. »Nein, Alyssa ist mit Taherehs Handeln einverstanden oder zumindest toleriert sie es, denn sonst hätte sie schon eingegriffen.«

»Ah, was für ein Glaube!«, brummte Briann. »Verzeih, wenn ich das sage, aber kann es sein, dass Tahereh dich bereits manipuliert? Gelegenheit dazu hätte sie gehabt, als sie dich mehrfach verschwinden ließ und dein Gedächtnis löschte.«

Niven schaute ihn fest an. »Glaub mir, auch Tahereh kann mich nicht zu ihrer Marionette machen!« Er zögerte kurz. »Mag sein, dass es ihren Plänen entgegenkommt, wenn wir am Fluss wohnen, aber auch ich kann am Wasser leichter in ihre Gedankenwelt eindringen und so herausfinden, was sie vorhat. Ich glaube nämlich nicht mehr, dass es Tahereh nur um Rache geht, da steckt noch etwas dahinter.« Als Briann etwas erwidern wollte, hob er die Hand in einer stoppenden Geste und schaute fragend in die Runde. »Ihr habt versprochen, mich zu unterstützen und mit mir auf Lena aufzupassen, das gilt doch noch?« Alle nickten und er wandte sich wieder an Briann. »Ich bin sehr froh, dass es dir wieder gutgeht! Es würde mich aber interessieren, wie es mit *deiner* Erinnerung steht.«

»Nur allzu gut!«, erwiderte Briann und sah ihn aufmerksam an. »Tahereh zwang mich zu träumen, von einem Stein, den ich einmal gefunden und wieder verloren hatte.«

»Hm, wenigstens etwas.« Nivens Lippen verzogen sich in der Andeutung eines Grinsens. »Ich hatte immer nur einen schmerzenden Kopf und keine Ahnung, was mit mir geschehen war. Erst vor zwei Tagen, als ich mit den anderen nach dir suchte, stieg plötzlich eine Erinnerung in mir auf …«

»Sag bloß, du weißt wieder, wie Tahereh dich geholt hat?« Briann hob überrascht die Augenbrauen.

Niven wedelte unschlüssig mit den Händen. »Nicht direkt, aber ich erinnere mich, dass ich von Schattenvögeln umringt wurde. Sie hoben mich hoch und brachten mich an einen Ort, den ich nicht kannte.«

Briann stutzte. »Schattenvögel, das hatten wir doch schon einmal!«

»Ja, dieses Nebelgebilde bei Lena in der Menschenwelt, das löste sich in Schattenvögel auf. Das hat dich damals doch auch schon an etwas erinnert«, warf ich ein.

Niven nickte. »Ja. Dumm ist nur, dass ich mit beiden Erinnerungen nicht viel anfangen kann. Jedenfalls derzeit nicht.«

Meister Kieran stieß den Atem aus. »Dann helfen sie uns im Augenblick nicht weiter. Briann, was war das für ein Stein, den du gefunden und wieder verloren hast?«

Briann zuckte mit den Schultern. »Ein Elfenbein-Jaspis mit magischen Zeichen, die sich in Form einer Schlange außen herumwanden.«

Kieran machte ein überraschtes Gesicht. »So wird der *Stein der Ewigkeit* beschrieben. Er hat mit den Arcanäs zu tun, den Magiern vom Großen See, die angeblich von Alyssas Lichtkriegern abstammen.«

Briann schaute erst mich und dann Kieran an. »Meinst du die Magier, die in den Berghöhlen rund um den See leben, der den Fluss vor Nivens Haus und die Dragho-Wasserfälle speist?«

»Genau die!« Kieran nickte. »Die Legende sagt, dass Alyssa einst einen ihrer Lichtkrieger beauftragte, diesen Stein bei ihrer Mutter, der Göttin Liora, abzuholen und hierherzubringen. Irgendwo über dem Türkisland verlor er den Stein jedoch und Alyssa verbannte ihn dann an den Großen See, wo er das Volk der Arcanäs gegründet haben soll.«

Jetzt schauten Briann und ich überrascht.

»Briann fand den Stein am unteren Küstenausläufer vom Türkisland. Das war kurz bevor das Stück Land abriss, in die Nebel trieb und sich mit Antiquerra verband«, erklärte ich.

»Ja, wir waren noch Kinder damals«, ergänzte Briann. »Aber gleich als wir hier ankamen, hab ich den Stein wieder verloren. Er liegt wohl irgendwo im nordwestlichen Teil von Antiquerra unter dicken Schichten Erde begraben.« Er überlegte. »Hat das etwas mit unserem Problem zu tun?«

Niven schüttelte den Kopf. »Nein, kann ich mir nicht vorstellen. Mag sein, dass Tahereh diesen Stein gesucht hat und durch deine Erinnerung jetzt weiß, wo er ist. Aber wegen mir braucht sie den bestimmt nicht.«

Er konnte uns nicht überzeugen, aber nach längerer ergebnisloser Diskussion über den Stein und Nivens Erinnerung an Schattenvögel einigten wir uns darauf, uns zunächst weiter auf den Schutz von Lena und Niven zu konzentrieren. Die beiden blieben bei ihrer Entscheidung und würden in wenigen Tagen in ihr neues Heim ziehen.

Als ich Lena zum Abschied umarmte, dachte ich daran, was wir bisher mit unseren Schutzmaßnahmen erreicht hatten, nämlich nichts. Konnten wir die Beiden am Fluss besser beschützen? Mir kamen ernsthafte Zweifel.

An dem Tag, als Lena und Niven in ihr neues Zuhause einzogen, brannte die Julisonne ungewöhnlich heiß vom Himmel herunter. Deshalb brachte ich erst spätnachmittags zusammen mit Briann das versprochene Sofa. Lena war begeistert. Sie bewunderte das naturgetreue Muster von rosa und gelben Rosen auf hellgrünen Grund, und sie sog tief den Duft ein, der auf magische Weise von diesen Blumen ausging. Über jeden der zierlich gedrechselten Füße ließ sie ihre Finger gleiten, tastete nach jeder Erhebung. Dann fiel sie mir um den Hals.

»Danke, Luczin! Jetzt hab ich auch dich immer bei mir. Das Sofa riecht wie du!«

Es überraschte mich, dass sie den Duft von Rosen mit mir assoziierte, tragen wir Vampire doch eher den erdig-holzigen Geruch der Wälder, in denen wir leben. Aber gut. Ich strich ihr über das Haar. »Dann hoffe ich, du sitzt weich in meinem Schoß.«

Fast unmerklich wich sie ein wenig vor mir zurück, wie damals, als ich sie zum ersten Mal im Arm hielt. Die gleiche mädchenhafte Scheu … Doch dann lehnte sie ihren Kopf an meine Schulter. »Das werde ich.«

Ich hielt sie fest und gab mich der Illusion hin, dass meine unverbrüchliche Zuneigung zu ihr uns über alle Klippen hinwegtragen würde. Ich genoss ihre Wärme; ihre Finger, die über meinen Nacken glitten; ihren kaum wahrnehmbar rascheren Herzschlag, als sie sich an mich presste. Sogar die Eisenklammer in meinem Bauch, mit der ich mein Begehren im Zaum hielt, genoss ich. Der Zauber dieses Augenblicks verging jedoch schnell. Cara kam zu uns und stupste mich an.

Ich schob Lena ein wenig von mir weg. »Was gibt's, Cara?«

Sie wies mit dem Kopf auf unsere Gefährten, die sich in der Wohnküche drängten. »Die Männer wollen die Schutzmaßnahmen besprechen.«

Während Lena und Cara es sich auf dem Sofa bequem machten, ging ich mit den Gefährten nach draußen. Dort entbrannte eine heiße Diskussion um Lenas Spiegel, den Niven nicht länger im Haus dulden wollte.

»Wir haben dort drüben ein Tor, durch das ihr jederzeit zu uns gelangen könnt.« Niven wies auf das Felsentor nahe des Flussufers.

Meister Kieran warf die Arme in die Luft. »Aber ihr könnt nicht zu uns, wenn euch Gefahr droht! Kapierst du das nicht? Von hier aus führt das Tor im Felsen nur in die Klagsümpfe. Ihr würdet in der Falle sitzen und kämt nicht mehr heraus!«

Niven schüttelte den Kopf. »Ich weiß nicht, was Tahereh vorhat, aber wenn es tatsächlich zum Kampf kommt, dann hier. Ich lasse nicht zu, dass ganz Antiquerra zum Schlachtfeld wird, nur weil Tahereh mich jagt. Erinnert euch an die Nebel, das gesamte Korria-Dorf hätte darin untergehen können.«

Mihai legte ihm eine Hand auf die Schulter. »Und wie sollen wir in unser eigenes Heim zurückkommen, wenn wir euch besuchen? Ich kann nicht fliegen wie unsere Vampirgefährten, Alrik, Kiran, Finley und Reik auch nicht. Sollen wir etwa an einem Seil den Steilhang hinter uns hinaufklettern und den gefährlichen Weg über das Dragho-Gebirge nehmen? Dir würde das keine Schwierigkeiten bereiten, aber uns.«

»Mihai hat recht.« Briann nickte. »Natürlich könnten wir sie abholen und nach Hause fliegen, das wäre kein Problem, aber das setzt uns Grenzen. Zum Beispiel können wir nicht während der Mittagssonne fliegen, und sicher würden sich noch andere Schwierigkeiten auftun, die spontanes Handeln derer, die nicht fliegen können, unmöglich machen.«

Niven schüttelte den Kopf. »Es setzt auch Tahereh Grenzen.«

»Woher weißt du das?«

»Ich weiß es einfach.«

Briann schnaufte hart aus. »Das genügt mir nicht.«

Ich fasste es nicht. »Ist das der Schutz, den du Lena angedeihen lassen willst?«

Niven lächelte, ein seltsames Lächeln, das aus einer anderen Sphäre zu kommen schien. »Jeder handelt nach seinem eigenen Gewissen.«

All unsere Argumente fruchteten nichts bei ihm. Er blieb uneinsichtig, was nicht nur mich einigermaßen verärgerte. Als sich Lena eine Weile später dann eindeutig auf seine Seite schlug, gaben wir nach. Aber ich machte deutlich, dass ich das nur vorläufig akzeptierte. Bei den kleinsten Anzeichen einer konkreten Gefahr würde ich den Transportspiegel wiederbringen und darauf bestehen, dass er im Haus blieb.

In den folgenden sieben Tagen, während Lena und Niven sich in ihrem neuen Zuhause einlebten, übernahmen wir Vampire die Überwachung des Areals. Wir untersuchten jeden Stein des Dragho-Gebirges und den Platz, auf dem Nivens Haus stand, auf ungewöhnliche Spuren. Wir taten das unbemerkt, denn wir können uns ja im Notfall so schnell bewegen, dass sterbliche Augen das nicht mitbekommen. Wir fanden nichts, rochen keinen Dämonenschweiß und sahen keine geisterhaften Schemen.

Cara, die manchmal einen ganz gewaltigen Dickkopf hat und sich nicht abhalten ließ, betrieb im selben Umfeld wie wir ihre eigenen nächtlichen Forschungen, jedoch immer nur in ihrer Panthergestalt. Sie behauptete, in dieser Hülle Geister aufspüren zu können, ihre Stimmen zu hören, und auch sonst manches wahrzunehmen, das anderen verborgen blieb. Meine

Warnungen, dass die Unseren im Dragho-Gebirge nachts manchmal Bären jagten und ihr gefährlich werden könnten, schlug sie in den Wind. Sie würde mit denen schon fertig werden, behauptete sie. Natürlich schätzte sie das völlig falsch ein, und so blieb mir nichts anderes übrig, als den Meinen klarzumachen, dass das Jagen von schwarzen Panthern ab jetzt verboten war und für Ignoranten die Höchststrafe nach sich zog. Wenigstens darauf konnte ich mich verlassen, sie würden gehorchen, denn keiner hatte Lust, wegen ein paar Tropfen Pantherblut in den Verliesen meiner Festung langsam zu verrotten.

Mehrmals sah ich Cara in dieser Zeit auf einem Felsenvorsprung nahe des Dragho-Wasserfalls. Wie zur dunklen Tier-Salzsäule erstarrt, stierte sie in das tosende Wasser.

Als wir uns am achten Tag im Turm von Meister Kieran trafen und den Gefährten unsere eher beruhigenden Eindrücke schilderten, blieb sie zunächst auffallend still. Aber als sie Gläser mit magischem Hirschblut füllte und sie uns danach brachte, drehte sie sich so heftig, dass die rubinfarbene Flüssigkeit über ihre Hand spritzte und ihr langes rotes Haar wie eine bewegte Meereswelle um ihren Kopf flog, ein Zeichen ihres inneren Aufruhrs.

»Ihr irrt«, sagte sie, leckte die glänzenden Tropfen von ihrer Hand und verzog erschrocken das Gesicht. Dann sah sie uns Vampire an. »Ihr habt gute Nasen und gute Augen, aber trotzdem nehmt ihr nicht soviel wahr wie ich in meiner Panthergestalt.«

Thure hob zweifelnd die Augenbrauen und ich Cara mein Glas entgegen. »Sag mir, wie ernährst du dich als Panther?«, fragte ich, in Anspielung auf ihren Schrecken.

Cara senkte die Augenlider, rieb über die Stelle auf ihrem Handrücken, die von ihrem Blutzauber benetzt worden war.

»Du willst es wirklich wissen? Ja, ich könnte jagen, aber trotz meiner veränderten Gestalt bleibe ich zu sehr ich selbst, zu sehr Fee, als dass …« Sie schaute mich an. »Ich weiß, dass ihr das Blut braucht, aber ich bräuchte im Fall, wenn ich keine Gelegenheit hätte, mich zurückzuverwandeln, auch das Fleisch, und das wäre nur eine Option in allerhöchster Not.«

Sie lächelte ein bisschen zu krampfhaft und mir wurde bewusst, dass ich soeben ihre Wunde berührt hatte. Schnell schickte ich ihr eine beruhigende Brise. »Erzähl uns, was du wahrgenommen hast.«

Cara setzte sich zu uns, goss sich Kräutertee in einen Becher und hielt sich daran fest. »Geister am Dragho-Wasserfall. Viele! Ich hab es Finley schon gesagt. Sie wissen über Lena und Niven Bescheid.«

»Bist du sicher?«, fragte Thure, der wohl noch immer an Caras Geisterspürsinn zweifelte. »Wir waren auch dort, die stürzenden Wasser können alle möglichen Empfindungen auslösen.«

»Ich erkenne die Stimmen von Geistern, wenn ich als Panther unterwegs bin, ein unverwechselbares rauchiges Flüstern.«

»Was haben sie gesagt?, fragte Briann.

»Wegen des tosenden Wassers habe ich nur wenig verstanden. Aber sie warten auf Befehle.«

Finley, der neben Cara saß, drückte sie an sich. »Herrje, wenn sie dir etwas angetan hätten!« Dann schlug er mit seiner Faust auf den Tisch. »Verdammt! Dämonenhörner, heimtückische Entmaterialiserungszauber, Angriffe im Nebel und jetzt noch diese Geister, was sollen wir tun?« Er hob den Blick zur Decke. »Strahlenkönigin Alyssa, hilf uns!«

»Sie wird uns nicht helfen. Seit Wochen flehe ich sie schon an, aber sie gibt kein Zeichen«, sagte Meister Kieran, und es klang ziemlich deprimiert.

Im Gesicht des Alraunen Reik arbeitete es. Es schlug Falten wie ein bewegtes, zerknülltes Papier. »Na ja, sie ist die Schwester von Tahereh, und die beiden stehen wieder gut miteinander.« Er schürzte die Lippen. Unter brummelnden Geräuschen zog er seine Steinschleuder aus der Hosentasche. »Dann müssen wir uns eben selbst helfen!«

Vico grinste ihn an, dass seine Vampirzähne blitzten. »Die Geister werden kichern, wenn du sie damit kitzelst.«

Die Feenkrieger Mihai und Alrik sahen sich an. »Dann werden auch diesmal unsere Bogen oder eure Schwerter nichts ausrichten«, fasste Mihai zusammen.

»Ein Geisterbeschwörer! Vielleicht könnten wir so mehr erfahren«, warf Darian ein.

Ich wehrte ab. »Nein, abgesehen davon, dass eine Geisterbeschwörung gefährliche, unberechenbare Folgen haben könnte, wie du weißt, müssten wir zu den Hirudo-Hexen gehen, und das ist in unserer Lage keine Option. Die sind viel zu unzuverlässig.« Ich grübelte, schaute dann zu Cara. »Wie sehen die Geister aus? Kannst du sie beschreiben?«

Cara blies die Backen auf. »Das ist schwer. Sprühnebel, das trifft es vielleicht am besten, hellgrauer Sprühnebel mit körperlichen Umrissen. Münder, aus denen beim Sprechen dunkle Schwaden quellen, wie vom Sturmwind ausgespien. Lange Finger, die sie weit ausstrecken können. Es geht Kälte von ihnen aus.«

»Und du kannst sie nur sehen, wenn du als Panther unterwegs bist?«

Cara nickte.

»Dann ist es unwahrscheinlich, dass wir sie überhaupt zu Gesicht bekommen«, fasste ich zusammen.

Briann stimmte mir zu. »Wir müssen uns wohl auf die gefühlte Kälte konzentrieren. Außerhalb des Wasserfalls ist sie

160

für uns vielleicht besser wahrnehmbar. Auch wenn mir der Gedanke nicht gefällt, denn dann könnte es schon zu spät sein. Und ich werde mir Niven nochmal zur Brust nehmen. Vielleicht weiß er etwas über diese Geister.«

Die Sache mit dem Spiegeltor kam bei jenem Treffen erneut zur Sprache. Aber wir hatten wenig Hoffnung, Niven von der Notwendigkeit, den Spiegel wieder in der Wohnküche aufzustellen, zu überzeugen, zumindest solange er selbst für Lena keine Gefahr sah. Also entschieden wir uns, abzuwarten. Als wir Niven nach unserer Besprechung aufsuchten und er die Geister, die Cara gesehen hatte, als eher harmlose Poltergeister einstufte, ließen wir das Thema vorerst fallen, zumindest sprachen wir nicht mehr darüber. Er hatte die Geister im Übrigen auch schon gespürt, ihr windiges Prusten gehört, wenn sie mit Zapfen der nahe beim Haus stehenden Tanne nach ihm warfen.

»Warum hätte ich euch davon erzählen sollen? Ich kenne sie, die wollen nur ihren Spaß haben, mehr nicht«, antwortete Niven auf unsere Vorhaltungen.

Es beruhigte weder Briann noch mich. Niven war nicht am Wasserfall gewesen wie Cara.

Wir teilten jetzt Wachen ein, um das Gelände Tag und Nacht im Auge zu behalten – immer ein Sterblicher zusammen mit einem Vampir, was zwar die Frage der Heimkehr löste, uns Vampire aber vor die Herausforderung stellte, auch den höchsten Stand der Sonne möglichst unbeschadet auszuhalten. Wir lösten das Problem mit Handschuhen und dichten, schwarzen Stoffmasken für den Kopf. Diese Ninja-Verkleidung behagte meinen Vampirgefährten und mir überhaupt

nicht, aber immerhin bewahrte sie uns davor, in den Mittags-
stunden regelmäßig zu rohem Fleisch zusammenzubrutzeln.
Da wir uns in den Masken Sehschlitze offenließen, brauchten
wir überdies Sonnenbrillen sowie dicke Schichten von Schutz-
salben um die Augen herum.

Unsere Wachpartnerschaften hatten aber einen Neben-
effekt, den wir nicht verachteten. Lena und Niven bekamen
täglich uneingeladenen Besuch von uns, denn weder Mihai
noch die anderen ließen es sich nehmen, auch im Haus nach
dem Rechten zu sehen und beide mit Fragen nach ihrem
Wohlbefinden zu löchern. Im Grunde entsprach das einer stillen Übereinkunft. Es sollte Niven klarmachen, dass ein Spiegeltor in seinem Haus, durch das Lena und er sich im Falle der
Gefahr unverzüglich in Sicherheit bringen konnten, die bes-
sere Alternative wäre und ihm zumindest ein wenig Privat-
sphäre bewahrte.

Nach drei Wochen schienen wir unser Ziel zu erreichen.

»Wenn ich diesen verdammten Spiegel wieder ins Haus nehme, schützt uns das dann vor euren rücksichtslosen Über-
fällen?«, fragte er mich ungehalten, als ich eines Nachts, als
beide gerade zu Bett gehen wollten, bei ihnen auftauchte.

»Wenn wir sicher sein können, dass ihr bei Gefahr unverzüglich durch dessen magisches Tor tretet, dann ja«, erwiderte
ich und es fiel mir schwer, mein Siegergrinsen zu unterdrücken.

»Ein Tor, das zu Mihai. Alle anderen müssen deaktiviert
werden!«, blaffte er.

»In Ordnung.«

Wenn Niven so sein Gesicht wahren konnte, war diese
Einschränkung annehmbar.

»Und ihr schickt künftig einen Schmetterling, bevor ihr uns
besucht.« Er grollte noch immer.

»Für unsere sterblichen Freunde kein Problem, für uns hingegen schon.« Ich lächelte ihn an. »Du weißt, dass wir Vampire den Papilio-Wurfzauber nicht beherrschen.«

Lena trat auf mich zu. Sie trug bereits ihr langes, ein wenig durchscheinendes Nachtkleid und sah – entschuldigt den Ausdruck – einfach zum Anbeißen aus. Kein Wunder, dass Niven so frustriert war. Lena legte ihre Arme um meinen Hals und schmiegte sich an mich. Himmel, merkte sie das denn nicht? Sie so nah bei mir zu spüren, mit so wenig Stoff dazwischen, forderte all meine Kraft.

»Wir werden euch Schmetterlinge schicken, euch einladen, oft, versprochen!«, flüsterte sie.

Niven ließ seine Hand über Lenas Rücken gleiten, was sie dazu veranlasste, sich von mir zu lösen. Ich bedauerte das und empfand es doch gleichzeitig als erleichternd. Als Niven mich danach anschaute, begriff ich, dass er noch weiteren aufgestauten Ärger herauslassen wollte. Er stupste mich an. »Auch sonst wäre mir ein bisschen mehr Diskretion lieb. Ich weiß eure Fürsorge zu schätzen, aber bei jedem Schritt eure Blicke in meinem Rücken zu spüren, ist ziemlich lästig.«

Ich nickte. »Mag sein.«

Er hob die Hand, weil er weiterreden wollte. »Meine Informationen muss ich tagsüber einholen, am Fluss, in den Sümpfen. Nachts geht das nicht, es würde Tahereh sofort hierher locken. Aber die Energie eurer Anwesenheit stört meine Konzentration. Ich will, dass ihr nur noch nachts Wache haltet, wenn wir schlafen und meine Aufmerksamkeit dadurch geschwächt ist.« Er wedelte mit seinen Händen vor meiner Nase herum, um meinen Widerspruch abzuwürgen. »Es droht keine Gefahr derzeit, glaub mir! Wenn es anders wäre, wüsste ich das als Erster. Wenn sich die Lage ändert, treffen wir ein neues Arrangement.«

Ach ja? Ich sog den Atem ein. Dreimal hatte Tahereh ihn schon verschwinden lassen. War er da etwa nicht in Gefahr gewesen? Und jetzt wollte er solche plötzlich erkennen können? Aber es machte wohl keinen Sinn, sich darüber mit ihm zu streiten.

Ich sah ihn scharf an. »Und Lena? Soll sie etwa hier schutzlos bleiben, während du in den Klagsümpfen nach Hinweisen forschst?«

Niven legte mir seine Hand auf die Schulter. »Ich verstehe deine Gefühle. Aber falls ich in die Sümpfe gehe, was mir derzeit noch nicht notwendig scheint, dann bleibe ich dort nur kurz, und wenn es dich beruhigt, dann nehme ich Lena entweder mit oder schicke sie zu Mihai.«

Lena schaute ihn empört an. »Niemand *schickt* mich irgendwohin!«

»Dann musst du halt freiwillig gehen«, erwiderte er.

Ich kniff die Augen zusammen und betrachtete ihn. So hatte Niven bislang nie mit Lena geredet. Lag es daran, dass er müde war oder streckte Tahereh wieder ihre Finger nach ihm aus, um ihn in ihre Dunkelheit zu ziehen? Sein Geist schien klar, also hoffte ich, dass nur unser Gespräch ihn so mitgenommen hatte. Aber wie auch immer, ich nahm mir vor, die Tageswache fortzusetzen, wenn auch so, dass Niven und Lena nichts mehr davon mitbekamen.

Am folgenden Tag brachte ich Lena den Spiegel, nachdem Meister Kieran zuvor unter heftigem Protest alle Tore bis auf das zu Mihai gelöscht hatte. Wir stellten ihn an seinem alten Platz in der Wohnküche auf, in die Ecke neben dem Küchenbuffet.

Meine Gefährten und ich setzten unsere Wachpatrouillen fort, tagsüber jedoch so, dass Lena und Niven es nicht merkten. Reik, der Alraun, kletterte während seiner Schicht in die höchsten Wipfel der Bäume am Rand des Gipfelplateaus, was ihm einen Rundumblick verschaffte. Mihai, Alrik, Meister Kieran und Finley verbargen sich während ihrer Wache stets hinter großen Felsbrocken. Ihre Kleidung passten sie der Tarnung wegen an. So behielten sie zumindest den Fluss im Auge, den wir als Taherehs Tor betrachteten, und konnten auch ab und zu einen Blick auf das Haus werfen. Ich war mir sicher, dass Niven auch unsere sterblichen Freunde nie bemerkte.

Ich selbst nahm manchmal auch Cara mit, aber nur dann, wenn ich nachts Wache schob. Ich brachte sie als Fee zum Wasserfall und holte sie als Panther dort wieder ab. Jedes Mal verwandelte sie sich vor meinen Augen in ihre natürliche weibliche Gestalt zurück und sagte danach, dass die Geister noch immer warteten, dass sich nichts verändert hätte.

Ob Niven im Murmeln des Flusses etwas über Taherehs Pläne erfuhr, kann ich nicht sagen. Wenn ich ihn fragte, schüttelte er jedes Mal nur den Kopf.

So vergingen die Wochen. Nichts änderte sich, außer den Wäldern ringsum, die allmählich eine herbstliche Färbung annahmen. Wir wussten bald nicht mehr, was wir glauben sollten. Stand tatsächlich ein Angriff bevor oder war die Gefahr vorbei? Konnte es sein, dass Tahereh sich nun damit zufrieden gab, Niven durch den Fluss nahe zu sein? Wir sprachen über diese Möglichkeit, und doch traute sich keiner von uns, seinen Beobachtungsposten aufzugeben. Ich schon gar nicht, aber dieser Schwebezustand schlug mir aufs Gemüt. Nicht einmal Sansa konnte mich aufheitern und wir trafen uns sowieso nur noch selten, weil ich mich ständig in einer Art Hab-Acht-Stellung fühlte. Sollte das ewig so weitergehen? Ich hätte viel darum gegeben, wenn wir im offenen Kampf für Lena und Niven hätten eintreten können, so wie damals im Schattenreich. Wir waren immerhin Krieger, im Umgang mit Pfeil und Bogen oder mit Schwertern fühlten wir uns sicher. Aber jetzt konnten wir lediglich Wachdienst schieben, mit zweifelhaften Aussichten auf Erfolg, und wir litten darunter. Der Feind zeigte sich nicht, gab keinen Laut. Wir wussten nicht einmal, ob er eine greifbare Gestalt annehmen würde, ob er überhaupt eine Gestalt annehmen würde. Geister ... Wie kämpft man gegen Geister, die man nicht sehen, nicht fassen kann? Sie suchten uns in trügerischer Ruhe einzulullen, unsere Kraft und Aufmerksamkeit aufzuzehren, um dann zuzuschlagen, wenn wir es am wenigsten erwarteten.

Bis Mitte Herbst pendelten sich unsere Besuche bei Lena und Niven auf ein normales Maß ein. Im Abstand eines halben Monds trafen wir uns alle in ihrer Wohnküche oder saßen um den langen Tisch herum, der seitlich vor dem Haus stand. Sah man einmal von den Waffen ab, die unsere sterblichen Freunde stets griffbereit bei sich trugen und von den forschend umherschweifenden Blicken bei jedem ungewohnten Geräusch, ging es fast so munter zu wie früher in Kierans Turm.

Lena lud mich auch alleine ein. Wir hockten dann auf dem Sofa, das ich ihr geschenkt hatte, hielten uns im Arm und redeten. Ich glaube, es tat ihr gut. Niven blieb meistens nur kurze Zeit bei uns, und ich hatte manchmal den Eindruck, als ob er uns diskret alleine ließ. Er ging dann zum Fluss, und ich beobachtete ihn ab und zu durch das Fenster. Er stand reglos da, wie die Statue eines dunklen Kriegers. Sein schwarzes Haar wehte im Wind, und den Bogen hielt er locker in seiner Faust.

Natürlich behielten wir unseren Wachdienst eisern bei, auch wenn alles friedlich schien. Wir ließen nicht nach in unserer Aufmerksamkeit, zumindest glaubten wir das. Die ersten Anzeichen, dass sich wieder etwas zusammenbraute, übersahen wir dennoch.

Ich weiß nicht mehr, an welchem Tag es war, nur noch, dass sich der Herbstmond zum letzten Mal rundete. Finley und Briann hatten die Nachmittagsschicht übernommen. Sie sahen Niven wie so oft am Fluss stehen und den Wassern lauschen, schier bewegungslos und konzentriert. Irgendwann erklang ein leises Klirren, als ob Glas zersprang. Es kam aus dem Haus, in dem Lena vermutlich das Abendessen richtete. Briann und Finley dachten sich nichts dabei, nahmen an, dass ihr ein Trinkglas heruntergefallen war. Finley wusste ja, wie leicht etwas zu Bruch gehen konnte, wenn man Gläser und Schüsseln per Fingerschnipsen durch die Luft zum Tisch dirigierte und dabei mit seinen Gedanken woanders weilte. Jedenfalls nahm keiner der beiden etwas Außergewöhnliches wahr, und auch die Luft schien wie immer zu sein, trug keine alarmierende Kühle in sich. Niven, der das Klirren mit Sicherheit auch gehört haben musste, regte sich nicht einmal.

Auch in den folgenden zwei Tagen fiel niemandem etwas auf, obwohl keiner Lena zu Gesicht bekam. Nur Niven zeigte sich wie immer täglich am Fluss. Dass wir Lena nicht sahen, war schon öfter vorgekommen, schließlich standen wir ja nicht mehr wie zu Anfang für jeden sichtbar auf unseren Posten. Wir mussten immer wieder Deckung suchen, sodass wir nicht unbedingt jeden einzelnen Schritt mitbekamen. Vor allem bei Tag durfte uns keiner der beiden sehen, und nachts schliefen sie, nahmen wir an.

Am dritten Tag, in den Nachtstunden, wartete jedoch Darian in meiner Bibliothek auf mich. Er berichtete mir etwas, das mich in höchste Alarmbereitschaft versetzte: Er war eine Strecke weit über dem Tränenfluss geflogen, um einen unserer jungen Vampire zu suchen, und auf Höhe der Klagsümpfe hatte er die leisen Klänge einer Mundharmonika vernommen.

»Es gibt nur einen, der die Mundharmonika so spielen kann«, sagte er.

Ich nickte. »Aber Vico hätte uns gerufen, wenn Niven durch das Felsentor zu den Klagsümpfen gegangen wäre.«

Vico tat heute Nacht Wachdienst, zusammen mit dem Alraun Reik, und er hätte uns auf geistigem Weg eine Nachricht geschickt, wenn Niven Lena allein gelassen oder sich sonst etwas Ungewöhnliches ereignet hätte.

Darian bestätigte das. »Natürlich. Und als ich heute Morgen mit Alrik Dienst hatte, da sahen wir Niven ja auch – am Fluss oder in der Nähe vom Haus, doch nie am Felsentor. Alles wie immer.« Er schwieg kurz, dann schüttelte er den Kopf. »Ich verstehe es nicht. Als ich meinen Schützling gefunden hatte, rief ich Victor, den Lehrmeister des Jungen, damit er sich um ihn kümmerte, und flog zu den drei Birken. Du weißt schon, die Stelle, bei der wir damals die Klagsümpfe betreten hatten. Ich weiß nicht, was ich dort zu finden hoffte. Ein Tor, das ihn zurückbringt, braucht Niven ja nicht unbedingt, er beherrscht noch immer die Kunst der Teleportation.« Er rieb sich die Stirn. »Ich flog sogar über den Sümpfen, so weit hinein, wie ich es wagen konnte. Sie wirkten noch abweisender als sonst, aber von Niven keine Spur, nur immer wieder Klangfetzen seines Mundharmonikaspiels.« Darian schlug plötzlich mit der Faust auf meinen Schreibtisch. »Da ist Hexerei im Spiel! Niven würde uns doch nicht bewusst täuschen und den Weg der Teleportation nutzen, statt das Tor, das Meister Kieran ihm im Felsen geschaffen hat. Vor allem würde er Lena nicht allein lassen, ohne uns zu informieren. Oder doch? Ich flog sogar noch über den Wasserfall bis zu besagtem Tor, um die Energie dort zu fühlen, nahm auch Kontakt zu Vico auf, aber auch er meinte, sie würden schlafen und er spüre Lenas als auch Nivens Energie wie immer.«

Ich ging in meiner Bibliothek auf und ab, um besser nachdenken zu können. Nein, Niven würde Lena nicht alleinlassen und er würde gewiss nicht versuchen, uns bewusst zu täuschen. Auch als er noch bei Mihai wohnte und mehrere Male spurlos verschwand, hatte er keine Teleportation genutzt, andernfalls hätte ich die Spuren des Zaubers gerochen. Es blieb immer ein typischer Hauch zurück, eigenartig wie der Geruch von Tausendgüldenkraut, wenn einer auf solche Weise ging.

Ich blieb stehen und schnaufte durch. »Im Augenblick können wir wohl nichts tun, nur hoffen, dass Vico recht hat und sie beide dort im Bett liegen. Aber die Sonne geht schon bald auf. Ich werde Briann suchen und dann mit ihm zum Haus fliegen und nachsehen, was los ist.«

Darian nickte. »Ruf uns sofort, wenn etwas nicht stimmt.« Er ging aus der Bibliothek hinaus, um in seinen eigenen Räumen wenigstens kurze Zeit zu schlafen. In der Tür drehte er sich noch einmal um. »Hoffentlich bleibt unseren sterblichen Freunden diese Aufregung erspart!«

Als die ersten Strahlen der Sonne hinter den Bergen aufstiegen, machten Briann und ich uns auf den Weg. Wir flogen über das Dragho-Gebirge und landeten auf dem Platz am Fluss fast direkt vor dem erst seit Kurzem mit weißer Farbe gestrichenen Häuschen.

Briann wies in Richtung Wasser. »Da vorne ist Niven. Bin gespannt, was er zu sagen hat.«

Während er mit den für Vampire typischen leichten Schritten zu Niven ging, schweifte mein Blick nach oben zum Gipfelplateau. Vico, der mit Reik noch auf die Wachablösung wartete, trat vor, hob die Schultern und schüttelte den Kopf.

Trotzdem trat ich mit gemischten Gefühlen auf die Haustüre zu. Als ich sie öffnen wollte, um einzutreten, stellte ich fest, dass sie klemmte. Ich rüttelte und drückte am Griff, und mit einem Mal flog die Tür so heftig auf, dass die Zapfen des Türblatts fast aus ihren Löchern sprangen. Ein heftiger, seltsam kühler Wind blies mir entgegen und warf mich fast um. Begleitet wurde er von einem – für sterbliche Ohren sicher kaum wahrnehmbaren – rauchig klingenden Prusten.

Das alles hatte kaum ein, zwei Wimpernschläge lang gedauert, dann blieb alles still, als ob nichts gewesen sei. Ich sah Lena drinnen zusammengerollt auf dem Sofa liegen, wie ein Kind, das einsam ist. Wohl durch den Krach der aufschlagenden Tür aufgeschreckt hob sie den Kopf und ich sah sofort, dass sie geweint hatte. Als sie mich erkannte, sprang sie auf und warf sich in meine Arme.

»Er ist nicht zurückgekommen, Luczin«, flüsterte sie, und als ich sie ansah, wirkten ihre Augen dunkel und starr, als wenn sie Schlimmes befürchten würde.

»Was meinst du?« Ich streichelte ihr über die blonden Locken, raunte ihr beruhigende Worte zu und sah mich dabei aufmerksam um. In der Ecke hinter dem Spiegel schien sich etwas Nebliges zu verstecken. Dann fiel mir auf, dass das Spiegeltor nicht normal aussah. Es war schwarz, nicht silbrig glänzend. Die Scherben seines Glases lagen am Boden zerstreut. War es das gewesen, was Finley und Briann vor drei Tagen gehört hatten?

»Was ist passiert?«, hakte ich nach, weil Lena nicht geantwortet hatte.

Ich führte sie zum Sofa zurück, wo wir uns setzten. Lena atmete tief durch, und meine Anwesenheit gab ihr wohl die Fassung zurück. Sie ergriff meine Hand. »Vor vier Tagen ist Niven durch das Tor dort draußen zu den Klagsümpfen gegangen, bei Tag, vielleicht habt ihr es deshalb nicht gesehen. Er wollte bald zurück sein, ist aber bis jetzt noch nicht wiedergekommen. Ich mache mir Sorgen um ihn.«

Mein Blick flog zum Fenster hinaus und ich sah Briann, wie er Niven an der Schulter griff, auf ihn einsprach, um ihn herumging, und ich hörte deutlich seine Gedanken: *Das gibt's doch nicht!*

Lena war meinem Blick gefolgt. Sie seufzte. »Er ist es nicht, nur eine Illusion.«

Dort draußen löste sich Nivens Gestalt plötzlich auf. Briann ballte die Fäuste und schrie im gleichen Augenblick voller Wut auf. Auf geistigem Weg rief er nach unseren Gefährten, machte ihnen unmissverständlich Beine, was Vico und den wohl soeben zur Wachablösung gekommenen Thure veranlasste, im Sturzflug zu ihm zu stoßen.

Im Laufschritt eilten die drei auf das Haus zu, doch so, wie sich die Tür zuvor mir widersetzt hatte, so schlug sie nun meinen Gefährten vor der Nase zu. Ich hörte Vico stöhnen, den wohl das Türblatt getroffen hatte, und oben auf dem Berg schrien Reik und Mihai, dass man sie sofort herunterholen solle, da sie allmählich begriffen, dass etwas nicht stimmte.

Aus der Ecke hinter dem Spiegel klang ein belustigtes Prusten. Lena verzog das Gesicht zu einer Grimasse, die offen ließ, ob sie weinen oder lachen wollte.

»Geister, sie spielen mit uns«, erklärte sie. »Mich lassen sie nicht aus dem Haus. Ich hatte Niven versprochen, zu Mihai zu gehen. Er wollte mich von dort wieder abholen, wenn er zurückkommt. Aber die Biester haben den Spiegel zerschlagen.

Und als ich dir einen Schmetterling schicken wollte, da klauten sie das Säckchen mit den Kokons und warfen es in den Fluss. Ich kann weder zur Tür hinaus noch zu den Fenstern, und ich schätze mal, dass sie das Haus in Watte gepackt haben, denn ihr habt mein Schreien nicht gehört.«

Das erinnerte mich an die Gefährten draußen, die sich die Lunge aus dem Hals brüllten. »Lena geht's gut«, rief ich durch die Tür, um sie wenigstens in dieser Hinsicht zu beruhigen.

»Wie man es nimmt«, murmelte sie und warf einen bösen Blick in die Ecke, wo der Spiegelrahmen stand.

Das wabernde Nebelgebilde schlängelte sich dahinter hervor, blähte sich auf und formte sich zu drei durchsichtigen Gestalten mit im ganzen Raum umherwehenden Gewändern, dürren Armen sowie Händen mit überlangen Fingern. Sie stellten sich vor uns hin. Als ich versuchte, einen der Geister am Hals zu packen, glitt mein Griff einfach durch ihn hindurch. Alle drei gaben ein rauchig-prustendes Geräusch von sich, sie krümmten sich, als ob ich etwas unerhört Lustiges mit ihnen getan hätte, und ihr Atem wehte mir eiskalt ins Gesicht.

»Leeee … naaaahh … muuu … hiii …ei … beeee …«

Die seltsamen Worte schienen im ganzen Raum zu schweben.

Lena gab einen grollenden Ton von sich. »Sie wollen wohl sagen, dass ich hierbleiben muss.« Als die drei Geister eifrig nickten, schnellte Lenas Arm nach vorne, als ob sie die drei von sich stoßen wollte, und sie schrie: »Ja doch, ich bleibe hier! Auch ohne dass ihr mich einsperrt! Ich würde Niven sowieso nicht alleine lassen.«

Wie durch Zauberei ging die Tür wieder auf, mit der gleichen Heftigkeit wie sie zuvor zugeschlagen war, und der Alraun Reik, der sich wohl gegen die Tür gestemmt hatte, plumpste in den Raum.

»Donnerkeil!«, grummelte er, rappelte sich auf und stürmte durch die Geister hindurch auf Lena zu, um sie auf dem Sofa kniend zu umarmen.

»Nuuuu … ei …neee«, erklang es in der Luft und ein kalter Wind schob den überraschten Reik einfach von Lena weg und auf dem Bauch zur Tür hinaus.

Lena sprang auf. Noch nie hatte ich sie so wütend gesehen. Ihr Blick, mit dem sie die Geister ansah, hätte töten können, aber vermulich zog diese Möglichkeit bei denen nicht.

»Ihr elenden Biester, was fällt euch ein!«, schrie sie. »Das sind meine Freunde! Wenn ihr versucht, sie weiterhin von mir fernzuhalten, dann mache ich euch euer Geisterleben so zur Hölle, dass ihr nicht mehr unter Taherehs Mantel passt!«

Ich hätte schwören können, dass die drei Geister bei Lenas Ausbruch fast schuldbewusst dreinschauten, und einer von ihnen öffnete seinen Mund. Aus dem dunklen Schlund blies ein wabernder kühler Wind, der jedoch fast streichelnd um Lena herumwehte, so, als ob er sie besänftigen wollte.

»Nuuuu … ei …neee«, klang es trotz allem dreistimmig durch die Wohnküche, was wohl heißen sollte, dass nur einer bei Lena bleiben durfte, weshalb auch immer.

Im Bruchteil eines Wimpernschlags taxierte ich während dieser Szene die Energie der Geister und kam zu einem überraschenden Schluss: Sie waren nicht böse! Und sie hatten wohl lediglich den Auftrag, aufzupassen, dass Lena nicht von hier fortging. Die Wahl der Mittel schien ihnen überlassen worden zu sein, und vielleicht hatten sie in ihrem Eifer einfach übertrieben, als sie Lena so vollständig von uns abgeschottet hatten. Ich entschloss mich zu testen, ob sie Lena wenigstens nach draußen lassen würden, wo wir alle zusammen sein konnten. Doch bevor ich in der Lage war, den Mund aufzumachen, um meine hoffentlich taktisch klugen Fragen zu stellen, griff Lena, die immer noch in Rage war, nach einem mit Wasser gefüllten Krug und schüttete ihn quer über die Geister. Ich vermutete, dass sie das nicht zum ersten Mal tat, denn ich hatte die Wasserflecken auf dem Tisch und den Möbeln gesehen.

Den Geistern schien es zu gefallen. Ihre Gestalten tanzten wie feine Sprühnebel vor uns herum und sie prusteten, keckerten und ächzten wohlig. Mir kam der Gedanke, dass es sich um Geister vom Wasserfall handeln musste. Vielleicht hatten sie dort ihr Zuhause. Niven war der Meinung gewesen, dass es sich um Poltergeister handelte. Nun ja, ihre Art, Türen zuzuschlagen und Glas zu zerbrechen, passte dazu, wenn ich mir auch ihren Lebensraum anders vorgestellt hätte. Plötzlich fiel mir etwas auf: Seltsam, dass ich sie sehen konnte.

Ich griff nach Lenas Hand, damit sie sich beruhigte und wieder neben mich setzte. Dann schaute ich die Geister an, die noch immer vor sich hin blubberten.

»Ihr drei«, sprach ich sie an, »ist es wahr, dass ihr aufpassen sollt, dass Lena hierbleibt?«

Die Geister wandten sich mir zu und nickten heftig. »Unn .. Auuu ... traa ...«

»Also euer Auftrag. Hat Tahereh ihn euch gegeben?«

Die drei Geister sahen sich an und dann gemeinsam an die Decke. Von ihrem Atem bildeten sich dort schmutzig-graue Nebel. Also war es so: Tahereh wollte, dass Lena hierblieb.

»Warum soll Lena hierbleiben?«

Dreifaches Schulterzucken antwortete mir. Dann schien einer allen Mut zusammenzunehmen. »Aaaa ... en.«

Aber obwohl ich mittlerweile begriff, dass die Geister beim Sprechen Buchstaben verschluckten, verstand ich diesmal nicht, was er meinte.

Aber Lena verstand es.

»Raben.« Sie wies auf das Fenster an der Rückseite des Hauses, durch das man auf die Steilwand und die nahe stehende große Tanne blicken konnte. »Es sitzen seit Neuestem immer ein paar Raben in den Zweigen. Aber ich weiß nicht, was sie mit mir oder Niven zu tun haben sollen.«

Nun, das wusste ich auch noch nicht.

Einer der Poltergeister schien noch etwas sagen zu wollen. »Üsssss … el«, kam es gequält aus seinem Mund.

Lena schluchzte plötzlich auf. Sie sprang auf und eilte in eines der Schlafzimmer. Als sie wiederkam, streckte sie mir ihre Hand entgegen, auf der ein goldglänzender Schlüssel lag. »Der ist die Ursache allen Übels. Niven fand es an dem Tag heraus, als er verschwand. Er gehört Tahereh, und sie zürnt ihm, weil er ihn mitgenommen hat. Aber Niven hat das damals nicht bewusst getan. Nachdem wir zurückgekehrt waren, entdeckte er ihn erst Wochen später in seiner Manteltasche.«

Während Lena redete, liefen ihr die Tränen an den Wangen herab und tropften auf den Schlüssel.

»Muuuu …weee … gebn«, nuschelte der Geist.

»Sollen die Raben den Schlüssel wegtragen?«, fragte ich.

Er schüttelte so heftig den Kopf, dass sich seine ganze Gestalt grotesk verformte. »Nuuuu … wech.«

Ich seufzte und zog Lena wieder neben mich auf das Sofa. »Gib mir den Schlüssel. Vielleicht finden wir jemanden, der ihn an eurer Stelle verwahrt.« Aus den Augenwinkeln sah ich, wie die Geister zufrieden nickten. Sie schienen Vertrauen zu fassen, also wagte ich, allmählich auf mein vorläufiges Hauptanliegen zu kommen. »Unsere Freunde möchten Lena auch gern besuchen. Warum lasst ihr sie nicht herein?«

»Viii … uu … ng … hiee.«

Aha, das hatte ich mir fast schon gedacht. Geister mit Platzangst. So wie die drei sich immer wieder aufplusterten, musste es ihnen in der Ecke hinter dem Spiegel ja zu eng sein. Vermutlich betrachteten sie das Haus bereits als ihr Territorium.

»Gut, das verstehe ich.« Ich nickte. »Aber ihr müsst auch Lena verstehen und uns. Wir sind immer zusammen gewesen. Wie wäre es mit einem Kompromiss? Einer bei Lena im Haus, und ihr lasst die Tür offen, damit Lena und derjenige, der gerade bei ihr ist, hinausgehen können, um die anderen zu treffen.«

Himmel, das war eine lange Rede gewesen! Hoffentlich hatten die Geister das kapiert … Die drei tuschelten miteinander und es klang wie prasselndes Feuer, so aufgeregt diskutierten sie. Dann wandten sie sich plötzlich den beiden Fenstern zu, durch die man den Blick auf den Fluss hatte. Sie bliesen die Backen auf, pumpten dunstig-graue Luft, und die Fenster klappten in rascher Folge auf und zu.

Lena sank genervt auf dem Sofa zusammen. »Das kann lustig werden.«

Die Geister nickten heftig, dann trat wieder einer vor. »Veee … prech … niii … wech …bri …«

Ich beruhigte ihn. »Ja, ich verspreche, dass wir Lena nicht von hier fortbringen werden.«

Die drei wandten sich der Tür zu, und diese sprang erneut so heftig auf, dass sie fast aus den Angeln flog. Die Geister kicherten, traten zu mir und strichen mir mit ihren Spinnenfingern über das Gesicht. »Guuu … eunnnn …ddd?«

Ich weiß nicht, was mich in dem Moment ritt, aber ich bestätigte: »Ja, gut Freund.«

Als ich mit Lena ins Freie trat, hatten sich alle unsere Gefährten bereits versammelt – außer Niven natürlich, der wahrscheinlich in den Klagsümpfen steckte. Sie diskutierten, gestikulierten und wiesen immer wieder auf die Tür, die nun offen stand. Als sie Letzteres begriffen, stürmten sie auf uns zu, allen voraus Finley.

»Der Strahlenkönigin sei Dank, du hast Lena herausgebracht!«, sprudelte es aus ihm hervor, und er drängte mich mit Lena vom Haus weg. »Wie hast du das geschafft, Luczin? Kommt, wir müssen sie schnell in Sicherheit bringen!«

»Langsam, nicht so voreilig, Finley!«, bremste ich ihn, und Lena drückte die Knie durch, damit er sie nicht weiterziehen konnte.

»Was soll das, Luczin?«, regte Finley sich auf. »Wenn das, was das Haus unter Kontrolle hält, euer Verschwinden bemerkt, sind wir geliefert. Also macht schon!« Er zerrte wieder an Lena.

Auch die anderen stimmten zu. Ihre Stimmen klangen gedämpft, aber ihre Gesichter zeugten von Entschlossenheit. Sie bildeten in dem Versuch, uns zu schützen und vom Haus wegzudrängen, einen engen Kreis um uns herum.

Ich mühte mich, sie zu beruhigen. »Poltergeister. Im Grunde harmlose Gesellen. Sie stehen übrigens unter der Tür und beobachten uns. Also bewahrt Ruhe!«

»Ja, die sind nur übermütig«, bestätigte Lena und befreite sich aus Finleys Griff.

Blicke flogen zur offenen Tür, und nach einer kleinen Schockpause ergriff Briann das Wort: »Wieso könnt ihr die sehen? Ich fühle nur einen leichten, kühlen Windhauch, was ich für diese Jahreszeit als durchaus normal betrachte.«

Ich zuckte die Schultern. »Damals in Taherehs Schattenreich konnte jeder von uns Geister sehen. Warum das bei Lena und mir jetzt wieder so ist und bei euch nicht, weiß ich auch nicht.« Ich wies auf den grob gezimmerten Tisch, der seitlich beim Haus stand. »Kommt, holen wir den und die Stühle hierher. Wir erzählen euch alles, aber die Geister müssen sehen können, dass ich mein Versprechen halte und wir nicht von hier fortgehen.«

Wir setzten uns ein Stück vom Hauseingang entfernt um den Tisch. Lena und ich begannen zu erzählen.

Briann stützte sich mit dem Ellbogen auf dem Tisch ab und rieb sich die Stirn. »Hm, um das Problem mit Niven kümmern wir uns nachher, er steckt ja wohl noch in den Klagsümpfen. Aber diese Geister … Du sagst zwar, dass sie harmlos sind, Lena nichts tun werden, aber ich schätze mal, dass sie auch ziemlich rabiat werden können, wenn wir sie gegen uns aufbringen. Und da wir sie nicht sehen …« Er seufzte. »Luczin, hast du sie gefragt, was dieses Gebilde am Fluss sollte, das uns vorgegaukelt hat, Niven stünde dort?«

Ich schüttelte den Kopf. »Nein. Aber das kann ich nachholen, sie kommen nämlich immer näher.«

Finley sprang so hastig auf, dass sein Stuhl umkippte. Er drehte sich mit ausgestreckten Armen und angewinkelten Knien um sich selbst. »Wo? Wo sind sie?«

Ich seufzte. »Bleib ruhig. Sie sind …«

Es blieb mir erspart, ihm zu sagen, dass sie nun hinter ihm standen, denn aller Augen wurden plötzlich groß und rund. Sahen auch unsere Gefährten jetzt die Geister? Finley stieß jedenfalls einen Schrei aus, als sich wabernde Nebel um ihn herum bildeten und ein kalter Windhauch seine Haare flattern ließ wie ein sturmgepeitschtes Segel. Er zog sein Schwert, doch die Geister bliesen nur die Backen auf, und es flog ihm aus der Hand.

Als auch die anderen aufspringen wollten, hob ich meine Hände. »Bewahrt Ruhe! Sie wollen nur spielen.« Als die Gefährten sich langsam wieder setzten – nur Finley blieb in seltsam verdrehter Haltung stehen –, atmete ich erleichtert aus. »Mir scheint, ihr seht sie jetzt auch.« Ich dachte laut nach. »Vermutlich können die drei selbst bestimmen, wem sie sich zeigen.« Die drei Poltergeister schlenkerten zustimmend die Köpfe auf und nieder, während sie gleichzeitig an Finleys Hemd zupften, um es dem jetzt Reglosen aus der Hose zu ziehen. »Finley, setz dich endlich!«, blaffte ich. »Die drei haben ihren Spaß gehabt, und du brauchst sie nicht weiter zu animieren.« Während Finley seinen Stuhl aufhob und sich setzte, pusteten die Geister aus Protest nun mich an, von der Seite, sodass meine Haare wie bei starkem Sturm nach rechts flatterten und sich sogar mit feinen Eiskristallen überzogen. »Genug!«, herrschte ich sie an. Zu meiner Überraschung gehorchten sie, nur ihre Münder wölbten sich wie die gestülpten Lippen eines trotzigen Kindes. Ich seufzte und versuchte, ein wenig freundlicher zu schauen. Ich wies auf Briann. »Habt ihr seine Frage gehört?«

Sie nickten, wenn auch diesmal nicht mit voller Begeisterung. Wieder trat einer der drei vor. Ich vermutete, es war der Anführer. »Leeee … naaaahh … niiii … ei … nnne.«

»Damit Lena nicht weint?«, fragte Briann, der schon immer schnell begriff.

Die Poltergeister nickten, diesmal wieder mit derselben Vehemenz wie zu Anfang.

»Wie heißt du?«, warf Meister Kieran dazwischen, der immer zuallererst wissen wollte, mit wem er es zu tun hatte.

»Daaa … gg … hhh … bbbo.«

»Ah«, Kieran nickte. »Daghbo. Ein sehr alter Name.«

Briann nahm seinen unterbrochenen Gesprächsfaden wieder auf. »Lena trösten zu wollen war sehr nobel von euch, Daghbo. Aber wisst ihr auch, wo Niven steckt?«

Dreifaches Schulterzucken.

Aber dann öffnete Daghbo wieder den Mund. »Taaa ... reeee ... h ... niii ... öööö ... ssse.«

Ich dachte dasselbe wie Briann, dessen Gedanken zu mir herüberschwappten. Die Geister vermuteten, dass Niven deshalb nicht zurückgekommen war, weil die Schattenkönigin Tahereh ihre Finger im Spiel hatte. Im Gegensatz zu uns glaubten sie aber, dass keine schlechten Absichten dahintersteckten. Dass sie das beurteilen konnten, wagte ich jedoch zu bezweifeln.

»Danke«, sagte ich trotzdem und gleichzeitig mit Briann.

Über die schemenhaften Gesichter flog so etwas wie ein erfreutes Lächeln. Die Geister drehten sich um, schwebten zum Fluss und platschten hinein. Prustend tauchten sie sogleich wieder auf, schüttelten sich, dass die Wassertropfen bis zu uns spritzten. Nach einer Weile hatten sie genug und schwebten wieder ins Haus zurück.

»Ich trau denen nicht!«, grummelte Finley.

»Ich weiß«, erwiderte Lena, die neben ihm saß und nun eine Hand auf seinen Arm legte. »Du traust niemandem, den du nicht kennst. Aber ich war vier Tage lang mit denen allein. Sie haben zwar aus Übermut immer wieder Geschirr zerbrochen, und ich brauche Nachschub, aber sie haben mir nichts getan. Sie wollen nur, dass ich hierbleibe, und das will ich auch.«

»Was meint ihr?« Meister Kieran blickte fragend in die Runde.

Während sich unsere sterblichen Freunde noch nicht entscheiden konnten, was sie denken sollten, gaben wir Vampire uns zuversichtlich. Wir spürten die kindliche Energie der Geister, die sich frei von hinterhältigen Absichten zeigte.

»Tahereh will, dass Lena hierbleibt. Aus welchem Grund, wissen wir noch nicht, aber sie gab den Geistern den Auftrag ...«, begann ich zu erklären.

Lena unterbrach mich. »Hier ist sie uns nahe, sie kann uns hören durch den Fluss, und auch, wenn sie Niven wegen des Schlüssels zürnt, so glaube ich doch, dass sie seine Liebe zu mir respektiert. Deshalb will sie, dass ich hier bin, wenn er zurückkommt – ein Zugeständnis, weil sie trotz allem möchte, dass er wenigstens ein bisschen Glück im Leben findet.«

Ich schaute Lena an, und vermutlich sah jeder die Zweifel in meinem Blick. Ich ging deshalb auch nicht auf ihre Vorstellung von einer großherzigen Tahereh ein. Schließlich wussten wir alle, dass die Schattenkönigin Niven damals lieber getötet hätte, als ihn mit uns gehen zu lassen. Und was sie im Korria-Dorf mit Briann getan hatte, sprach ebenfalls Bände.

»Wie auch immer«, sagte ich deshalb. »Ich glaube, dass von den Poltergeistern keine Gefahr für Lena ausgeht, und da sie selbst unbedingt hierbleiben will ...«, Lena nickte bei meinen Worten fast so eifrig wie vorhin die Geister, »... machen wir es so, wie ich es mit denen abgesprochen habe. Immer einer von uns bleibt bei Lena im Haus. Die Türe bleibt offen, damit sie sich frei bewegen können, und hier draußen halten wir in Dreiergruppen abwechselnd Wache.«

»Bleibt uns ja wohl nichts anderes übrig, wenn wir nicht auf dem Bauch liegend fortgeschleudert werden wollen«, knurrte Reik und zupfte an seinem aufgescheuerten Wams.

Briann atmete durch. »Der Rest von uns sucht Niven, wenn ich auch wenig Hoffnung habe, dass wir ihn finden werden.«

»Ja«, stimmte Nivens Onkel Mihai niedergeschlagen zu. »Es ist wieder dasselbe Phänomen wie Ende letzten Winters.«

»Ich bringe Lena zuallererst neues Geschirr«, meldete sich Finley zu Wort, um die Belastung, die plötzlich spürbar in der Luft lag, zu mildern. »Und vielleicht erfahren wir später noch etwas von Cara. Sie wollte heute in ihrer Panthergestalt zum Wasserfall.«

Ich nickte und legte den goldenen Schlüssel auf den Tisch. »Gut, bleibt noch die Frage wegen dem hier. Er muss aus dem Haus!«

»Gib mir den Schlüssel«, schlug der Feenkrieger Alrik vor. »In meinem Dorf lebt eine Korria, die in ihrem Garten ein spezielles Blumenbeet für Tahereh angelegt hat, um so auch die Schattenkönigin zu ehren. Ihr kann ich den Schlüssel sicher anvertrauen.«

Kapitel 4

Alte Wunden …

Ich legte meine Schreibfeder beiseite, als Briann kurz vor Morgengrauen mit meinem Hirschblut kam. Gierig trank ich ein Glas nach dem anderen aus, und ich musste mich diesmal schon sehr beherrschen, um nicht einfach den Krug direkt an die Lippen zu setzen.

Briann las währenddessen meine Aufzeichnungen ausnahmsweise ohne Zwischenkommentare zu Ende. Er schien erschöpft zu sein, so als ob er rastlos durch die Nacht gewandert wäre, und mir kam der Gedanke, dass ihn durch meinen Bericht die Konfrontation mit der Erinnerung vielleicht härter traf, als er derzeit zeigen wollte. Vielleicht trugen wir alle Wunden mit uns herum, die trotz der langen Zeit, die seit damals vergangen ist, noch nicht verheilt waren.

Als er das Buch zuklappte, sagte er jedenfalls nur sechs Worte: »Die Geister sind noch immer dort.«

Nachdem wir an jenem Tag unser weiteres Vorgehen geklärt hatten, blieb Briann mit Lena im Haus. Thure, Mihai und Meister Kieran hielten auf dem Platz davor Wache, während wir anderen – bis auf Alrik, der den Schlüssel jetzt in zuverlässige Hände geben musste – uns auf die Suche nach Niven machen wollten. Allerdings brauchten Reik und Vico zuvor wenigstens ein bisschen Schlaf, sodass ich mich entschied, zuerst einmal allein über die Klagsümpfe zu fliegen. Zuerst brachte ich jedoch noch Finley zum Turm, damit er ein paar Tassen und Gläser für Lena einpacken und vor allem seine Cara beruhigen konnte. Nun ja, wahrscheinlich würde es eher wieder umgekehrt laufen, wenn Finley seinem Misstrauen gegenüber den Geistern ungezügelt Luft verschaffte.

Bevor ich mich mit ihm in die Luft erhob, nahm Meister Kieran mich jedoch noch beiseite. Ihm war etwas zu den Raben eingefallen. »Luczin, mir bereitet da etwas Kopfzerbrechen«, begann er, und ich wusste, dass er jetzt zu einer weit ausholenden Rede ansetzen würde. »Unser Antiquerra liegt ja im Nebelmeer, wie du weißt«, fuhr er fort, »und beides gehört zur magischen Welt Velam.« Er sah mich an. »So wie du stammen wir Lichtmagier ursprünglich von magiekundigen Olims und Inominati ab, den zwei Völkern, die zu einem wurden.«

Ich stimmte zu. »Ja, ich weiß. Worauf willst du hinaus?«

»Erinnerst du dich, Luczin? Das Land der Olims nannte sich Türkisland, und die meisten Inominati zogen sich damals kurz vor diesem Unglück ins Dunkle Land zurück. Niemand kann sagen, ob es heute noch so genannt wird, weil wir ja nicht mehr dorthin können.«

»Ja«, erwiderte ich, »die Nebel verhindern das, aber ich weiß immer noch nicht, worauf du hinaus willst.«

Kieran schnaufte heftig. »Im Dunklen Land gab es in einem Gebirge eine Schlucht, und die wurde Rabenschlucht genannt, weil sich dort immer die Raben versammelten.«

Ich hob zum Zeichen der Erinnerung den Finger. »Stimmt! Aber was haben die Raben dort mit den Raben hier zu tun?«

Kieran runzelte die Stirn. »Es ist nur, weil Niven sich doch vor einiger Zeit an Schattenvögel erinnert hat und jetzt tauchen hier plötzlich Raben auf. In einem meiner Geschichtsbücher habe ich jedenfalls einmal davon gelesen, dass die Raben aus der Schlucht keine gewöhnlichen Vögel waren, sondern Seelenhüter.« Er wies zu der hohen Tanne hinter dem Haus, aus der es vereinzelt krächzte. »Vielleicht sind das auch keine gewöhnlichen Raben und der Gedanke, dass sie wegen Lena und Niven hier sind, bereitet mir Gänsehaut. Als Niven das Haus baute, waren sie jedenfalls noch nicht da.«

»Ja, Seelenhüter – so nannten wir diese Raben damals. Der Sage nach schickten sie solchen, die dafür empfänglich waren, Botschaften, welche dann das Handeln beeinflussten.« Ich erinnerte mich plötzlich, wenn auch nur vage, und mir rann ein Schauer über den Rücken.

Warum waren diese Raben hier?

Wie erwartet fanden wir Niven nicht und das beunruhigte mich über alle Maßen. Seit fünf Tagen war er jetzt schon verschwunden, und ich vermutete, dass er tief in den Klagsümpfen steckte, die Lebende ohne einen kundigen Führer nicht weit durchwandern oder überfliegen können. Immer wieder hörte ich bei meiner Suche sein Mundharmonikaspiel als geisterhaft schwebende Melodie zwischen den vom Boden aufsteigenden, vor Blicken schützenden Nebeln. Ich klammerte mich an die Hoffnung, dass er von allein den Weg wieder heraus fand. Aber ich wusste auch, dass er nicht mehr Taherehs Schützling war, was ihm ihre Pfade ebenso verschließen musste wie uns.

Nachdem Briann zum Ende der Nacht von Darian abgelöst wurde, flog er nach einem kurzen Zwischenstopp, um sich zu nähren, auf direktem Weg nach Dracopatria. Als ich von meiner Suche zurückkehrte, wartete er bereits in meiner Bibliothek auf mich. Um seine Augen, die wie bei allen Vampiren mit einem feinen, roten Farbhauch gerändert sind, lagen tiefe Schatten, und um seinen Mund hatten sich feine Fältchen eingegraben. Ein Zeichen, dass er sehr erschöpft war. Ich erschrak, aber als ich Briann darauf ansprach, winkte er ab.

»Mir geht's gut und Lena auch«, erklärte er. »Sie hat ruhig durchgeschlafen, trotz Lärm. Aber Geister, denen es langweilig ist, sind wie quengelnde Kinder. Ständig musste ich irgendwelche Dinge auffangen, damit sie nicht zu Bruch gingen. Sie ließen die Zimmerlaternen flackern, mich hinter Büchern herlaufen, warfen mehrfach die Wasserkaraffe um, schlugen die Fenster auf und zu. Irgendwann riss mir der Geduldsfaden und ich jagte sie hinaus. Sie gehorchten sogar, plantschten dann im Fluss oder schüttelten die Tanne hinter dem Haus, aber viel zu schnell kamen sie wieder herein.«

In meiner Erleichterung, dass ihm oder Lena nicht wieder etwas passiert war, fing ich an zu lachen.

»Ja, ja«, brummte Briann, »lach du nur. Aber warte, bis du an der Reihe bist, die Wache zu übernehmen! Ich jedenfalls werde Darian genau zuhören, und wenn er sagt, dass die Geister am Tag wenigstens ab und zu schlafen, so wie wir, dann übernehme ich in Zukunft nur noch Tagschichten.« Er schnaufte durch, schwieg eine Weile, und dann sagte er etwas, das mich von den Füßen riss: »Du musst sie beißen.«

Die Geister meinte er damit nicht! Ich wankte zu meinem Schreibtischsessel und ließ mich hineinfallen.

Briann schnaufte wieder, hart, seufzend. »Luczin, wenn du Lena wirklich schützen willst, musst du es tun. Die Geister mögen harmlos sein, aber sie sind auch übereifrig. Wir müssen sie ständig im Auge behalten, was uns ablenkt. Und Lena fürchtet inzwischen, dass sie dich nicht erreichen kann, wenn sie dich braucht, wegen des zerbrochenen Spiegels, und weil sie ihre Kokons klauen. Davon abgesehen wäre im Notfall ein Schmetterling zu lange unterwegs, und die Wachhabenden würden vielleicht gar nicht gleich mitbekommen, wenn sie Lena wieder irgendwo einsperren.«

»Ich kann das nicht«, widersprach ich und schüttelte den Kopf.

»Du musst! Es ist die einzige sichere Verbindung, mit der du Lena aufspüren kannst, falls die Geister – oder auch jemand anderes, was nicht auszuschließen ist – sie entführen.«

Ich schüttelte wieder den Kopf.

»Bei Sansa kannst du es doch auch! Du trinkst sogar immer wieder von ihrem Blut.«

»Das ist etwas anderes!«

Briann beugte sich über den Schreibtisch hinweg nah zu mir hin und seine Stimme nahm einen scharfen Klang an: »Hätte Niven sich von mir beißen lassen, dann wüssten wir jetzt genau, wo er steckt! Ich würde den Ort sehen, und vielleicht könnten wir ihn zurückholen. Lena wird es zulassen, weil sie dir vollkommen vertraut.«

Ich antwortete nicht, sondern stand auf, ging zur gegenüberliegenden Bücherwand und öffnete die Geheimtür, um in mein Schlafzimmer zu gehen.

Briann lief mir nach, schloss das Regal und öffnete dann an der im linken Winkel anschließenden Wand die zweite Geheimtür, die zu seinem Zimmer führte. Unter dem Türrahmen drehte er sich noch einmal zu mir um.

»Was ist deine Liebe wert, wenn sie dich furchtsam macht? Schlaf gut, Luczin.«

Nein, ich schlief nicht gut an jenem Tag. Ich träumte von so vielen, die ich irgendwann einmal gebissen hatte, sei es um mich zu nähren oder um mein Herz zu wärmen. Oh ja, nicht umsonst löschte ich bei meinen Gespielinnen die Erinnerung an mich, immer dann, wenn ich es sicherer fand, die Beziehung zu beenden. Es war besser für sie und besser für mich. Wer nichts von mir wusste, konnte nicht nach mir rufen, und das bewahrte mein Gehirn vor Dauerstress. Denn nur der Tod konnte eine durch Blut geschaffene Verbindung endgültig löschen. Aber in dieser Nacht hörte und sah ich sie alle. Sie ritten auf Hirschen oder Bären durch nächtliche Wälder, winkten und riefen mir zu: »Ich bin hier, Luczin! Schau her, Luczin! An diesem Ort findest du mich, Luczin …«

Nein, ich schlief wirklich nicht gut, und als die untergehende Sonne mich endlich weckte, fühlte ich mich wie gerädert.

Durch die bereits geöffnete Verbindungstür hörte ich Briann, wie er durch sein Zimmer und ins Bad tappte. Der Pumpenschwengel der Dusche wurde betätigt, gleich darauf rauschte Wasser. Wenig später hörte ich, wie er seine Zähne schrubbte, und als er danach rhythmisch gurgelte, klang das wie sprudelig-quirrlende Worte: »Du musst es tun. Du musst es tun. Du musst es tun.«

Ich hielt mir die Ohren zu und ging in mein eigenes Bad. Als ich wenig später wieder herauskam, stieß ich mit Briann zusammen, der vor der Tür gewartet hatte. Er grinste, und ich wusste genau, dass er hier stand, um zu verhindern, dass ich mich einfach aus dem Staub machte.

Kurz darauf gingen wir gemeinsam auf die Jagd, um unser Frühstück einzunehmen – oder sollte ich besser sagen: Nachtstück? Wir sprachen wenig. Ich, weil ich grantig war, und er, weil er mich beobachtete. Die zwei Hirschkühe, die uns in berechneten Abständen schon oft in den letzten Jahren Blut gespendet hatten, fanden wir schnell. Wir tranken unser begrenztes Maß, ließen sie wieder laufen, und als ich mir danach über die Lippen leckte, fühlte ich mich endlich besser.

Briann nutzte die Gelegenheit. Er lächelte. »So eine Blutsverbindung ist wirklich eine feine Sache. Wie einfach es dadurch wird, die Tiere immer wieder aufzuspüren.«

Ich wusste, warum er das sagte, und seine Worte zerstörten umgehend den Frieden, den ich für einen kurzen Moment empfunden hatte. Wie konnte er Lena mit einer Hirschkuh vergleichen! Ich hätte deswegen gute Lust gehabt, mich auf ihn zu stürzen, aber es hätte mir auch nicht geholfen, mich nur Kraft gekostet. Briann konnte kämpfen und gleichzeitig wie ein Lehrmeister reden, und er wusste, wie er bei mir argumentieren musste, wenn er eine Überzeugung vertrat. Also schleuderte ich ihm nur mein »Nein!« entgegen und erhob mich in die Luft, um der Diskussion – wenigstens für heute Nacht – zu entfliehen.

Niven war auch an diesem Tag nicht wieder aufgetaucht, und dass ich dazu ausgerechnet jetzt, wo Briann mir sein unerhörtes Ansinnen vorgetragen hatte, Darian ablösen und Lenas persönlicher Nachtwächter sein sollte, behagte mir nicht. Ich fürchtete, sie könnte mir etwas anmerken, zumal es sicher noch eine Weile dauern würde, ehe sie zu Bett ging.

Als ich auf dem Platz am Fluss ankam, hielt ich mich so lange als möglich bei meinen Gefährten Finley, Reik und Vico im Freien auf, bis deren Ablösung kam, und rief dann auf geistigem Weg Darian aus dem Haus. Erst als die beiden Vampire mit Finley und Reik davonflogen, ging ich zu Lena in die Wohnküche.

Sie saß auf dem Sofa, und als ich eintrat, schaute sie auf. Ihr Blick wirkte ein wenig angespannt.

»Was ist mit dir?«, fragte ich, gab ihr einen Kuss auf die Wange und setzte mich neben sie. »Du musst dir keine Sorgen machen. Thure, Mihai und Meister Kieran sind schon da und passen draußen auf.«

Statt mir eine Antwort zu geben, sah sie die drei Poltergeister an, die leise prustend und keckernd den Pumpenschwengel am Natursteinspülbecken betätigten und alles nass spritzten.

»Daghbo!«, sagte sie streng. »Geh mit deinen Gefährten nach draußen. Ich will mit Luczin alleine sein.«

Die drei Geister zogen so etwas wie eine Schnute. Zögernd schwebten sie in Richtung Tür, blieben aber etwa in der Mitte des Raums eine Weile in der Luft und setzten dann die Füße auf dem Boden auf. Sie sahen uns an, und aus ihren Mündern quoll dunkelgrauer Nebel.

»Niiii … wch … geeee.« Ihr dreistimmiger Flüsterchor erfüllte den Raum.

»Wir gehen nicht weg. Wir versprechen es. Ich will nur mit Luczin allein sein.« Als die drei tatsächlich nach draußen gingen, um dort unsere Gefährten zu nerven, atmete Lena auf. Sie schlug die Augen nieder. »Sie sind ganz schön anstrengend.«

190

Ich lächelte. »Ja, Briann fand das auch.«

Lena betrachtete eingehend ihre Fingernägel. Mich schaute sie nicht an. »Er hat mir gesagt: Wenn du mich beißt, wären wir beide verbunden wie er mit dir. Du würdest mich überall finden, und du könntest mich hören und ich dich, selbst über weite Entfernungen hinweg.«

Ich fiel aus allen Wolken. Briann! Dieser hinterhältige Hund! Weil er genau wusste, dass ich mich weigern würde, hatte er mit Lena gesprochen, um mich weichzuklopfen.

Ich legte meinen Arm um ihre Schultern und zog sie an mich. Aber in meinem Hals saß ein Kloß, der mir das Sprechen erschwerte. Ich räusperte mich. »Liebes, das muss nicht sein. Wir können dich auch beschützen, ohne dass ich dein Blut trinke.«

»In den vier Tagen während ich alleine war, habe ich mich so sehr danach gesehnt, dass du kommst«, antwortete sie leise.

Ich wusste nicht, was ich sagen sollte.

Lena schaute mich jetzt doch an, und dann hob sie die Arme und nahm mein Gesicht in beide Hände. Ihre Augen erschienen mir wie schimmernde Seen. »Briann sagte mir, dass es dir schwerfallen wird.« Ihre Stimme wurde ein wenig zittrig.

»Ja, natürlich fürchte ich mich, aber nur ein bisschen, Luczin. Du weißt, dass ich dir vertraue, und ich weiß, dass du mir nicht wehtun wirst. Briann hat es erklärt.«

Dreimal verflucht! War das Taherehs Rache an mir? Hatte sie Briann benutzt, damit ich keinen Ausweg fand? Ja, durch Manipulation nehmen wir denen, die wir beißen, die Angst. Aber nur, weil unsere Zähne ein betäubendes Sekret absondern, bleiben unseren Opfern Schmerzen tatsächlich erspart – außer wenn wir sehr wütend sind, denn dann bleiben unsere Zähne trocken. Aber wer garantierte mir, dass mein Körper meinen augenblicklichen Aufruhr nicht auch als Wut deutete?

Verzweifelt suchte ich nach etwas, das ich entgegenhalten konnte.

»Ich würde all deine kleinen Geheimnisse von dir erfahren«, sagte ich dann. »Du könntest mir nichts verbergen. Dein Herz würde sich mir offenbaren, und ich würde deine Bilder sehen, wenn ich dein Blut trinke.« Ich streichelte ihren Rücken. Vielleicht hätte ich das lassen sollen.

Sie lächelte. »Ich weiß, Luczin.«

Ich ließ mir nicht anmerken, wie sehr mich ihre Antwort deprimierte. Also hatte Briann sie auch darauf vorbereitet. Oh ja, er überließ nichts dem Zufall! Lena sank an meine Brust und bettete ihren Kopf an meine Schulter. Ich hörte den Schlag ihres Herzens, kräftig, gleichmäßig, nur wenig schneller als sonst, und ich sah das Pochen der Schlagader, als sie mir ihren Hals ungeschützt darbot. Wie eines meiner Opfer, dachte ich traurig.

»Tu es!«, flüsterte sie. »Ich will es so.«

»Niven«, brachte ich hervor, in einem letzten hoffnungslosen Versuch, das Ganze abzuwenden.

»Er weiß, dass ich selbst entscheide.«

Plötzlich wurde ich ganz ruhig, kühl wie immer, wenn ich wusste, dass mir nur ein Weg blieb. *Bring es hinter dich!* Ich nahm sie fest in die Arme, um sie einzuhüllen in meine Liebe, und sie blieb ganz entspannt, als mein Atem ihren Hals streifte.

»Nicht hier«, flüsterte sie dennoch und so leise, dass nur meine Vampirohren es hören konnten.

Ich hob sie hoch, trug sie in das Schlafzimmer mit dem Fensterblick auf die Tanne und legte sie sanft auf das Bett. Dann schlüpfte ich zu ihr. Ihr Herz schlug plötzlich schnell. Ich strich über ihre Locken und legte alle Zärtlichkeit, die ich hatte, in meine Umarmung.

»Keine Angst, du wirst nur ganz kurz einen winzigen Stich wie von Mücken spüren«, flüsterte ich in ihr Ohr und trank gleich darauf bereits von ihrem Blut.

Lena hatte nicht einmal gezuckt. Sie lag in Anbetracht der Situation recht still in meinem Arm, nur ihre Hand fuhr haltsuchend durch mein Haar. Ich aber wurde von Bildern überschwemmt, die ich so nicht erwartet hatte. Sie sprachen von ihrer Zuneigung zu mir, von ihrem Vertrauen, aber auch von ihrem tiefen Verständnis für Nivens Zwiespalt. Doch vor allem anderen bewahrten sie die Szene unserer ersten Umarmung mitsamt Lenas Gefühlen, angefangen von ihrer leise zitternden Erwartung bis zu der am Ende folgenden Trauer, als wir uns voneinander lösten. Nicht nur mir tat ihre damalige Entscheidung weh, auch ihr, dachte ich erstaunt.

Ich trank nur wenige Schlucke, doch als ich von ihr abließ, damit die Wunde sich schließen konnte, strömten die Bilder immer noch zu mir. Als ob sie wollte, dass ich sie sah.

Nach einer Weile hob sie die Hand, um ihren Hals zu betasten. Ich hielt sie fest. »Nicht.«

»Blutet es noch?«

»Nein.« Ich strich ihr eine vorwitzige Haarsträhne hinter die Ohren. »Nur noch zwei leicht gerötete Punkte, aber auch die werden bald verschwunden sein.«

Sie nickte und atmete erleichtert aus. *Überstanden.* Ich hörte klar und deutlich ihren Gedanken, gab ihr Zeit, zu sich zurückzufinden und das Geschehene zu verarbeiten. Irgendwann fühlte ich, wie sie noch näher an mich heranrückte.

»Jetzt weißt du alles von mir«, flüsterte sie.

Ich antwortete nicht, genoss nur dieses unbeschreibliche Gefühl von Nähe, das mich ganz anders als zuvor mit ihr verband. Lag es daran, dass ich ihr Blut getrunken hatte? So etwas schuf immer eine gewisse Intimität.

Aber nein, dieser Augenblick war vorbei und Lena längst wieder in der Realität angekommen. Trotzdem lag sie noch in meinem Arm, und ihre Finger fuhren leicht wie eine Feder über meine Schulter, vorsichtig tastend bis hoch zu meinem Hals, weiter über meine Wange, dann hinunter zu der halboffenen Schnürung meines Hemds und über meine bloße Brust. *Wie warm deine Haut ist, Luczin ...* Und ich bestärkte sie in ihrer Wahrnehmung, so gut ich es vermochte, weil ich sie spüren wollte. Lenas Hände wurden mutiger, dann hob sie den Kopf und hauchte mir eine Kuss auf die Lippen. Ja, auf die Lippen! Nicht auf die Wange, wie sonst! Für einen kurzen Moment hielt ich die Luft an, damit mein Begehren mich nicht überrannte. Ich musste aufpassen, eine Grenze ziehen, um ihretwillen und um meinetwillen. Sachte schob ich sie von mir weg. *Ach Luczin, verstehst du immer noch nicht, wie sehr es mich zu dir hinzieht, was ich mir wünsche von dir?* Und plötzlich begriff ich. Die willentlich gezogene Barriere brach, nicht weil mir die Beherrschung abhanden kam, sondern weil Lena nach mir verlangte.

Ich kann nicht beschreiben, wie es war, als wir uns liebten, wie unsere Körper, unsere Gedanken und unsere Seelen sich aufeinander einstimmten. Ihr müsst verstehen, dass der kostbarste Augenblick, den ich mit ihr, der Liebe meines Lebens, erlebte, nur mir allein gehört. Doch wenigstens so viel sollt ihr erfahren: dass ich Farben sah, so strahlend, so schön, wie nie zuvor. Sie hüllten uns vollkommen ein, und als wir miteinander eins wurden, wäre ich bereit gewesen zu sterben.

Die Geister ließen uns in dieser Nacht in Ruhe, ob aus Trotz, Rücksicht oder weil sie wussten, was wir taten, kann ich nicht sagen. Sie spielten draußen unseren Gefährten ihre Streiche und kamen erst im Morgengrauen zusammen mit Briann, der mich ablösen wollte, wieder herein.

Wir schliefen noch, als Briann an die halboffene Schlaf-zimmertür klopfte. Er schaute mich an, nickte zufrieden und wartete dann in der Wohnküche, bis ich mich von Lena verabschiedet hatte und ging.

Wenige Stunden später erfuhr ich, dass Niven wieder aufgetaucht war.

Ich versank so tief in meiner Erinnerung, rang so sehr nach den wahren Worten, dass das Schreiben mich mehr Kraft kostete, als ich vor Briann zugegeben hätte. Es glich einem Spaziergang in praller Mittagssonne, nur dass es mir nicht die Haut abbrannte, sondern die Wunden meiner Seele bloßlegte, eine nach der anderen, bis hin zu der größten, die mich immer noch schmerzte. Denn auch, wenn ich in meiner Schrift die Reihenfolge der Ereignisse einhielt, mir den schönsten aller Augenblicke ins Gedächtnis rief, so wanderten meine Gedanken doch immer wieder voraus zu dem Tag, der mich in den Abgrund riss und an dem mein Fühlen für lange Zeit erstarrte.

Wäre es anders gekommen, wenn ich meine Weigerung aufrechterhalten und Lena nicht gebissen hätte? Dass wir uns danach geliebt hatten, war nicht der Punkt, es wäre auch ohne das geschehen, vielleicht nur ein wenig später. Aber alles andere, das folgte? Während ich schrieb, grübelte ich immer wieder, bis mir irgendwann vor Schwäche fast die Feder aus der Hand rutschte.

Durst!

Meine Eingeweide brannten plötzlich, vollführten einen wirbelnden Feuertanz, bis alle Gedanken in meinem Kopf nur noch von einem einzigen beherrscht wurden: Blut! Ich brauchte unbedingt Blut!

Aber draußen war es noch dunkel. Bis Briann kam und mir meinen Trunk brachte, würde es noch dauern, und so lange hielt ich es nicht mehr aus. Kurz überlegte ich, ob ich mich vom Balkon fallen lassen sollte, um auf die Jagd zu gehen, aber da kam mir in den Sinn, dass in einem Geheimfach hinter einer Reihe von Folianten immer ein paar Klumpen getrocknetes Blut lagerten, für Notfälle. Dies war ein Notfall und besser, als in meinem aufgewühlten Zustand auf die Jagd zu gehen.

Ich stand auf, nahm die Folianten, in denen von den Feenvölkern Antiquerras berichtet wurde, aus dem Regal, stapelte sie auf dem Boden und öffnete das Fach in der Wand. Wahllos griff ich nach einem der mit Leder verhüllten Klumpen. Der Duft, der mir in die Nase stieg, schien mir im Augenblick das Köstlichste auf den Welten. Hastig wickelte ich die Lederstreifen auf und brach einen Brocken der bräunlichen Masse ab. Ich warf ihn in das Quellwasser des Krugs, der auf meinem Schreibtisch stand, und sah zu, wie es sich langsam rot färbte. Dann brach ich ein weiteres Stück von dem Klumpen ab, ein sehr kleines, schob es in meinen Mund und lutschte es.

Allmählich wurde ich wieder ich selbst. Ich betrachtete den halb ausgewickelten Brocken, der das Aroma von in Eisen gelagerten süßen Beeren verbreitete. Was ich mir davon genommen hatte, würde im Lauf der Zeit nachwachsen, dank der Tränenperle, die in dieser Masse verborgen lag. Man fand solche Perlen zuhauf im Fluss, der draußen unter dem Balkon rauschte – Tränen der Schattenkönigin Tahereh, umhüllt von schimmerndem Perlmutt, die ganz Antiquerra den Wohlstand sicherten. Ja, sie hatte auch ihre guten Seiten, und die Toten umsorgte sie, half ihnen Frieden zu finden. Aber als deren Königin brachte sie den Lebenden auch Trauer und Schmerz nahe.

Ich konnte im Augenblick nicht mehr weiterschreiben. Ich hielt mich an meinem Krug fest, trank in kleinen Schlucken und starrte auf die Berge da draußen, deren Konturen mit der anbrechenden Morgendämmerung immer deutlicher hervorstachen.

Als Briann die Bibliothek betrat, saß ich immer noch so da. Ich sah nicht auf, aber ich bekam mit, wie sein Blick den

Bücherstapel auf dem Boden erfasste, das geöffnete Geheimfach, den Klumpen Blut auf meinem Schreibtisch sowie die leere Kanne, an der ich mich immer noch festhielt.

»Es hat dich heute mitgenommen«, sagte er nur.

»Ja«, gab ich zu und schnupperte.

Er schob mir die mitgebrachte Karaffe und ein Glas zu. »Das wird dich stärken, Bärenblut ausnahmsweise.«

Ich schob das Glas beiseite und setzte die Karaffe an die Lippen, ein Unding zu normalen Zeiten. Aber meine Zwischenmahlzeit hatte meine Gier nur gedämpft, nicht gestillt. Vielleicht würde nichts mehr meinen Durst stillen.

Briann sagte nichts. Er setzte sich auf die Schreibtischkante, nahm meine Aufzeichnungen in die Hand und las. Nach einer Weile klappte er das Buch zu und legte es zurück. Wie so oft führte er meine Gedanken weiter, obwohl ich sie in dem Augenblick gar nicht dachte.

»Wir werden nie erfahren, ob wir durch anderes Handeln etwas geändert hätten, aber ich glaube nicht. Wir leiden beide. Du, weil du meinem Drängen, Lena zu beißen, auf ihren Wunsch hin nachgegeben hast. Ich, weil ich Nivens Weigerung nicht zum Anlass nahm, ihn zur Blutsverbindung zu zwingen.«

Ich nickte, automatisch, aber ich war weit weg. Noch immer fühlte ich mich nicht gesättigt, obwohl ich auch das Bärenblut bis auf den letzten Tropfen ausgetrunken hatte.

Briann spürte das. »Dein Durst spiegelt die Sehnsucht nach ihrer Wärme, jetzt, da du die Erinnerung zulässt, aber kein Blut der Welten wird sie dir zurückgeben.« Seine Stimme wurde leiser, bekam einen sehnsuchtsvollen Klang. »Du hast ihre Liebe gehabt, denk daran, sie zusammen mit ihr erleben dürfen.« Er seufzte. »Du weißt, dass auch ich einmal wahre Liebe empfand. Wir wollten über das Feuer springen, zusammenbleiben, aber dann wurde ich zum Vampir. Ich habe mit ihr nie diese Symphonien von Farben gesehen, die du andeutest, erinnere mich nur an ihr Entsetzen, als sie erkannte, was ich geworden war. Und in all den Jahrhunderten danach habe ich niemanden mehr getroffen, der war wie sie und der mehr als Begehren in mir geweckt hätte.«

Brianns Erinnerung brachte mich zurück in den Raum. Mein Durst ließ nach. Ich stand auf, ging um den Schreibtisch herum und legte meinen Arm um seine Schultern. »Wir beide schwimmen derzeit wieder mal im Ozean des Verlangens unserem verlorenen Quäntchen Glück hinterher. Noch ist es flüchtig, aber wer weiß, die Ewigkeit ist noch lang.«

Briann grinste. »Du meinst, *du* schwimmst, und *ich* halte deinen Kopf über Wasser.«

»Wenn du es so sehen willst.« Ich zog ihn mit mir. »Komm! Das Wandern auf den Wegen der Vergangenheit macht elendig müde, wir brauchen wohl beide erst einmal wieder eine Kapuze voll Schlaf.«

Zuerst war ich nur erleichtert, als ich hörte, dass Niven wieder aufgetaucht war. Doch dann dachte ich an Lena, an unsere gemeinsame Nacht, und ich fürchtete, dass sie es bereits bereute. Lange bevor ich zu ihr ging, sandte ich meine Sinne aus, um herauszufinden, was sie empfand. Lenas Gedanken beschäftigten sich jedoch ausschließlich mit Niven, er füllte ihren Kopf aus, und deshalb vermied ich es lieber, sie mit meinen noch ungewohnten Botschaften womöglich aufzuschrecken. Die Fakten hatte ich von Briann bereits auf geistigem Weg erfahren.

Ich machte mich dann erst gegen Abend auf den Weg zu Lena und Niven. Als ich ankam, befanden sich die Wachhabenden des Tages, mein Vampirgefährte Darian, der Lichtmagier Meister Kieran und der Feenkrieger Mihai, noch auf dem Gelände, umweht vom Atem der Poltergeister, denen es wohl drinnen im Haus zu eng geworden war.

Kaum, dass ich einen Fuß auf den Boden gesetzt hatte, lief Kieran schon mit wehendem Gewand auf mich zu. »Das alte Lied, Luczin! Niven schickt uns weg.«

Nun, das war in Anbetracht dessen, was ich bereits erfahren hatte, zu erwarten gewesen. Briann und Darian hatten da bereits Andeutungen gemacht. Ich blieb daher gelassen. »Kann uns das abhalten?« Als Kieran den Kopf schüttelte und aufschnaufte, legte ich ihm meine Hand auf die Schulter. »Ich gehe jetzt hinein, um mir selbst ein Bild zu machen.« Ich wandte den Kopf und schaute den Feenkrieger Mihai an, der eben mit Darian zu uns kam. »Gräm dich nicht. Wir finden Lösungen.«

Die Geister schwebten zu uns und nickten heftig. »Aaaa … eeee … paaa … en … auuuu …«

»Ja«, ich lächelte ihnen zu. »Wir alle passen auf Niven und Lena auf.«

Als ich wenig später in die Wohnküche trat, lief Lena auf mich zu. Sie schlang ihre Arme um meinen Hals und küsste mich – auf den Mund! »Ich hab dich in meinen Gedanken gehört, wie du mir sagtest, dass du kommst«, flüsterte sie und ließ mich los. »Schau, Niven ist wieder da. Es geht ihm gut.«

Ich konnte mit ihr nicht über das reden, was mich fast noch mehr beschäftigte als Nivens überraschendes Wiederauftauchen. Vielleicht ergab sich später eine Gelegenheit, mit ihr allein zu sein. Jetzt ging ich erst einmal zum Esstisch, wo sich Niven und Briann gegenübersaßen.

Versuch du dein Glück!, forderte mich Briann auf geistigem Weg auf. *Mich lässt er nicht an sich heran.* Sein Gesicht wirkte so düster wie selten.

Ich setzte mich auf den Stuhl neben Briann und betrachtete Niven. Er sah lange nicht so mitgenommen aus wie die letzten Male, eigentlich sogar eher kraftvoll, so wie wir ihn aus der Anfangszeit kannten, nur ein wenig müde. Lena, die sich wieder neben ihn gesetzt hatte, legte ihren Arm um seine Schultern. »Er muss erst einmal ausruhen.«

»Aussichtslos«, brummte Niven. »Das sind Vampire. Die stochern so lange, bis sie mich bluten sehen, und jetzt hat Briann auch noch Verstärkung.«

Briann warf die Arme hoch und ließ sich hart gegen die Rückenlehne seines Stuhls fallen.

Ich beugte mich zu Niven vor. »He, warum so feindselig? Wir sind doch alle erst einmal froh, dass du wieder da bist.«

Aus Nivens Kehle erklang ein Grollen, aufgebracht, genervt. »Warum? Weil ihr Erklärungen wollt, die ich nicht geben kann, selbst dann nicht, wenn ihr mich in meine Einzelteile zerlegt und jede meiner Gehirnwindungen untersucht!«

Ich verzog keine Mine. »Also der Reihe nach.«

Niven sog den Atem ein und stieß ihn seufzend wieder aus. »Zum endgültig letzten Mal! Und im Schnelldurchlauf! Herrje, ihr erschöpft mich.«

»Das ist was Neues«, sagte ich und grinste. »Ja, ja, schon gut, ich höre.«

Noch einmal schnaufte Niven durch. »Ich stand am Fluss und dieser sprach zu mir von Taherehs Groll wegen des Schlüssels, der ihr gehört. Dann bat ich Lena, zu Onkel Mihai zu gehen und ich ging durch das Tor dort draußen«, er wies durch das Fenster auf das Felsentor am Fluss, »in die Klagsümpfe, weil ich hoffte, dort mehr zu erfahren. Weit konnte ich nicht hineingehen, meine Fähigkeit, mich dort wie früher zurechtzufinden, ist verloren. Aber ich hörte Stimmen und die sagten, es folge alles einem vorbestimmten Weg. Plötzlich erschien Tahereh selbst in den Nebeln. Sie lächelte mich an und beruhigte mich. Sie sei im Frieden mit mir, und es wäre bereits geschehen, was ihr am Herzen lag. Dann wünschte sie mir noch ein gutes Leben. Als sie verschwand, kehrte ich per Teleportation sofort hierher zurück. Das war's! Meiner Meinung nach war ich höchstens eine Stunde fort, und ich kann mir nicht erklären, wieso es mehr als fünf Tage gewesen sein sollen.«

Ich schaute kurz zu Briann, aber der zuckte die Schultern.

Lena streichelte Nivens Rücken. Dann hielt sie plötzlich inne und meldete sich zu Wort: »Erinnert euch daran, wie *wir* damals durch die Sümpfe wanderten! Dort das Zeitgefühl aufrechtzuerhalten fiel uns schwer. So mag es jetzt auch Niven ergangen sein.«

Das konnte eine Erklärung sein. Auch Briann schien geneigt, das zu akzeptieren. Dennoch, es hatte Lena in Gefahr gebracht.

»Gut«, sagte ich. »Du erinnerst dich zumindest, wie du weggegangen und wiedergekommen bist. Das ist ein Fortschritt gegenüber den letzten Malen. Aber was, wenn es noch einmal passiert?«

»Es wird nicht wieder passieren, Luczin!«

Ich ließ das erst einmal dahingestellt. »Hat Tahereh dir auch gesagt, was ihr am Herzen lag?«

»Nicht direkt. Ich nehme an, sie meinte den Schlüssel, den ihr, wie ich erfahren habe, weggegeben habt.«

Ich hielt stumme Zwiesprache mit Briann, dann wandte ich mich wieder an Niven. »Wir werden weiterhin über euch wachen, auch wenn es dir nicht gefällt.«

»Seid ihr es nicht müde, auf einen Kampf zu warten, der nie kommen wird? Tahereh hat mir verziehen. Sie wird Lena und mich jetzt in Ruhe leben lassen.« Er hob die Hand, als ich etwas einwenden wollte. »Glaubt mir, ich kenne sie und ihr Schattenreich gut. Ihr Zorn ist vernichtend, und er hält manchmal lange an, aber wenn sie sagt, dass sie im Frieden ist, dann ist sie das auch.«

Ich lächelte. »Du wirst uns nicht bemerken.«

Jetzt lachte auch Niven auf. »Oh, leider doch, erinnert euch, mir entgeht nichts. Ich hatte euch gesehen – ja, gut, euch Vampire nicht, aber die anderen –, als ihr die letzten Wochen heimlich oben auf dem Berg hinter den Felsen hocktet, mit schussbereiten Bogen und gezogenen Schwertern. Deshalb nahm ich auch an, dass ihr mein Weggehen bemerkt habt.«

Briann schaute mich an. »Kann es sein, dass gerade der alte Niven zum Vorschein kommt?«

Niven beugte sich zu ihm vor. »Die Zeit der Dunkelheit ist vorüber, ja. Aber ich schätze mal, es wird noch eine Weile dauern, ehe auch ihr das begreift.« Er umfasste Brianns Hand. »Wir alle haben damals in Taherehs Schattenreich Seite an Seite gekämpft, mit Bogen, Schwertern und was uns sonst noch zur Verfügung stand. Wir sind dort wieder herausgekommen und haben nach unserer Rückkehr unsere Freundschaft gefestigt, sodass nichts sie erschüttern kann.« Er stockte kurz. »Ich wusste bis dahin nicht, dass es solche Freundschaft, wie sie uns verbindet, gibt, und wenn ich einmal, in sehr weit entfernter Zeit, zu Tahereh zurückkehre, dann ist es diese Kostbarkeit, die ich mitnehme. Aber jetzt will ich erst leben, mit Lena an meiner Seite und mit euch, meinen Freunden.« Er schwieg kurz, dann drückte er Brianns Hand und redete weiter. »Briann, du hast einen festen Platz in meinem Herzen, du bist mir wichtig, und ich weiß, wie sehr es dich nach Antworten verlangt. Aber manche Dinge kann man nicht erklären, vielleicht weil die Zeit noch nicht reif ist oder weil sie die Geheimnisse der Götter berühren.«

»He, du vertauschst unsere Rollen!«, erwiderte Briann, aber die Schatten des Unmuts verschwanden von seinem Gesicht. Er stand auf. »Lassen wir es vorerst dabei bewenden. Und bevor ich dich womöglich noch ins Bett tragen muss, weil dir die Augen zufallen ...«

»Ach, was bin ich dir dankbar, dass du endlich ein Einsehen hast!«, fiel Niven ihm ins Wort.

Mach Lena klar, dass sie sofort Laut geben muss, falls ihr etwas auffällt, empfing ich von Briann.

Natürlich. Das hätte ich sowieso gemacht, auch ohne seine stille Aufforderung. Er ging bereits, begleitet von Niven, zur Tür, um draußen noch mit den anderen zu sprechen. Ich blieb noch drinnen und hielt Lena zurück. Jetzt war die Gelegenheit! Während meines Gesprächs hatte ich Niven und sie beobachtet. Die Seelen der beiden waren sich so nah ...

Ich nahm Lena in den Arm und brachte es fast nicht über mich, zu sagen, dass ich um ihrer beider willen wieder einmal verzichten würde. »Lena, Liebste, letzte Nacht, ich kann es dich vergessen machen.«

Sie schlang ihre Arme um meinen Hals. »Ach Luczin, wie kannst du nur annehmen, dass ich vergessen will? Ausgerechnet diese wundervolle Nacht?«

Ihre Finger fuhren zärtlich über meine Wange bis zu meinem Mund, und ich küsste ihre Fingerspitzen. »Ich will weder dich noch Niven verletzten.«

»Ich weiß. Aber das tust du nicht, wir beide nicht. Nein, Luczin, lass mich die Nacht unserer Liebe in meinem Herzen bewahren! Kein Vergessen! Ich will es so, wie immer, wenn du mich das gefragt hast.« Ich seufzte, und sie gab mir einen Kuss. »Du glaubst, es ist kompliziert, aber das ist es nicht. Ich werde Niven sagen, dass wir mit Blut verbunden sind, und er wird verstehen, so wie er mich immer verstanden hat, und mehr wird er nicht wissen wollen.«

Ich zog sie an mich. Vermutlich würde es nie einfach werden, für keinen von uns dreien. Niven und ich, zwei Männer, die Lena mehr liebten, als ich beschreiben kann. Und sie liebte uns. War es da wichtig, die Gefühle zu unterscheiden?

In den Tagen danach spürte ich trotz allem immer wieder einmal die feinen Nadeln der Eifersucht, wenn ich Lena und Niven zusammen sah. War er mit ihr auf die gleiche Weise zusammen, wie ich es gewesen war? Ich ertappte mich dabei, wie ich nach dem Duft von in Schweiß gepackten Pheromonen schnupperte, den die körperliche Liebe noch eine Zeit lang hinterließ. Aber wenn ich zu den beiden ins Haus ging, lag er nie in der Luft. Natürlich hieß das gar nichts, das blieb mir durchaus bewusst. Und als ich etwa drei Wochen später bei

Lena neben ihrem eigenen zum ersten Mal einen weiteren Herzschlag wahrnahm, leise und schnell, da hätte ich mich am liebsten verkrochen. Nein, ich kam nie auf die Idee, dass Lena mein Kind tragen könnte, denn uns Vampiren ist die Fähigkeit zur Fortpflanzung nicht gegeben.

Ungeachtet meiner Empfindungen änderte das die Situation völlig. Nach weiteren zwei Wochen wussten alle, dass Lena schwanger war – dank Cara, der die feinen Signale, die Lenas Körper aussandte, als Erste auffielen. Ich meine als Erste unserer sterblichen Gefährten.

Cara war übrigens immer wieder als Panther in den Dragho-Bergen unterwegs gewesen, um nach Geistern Ausschau zu halten. Aber diese waren nicht mehr am Wasserfall und auch sonst nirgendwo mehr zu finden. Sie hatten sich zurückgezogen, was auch Daghbo, der Chef unserer Poltergeister, bestätigte. Dies gab aber nicht den Ausschlag, dass wir Nivens Einschätzung, dass die Schattenkönigin Tahereh nun Ruhe gab, nach und nach teilten, sondern es lag allein daran, dass Lena in Hoffnung war.

Als wir uns alle bei Lena und Niven um den großen Tisch in der Wohnküche herum versammelten, um das Ereignis zu feiern, sprach Meister Kieran, dieser gebildete und belesene Lichtmagier, es aus, wenn auch widerstrebend: »Mag sein, dass Tahereh sich nun tatsächlich zurückhält. Sie darf eingenistete Seelen nicht gefährden, nicht einmal in ihre Nähe kommen. Es liegt allein im Ermessen der Sternenjäger, die zur Armee der Astrum atrum gehören, solche zurückzuholen, die sich vorzeitig oder im falschen Umfeld inkarnieren wollen. Diese Jäger gehorchen nur dem Herrn der Zeit, der sie befehligt.«

»Herr der Zeit?«, fragte Lena interessiert.

»Ja.« Kieran nickte. »Dieses Wesen beaufsichtigt an einem geheimen Ort solche Seelen, die sich auf dem Rad der Zeit befinden. Er oder sie – wir wissen nicht, ob es ein Mann oder eine Frau ist – muss dafür sorgen, dass alles im Sinne der großen Ordnung läuft. Es ist nämlich so: Jede Seele, die ins Leben kommt, dient einer Aufgabe, auch wenn das Wissen darum spätestens bei der Geburt verlorengeht. Deshalb werden manche Kinder nicht geboren, obwohl die Eltern es herbeisehnen. Und wenn eine falsch eingenistete Seele den Augen der Sternenjäger entgeht, was wohl immer wieder vorkommt, so kann sie, obwohl nur ein kleines Rädchen im großen Getriebe, den Lauf der Welten blockieren und die Götter vor große Herausforderungen stellen.«

Lena streichelte ihren Bauch. »Dann hoffe ich sehr, dass du mit dem Einverständnis des Herrn der Zeit zu mir gekommen bist.«

Niven legte seine Hand auf die ihre und lächelte. »Da bin ich mir sicher! Und ich danke dieser kleinen Seele, dass sie mir hilft, unsere Freunde zu überzeugen.« Er schaute in die Runde. »Das tut sie doch?«

Briann wackelte unschlüssig mit seiner Hand. »Nicht ganz, aber wir werden sehen.«

Vier Monde vergingen, während derer sich Lenas Bauch zu runden begann. Sie wirkte auf mich noch schöner als zuvor. Auch die drei Poltergeister schienen vom Wunder dieses neuen Lebens fasziniert zu sein. Sie klebten wie Kletten an Lena, schienen sie vor jeder Aufregung schützen zu wollen, und trollten sich nur, wenn ich bei ihr war.

Etwa in Abständen von zwei Wochen trafen wir uns alle mit Lena und Niven zur geselligen Runde. Wir saßen dann entweder in ihrer Wohnküche beisammen oder wenn das Wetter es zuließ, an dem großen Tisch auf dem Platz vor dem Haus. Es ging dabei so fröhlich zu, dass man die Bogen und die Köcher voller Pfeile sowie die Langschwerter, die unsere sterblichen Gefährten noch immer bei sich trugen, fast hätte vergessen können.

Niven ließ Lena und mir die Freiheit, zuweilen abseits von den anderen ungestört zusammenzusitzen und Zärtlichkeiten auszutauschen. Nein, wir kamen nie mehr so zusammen wie in jener Nacht, aber es hatte ein Band geschaffen, das uns enger zusammenfügte. Wenn wir uns den Blicken entzogen, schaute Niven uns manchmal nach – ich kann nicht beschreiben, wie. Wehmütig? Wissend? Aber was hätte er wissen oder ahnen sollen, das mir verborgen blieb?

Einmal, als er am Fluss stand – diese Gewohnheit behielt er bei – ging ich ihm nach. Wir redeten über dieses und jenes, aber seine Gedanken lagen nicht mehr ganz so offen vor mir wie damals, als er mir diesen Platz hier gezeigt hatte. Doch dann sagte er etwas, das mich zum Grübeln brachte: »Dass Lena sich dir durch Blut verbunden hat, muss Schicksal sein. Es gibt mir die Gewissheit, dass du sie nicht allein lassen wirst.«

Ich dachte, dass er vielleicht befürchtete, Lena an mich zu verlieren, und ich beeilte mich, ihm zu versichern, dass ihre Liebe zu ihm unverbrüchlich sei. Als ich auch von seinem Kind sprach, das in ihr heranreifte, lächelte er dieses unergründliche Lächeln, das ihm in letzter Zeit zu eigen geworden war, und meinte, es sei der Wille der Götter.

Der Platz am Fluss und Nivens Haus vor der großen Tanne verlor nach und nach jegliche Aura der Gefahr und lag nun strahlend da wie die Siedlungen der Feen. Es lag nicht an der Frühlingssonne, die bereits an Kraft gewann, aber vielleicht daran, dass wir den Frieden, den wir hier neuerdings fühlten, allmählich als wahr akzeptierten.

Vor Kurzem hatten wir unsere Tagwache aufgegeben – Lena konnte mich jetzt ja jederzeit auf geistigem Weg erreichen, wenn etwas sein sollte – und auch in der Nacht kontrollierten wir Vampire das Terrain nur noch stichprobenartig. Da sich nirgendwo ein Wölkchen zeigen wollte, konnten wir schließlich nicht ewig in unserer Hab-Acht-Stellung verharren.

Anfang August drehte sich dann bereits alles um Lenas bevorstehende Niederkunft. Cara war der Meinung, dass es in etwa vier bis fünf Wochen soweit war. Jeder brachte Jäckchen, Höschen, Windeln und – zur Freude der Poltergeister – jede Menge Spielzeug. Und Mihai? Er war so aufgeregt, als würde er das Kind selbst bekommen.

Es schien sich also alles bestens zu entwickeln, wir hatten keinen Anlass, misstrauisch zu sein, und doch verdeckte das Glück dieser Tage nur das Tor, hinter dem erneut die Dunkelheit lauerte.

Es war spät am Nachmittag, die Sonne hing tief über den Bergen. Ich saß an meinem Schreibtisch in der Bibliothek und studierte Schriften, suchte nach Informationen über den »Stein der Ewigkeit«. Briann und ich hatten seit damals im Turm nur noch selten über seinen Zusammenstoß mit Tahereh gesprochen. Aber seit ein paar Tagen drängte sich mir die Erinnerung, wie ich ihn in dem Mohnfeld gefunden hatte, mehr und mehr auf. Briann war zwar längst wieder der Alte, stark wie eh und je, fast sogar noch stärker als zuvor, aber die Frage, was die Schattenkönigin dazu getrieben hatte, ihn zu quälen, ließ mich nicht mehr los. Welche Bedeutung hatte der Stein für sie? Irgendwo in meinen vielen Büchern musste es einen Hinweis geben, der Licht in die Sache brachte! Seite um Seite blätterte ich um. Irgendwann verschwammen jedoch die Buchstaben vor meinen Augen. Ich hielt die Luft an. Irgendjemand drängte sich in meine Gedanken. Eine Botschaft! Der Text wirbelte plötzlich wie zerfließende Schatten über das Papier, formte Lenas Gesicht und gleich darauf gellte ihr entsetzter Schrei in meinem Kopf.

Dämonen! Sie kommen aus dem Fluss. Luczin, hilf uns!

Das Buch, in dem ich gelesen hatte, fiel zu Boden, als ich aufsprang und auf den Balkon raste. Ich tat alles gleichzeitig: auf geistigem Weg meine Vampirgefährten zusammentrommeln; ihnen Befehle erteilen, wer welchen unserer sterblichen Gefährten holen sollte, und über das Dragho-Gebirge in rasantem Flug die Bucht am Fluss ansteuern.

Im Sturzflug strebte ich dort der Erde entgegen. Ein Blick auf das Haus, das wie in Nebel gehüllt schien, beruhigte mich wenigstens in Bezug auf Lena. Die Geister würden sie nicht herauslassen. Aber vorne am Fluss … Welch ein Schlamassel! Ich sah massige, grimmig dreinblickende Monster aus dem Wasser steigen. Widderhörner ragten rechts und links der Stirn aus ihrem Kopf heraus. Sie trugen stachelbewehrte, vor Nässe triefende Kettenhemden. Brüllend und mit erhobenen Schwertern stürmten sie auf Niven zu, der sie abzuwehren suchte. Die schauerlichen Töne aus ihren Kehlen luden die Atmosphäre auf, die plötzlich wie in einer Gewitternacht wirkte.

Für einen Sterblichen bewegte sich Niven rasend schnell. Er rannte über den Platz, duckte und drehte sich, feuerte Bündel von Pfeilen ab, um die Dämonen daran zu hindern, an Land zu kommen.

Vergebens!

Es waren zu viele!

Noch bevor ich einen Fuß auf den Boden setzte, begann auch ich zu kämpfen. Reihenweise biss ich in schmutzige Kehlen, so wild, dass mich das dicke, verderbte Blut von oben bis unten besudelte. Es schmeckte eklig, verursachte mir beinahe Würgereiz. Ich erbeutete ein Schwert, stieß es mit einer Hand laut schreiend in unförmige Leiber, und schlitzte mit dem Messer in meiner anderen unzählige Hälse auf. Ich schaffte es an Nivens Seite, und wir kämpften Rücken an Rücken, mit aller Kraft. Doch immer mehr Dämonen stiegen aus dem Fluss! Heftige Bewegungen machten mir klar, dass Niven seinen Bogen und den leeren Köcher von sich warf und stattdessen ein Schwert schwang, das ein Dämon hatte fallen lassen. Er stritt auch mit dieser Waffe sicher, aufrecht, kraftvoll. Nur sein Atem zeugte von der Anstrengung. Dann roch ich sein Blut, und es versetzte mich noch mehr in Wut. *Ihr elenden Monster!* Ich brüllte. Mehrere zugleich schickte ich zu Boden.

In der Luft erklangen auf einmal Wutschreie. Unsere Gefährten stießen zu uns, stürzten sich gleich ins Getümmel. Pfeile surrten in rascher Folge, Schwerter schlugen so schnell aneinander, dass Funken sprühten.

Unbeschreiblicher Lärm! Aus den Augenwinkeln sah ich, wie Finley getroffen zu Boden sank. Briann schrie wie ein Wahnsinniger auf, suchte ihn zu schützen. Er ließ sein Schwert niedersausen, sodass die Angreifer reihenweise fielen, während Finley versuchte, wieder auf die Beine zu kommen.

Hatten wir überhaupt eine Chance? Reik zielte mit seiner Steinschleuder auf die Beine der Angreifer. Eine gepanzerte Hand packte den kleinen Alraun und schleuderte ihn weg. Ich sah, wie totgeglaubte Dämonen sich schüttelten und wieder aufstanden, hörte sie brüllen. Ich roch das Blut meiner Gefährten, entdeckte bei jedem bereits zahlreiche Wunden. Jetzt strauchelte Meister Kieran. Gleich darauf warf es Mihai um. Es stachelte mich noch mehr an. Darian schob sich vor beide, kämpfte mit derselben Wut wie ich. Aber auch er blutete – wie ich.

Jedoch, unsere Wunden schlossen sich zumindest wieder, anders als bei meinen sterblichen Freunden. Eine leise Angst stieg in mir auf. Es machte mich rasend, und ich wütete umso heftiger. Wirbelnd schnitt mein Schwert durch die Reihen der Gegner. Nein, sie waren nicht unbesiegbar! Wir mussten nur durchhalten! Wie damals, vor dem Hexenwald.

Plötzlich merkte ich, wie die Dämonen Niven von uns wegtrieben, ihn isolierten, und sie stießen rohe Laute aus, dass man hätte meinen können, sie redeten auf ihn ein. Nivens Blick traf den meinen, er lächelte und nickte mir zu. Ich sah, wie sich seine erhobene Hand plötzlich öffnete und sein Schwert zu Boden fiel.

Ich hieb um mich, um eine Schneise zu brechen, damit ich zu ihm gelangen, ihn schützen konnte, brüllte auf: »Nein!« Und auch er schrie, den Blick zum Himmel gerichtet. Doch es klang wie der Ruf eines siegreichen Kriegers, während er gleichzeitig die Arme weit ausbreitete. Für den Bruchteil von Augenblicken stand er aufrecht wie eine schwarze Statue mit wehendem Mantel und wild flatternden Haaren.

Dann traf ihn das Dämonenschwert.

Ich fasste es nicht!

War das Wirklichkeit?

Noch während er niedersank, lösten sich die Ungeheuer in Luft auf. Die aufgeladene Atmosphäre beruhigte sich. Es wurde still. Wäre da nicht das Stöhnen meiner Gefährten gewesen, ihr erschöpftes Atmen, das blutgetränkte Gras des

Kampfplatzes, dann hätte man meinen können, es sei nichts geschehen.

Ich rannte zu Niven, nahm ihn in meine Arme und schrie ihn an: »Warum? Warum?«

»Mein Tod war beschlossen, und sie hätten euch mitgerissen«, flüsterte er.

Ich schluchzte und tränenlos wie ich war, hörte es sich grausig an. »Wir hätten gesiegt, wie wir schon einmal gesiegt haben.«

Niven schüttelte den Kopf, das Atmen fiel ihm bereits schwer. »Nein, diesmal nicht.«

Gegenüber vom Fluss, über dem Wald, stieg ein Leuchten auf. Ich wusste sofort, die gläsernen Drachen, die nur wir Vampire sehen können, sandten ihr Licht aus, um dem Tod den Weg zu weisen. Im Geist flehte ich, dass eines der durchscheinenden, in allen Regenbogenfarben schimmernden Geschöpfe zu uns fliegen sollte, damit ich mit seiner Zustimmung Niven zum Vampir machen konnte. Aber kein Flügelschlag erklang, keiner dieser geheimnisvollen Drachen ließ sich blicken. Da wusste ich, es war vorbei. Ohne ihren schützenden Atem hätte ich Niven lediglich in einen rastlosen Bluttrinker verwandelt, fühllos, mit zerrissener Seele, und das durfte ich ihm nicht antun.

Ich hob Niven hoch, stand da mit ihm und empfand mich doch weit fort. Gleichsam wie in Trance überblickte ich das Schlachtfeld. Keiner war unverwundet geblieben, doch Finley hatte es neben Niven am härtesten getroffen. Aber zumindest hatte er eine Chance, zu überleben. Ich sah, wie Briann bei ihm kniete, ihm von seinem Blut einflößte und rasch Finleys Kinn hochdrückte, als er ausspucken wollte. Wie aus weiter Ferne hörte ich ihn reden: »Schlucken! Keine Angst, es macht dich nicht zum Vampir, und es lässt dich nicht leiden wie Alrik damals. Es stärkt dich, hilft deinem Körper bei der Heilung. Ah, ist doch nicht das erste Mal, Finley, hattest es nur damals im Schattenreich nicht mitbekommen. So ist es gut.«

Hätte ich nur dasselbe mit Niven tun können. Während die anderen mithilfe meiner Vampirgefährten allmählich auf die Beine kamen, ging ich mit schweren Schritten zu ihnen hin. Als sie mich fragend anschauten, schüttelte ich nur den Kopf.

Briann hob den protestierenden Finley hoch. »Halt still! Wenn du vor Schwäche stürzt, kommt womöglich Dreck in deine Wunden, und das will ich nicht auch noch erleben.« Er seufzte schwer auf und nickte uns zu. »Gehen wir hinein.«

Thure eilte voraus, doch als er den Hauseingang öffnen wollte, ging es nicht. Er ließ die Klinke los. »Daghbo, wir sind es!«

Die Tür schwang einen Spaltbreit auf. Eine nebelartige Masse mit dunklen Augen versperrte dennoch den Zutritt. Dann flog die Tür unvermittelt auf.

Die Geister schienen drinnen fast den ganzen Raum auszufüllen. Sie hüllten Lena mit ihren aufgeblähten Leibern vollständig ein, wie eine durchsichtig-trübe Gummimasse, die nichts herein- und nichts herausließ. Als sie uns sahen, machten sie sich dünn, verzogen sich in die Ecke hinter dem noch immer nicht ersetzten Spiegel.

Lena lief auf mich zu, blickte auf Niven, und ihre Augen wirkten starr. »Ich hab es gespürt.« Sie ergriff Nivens Hand, drückte sie, als ob sie ihm damit Kraft geben könnte. »Leg ihn aufs Bett, Luczin.« Sie wandte sich gleich darauf an Briann, wies in das Schlafzimmer mit Blick auf die Tanne. »Bring Finley in das andere Bett, dort drüben.« Während Briann Finley in das andere Zimmer brachte, flog ihr Blick über die Gefährten. »Darian, fühlst du dich in der Lage, zum Turm zu fliegen und Cara zu holen?« Als er nickte und gehen wollte, hielt sie ihn auf. »Sie soll Wunschringe mitbringen, meine sind verschwunden.«

Die drei Geister in der Ecke senkten schuldbewusst die Köpfe.

»Hoffentlich habt ihr meine Kräuter in Ruhe gelassen«, grummelte Reik. Die Poltergeister nickten heftig, kamen aber noch nicht aus ihrer Ecke heraus. Reik humpelte zum Küchenschrank und hinterließ dabei eine Blutspur auf dem Boden. Während er in Töpfen wühlte, warf ich vom Schlafzimmer aus einen Blick auf Thure und Vico. Nein, es ließ sie genauso kalt wie die roten Rinnsale, die aus den Wunden unserer anderen sterblichen Freunde quollen. Vermutlich lag ihnen das Dämonenblut noch genauso im Magen wie mir. Sie halfen den Gefährten, sich zu setzen, nahmen Reik den Beutel voll Kräuter sowie mehrere unübersichtliche Knäuel Stoffstreifen ab und stapelten alles auf dem Tisch. Die drei Geister schien das Gewissen zu plagen. Sie zogen die Köpfe ein, machten vorsichtig ihre Arme lang, streckten ihre Finger aus und bewegten sie kreisend. Die Stoffknäuel ordneten sich und wickelten sich in Windeseile auf.

Reik seufzte leise. »Danke.«

Das alles war so unwirklich!

Trotz Reiks Geschäftigkeit, mit der er jetzt reihum die Wunden mit Kräutern und Verbänden notdürftig versorgte, lastete eine Stille auf dem Haus, die sogar die Gedanken lähmte. Nur Nivens mühsame Versuche, Atem zu schöpfen, vibrierten in der Luft. Lena saß bei ihm, hielt seine Hand und streichelte sein Gesicht, während ich danebenstand und mich marterte, weil ich ihn nicht hatte retten können. Lag es daran, dass ihm das Wissen um meine Blutsverbindung zu Lena die Kraft zum Durchhalten entzog? Aus dem Zimmer nebenan hörte ich Briann, der Finley mit eisernem Willen daran hinderte, in eine gefährliche Ohnmacht zu gleiten. Gab er ihm noch einmal Blut? Hoffentlich kam Cara bald mit den Wunschringen. Reik stöhnte, als er Finleys Wunden verband und begriff, wie schwer verletzt er war. *Gebrochene Rippen*, schnappte ich seine Gedanken auf. *Herrje, die ganze linke Schulter zertrümmert … und sein Kopf … Hoffentlich hält er durch, bis Cara kommt.*

Als Reik zu Niven ans Bett trat, ließ er Kräuter und Binden wie in Zeitlupe fallen. Sein geübtes Auge erkannte sofort den nahen Tod und erst da begriff er wirklich. Aus seinen Augen purzelten Tränen, rannen über die runzligen Wangen und er wischte sie nicht weg.

Draußen wurde die Tür aufgerissen, und Cara eilte zusammen mit Darian herein. Atemlos stürmte sie auf Lena zu und hielt ihr einen Wunschring unter die Nase. »Lena, ich schenke dir einen Wunschring. Aber ich darf dir nicht sagen, was du dir wünschen sollst.«

Es war der übliche Spruch, mit dem die Feen ihre Wunschringe verteilten. Lena streifte ihn über ihren Finger, stand auf und atmete durch. »Ich wünsche mir, dass bei jedem Verletzten in diesem Haus alle Wunden sofort heilen«, sagte sie und drehte den Ring an ihrem Finger dreimal.

Voller Hoffnung schaute sie danach auf Niven. Doch während unsere Gefährten draußen in der Wohnküche wohlig aufatmend ihre wundersame Heilung beobachteten und sogar Finley im Zimmer nebenan langsam munterer wurde, blieb Nivens Zustand unverändert und seine Augen geschlossen.

Ich umfasste Lenas Schultern und drückte sie sanft an mich. Ich flüsterte: »Es tut mir so leid. Niven ist bereits ein Gezeichneter. Er wird nicht mehr gesund.«

Ich hatte erwartet, dass sie weinen würde, aber sie atmete nur tief durch und nickte. Ihre Gefühle verbarg sie hinter einer ausdruckslosen Mine. Still setzte sie sich auf die Bettkante, nahm Nivens Hand in die ihre und hielt stumme Zwiesprache mit ihm.

Unsere Gefährten traten einer nach dem anderen zu uns, auch Finley, der nur noch ein bisschen geschwächt wirkte und von Cara und Briann deshalb gestützt wurde. Sogar die Geister hatten ihr Versteck jetzt verlassen, standen trotz ihrer unbestreitbaren Platzangst mit uns am Bett. Jeder suchte Niven zu berühren, ihm Abschiedsworte zuzuflüstern. Mihai zerriss es fast das Herz, aber er nahm sich um Nivens Willen zusammen.

Daghbo, der Chef der Poltergeister, wies plötzlich mit kehlig-rauchigen Lauten durchs Fenster nach draußen. Im Dämmerlicht des ausgehenden Tages sah ich dort Raben. Sie flogen aus allen Richtungen heran, sammelten sich in großer Zahl vor dem Haus. Kieran, der das natürlich auch sah, hob eine Hand vor den Mund und schüttelte fassungslos den Kopf. *Seelenhüter …*

Daghbo nickte, als ob er genauso wie ich Kierans Gedanken hätte hören können. Sein Mund verzog sich zu einem gerührten Lächeln. »Waaa … te … auuu … ihhh … e … Köööö … niii.«

Daghbos Worte klangen so undeutlich im Raum, dass ich fast nichts verstand. Ich sah ihn an, im Bemühen zu begreifen, was er sagte. Dann ging mir ein Licht auf, aber ich wollte es nicht glauben. »Sie warten auf ihren König?«, fragte ich leise.

Alle drei Geister nickten, nicht heftig wie sonst, sondern eher ehrerbietig.

In dem Moment schlug Niven die Augen auf. Er sah uns und hob grüßend die Hand. Dann strich er Lena über das Haar, schwach, kurz. »Liebste, du hellster aller Sterne …«

Wenig später hörte Niven auf zu atmen. Die Raben draußen auf der Wiese krächzten aufgeregt. Sie schauten ein paar

Augenblicke lang zu uns her, dann erhob sich der ganze Schwarm schreiend in die Luft und flog davon.

Die Raben gingen meinen Freunden und mir nicht mehr aus dem Kopf. Jeder hatte sie gesehen, ihr aufgeregtes Krächzen gehört, und machte sich nun Gedanken darüber. Hatten sie wirklich auf Niven gewartet, ihn begrüßt als ihren König? Im Augenblick jedenfalls waren sie fort. Nicht ein einziger Rabe ließ sich mehr blicken. Ich wollte diese tröstende Vorstellung meiner Freunde nicht zerstören, aber ich glaubte eher daran, dass diese Vögel von der Schattenkönigin als Spione geschickt worden waren. War Tahereh jetzt zufrieden? Niven gehörte ihr nun endgültig, so wie es immer gewollt hatte. »Wenn du nicht im Leben bei mir bleiben willst, dann im Tod.« Ja, das hatte sie Niven hinterhergeschrien, als er damals von ihr fortging. Und wir hatten ihn nicht vor ihr beschützen können. *Ich* hatte ihn nicht beschützt.

Was Lena dachte, fand ich nicht heraus. Sie hielt sich verschlossen, selbst vor mir, saß in sich gekehrt an Nivens Bett und hielt noch immer seine Hand. Nur als Kieran sie im Laufe der Nacht vorsichtig daran erinnerte, dass einer die Letzte Reise bestellen musste, da widersprach sie in ungewohnt resolutem Ton. »Nein, Meister Kieran. Außer uns darf niemand in Antiquerra erfahren, was geschehen ist. Niven wird von hier aus in Taherehs Schattenreich zurückkehren, getragen vom Murmeln des Flusses, aus dem sie kamen, um ihn zu holen.«

Lena ließ Nivens Hand los, stand auf und ging zu uns in die Wohnküche.

Kieran lief ihr hinterher. »Aber wieso? Das widerspricht aller Tradition.«

»Meine innere Gewissheit, dass die Zeit noch nicht reif ist.« Lena straffte ihren Rücken. »Ich bin eure Fata, bitte versprecht es mir.«

Ich schob ihr Verhalten auf den Schock, unter dem sie stand. Wir waren ja alle noch nicht ganz bei uns, begriffen kaum, was geschehen war. Aber wie wir auch argumentierten, sie wollte nicht mit sich handeln lassen. Selbst der Feenkrieger Mihai richtete nichts bei ihr aus, obwohl jeder sah, wie sehr es ihn traf, dass sich nach ihrem Willen nicht einmal die Feen seines Dorfes von seinem Neffen verabschieden durften.

Noch während alle versuchten, Lena umzustimmen, griff Briann sich plötzlich mit beiden Händen an die Schläfen. Er krümmte sich vor Schmerz. Sein Gesicht verwandelte sich in eine furchterregende Fratze und in seinen Augen loderte ein Feuer auf, als ob er alles um sich herum zerreißen wollte. »Verflucht! Sie ist wieder in meinem Kopf!«, stöhnte er und während unsere Freude erschrocken vor ihm zurückwichen, rannte er zur Tür hinaus. Draußen hörten wir ihn brüllen. »Lass mich in Ruhe! Was willst du? Bist du noch nicht zufrieden?«

Ich lief ihm nach, sah, wie er zusammenklappte, und konnte gerade noch verhindern, dass Briann mit seinem Kopf auf einem Stein aufschlug. Ich hielt ihn, beobachtete, wie sich sein Gesicht entspannte. Er war ohnmächtig geworden. Oder? Das Mohnfeld kam mir in den Sinn. Nein, nicht schon wieder! War er damals auch blindlings davongerannt und dort zusammengebrochen? Ich schaute mich um, aber ich sah nirgendwo einen grauen Schatten, keine Trübung im Gelände, nichts. Trotzdem lag Briann jetzt reglos in meinem Arm. Ich schlug ihm auf die Wangen, redete mit ihm, aber er kam nicht zu sich. *Lass ihn los, Tahereh! Du hast doch schon Niven, willst du uns jetzt alle vernichten?* Vom Haus her hörte ich Thure, wie er die anderen, die zu uns herauslaufen wollten, zu beruhigen suchte, wie er sie beschwor, sich auf mich zu verlassen. Aber was sollte ich tun? Was konnte ich tun? Ich studierte Brianns Gesicht. Es sah aus wie immer, lebendig, glatt. Ich entdeckte keine gefährliche Marmorierung auf seiner Haut. War das ein gutes Zeichen? Aber warum schlug er dann die Augen nicht auf!

Finley, der sich von Thure nicht länger zurückhalten ließ, kam zu mir, kniete bei Briann nieder und nahm seine Hand. »Herrje, du musst dich wehren, Briann! Hörst du! Tahereh darf dich nicht auch noch bekommen!«

»Geh wieder zu den anderen, du kannst hier nichts für ihn tun«, bat ich ihn und zögerte einen Moment. »Ich muss ihm Blut geben. Mehr, als du vermutlich sehen willst.«

Nur zögernd stand Finley auf, ohne dabei Brianns Hand loszulassen, doch dann riss ihn eine Bewegung unvermittelt auf die Knie zurück. Briann bäumte sich auf, holte tief Luft. Gleich darauf schlug er die Augen auf. Dem Himmel sei Dank! Aber Briann starrte uns an, ohne uns wahrzunehmen. Sein Gesichtsausdruck schien wie eingefroren. Verdammt, hatte Tahereh ihn immer noch im Griff? Finley und ich massierten seine Arme, seine Beine, um ihn zu sich zu bringen, und wir redeten auf ihn ein. Es nützte nichts. Erst als ich mit dem Daumen fest über seine Stirn rieb, kehrte sein Bewusstsein allmählich zurück.

Ich atmete auf. »Lass so etwas bloß nicht zur Gewohnheit werden, Briann!«

»Ja, bloß nicht!« Finley klopfte ihm auf die Schulter.

Briann klammerte sich an uns. »Helft mir hoch!« Als er endlich auf seinen Füßen stand, schwankte er jedoch und wäre beinahe erneut in die Knie gegangen. Er stöhnte. »Gummibeine. Luczin, wenn ich selbst ins Haus zurücklaufen soll, dann reich mir mal dein Handgelenk!« Ich hielt ihm meinen Unterarm vor den Mund. Er biss zu, trank ein paar Schlucke und schob uns dann weg. »Ich glaube, jetzt geht's wieder.«

Finley, der noch neben uns stand, schluckte. »Cara hätte dir magisches Hirschblut herausbringen können.«

»Das will ich auch noch, einen ganzen Krug voll!«

Während Briann noch ein wenig wackelig auf die Eingangstür zuging, schaute ich Finley in die Augen. »Brianns Zähne und das Blut hast du nicht gesehen, vergiss es.«

Er stutzte. »Hast du was gesagt, Luczin?« Ich schüttelte den Kopf und er beeilte sich an Brianns Seite zu kommen, um ihn zu stützen. »Tahereh scheint dich ja liebzuhaben, da sie wieder Kontakt suchte, aber was wollte sie eigentlich von dir?«

»Das erzähle ich gleich, wenn wir bei den anderen sind.«

Ich spürte Brianns Anspannung, während wir in die Wohnküche hineingingen. Dort ließ er sich auf den erstbesten Stuhl fallen. Ein ausgesprochen ungutes Gefühl machte sich in meinem Bauch breit. Kam jetzt der nächste Schock?

Cara reichte Briann sofort einen Krug magisches Hirschblut und ein Glas. »Trink. Das tut dir jetzt sicher gut.«

Meister Kieran schnaufte hart auf. »Du hast uns einen ganz schönen Schrecken eingejagt.«

Briann nickte und während er ein Glas Hirschblut nach dem anderen trank, schaute er forschend zu Lena. Sie lehnte an der Tür von Nivens Schlafzimmer, blickte zu Boden. Ihre Arme hielt sie so vor der Brust gekreuzt, dass ihre Hände verdeckt wurden.

»Lena, du weißt es, nicht wahr?«, fragte Briann.

Sie schaute auf. »Was soll ich wissen? Zu mir hat Tahereh keinen Kontakt aufgenommen.«

»Und dennoch weißt du etwas, sie hat es mir gesagt.«

»Ja was denn? So redet doch!«, forderte Finley ungeduldig.

Lena biss sich auf die Lippen, sah zu Briann und Finley und ließ ihren Blick dann über uns alle schweifen. »Es ist noch nicht vorbei, ich hatte euch das schon angedeutet.« Lena schaute wieder zu Briann, dann zu mir. »Tahereh hat nicht zu mir gesprochen, aber ihre Schwester Alyssa, und sie sagte, dass Niven nicht tot sei.«

Ich schüttelte den Kopf. »Lena, es ist schwer zu ertragen, ich weiß, aber ...«, begann ich, doch sie unterbrach mich.

»Ja, Nivens Herz schlägt nicht mehr und er atmet nicht.« Lena öffnete ihre Arme und ich sah ihre zu Fäusten geballten Hände. Langsam öffnete sie diese und zeigte uns ihre Handflächen. »Seht ihr diese kleinen, blauen Flämmchen? Dieses besondere Licht in meinen Händen? Das ist nicht meine Magie, sondern Alyssas! Es wird jeden Augenblick wieder verschwinden. Sie hat mir vorhin, als Briann unter Taherehs Einfluss stand, ihre flammenden Lichter geliehen, weil sie wollte, dass ich damit Nivens Wunden heile. Ihr habt das nicht mitbekommen, weil ihr alle nach draußen gesehen habt.«

Einen Augenblick lang sagte niemand etwas, dann gingen unsere Gefährten mit großen Schritten an Lena vorbei und zu Nivens Bett hin. Stoff raschelte, ich hörte sie murmeln, und als sie wieder in die Wohnküche traten, stand ihnen die Verwirrung in die Gesichter geschrieben.

»Nivens Körper ist vollkommen heil. Ich verstehe gar nichts mehr«, fasste Meister Kieran zusammen.

»Ich schon!« Briann stellte den leeren Krug und das Glas hart auf den Tisch. »Tahereh hat ihren Willen klar und deutlich geäußert. Niven gehört ihr! Falls er also entgegen dem Anschein noch lebt, dann nur, damit er zusammen mit ihr fortgehen kann. Sie will ihn in dem Augenblick mitnehmen, wo die endende Nacht sich mit dem beginnenden Tag trifft, also in etwa drei Stunden.«

Lena nickte. Die kleinen Flämmchen waren aus ihren Handflächen verschwunden und sie wischte sich jetzt die Tränen ab, die ihr aus den Augen rollten. Als ich zu ihr ging und sie in den Arm nahm, lehnte sie ihren Kopf an meine Schulter. »Luczin, ich hab Niven verloren … «

»Vielleicht gibt es einen Ausweg«, sagte ich und schaute Briann an. »Vorausgesetzt, Niven wacht tatsächlich wieder auf, wenn Tahereh kommt – wir müssten sie ablenken, um Niven eine Chance zur Flucht zu verschaffen.«

Briann gab sich nicht sehr zuversichtlich. »Ich bezweifle, dass das klappt, aber nur wir beide könnten es versuchen. Außer uns darf nach Teherehs Willen nämlich niemand bei der Übergabe von Nivens Körper dabei sein.«

Vico griff den Vorschlag auf. »Wir werden sehen, was passiert, wenn die Schattenkönigin kommt. Aber dass wir nicht dabei sein dürfen, heißt nicht, dass wir euch nicht unterstützen können. Wir bleiben in der Nähe und werden alle Möglichkeiten nutzen, damit Niven zu uns zurückkommen kann!«

Während bei unseren Gefährten die Hoffnung aufkeimte, machte sich Lena von mir los. Ihre Haltung straffte sich und mit einem Mal stand sie wieder als Fata sicher und Respekt gebietend vor uns. »Nein! Ich darf das nicht zulassen! Ja, ich wäre froh, Niven noch bei mir zu haben, aber er hat sich entschieden. Den Dämonen ergab er sich freiwillig, das hab ich gefühlt und die Strahlenkönigin Alyssa hat das auch betont. Er wollte dieses Ende und wir werden uns ihm nicht in den Weg stellen. Versprecht mir, dass ihr nichts tun werdet, das Tahereh gegen euch aufbringt!«

»Aber wenn es doch eine Chance ist!«, eiferte sich Reik.

»Das ist es nicht, es würde nur das Unvermeidliche verzögern, glaubt mir. Niven hat sein Schicksal gewählt. Versprecht mir, euch Tahereh nicht in den Weg zu stellen!«

Lenas Stimme klang traurig, aber ihr Wille schien so glasklar wie der von Tahereh und allmählich sahen die Gefährten ein, dass es keinen Zweck hatte, sich dagegen aufzulehnen, zumal sie kurz vor der Niederkunft stand und sicher nicht mehr allzu viel Aufregung vertrug. Mir aber kam der Verdacht, dass sie mehr wusste, als sie sagte. Ich forschte in ihren Gedanken, aber sie gab nichts preis. Es gelang ihr besser als jedem Vampir, persönliche Geheimnisse zu bewahren, das musste ich anerkennen.

Als alle wieder ruhiger wurden, wandte sich Lena an Briann. »Wie soll die Übergabe vor sich gehen?«

»Wir sollen Niven in der Stunde vor Sonnenaufgang nach draußen auf die Wiese bringen und Tahereh dort erwarten«, antwortete er.

Lena atmete durch. »Gut, dann will ich jetzt mit ihm allein sein, um mich zu verabschieden.«

Sie ging zu Niven hinein und schloss die Tür hinter sich. Wie fremd sie mir plötzlich vorkam. Ich weiß nicht, ob es den anderen genauso ging, aber mir war, als ob ich mit Niven auch Lena verlieren würde.

Eine Weile später kam Lena wieder zu uns in die Wohnküche heraus. Sie sah erschöpft aus, aber gefasst. »Es wird Zeit. Ihr solltet euch bereitmachen.«

Jeder der Gefährten ging noch einmal zu Niven hinein, um ihm Lebewohl zu sagen. Auch die Geister, die in dieser Nacht ausnahmsweise keinen Schabernack getrieben hatten, verabschiedeten sich endgültig von ihm und blieben dann bei Mihai, der sich in seiner Trauer kaum lösen konnte. Ich hörte ihr Wispern, sah wie die drei den Feenkrieger mit ihren Nebelkörpern umhüllten, als ob sie ihm Trost und Wärme spenden wollten. Ja, es waren gute Geister. Sie hatten Gefühle, wie wir.

Meister Kieran, der sich zu mir und Briann an den Tisch gesetzt hatte, schaute mich an. »Nivens Haut ist tatsächlich noch warm«, flüsterte er.

Ich nickte.

Als auch Mihai und die Geister zu uns herauskamen, stupste Briann mich an. »Trägst du ihn?«

»Ja«, sagte ich und wusste, dass er mir das nur deshalb überließ, weil er sich noch nicht vollständig von seiner Tahereh-Vision erholt hatte.

Während ich mit ihm in Nivens Schlafzimmer ging, hörte ich Stühle rücken und die leisen Schritte meiner Gefährten, die sich in einer Reihe bis zur Haustüre hin, die bereits offen stand, aufstellten. Als ich mit Niven in meinen Armen heraustrat und hinter Briann an ihnen vorbei zur Tür schritt, legten sie zwei Finger an die Stirn und verneigten sich zum Feengruß.

Nie zuvor fiel mir ein Gang so schwer wie dieser. Ich versuchte, meine Gefühle auf Eis zu legen, aber es gelang mir nicht ganz. In meinem Hals saß ein Kloß und in meinem Herzen glomm Hass auf. Warum tat Tahereh uns das an? Warum konnte sie Niven sein Leben mit uns nicht lassen? Warum schlug sie Briann mit Visionen, die ihn an den Rand der Schwarzen Zone brachten? Wozu das alles?

Draußen auf der Wiese hätte ich schreien mögen, aber ich nahm mich zusammen, denn über dem Fluss sah ich bereits graue Schatten. Sie sammelten sich, krochen auf uns zu. Ich hörte, wie die Türe von Nivens Häuschen plötzlich ins Schloss fiel und ich wusste, dass die Gefährten, die nun nicht mehr zu uns herauskommen konnten, jetzt eilig zum Fenster gingen. Aber sie würden nichts sehen, die dunklen Nebel zogen bedrohlich schnell über das Gras der Wiese, bauten sich immer höher auf und hüllten uns ein. Ich erkannte nichts mehr, außer dieser dicken, dunstigen Masse, selbst Niven in meinen Armen wurde zum Schemen.

Briann, den ich neben mir fühlte, sog tief die Luft in seine Lungen. »Ich hoffe, sie schickt uns wenigstens in dieselbe Schwarze Zone.«

Ja, durchaus möglich, dass wir hier nicht mehr herauskamen, dass Vico, Thure und Darian nachher nur noch unsere Asche auflesen konnten. Angestrengt schaute ich in den Nebel, sammelte meine Kraft. Nein, keinen Schritt würde ich Tahereh entgegenkommen! Egal, was sie verlangte. Ich presste Niven an mich. In der trüben Masse vor mir glommen zwei kleine blassblaue Lichter auf. Taherehs Augen! Ihre eisblauen Augen! Sie schienen die Nebelschwaden zu teilen, einen Raum zu schaffen gleich einer Höhle unter grauem Dunst. Blasses, blaues Licht breitete sich aus und dann sah ich sie! Die Schattenkönigin Tahereh tauchte schimmernd auf, wie ein sich materialisierender Geist. Erst erkannte ich ihr Gesicht, das umrahmt wurde von langen schwarzen Haaren, dann ihren Oberkörper und ihre Arme, die mit Lapislazulisteinen beringten Finger und zuletzt den im Takt ihrer Schritte schwingenden Rock ihres langen, nachtblauen Kleides.

Dann stand sie vor uns. Tahereh blickte auf Niven, strich ihm mit einer Zärtlichkeit über das Gesicht, die ich ihr nicht zugetraut hätte. Danach sah sie Briann und mich an, nickte, als ob sie wüsste, was in uns vorging. »Der Schmerz ist ein Teil des Lebens, das sich aus meiner Schwester Licht nährt. Jeder muss ihn aushalten. Das wisst ihr! Niven hat sich nicht davor gefürchtet und ihr, meine Kinder, werdet daran wachsen.« Sie schaute wieder auf Niven. »Gib ihn mir, Luczin!«

Ich tat es nur zögerlich, alles in mir bäumte sich dagegen auf. »Warum nimmst du uns Niven weg?«

Tahereh ging ein paar Schritte nach vorne, hielt den wie schlafend in ihren Armen liegenden Niven, als sei er leicht wie eine Feder. Vor ihr wuchs ein Fels aus dem Boden, in der Form eines natürlichen Podestes. Darauf legte sie Niven vorsichtig ab.

»Alyssa und ich sind Schwestern«, sagte sie, ohne den Blick von ihm abzuwenden. »Wir streiten uns und wir vertragen uns, und zeigen damit den Sterblichen, dass es uns Götter noch gibt. Aber wenn es notwendig wird, dann handeln wir wie eine einzige Person.« Sie kramte in den Taschen ihres Kleides, die sich unter den Falten des Rocks versteckten. »Für euch ist Niven ein Fata, aber das ist nur ein Teil der Wahrheit. Alyssa und ich erkannten seine wahre Natur schon vor einer Weile, und es ist Zeit, dass er zu dem wird, was er ist.«

»Ah, seine wahre Natur! Warum jetzt?«, fragte Briann scharf. »Und warum auf diese dramatische Weise?« Ich legte schnell meine Hand auf Brianns Schulter, weil ich spürte, wie die Wut in ihm hochkochte.

»Es ist mir bekannt, dass mein Bluttrank, der euch einst in Unsterbliche verwandelte, auch ein wenig von meinem Temperament enthielt.« Tahereh lächelte und hob ihm ihre Hand entgegen. Ein Stein lag darin, geformt wie ein Ei. »Den kennst du doch, nicht wahr?«

Briann betrachtete den Elfenbein-Jaspis, der in ihrer Hand lag. »Du hast meine Frage nicht beantwortet«, sagte er kalt.

»Das muss ich auch nicht, und es wäre besser, wenn du das akzeptierst.« Taherehs Stimme klang schneidend, ihre Augen funkelten, als sie auf Briann zuging. Aber dann hob sie nur die Hand und streichelte sein Gesicht. »Es hat alles seine Ordnung, mein Lieber, auch wenn du das nicht nachvollziehen kannst.« Sie hielt den Stein hoch, wiegte ihn in ihrer Hand. Die Zeichen, die sich wie ein Band um den Jaspis herumwanden, schimmerten einen Augenblick lang feurig auf. »Schlangen-magie ...«, sagte sie. »Nur wer den Platz kennt, an dem der Stein versteckt ist, kann sie nutzen. Durch deine Erinnerung hab ich ihn endlich gefunden.« Taherehs Stimme sank zu einem kaum hörbaren Flüstern herab. »Gustav bewacht ihn jetzt, ihr kennt den kleinen Alraun. Er wird dafür sorgen, dass keiner mehr diese machtvolle Magie missbrauchen kann.« Sie trat zurück zu Niven, der mit geschlossenen Augen und ohne Atem auf dem steinernen Podest lag. Mit beiden Händen hielt sie den Stein über ihm hoch. »Es wird Zeit, dass du dich zeigst, mein Rabenfürst!«

Langsam führte Tahereh ihre Hände seitlich unter dem Stein weg, sodass er frei über Niven schwebte. Sie begann zu flüstern, Worte, die ich nicht verstand. Wie ein anschwellender Strom flossen die Laute aus ihrem Mund. Die magischen Zei-chen in dem eingravierten Band auf dem Stein begannen zu leuchten, bewegten sich wie eine Schlange auf und nieder. Taherehs Stimme nahm jetzt einen unheimlichen, beschwö-renden Klang an. Ihr Haar begann zu wehen. Die Luft vibrier-te unter ihrem Atem. Gänsehaut kroch über meinen Rücken. Ich wollte mir die Ohren zuhalten, vortreten, dem ein Ende machen! Voller Entsetzen stellte ich fest, dass ich mich nicht mehr bewegen konnte. Briann! Ich schickte meine Gedanken zu ihm, aber auch er stand reglos da, gefesselt an Taherehs graue Schatten, die den Raum um uns herum begrenzten. Nein, wir konnten nichts tun! Aber warum ließ sie uns zuschauen? Taherehs Stimme wogte um uns herum. Ich spürte sie in meinem ganzen Körper, dunkel tönend, machtvoll. Unter meinen Füßen bebte nun auch noch der Boden und ich sah, wie der Elfenbein-Jaspis aufglühte, sich aufstellte wie ein Ei in seinem Becher. Feurige Zeichen lösten sich aus dem Band, das sich noch immer um ihn herum bewegte. Runen.

Uralte machtvolle Runen! Ich erkannte Ehwaz, den Wanderer zwischen den Welten; Berkano, den geheimen Erwecker; und Perthro, den Überbringer des Schicksals. Taherehs schauriger Gesang schwoll noch mehr an. Die drei magischen Zeichen flammten auf. Ihr Feuer leuchtete hell und sie wurden größer, schwebten in einer Reihe dicht über Nivens Körper, schienen ihn fast zu streicheln. Auf seiner Stirn leuchtete seine Hautbemalung auf, schlug sich dauerhaft ein. Ich sah es, und dann wurde mir schwarz vor Augen. Nein, doch nicht! Das hatte nichts mit mir zu tun. Etwas Dunkles durchbrach die Nebeldecke, schoss auf Niven zu. Der riesige Schatten eines Raben! Er schlüpfte in Niven hinein, dessen Brust sich auf einmal hob und senkte.

Taherehs Stimme wurde leiser, die Runen lösten sich auf und verschwanden mitsamt dem Stein. Die eintretende Stille empfand ich so beklemmend wie zuvor Taherehs Zauber, und ich merkte zuerst nicht, dass ich mich wieder bewegen konnte. Dann spürte ich Brianns Hand, die sich in meinen Arm krallte. Er machte Anstalten, nach vorne zu treten. Ja, er dachte dasselbe wie ich. Hatten wir doch eine Chance, Niven wieder mit uns zu nehmen?

»Bleibt wo ihr seid!« Tahereh streckte abwehrend den Arm vor, und ich fühlte einen harten Schlag gegen meine Brust.

Uns blieb nichts anderes übrig, als ihr zu gehorchen. Doch ich sah, wie Niven sich bewegte. Er schlug die Augen auf, atmete durch. Dann setzte er sich auf, und als er Tahereh erblickte, lächelte er. Ja, er lächelte! Hatte er das hier tatsächlich gewollt? Schwungvoll drehte er sich, stand auf und verbeugte sich vor ihr. »Königin meiner Nächte, ich grüße dich!« Er küsste Taherehs Hand. »Du hast meinen Wunsch erfüllt ...« Niven schaute zu Briann und mir, ließ Taherehs Hand los, und ging lächelnd auf uns zu. »Sie hat erlaubt, dass ihr dabei seid, wenn ich erwache.« Er legte seine Hand auf Brianns Schulter, sah uns beide an. »Ihr müsst verstehen … Diese Dämonen vom Stamm der Invictu, sie geben niemals auf. Was geschehen ist, war unvermeidbar. Sie brachten mich in den schwebenden Raum zwischen Leben und Tod, den ihr Schwarze Zone nennt. Aber es geschah nur, damit Tahereh die Rabengestalt in mir wiedererwecken konnte.« Niven wandte sich an mich. »Erinnerst du dich an den Nebel in Lenas Garten? Das war ein Rabenauge, wie ich jetzt wieder weiß, ein neugieriges Ding, das sich zwar schützen kann, aber nicht angreift. Als ihr mir davon erzählt habt, weckte das erste Erinnerungen, die ich aber damals nicht als solche erkannte …« Niven lächelte, warf Tahereh einen Blick zu und schaute dann zu Briann. »Wenn ich Raben sah, hatte ich manchmal Visionen, sah mich zusammen mit ihnen in einer alten Zeit. Ich konnte nie viel damit anfangen und auch nicht darüber reden, Tahereh verschloss mir wohl den Mund. Dennoch hat sie mich vorbereitet. Glaubt ihr mir jetzt, dass alles so kommen musste?«

»Ich verstehe es nicht, aber du kannst es erklären, wenn du wieder mit uns in dein Haus zurückkehrst«, erwiderte Briann.

Niven schüttelte den Kopf. »Nein. Mein Platz ist nicht mehr bei euch, sondern bei meinem Krähenvolk. Es warten schon zu lange auf mich.«

»Und Lena?«, fragte ich. »Sie trauert!«

»Ich bin mir gewiss, dass du sie nicht allein lassen wirst, Luczin.«

Ja, das hatte er mir schon einmal gesagt. Ahnte er damals schon, dass er von uns fortgehen würde?

Tahereh streckte ihre Hand nach Niven aus. »Komm, Niven Rabenfürst! Die Sonne geht gleich auf, es ist Zeit, zu gehen.«

Niven nickte, und dann umarmte er uns fest. Ich fühlte das kraftvolle Spiel seiner Muskeln wie früher, doch er roch ein wenig anders. Ja, ganz leicht nahm ich den Geruch von Rabenfedern wahr. »Ich bleibe euer Freund für immer«, sagte er, »und wir werden uns wiedersehen! Wenn auch nicht so bald … Grüßt mir die anderen, und Lena. Sagt ihr, dass ihr Licht mich begleiten wird.«

Noch einmal umfasste Niven uns mit seinem Blick, dann drehte er sich um. Ich wollte ihn aufhalten, ihm zurufen, dass ich noch Fragen hatte, aber seine Gestalt wogte plötzlich, und in einem glitzernden Sternennebel verwandelte sich Niven in einen Raben. Er flog hoch und auch die Schattenkönigin Tahereh schwebte nun, verschwand mit ihm in den grauen Schatten, die sich jetzt nach und nach auflösten. Als der Himmel wieder sichtbar wurde, gaben meine Knie nach und ich sank ins Gras nieder. Briann sackte neben mir zusammen. Gegenüber vom Fluss, über dem Wald, sah ich die ersten Strahlen der Morgensonne aufleuchten. Ich atmete tief durch, hörte, wie die Tür des Häuschens aufflog und wie unsere Freunde auf uns zu liefen. Briann neben mir setzte sich stöhnend auf. Gleich darauf fühlte ich, wie wir beide hochgezogen wurden. Nur wenig später saßen wir in der Wohnküche und tranken gierig Caras magisches Hirschblut.

Kapitel 5

Mit keinem Wort ...

Es zog mich immer tiefer in meine Erinnerung. Die Vergangenheit hielt mich gefangen, und ich fühlte mich wie eine Fliege im Netz der Spinne. Mein ganzer Körper schmerzte schon, aber ich konnte mich nicht lösen. Wie im Rausch schrieb ich einen Satz nach dem anderen, nur um endlich meine Aufgabe abschließen zu können. Als Briann mir wie üblich meinen Bluttrunk brachte, schrieb ich immer noch. Fast mit Gewalt nahm er mir die Feder aus der Hand. Sein besorgter Blick machte mir klar, dass ich grauslig aussah.

Er nahm kein Blatt vor den Mund. »Hast du heute schon in den Spiegel geschaut? Eingefallene Wangen. Blutleere Lippen. Augen, die tief in den Höhlen liegen und wie ein wütendes Feuer glimmen. Tintenflecke hast du auch auf dem Hemd. Willst du, dass alle schreiend vor dir weglaufen?«

»Außer dir ist niemand hier, und du hast mich schon in schlechterer Verfassung gesehen.«

»Eben, es hat immer so angefangen, und ich weiß, wohin das führt.«

Ich starrte erst ihn an und dann die Karaffe, aus der es verführerisch duftete. »Ach, lass mich in Ruh!«

Ich setzte die Karaffe an die Lippen, und zu den schwarzroten Flecken auf meinem Hemd gesellten sich ein paar hellrote dazu.

Briann beugte sich zu mir und seine Stimme klang gefährlich leise. »Denk an den Fahnenmast! Du weißt, dass mir jedes Mittel recht ist, um dich wieder auf die Spur zu bringen!«

Ja, das wusste ich, aber im Augenblick war mir das egal. Guter Briann, so kühl, so besonnen ... oder etwa doch nicht?

Er griff nach einer Ecke des Buchs, in dem ich geschrieben hatte, und zog es mit einem Ruck unter meinen Unterarmen hervor. Während er zu lesen begann, betrachtete ich ihn. Waren das etwa Schatten unter seinen Augen? Seine gepflegten Hände mit den langen schmalen Fingern blätterten eine Seite nach der anderen um. Aber die Knöchel seiner rechten Hand erschienen leicht gerötet wie nach einem Knochenbruch. Hatte er auf etwas Hartes eingeschlagen? Dampf abgelassen?

»Tu nicht so, als ob die Erinnerung dich nicht mehr berührt«, sagte ich und wies mit dem Kinn auf seine Knöchel.

Er klappte das Buch zu und knallte es auf den Tisch. »Ich bekleckere mir nicht mein Hemd. Unter keinen Umständen!«

Seine Reaktion führte dazu, dass es mir besser ging. Auch er kämpfte um sein Gleichgewicht, auch ihm machte die Konfrontation mit der Erinnerung zu schaffen, und das brachte uns einander wieder einmal sehr nahe. Vielleicht sollten wir gemeinsam in den Boxring steigen, nur um uns aneinander abzureagieren.

»Scheiß Dämonen!«, zischte er zwischen zusammengepressten Lippen hervor.

Ich grinste. »Dieser Ausdruck aus deinem Mund wiegt mindestens so schwer wie ein bekleckertes Hemd!«

Briann gab einen Ton von sich, der fast wie Zustimmung klang. »Selbst Taherehs Schwester Alyssa war damit einverstanden!«

»Ja!«

Briann legte einen Finger quer über seinen Mund. »Niven wurde gezwungen und ging dennoch freiwillig.« Er atmete tief durch. »Zumindest sah es so aus. Ob er gewusst hat, was noch geschehen würde?«

Ich hob die Schultern und stand auf. Wozu darüber nachdenken? Es spielte keine Rolle mehr.

Ich glaube, ich war nie so durstig, wie an dem Morgen, der Nivens Verwandlung folgte. Cara zauberte uns einen Krug Hirschblut nach dem anderen her und es dauerte, ehe wir zusammenhängend berichten konnten. Lena ging danach gleich zu Bett. Ich hörte sie weinen, aber dann schlief sie wohl ein. Wir alle waren sehr erschöpft, aber da keiner nach Hause gehen wollte, suchten wir Vampire uns in der Wohnküche ein Plätzchen, während sich unsere sterblichen Gefährten einfach draußen irgendwo ins Gras fallen ließen. Es erinnerte mich irgendwie an unsere Wanderung durch die Klagsümpfe, mit dem Unterschied, dass Niven nachher nicht da sein würde, wenn wir aus unserem Schlaf wieder erwachten. Der Poltergeist Daghbo versprach, mit seinen Kameraden über uns zu wachen, aber im Grunde war das nicht nötig. Tahereh hatte ja bekommen, was sie wollte.

Am Nachmittag weckte mich dann der Duft von Getreidebrei. Daghbo schwebte beim Herd und ließ den Kochlöffel kreisen. Die Fenster standen offen, und ich sah, wie die beiden anderen Geister Teller und Löffel nach draußen auf den Tisch balancierten. Ganz ohne Scherben ging das nicht ab, und das weckte auch die anderen auf. Ich hörte Finley rufen. Gleich darauf tauchte er vor dem Fenster auf. Mit einem geschickten Sprung fing er die nächsten rutschenden Teller und rettete sie so vor dem Bruch. Aber ausnahmsweise schimpfte er nicht.

»Daghbo, hast du auch Beerensoße?«, rief er stattdessen mit gedämpfter Stimme. Als Antwort flog eine Schüssel auf ihn zu. Schnell schnipste er mit den Fingern und das Gefäß blieb ruhig in der Luft stehen. Finley griff danach, schnupperte hinein und kostete dann. »Nicht so gut wie die von Cara, aber nicht schlecht. Kann man essen, Daghbo!«

Finley hatte die Geister noch nie gelobt. Seine Worte mussten daher auf Daghbo wie ein Freundschaftsbeweis wirken. Während ich in Lenas Zimmer ging, um sie zu wecken, bekam ich noch mit, wie sich sein durchscheinendes Geistergesicht auch prompt zu einem glücklichen Grinsen verzog. Ja, wenn einer fehlt, müssen die anderen zusammenrücken.

Als ich bei Lena eintrat, war sie bereits wach. Sie saß auf der Bettkante, und ich ließ mich neben ihr nieder. »Wie geht es dir, Liebes?« Ich zog sie an mich und streichelte ihren Rücken.

»Er ist fort …« Lena seufzte und mir schien, als wolle sie mir noch etwas sagen. Aber dann hob sie nur ihr Gesicht, gab mir einen Kuss und stand auf. »Ich muss an das Kind denken, und ich sollte wohl etwas essen.«

Während der Mahlzeit mit den Gefährten nahm sich Lena sehr zusammen, aber immer wieder griff sie nach meiner Hand, als ob sie Stütze brauchte. Ich schickte ihr dann auf geistigem Weg tröstende Botschaften, aber mehr konnte ich im Augenblick nicht für Lena tun. Ab und zu blitzten ihre Gedanken in meinem Kopf auf, doch ich konnte nicht viel damit anfangen. Sie stellte Fragen wie »Warum?« oder »Wann?«, und ich erkannte bald, dass sie diese nicht an mich richtete, sondern dass Lena sich geistig weit weg befand. Es wäre mir lieber gewesen, wenn sie ihrem Zorn auf Tahereh und vielleicht auch dem auf Niven Luft gemacht hätte, statt sich so in sich selbst zu verkriechen. Aber wenigstens aß sie etwas, wenn auch nicht viel.

Lenas Schweigsamkeit färbte auch auf meine Gefährten ab. Selbst Reik aß seine Brennesseljauchensoße ohne schmatzende Geräusche. Erst nachdem alle Schüsseln und Teller leergegessen waren und Cara anfing, das Geschirr per Fingerschnipsen in die Wohnküche zurückzuschaffen, kamen leise die Gespräche in Gang. Aber natürlich drehten sie sich um das noch immer

Unfassbare. Lena blieb jedoch weiterhin in sich gekehrt, aber nach einer Weile atmete sie durch und stand auf.

Sie schaute mich an. »Luczin, ich möchte mir den Stein ansehen, kommst du mit mir?« Sie wies über die Wiese zu dem steinernen Podest, das Tahereh aus der Erde hatte wachsen lassen, und das nicht mit ihr verschwunden war. Als ob der Fels immer dagewesen wäre, fügte er sich in die Umgebung ein.

Ich nickte und ging mit ihr dorthin. Lena tastete über die gesamte Steinfläche, dann hievte sie sich plötzlich rückwärts hoch und legte sich lang.

»Lena, was soll das?«, fragte ich erschrocken. »Komm da wieder runter!«

Sie schloss die Augen. »Es fühlt sich nicht so hart an, wie ich dachte … und ich kann Nivens Energie noch spüren. Er ist derselbe geblieben, auch wenn er jetzt ein Gestaltwandler geworden ist.«

Es erschien mir wie ein böses Omen, Lena hier so liegen zu sehen. Sie erinnerte mich an eine aufgebahrte Göttin. Lenas weites, türkisfarbenes Gewand formte ihren Körper ab und hing zu beiden Seiten des Steins herunter. Die langen Locken umrahmten ihr bleiches Gesicht, das einen entrückten Ausdruck trug. Mehrfach bat ich sie, aufzustehen, das Schicksal nicht herauszufordern, doch erst als ich entschlossen meinen Arm unter ihren Nacken schob, um sie hochzuheben, reagierte sie. Aber vielleicht nur deshalb, weil unsere Gefährten nun auch zu uns herüberkamen.

Lena setzte sich auf und ließ die Beine baumeln. Als sie mich ansah, entdeckte ich eine glitzernde Träne an ihren Wimpern. Diese löste sich und rollte an ihrer Wange herab. Aber sie lächelte mich an. »Es ist alles gut.« Lena stützte sich mit einer Hand ab, hielt sich mit der anderen den hochschwangeren Bauch und schob sich von dem Stein herunter. Sie straffte ihren Rücken und wandte sich an unsere Gefährten. »Macht euch keine Sorgen um mich! Dass Niven auf so erschreckende Weise von uns fortging, war ein Schock! Aber ich verstehe nun, dass er jetzt woanders seine Aufgaben hat. Er bleibt mit uns verbunden, bis wir ihn wiedersehen, wie er es versprochen hat.«

Ein sanfter Wind strich über die Wiese und während unsere Freunde Zustimmung murmelten – was sonst hätten sie auch sagen sollen? – nahm ich gegenüber von mir am Rand der Felsplatte eine leise Bewegung wahr. In einem Spalt des Steins hatte sich eine Flaumfeder verklemmt. Cara entdeckte sie auch. Die Fee klaubte die Feder heraus, kam zu uns herum und legte sie in Lenas Hand. »Niven hat dir etwas da gelassen.«

Lena lächelte, als sie die Feder betrachtete. »Ja, das hat er. Vor längerer Zeit schenkte mir Niven ein Medaillon, aber ich wusste bisher nie, was ich hineintun sollte. Jetzt weiß ich es!«

Während Lena mit Cara ins Haus lief, um die winzige Rabenfeder in das Medaillon zu geben, sah Meister Kieran erst Briann und dann mich an. »Rabenfürst. So hat Tahereh ihn genannt, sagtet ihr?«

Ich nickte. »Ja. Niven Rabenfürst. Warum fragst du?«

Kieran bewegte seine Finger kreisend an seiner Schläfe. »Da klingelt was bei mir. Ich meine, ich hätte schon einmal etwas über einen Rabenfürsten gehört. Eine Legende oder so, womöglich nur mündlich überliefert. Ich weiß nicht mehr, was, wo oder wann ich von ihm gehört habe, muss lange her sein, aber etwas in mir pocht darauf, dass wir dieser Geschichte nachforschen sollten.«

Briann blies die Backen auf. »Dann werden wir das auch tun! Nicht dass wir noch eine böse Überraschung erleben. Ach ja, und Lena sollte nicht hierbleiben!«

»Ich hoffe, wir können sie jetzt überreden, wieder in den Turm zu ziehen.«

Aber als wir Lena drinnen im Haus darauf ansprachen, da lehnte sie ab. »Das kann ich nicht. Man würde nach Niven fragen.«

Finley zuckte mit den Schultern. »Na und? Warum sollten wir jetzt noch verschweigen, was geschehen ist?«

Lena stellte sich vor uns hin. »Warum? Weil es notwendig ist! Weil die Königinnen es so wollen! Weil etwas Wichtiges schiefgehen könnte, wenn wir es nicht tun, was weiß ich! Wir müssen geheimhalten, was hier passiert ist, das ist das Einzige, das ich klar und deutlich spüre. Versprecht mir, dass ihr weiterhin schweigen werdet!« Lena griff sich mit beiden Händen an den Kopf, als sie die zweifelnden Blicke der Männer sah, dann nahm sie die Arme wieder herunter und atmete durch. »Ich bin eure Fata. Erinnert euch! Ohne etwas von meiner Aufgabe zu ahnen, kam ich nach Antiquerra. Ein Zufall? Nein, ich traf euch! Wir alle fanden uns zur rechten Zeit, und wäre auch nur einer nicht zur Stelle gewesen, dann hätten wir es nicht geschafft. Wir wurden geführt und so ist es auch jetzt wieder. Wir dürfen uns nicht widersetzen, ich weiß das, auch wenn ich den Grund dafür so wenig verstehe wie ihr. Und falls ihr glaubt, dass es lediglich Schwäche ist, die mich das sagen lässt, so werde ich euch eines Besseren belehren.«

Bei den letzten Worten hob Lena die Arme und mit der Kraft ihrer Magie hüllte sie den gesamten Raum in gleißendes Licht. Nur ein einziges Mal hatte ich sie bisher so gesehen, und wie damals zwang es vor allem uns Vampire in die Knie. Nach wenigen Wimpernschlägen erstarb das Licht jedoch, und ich war mir nicht sicher, ob es geschah, weil Lena wieder einmal ihr Mitgefühl zu schnell hatte siegen lassen oder weil sie sich plötzlich stöhnend am Tisch festhielt.

Erschrocken baten die Männer, dass Lena sich nicht aufregen solle, sie würden tun, was sie verlangte. Cara jedoch befahl, umgehend heißes Wasser und saubere Tücher zu holen. Während ihr Finley mithilfe von Magie das Gewünschte herbeischaffte, führte sie Lena zum Bett. Als Cara danach die Zimmertür schließen wollte, um uns Männer auszusperren, hielt der sensible Feenkrieger Alrik sie auf.

»Niven lag hier, das ist nicht gut für sie«, wisperte er. »Bring Lena in das andere Zimmer.«

Cara schüttelte den Kopf. »Einer ging von hier fort und ein anderer kommt. Lena will es so. Und jetzt raus hier, alle! Oder muss ich euch erst meine Pantherzähne zeigen?«

Wir setzten uns in der Wohnküche um den Tisch herum und warteten. Ich machte mir große Sorgen, aber nicht weil Lena in Nivens Zimmer lag. Sie wollte ihn dadurch in die Geburt einbeziehen, auch wenn er nicht mehr hier war, das las ich in ihren Gedanken. Jedoch kam das Kind nach Lenas und Caras Berechnungen zu früh. Die Geräusche aus dem Schlafzimmer, Lenas kurze Schreie und ihr Stöhnen versetzten mich in totale Unruhe. Irgendwann stand ich auf und ging einfach nur auf und ab. Gern wäre ich den Geistern nachgelaufen, die immer wieder nach draußen schwebten, um einen Blick ins Schlafzimmer zu erhaschen. Aber soweit wollte ich mich dann doch nicht gehenlassen.

Als hinter der verschlossenen Tür plötzlich ein hoher, empörter Schrei erklang, der gleich in ein abgehacktes, fast schrilles Schluchzen überging, das jedoch nur kurz währte, hielt ich es schier nicht mehr aus.

Nach einer weiteren gefühlten halben Ewigkeit kam Cara endlich zu uns heraus. Sie strahlte uns an, und mir fielen Felsbrocken vom Herzen. »Es ist ein Junge, und er ist bereit, den Namen zu hören, der ihn leiten soll.«

Ihre Worte entsprachen dem Brauch. Während wir alle ins Zimmer hineingingen und ans Fußende des Bettes traten, um den Namen des Neugeborenen zu erfahren, dachte ich an Niven, der die üblicherweise nachfolgende Zeremonie der Begrüßung seines Sohns nun nicht mehr ausführen konnte. Er war fort, zu früh gegangen, und dieser Teil würde jetzt wohl ausfallen.

Im Raum roch es nur noch ganz dezent nach Blut. Cara hatte alle verräterischen Spuren weiblichen Kampfes bereits entfernt – mithilfe der Geister, wie mir jetzt klar wurde. Sie hatte auch das Bett, in dem Lena gestützt von dicken Kissen saß, bereits frisch bezogen. Ich sah draußen vor dem Fenster lediglich noch ein zum Bündel geschnürtes Laken auf dem Boden.

Lena lächelte uns an und zeigte das nur mit einer dünnen Windel gewickelte Kind. Sie sah nicht erschöpft aus, dank Caras und ihrer eigenen Magie, nur glücklich.

»Seht meinen Sohn«, begann sie, als alle – auch die Geister – ihren Platz gefunden hatten. »Er trägt den Namen Wighard.« Sie schaute Reik an, dem auf einmal das Wasser aus den Augen sprang, denn der Wighard, von dem Lena nun erzählen wollte, war ein Alraun gewesen wie er. Lena erklärte ihre Wahl. »Reik, du hast von ihm einmal gesagt: ›Ein Sohn der Erde war er, und er hätte nie etwas anderes sein wollen. Er liebte die Blumen, die Sonne, das Licht und die Schönheit.‹« Sie streichelte ihrem Sohn zärtlich über die kleinen Pausbäckchen, sprach leise weiter. »Ich selbst sah ihn wie einen Baum, der dem Licht zustrebt, sich aber auch weise vor der Dunkelheit neigt und ihrem Flüstern lauscht. Er nahm beides gleichberechtigt an und deshalb mochte ich ihn so.« Lena schaute auf und sprach nun den traditionellen Abschluss: »Seht, das ist mein Sohn Wighard. Sein Name soll ihm zur Ehre gereichen, wie dem, der ihn vor ihm trug.«

Ich glaube, es gab keinen, den nicht eine leise Rührung erfasste. Alle zeigten sich erfreut über die Ankunft des kleinen Wighard, der in seinem Namen die Erinnerung an einen anderen wachhielt, der kleinwüchsig war und doch groß. Jeder wollte einmal seine Bäckchen streicheln, die winzigen Fingerchen berühren. Doch Lena schaute mich an. »Luczin, bitte, begrüße ihn jetzt als Vater.«

Ihre Worte gingen mir durch und durch. Damit hatte ich nicht gerechnet. Wie oft hatte ich in den vergangenen dreitausend Jahren schon hinter Fenstern verborgen den väterlichen Ritualen zugeschaut, im Bewusstsein, dass mir dies nie vergönnt sein würde. Und jetzt? Ja, natürlich wollte ich! Niven war nicht mehr da, und was er versprochen hätte, konnte ich auch halten.

Als ich nickte und seitlich vor Lenas Bett trat, hielten die Männer fast den Atem an.

Ich bemühte mich, ein wenig Hitze in meinen Körper zu treiben, damit mein Hemd wenigsten einigermaßen temperiert wurde. *Es wird nicht so warm sein wie bei einem Sterblichen.*

Das macht nichts, die Wärme in deinem Herzen zählt, antwortete mir Lenas Stimme.

Ich stülpte das Rückenteil meines Hemds über den Kopf hinweg bis vor meine Brust und bildete mithilfe meiner Arme eine Wiege. Cara nahm Lena das Kind ab, übergab es mir vorsichtig und umhüllte es mit meinem Hemd. Ich spürte die Lebendigkeit des kleinen Wesens und zog es sanft an mich. Als der kleine Wighard mich ansah mit wissenden Augen, da war es um mich geschehen. Ich lächelte ihn an, und ich glaube, in diesem Augenblick war ich wirklich sein Vater.

»Wighard, mein Sohn«, sagte ich zu ihm. »Ich begrüße dich auf dieser, unserer alten Erde. Sei ohne Furcht, du bist willkommen. Ich schenke dir meine väterliche Liebe. Ich schenke dir meine Wärme. Ich schenke dir meinen Schutz. Es möge dir helfen, dein Leben mit Freude zu füllen und Licht weiterzutragen.«

Den Pflichten war nun Genüge getan, doch es fiel mir schwer, das kleine Bündel seiner Mutter zurückzugeben. Aber ich spürte, dass Lena Schlaf brauchte. Cara schob die schon vorbereitete Wiege an ihr Bett, hüllte das Baby in seine erste Kleidung und legte es hinein. Dann ging sie auf die andere Seite des Betts und setzte sich auf die Kante, um zu demonstrieren, dass sie heute Nacht bei Mutter und Kind bleiben würde.

Sie scheuchte uns hinaus. »Seid leise draußen, wir brauchen jetzt ein bisschen Ruhe.«

Ich legte die Schreibfeder beiseite und überlegte. Sollte ich das, was Wighard und mich verbindet, schon aufdecken und den Ereignissen damit vorgreifen? Er war in Antiquerra mittlerweile allen bekannt. Jeder wusste um seine Besonderheit und würde, wenn er meine Erinnerungen las, an dieser Stelle sofort die Wahrheit erkennen. Ja, heute war das leicht, aber damals …

Entschlossen nahm ich die Schreibfeder wieder zur Hand, tauchte sie in die dunkelrote Tinte und schrieb: *Ich schwöre, ich habe nicht gewusst, dass Wighard MEIN Sohn ist. Lena sprach es mit keinem Wort an, und ein neugeborener Säugling hat keine verräterischen Zähne. Außerdem hat nie ein Vampir auf natürlichem Weg ein Kind gezeugt, solange ich denken kann. Es war eigentlich unmöglich, und wahrscheinlich hätte ich Lena nicht einmal geglaubt, wenn sie es mir gesagt hätte.*

Aber an eines erinnere ich mich, und es hat mich damals so tief berührt, dass ich dachte: Wenn ich wirklich einen Sohn hätte zeugen können, dann wäre er wie Wighard. Während der väterlichen Zeremonie war ich nämlich innerlich so ergriffen gewesen, dass mir etwas geschah, das eigentlich genauso unmöglich sein konnte: Aus meinem rechten Auge tropfte eine blutige Träne. Es war das einzige Mal in meinem langen Leben, und auch danach geschah es nie wieder, obwohl ich viel darum gegeben hätte, weinen zu können. Jedenfalls, meine blutige Träne tropfte auf Wighards Lippen, seine noch ungeübte Zunge holte sie sich in seinen Mund und er schluckte sie.

Wighard, mein Sohn – diesen letzten Absatz habe ich für dich geschrieben. Er soll dir zeigen, dass wir uns erkannt haben, auch wenn ich das damals nicht bewusst wahrnahm.

Und dann dachte ich an Thure, denn mir fiel ein, dass auch er einmal eines dieser überaus seltenen Tränenwunder erlebt hatte, damals in den Klagsümpfen, als der Alraun Wighard von uns ging. Geburt und Tod. Tod und Geburt. Es glich sich irgendwie und doch war das nicht das Wesentliche.

Noch einmal tauchte ich meine Feder in die Tinte. *Und das sage ich nun dir, Thure: Erkennst du die Ähnlichkeit unserer Erfahrungen? Wir haben magische Momente erlebt, und es geschah, weil wir von ganz besonderen Wesen berührt wurden.*

Bereits einen Tag nach Wighards Geburt stand Lena wieder in ihrer alten Kraft. Es lag an der Magie Antiquerras. Sie versorgte den kleinen Mann mit Umsicht, gab ihm ihre Milch, die reichlich floss, und beide schienen zufrieden zu sein. Nur ab und zu flog ihr Blick zu der Wand in der Wohnküche, wo statt Nivens Bogen, der wie seine Mundharmonika auf unerklärliche Weise verschwunden war, sein erbeutetes Dämonenschwert hing, das er freiwillig hatte fallen lassen. Wieso dieses sich nicht wie alle anderen Dämonenschwerter in Luft aufgelöst hatte, blieb ebenfalls ein Rätsel.

Mihai wohnte nun bei Lena – übergangsweise, wie wir hofften. Da sich auch die Geister als wahre Beschützer erwiesen hatten – keinem Dämon wäre es damals gelungen, das Haus zu betreten – sahen wir das als akzeptable Lösung an, zumal Mihai auch gleich den zerbrochenen Spiegel gegen seinen tauschte. Ich selbst besuchte Lena täglich. Ich wiegte den kleinen Wighard in meinen Armen und erzählte ihm von seiner Mutter und mir und auch von Niven. Ich empfand dabei so viel Liebe, so viel Frieden, und Lena betrachtete uns in solchen Momenten mit froh leuchtenden Augen. Sogar Mihais unsäglicher Kummer wegen der Trennung von seinem Neffen schien zu verfliegen, wenn er uns so sah. Die Geister hatten ebenfalls eindeutig einen Narren an dem Kind gefressen. Sie ließen vor seiner Nase Spielzeug klappern und Tücher flattern, so lange, bis sich sein Mund zu einem breiten Lächeln verzog. Ja, es waren wundervolle Tage, trotz meiner Grübeleien über Niven, von dem wir nichts mehr gehört hatten, und ich fühlte mich Lena in neuer Weise nahe.

Wenn ich nicht gerade bei ihr war, forschte ich nach Hinweisen auf eine Legende vom Rabenfürsten. Aber in den Büchern stand nichts darüber geschrieben. Auch Briann fand nichts heraus und Meister Kieran wurde von seiner Erinnerung noch immer im Stich gelassen. Selbst unter Briannns manipulativem Einfluss hatte er nur etwas von einem Krappvolk gestammelt, das aber allem Anschein nach nicht in Antiquerra lebte. Die wenigen Bruchstücke über deren Weissagungen aus Vogelfedern, die wir aus seinem Gedächtnis herausholten, halfen ihm auch nicht auf die Sprünge. Blieb nur zu hoffen, dass das, was er einmal gehört zu haben glaubte, nicht wichtig war.

Vier Wochen waren seit Wighards Geburt vergangen und wir konnten Lena noch immer nicht überreden, von hier wegzuziehen. Sie könne nicht fort, die Zeit sei noch nicht reif und wir müssten das akzeptieren, sagte sie. Ich gewann den Eindruck, dass sie insgeheim auf etwas wartete. Auf ein Zeichen? Auf einen Besuch von Niven? Er hatte sich nicht mehr blicken lassen. Ich dachte darüber nach, als ich wie üblich am späten Nachmittag auf der Wiese vor Lenas Haus aufsetzte. Unwillkürlich fiel mein Blick auf den Felsen, den Tahereh auf der Wiese hatte wachsen lassen. Dieses steinerne Podest war der Hauptgrund, warum wir keine Ruhe gaben und Lena lieber von hier fortgebracht hätten. Mich störte er ganz besonders, ich empfand ihn wie eine Drohung, heute mehr denn je, und während ich zum Haus ging, überlegte ich wieder einmal, wie ich ihn beseitigen konnte. Natürlich hatte ich das schon oft versucht, aber trotz meiner nicht geringen Kräfte hatte er sich bislang nicht abtragen lassen. Hammer und Meisel hatten noch nicht einmal Kratzspuren auf dem Stein hinterlassen.

Als ich ins Haus trat, verflogen meine düsteren Gedanken. Lena stellte gerade einen Trog in den Spülstein, weil sie Wighard baden wollte. Ihr lockiges Haar glänzte und sie bewegte sich so anmutig, dass es fast aussah, als ob sie schwebte.

Als Lena mich bemerkte, eilte sie auf mich zu, schlang die Arme um meinen Hals und gab mir einem Kuss. »Wie gut, dass du da bist. Ich habe auf dich gewartet!«

Ich drückte sie an mich, fühlte ihren Atem, der über meine Haut strich, und dann hörte ich sie leise seufzen.

»Was ist los?«, fragte ich, doch Lena lächelte nur und meinte, es sei nichts, sie habe nur in der Nacht von Niven geträumt und das ginge ihr noch ein bisschen nach.

Ich wollte mich mit dieser Antwort natürlich nicht zufrieden geben. Doch als Mihai, der den weinenden Wighard aus seine Wiege geholt hatte, zusammen mit den Geistern zu uns kam, blockte Lena schnell ab. *Lass gut sein, es ist alles in Ordnung!*, klang ihre Stimme in meinem Kopf.

Sie ging zum Spülstein, um nun das Wasser in den bereitstehenden Trog zu füllen. Lena griff nach dem Schwengel, bewegte ihn auf und nieder. Aber nichts passierte. Kein Wasser floss, die Wasserpumpe streikte.

»Ist das euer Werk?« Lena schaute die Geister mit strengen Blick an, doch die schüttelten vehement die Köpfe. Sie hatten das nicht verursacht.

Mihai vermutete, dass in der Leitung, die vom Fluss hierher führte, oder im Pumpbecken hinter dem Haus irgendetwas verstopft war. Seufzend drückte er mir den schluchzenden Säugling in den Arm und ging hinter das Haus, um dort mit geeigneten Zaubersprüchen die Ursache zu beseitigen.

Während ich Wighard im Zimmer umhertrug, damit er sich beruhigte, hörte ich Mihai hinter dem Haus Zauberformeln murmeln. Durch das rückwärtige Fenster sah ich immer wieder magisches Licht aufleuchten, doch jedes Mal, wenn er uns danach zurief, dass die Pumpe jetzt wieder funktionieren müsste, da klappte es nicht. Es floss weiterhin kein Wasser aus dem Hahn. Aber wenigstens beruhigte sich der kleine Wighard. Mit großen Augen bestaunte er die magischen Funken, die am Fenster vorbeiflogen.

Lena wurde jedoch ungeduldig. »Das bisschen Wasser kann ich auch direkt vom Fluss holen«, sagte sie und wehrte ab, als ich ihr den Gang abnehmen wollte. »Nein, lass nur. Wighard fühlt sich so wohl in deinem Arm. Sieh nur, wie er lacht! Das gefällt mir besser als sein Weinen, das mir schon den ganzen Morgen in den Ohren klingt.«

Sie ging mit dem Trog hinaus, und ich beobachtete vom Fenster aus, wie sie zum Fluss ging. Sie setzte ihre Schritte so leicht, schien kaum den Boden zu berühren. Die letzten Strahlen der Nachmittagssonne streichelten ihre Gestalt.

Plötzlich trat hinter dem Felsentor eine Grungalp hervor. Mir blieb vor Entsetzen fast das Herz stehen. Wie ein Wahnsinniger schrie ich auf, »Nein!«, legte den vor Schreck wieder weinenden kleinen Wighard in seine Wiege, riss das Schwert von der Wand und stürmte auf die beiden zu. Mit einem Hieb trennte ich dem Unheil bringenden Wesen den Kopf ab. »Bei ihr lädst du keine deiner Krankheiten ab!«

Hinter mir rasten die Geister heran, bliesen die zu Stein erstarrenden Teile wütend mitten in den Fluss. Der Körper blieb dort stecken. Der Kopf dagegen wurde eilig vom Wasser fortgetragen bis zum Wasserfall, der ihn hochschleuderte und dann verschluckte. Aber das nahm ich nur am Rande wahr.

Lena war neben mir zu Boden gesunken. Ich ließ das Schwert fallen, beugte mich zu ihr herunter und nahm sie in meine Arme. Fing sie etwa schon an zu fiebern?

Mihai, der entsetzt zu uns gelaufen kam, schrie: »Welche Farbe hatte der Lichtpfeil der Grungalp? Womit hat dieses Ungeheuer sie berührt?«

Ich schüttelte den Kopf. »Ich weiß es nicht. Hab kein Licht gesehen, dachte, ich wäre noch rechtzeitig …«

Aber ich sah Lena an, dass ich nicht schnell genug gewesen war. Ihre Wangen färbten sich fieberrot. Die Grungalp hatte sie wohl schon berührt gehabt. Wieso war diese Schattenfee überhaupt wach gewesen? Die Sonne ging doch erst in einer Stunde unter! Hätte sie nicht in ihrem Dorf gegenüber von Dracopatria noch schlafen sollen, zu Stein erstarrt? Wie alle anderen Grungalp auch? Der Gedanke schnürte mir den Hals zu.

Ich hob Lena hoch und trug sie auf meinen Armen ins Haus. Mihai lief neben mir her. Er zog aus irgendeiner Tasche seines Umhangs einen Kokon, legte ihn auf seine Hand und starrte ihn an. Die weiße Hülse flog in die Luft, platzte dort mit fein klingendem Ton auf, und heraus flog ein Schmetterling, der die Botschaft von dem Unglück zu unseren Gefährten brachte. Ich bekam es nur am Rande mit, fühlte mich so ausgebrannt und leer wie die Reste des Kokons, die auf die Wiese fielen.

Drinnen schrie Wighard sich in seiner Wiege die Lunge aus dem Leib. Mihai nahm ihn heraus und trug ihn umher, während ich Lena auf das Sofa bettete, das ich ihr damals geschenkt hatte. Mihai redete auf den Kleinen ein, erzählte ihm, dass alles wieder gut werden würde, doch ich wusste, dass er vor allem sich selbst beruhigen wollte.

Lena fühlte sich so heiß an. Ich griff mir ein Tuch, lief ohne nachzudenken zum Spülstein und betätigte den Pumpschwengel. Erst als die kalte, klare Flüssigkeit über das Tuch und meine Finger rann, begriff ich, dass das Wasser wieder lief. Unsichtbare Mächte mussten am Werk gewesen sein, die es sogar geschafft hatten, Mihais Zauber außer Kraft zu setzen, um Lena nach draußen zu locken. Zu einem einzigen Zweck!

Bitte! Nicht auch noch sie! Habt Erbarmen, ihr Götter!

Aber die Götter hatten kein Erbarmen, weder die Schattenkönigin Tahereh noch ihre Zwillingsschwester, die Strahlenkönigin Alyssa, oder ihrer beider Mutter, Sternengöttin Liora, die irgendwo außerhalb Antiquerras die Geschicke unserer Welt lenkte.

Als unsere Gefährten kamen, war Lena nicht mehr ansprechbar. Ihr Geist weilte in Gefilden, wo selbst ich ihn nicht erreichen konnte. Während Cara mir einen Wunschring gab, erklärte Finley, dass Meister Kieran sich heute Morgen an etwas erinnert hätte und zusammen mit Alrik zum Strand des Nebelmeers gegangen sei, um dort ein sehr altes Tor zu suchen. Je nachdem, wo sie jetzt waren, würde es wohl noch eine Weile dauern, ehe die beiden hier eintrafen.

Ich hörte ihm kaum zu. Der Wunschring! Ich klammerte mich an diesen letzten Funken Hoffnung, der mich aufrecht hielt. Doch mein inniger Wunsch und das dreimalige Drehen des Rings blieb vergebens.

Cara hatte auch Ziegenmilch mitgebracht und kümmerte sich nun um das Kind. Gut! Alle sollten sich um Wighard kümmern, er hatte es nötig, aber an Lena kam mir keiner heran! Ein ums andere Mal wechselte ich die nasskalten Tücher, schob jeden weg, der mir helfen wollte. *Lena, wach auf, komm zu dir, du darfst mich nicht verlassen!*

Etwa um Mitternacht schlug sie tatsächlich die fiebrig glänzenden Augen auf. Sie hob ihre Hand zärtlich an mein Gesicht. »Ich würde so gern noch bei dir bleiben, Luczin. Aber es geht nicht. Sie haben mich gerufen und ich muss folgen. Bitte, gib mir meinen Sohn.«

Nein, du täuschst dich, du wirst gesund! Ich sprang auf, und ehe die anderen sich auch nur regen konnten, hatte ich Wighard schon aus seiner Wiege geholt und legte ihn in ihre Arme. Sie sah ihr Kind an. »Nicht weinen. Dein Vater ist ein guter Mann, und ich liebe ihn mehr, als er weiß. Er wird dir raten, dir beistehen, wenn die Zeit reif ist.« Dass Lena so redete, als ob Niven noch hier sei, wunderte niemanden, es mochte am Fieberdelirium liegen. Aber danach schien sie plötzlich vollkommen klar zu sein. »Cara, Finley«, sagte sie, »ich vertraue euch meinen Sohn an. Ich weiß, ihr werdet ihm geben, was er braucht und ihn mit Liebe großziehen.« Lena übergab ihren Sohn, und danach flog ihr Blick über die Gefährten, die nun alle – außer Meister Kieran und Alrik, die immer noch nicht eingetroffen waren – um das Sofa herumstanden. »Ich muss gehen, meine Freunde, aber ich bitte euch noch um einen letzten Dienst – als eure Fata. Bewahrt Stillschweigen über alles, was geschehen ist für neunzig Jahre. Niemand darf in dieser Zeit auch nur ein Wort erfahren, selbst Wighard nicht. Versprecht es mir! Denn der Kreis hat sich noch nicht geschlossen und kann sich erst danach vollenden.« Wir versprachen es, auch wenn kaum einer seine Stimme unter Kontrolle hatte. Lena nickte, ihr Lächeln wirkte ganz entspannt. Sie schaute mich an. »Luczin, mein Liebster, bring mich jetzt nach draußen zu dem Stein.«

Ihre Worte durchschnitten mein Herz mit einem messerscharfen Schmerz. Ich wollte aufbegehren, ihr sagen, dass ich es nicht zulassen konnte, dass sie in Taherehs Nebeln verschwand wie Niven. Ich musste sie von hier fortbringen, irgendwohin, wo die Schattenkönigin sie nicht finden würde. Aber Lena erriet meine Gedanken, noch bevor ich sie selbst begriff, und legte mir einen Finger auf den Mund. Ihre Stimme klang in meinem Kopf. *Scht! Du weißt, dass du das nicht verhindern kannst. Bitte Luczin, zögere es nicht hinaus, das macht es nur schwerer.*

Wenn Lena doch nur unrecht hätte! Aber ich erkannte die Wahrheit genauso wie sie. Es war unmöglich, sie vor ihrem Schicksal zu bewahren. Tahereh hatte die Grungalp geschickt, damit sie Lena mit dem Zeichen des Todes prägte. Wenn ich sie jetzt nicht gehen ließ, würde sie sterben. Mein Atem zitterte, als ich durchatmete und nickte. Ich sah die Gefährten nicht an, hob Lena hoch und ging mit ihr steifen Schrittes zur Tür.

Unsere Freunde liefen uns leise hinterher, die Geister umschwebten uns, und Briann hielt mir die Tür auf. Seine Hand presste kurz meine Schulter und seine Gedanken schwappten zu mir herüber. *Wir werden das durchstehen!*

Ich blieb auf dem Türabsatz stehen, schaute alle an. »Bleibt hier«, bat ich. »Ich will mit ihr alleine sein.«

Während meine Gefährten mit den Geistern auf der Türschwelle blieben, ging ich weiter, auf den Stein zu, der in der Dunkelheit Schatten warf. Lena hielt die Augen geschlossen, ich hörte kaum noch ihren Atem. Wie schwer mir das fiel, sie dorthin zu bringen, wo Niven gelegen hatte, ich musste mich Schritt für Schritt dazu zwingen. Ich verlor sie, ich hatte sie schon verloren! Der Gedanke zerriss mein Herz in tausend Stücke. Doch ich musste stark sein, für Lena. Mit all der Liebe, die ich für sie empfand, presste ich sie an mich. Meine Süße, Liebste, ich bin bei dir, ich bleibe bei dir … Ein Wind kam auf, wehte Blätter von den Wäldern ringsum auf die Wiese und den Stein. Als ich kurz darauf davor stand, war dieser bereits mit einer dicken Schicht Laub bedeckt.

Der Wind stand plötzlich still und ich bettete Lena vorsichtig auf die nun weiche Liegefläche des Felsens. Wie schön sie aussah in ihrem hellblauen Feenkleid! Der magische Gürtel, der ihre längst wieder schmale Taille betonte, schimmerte im Mondlicht, und die Schlangenfrauen auf der Schließe schienen sich zu bewegen. Ich sah es, aber dann schweifte mein Blick umher, suchte nach Anzeichen von grauen Schatten. Ich fand keine. Noch nicht! Aber lange würde die Schattenkönigin sicher nicht auf sich warten lassen. *Tahereh, warum tust du mir das an? Warum willst du sie mir wegnehmen?* Ich schaute zu Lena, und es schmerzte so sehr, sie hier liegen zu sehen und zu wissen, dass sie mir genommen wurde. Ich streichelte ihr Gesicht, ihre Hände, flüsterte ihr Liebesworte zu. Als sie noch einmal die Augen aufschlug und versuchte den Kopf anzuheben, um mir näher zu sein, da schob ich meinen Arm unter ihren Nacken, hob sie ein wenig hoch und küsste sie. Es war mir egal, dass nun auch unsere sterblichen Gefährten, die uns vom Haus aus beobachteten, alle erkannten, dass ich Lena nicht nur als Freund liebte. Dann spürte ich, wie sich Lenas Körper anspannte, wie sie lauschte, und ich erschrak. *Nein Tahereh, nicht jetzt schon, gib uns wenigstens noch einem Augenblick …*

»Es ist soweit. Du musst mich jetzt allein lassen, mein Liebster!« Lena stemmte ihre Hand kraftlos gegen meine Brust, als ob sie mich wegschieben wollte. »Geh jetzt! Es muss so sein.«

Die Augen fielen ihr zu und sie wurde schlaff in meinem Arm. Vorsichtig ließ ich sie zurück in das Laubbett gleiten. Aber sie allein lassen? Nein, das kam nicht infrage! Lena war hilflos, sie brauchte mich jetzt. *Ich bleibe bei dir, Liebes.*

Kaum hatte ich den Gedanken gedacht, da fühlte ich einen heftigen Stoß, der mich rückwärts warf und gegen die Steilwand schleuderte. Sturm brach los. Blitze zuckten am Himmel. Donner ließ die Erde erzittern. Ein seltsames Geräusch inmitten dieses Lärms ließ mir fast das Blut in den Adern gefrieren. Der Felsen, auf dem Lena lag, knirschte, und ich sah, wie die graue Steinmasse von unten her um Lenas Körper herumwuchs. Eine ganze Schicht davon bedeckte bereits ihre Füße, schob sich über ihre Beine, immer weiter nach oben. Ich schrie, wollte zurück zu Lena, sie vor diesem bösartigen Zauber retten. Aber vor mir brach die Erde auf, hinter mir die Steilwand. Schlingpflanzen wuchsen heraus und fesselten mich von den Füßen an bis hinauf zu den Armen. Ich konnte das

Zeug nicht von mir losreißen! Lena wurde bereits bis zur Taille mit Stein bedeckt. Aus den Augenwinkeln sah ich, wie meine Gefährten heranstürmten, mit gezogenen Schwertern und schussbereiten Bogen. Cara rannte hinter ihnen her. Eine unsichtbare Kraft schleuderte sie alle gegen die Steilwand, fesselte sie wie mich, riss ihnen die Waffen aus den Händen. Die Geister heulten. *Sie* konnten nicht aus dem Haus heraus. Wieso nicht? Ich hörte Wighard in einem der Zimmer weinen. »Kümmert euch um das Kind«, rief ich dem Geistertrio zu, und versuchte weiter, mich zu befreien. Voller Angst schaute ich auf Lena. Der Fels, auf dem sie lag, bebte. Sie war schon bis zum Hals mit Felsgestein bedeckt. Ich rang nach Atem, als ich das sah. Sie würde ersticken! Verdammt! Wieso gelang es mir nicht, diese elenden Pflanzen von mir abzureißen? In der Luft klang plötzlich ein Rauschen. Ich hatte das schon einmal gehört! Numir! Wieso kam Taherehs Drache Numir hierher? Konnten Felsen verbrennen? Wollte er das? Ich schaute nach oben, dann zu Lena. Entsetzt brüllte ich auf. »Nein! Aufhören! Aufhören!« Lenas Mund und ihre Nase waren jetzt auch von Stein bedeckt, gleich darauf ihre Stirn, der ganze Kopf. »Lenaaa!« Ich schrie. Schrie! Sie war tot! Wie konnte sie unter Stein begraben noch leben? Unmöglich! Sie war tot! Eine liegende Statue auf einem Stück Fels. Tahereh hatte sie betrogen. Sie und mich. In der Luft erklang ein spitzer, hoher Schrei. Der Drache Numir, ganz nah schon. Ich sah seinen massigen Körper im Licht aufzuckender Blitze. Seine gelben Augen leuchteten. Er flog auf uns zu. Der Fels, in dem Lena eingeschlossen lag, ruckelte. Die Erde verschluckte ihn, langsam, Handbreit um Handbreit.

Nein, der Drache kam nicht wegen Lena! Wir sollten seine Opfer sein! Wieder schrie ich, diesmal auch aus Angst um meine Freunde, denen ich sowenig beistehen konnte wie Lena, weil mich diese verdammten Pflanzen noch immer an meinen Platz fesselten.

»Reißt euch los und lauft ins Haus«, brüllte ich.

»Funktioniert nicht!«, schrie Briann zurück.

Natürlich nicht. Sie hatten ja schon die ganze Zeit versucht, sich mithilfe ihrer Magie zu befreien. Der Drache rauschte heran wie ein riesiger dunkler Schatten. Jetzt flog er über den Fluss. Ich sah in seine Augen, die plötzlich eisblau funkelten. Oder war es nur das Licht, das ich vorne am Felsentor aufleuchten sah? Meister Kieran und der Feenkrieger Alrik traten dort heraus, fuchtelten mit den Armen. Aber nur kurz. Die Erde bebte heftig und sie stürzten zu Boden. Lena versank samt Felsen immer tiefer im Wiesengrund. Gräser und Erdbrocken spritzten hoch, fielen auf Lenas versteinerten Körper, der bald im Erdreich verschwunden sein würde. Oben in der Luft öffnete der Drache das Maul, spie uns sein Feuer entgegen. Wie eine glühende Walze rasten die Flammen auf meine Gefährten und mich zu. Kein Entkommen! *Lebt wohl, meine Freunde …*

Ich spürte unerträgliche Hitze. Knisternde Flammensäulen wogten um mich herum. Jeder Atemzug brannte in meinem Hals. Ich fühlte mehr als dass ich sah, wie der Drache sich entfernte. Vorne am Felsentor schrien Kieran und Alrik, aufgeregt, entsetzt. Ich hörte, wie sie zu uns her rannten. Wenigstens zwei von uns, die überleben würden. *Bleibt weg!* Ich wunderte mich, dass ich noch denken konnte. Dann merkte ich, dass die magischen Pflanzen, die mich die ganze Zeit über festgehalten hatten, von mir abfielen. Brennende Blätter streiften mein Gesicht. Eigenartig, es schmerzte nicht einmal. Ich roch verbrannten Stoff. Die Glut fraß sich durch viele Stellen meines Hemds. Vor Schwäche fiel ich auf die Knie, kroch durch die Flammenhölle nach vorne. Luft! Ich brauchte mehr

Luft! Ich hustete wie verrückt, um das Kratzen in meinem Hals loszuwerden. Meine Augen brannten. Ich konnte kaum etwas sehen, aber jemand zog mich plötzlich hoch.

»Ein Wunder! Ein Wunder! Ihr lebt!« Kieran umarmte mich, drückte mich an sich. Sein helles Gewand bekam überall Rußflecke.

Ich hielt mich an ihm fest und er führte mich zu den anderen. Meine Gefährten hatten Numirs Feuer überlebt, wie ich. Es konnte eigentlich nicht sein, aber es war so. Ihre Kleidung hing in verbrannten Fetzen an ihnen herunter, ihre Gesichter waren rußgeschwärzt, doch sie husteten, atmeten, lebten. Hinter uns loderte das Drachenfeuer noch einmal eisblau auf und erlosch dann. Wir fielen uns in die Arme und ich war so erleichtert, aber dann drehte ich mich um, schaute zu dem Platz, an dem der Fels mit Lena verschwunden war. Nichts deutete darauf hin, dass es ihn je gegeben hatte. Sogar das Gras war wieder da. Das unnatürliche Gewitter verzog sich. Ich starrte auf den Boden dort, und all meine Gefühle ballten sich zu einem einzigen schmerzenden Klumpen zusammen, der mich innerlich fast zerriss. Oben am heller werdenden Himmel stand der Mond, still und sanft leuchtend wie ein tröstendes Licht, das Hoffnung machen wollte auf ein Ende der Nacht. Ich aber wusste: Für mich gab es keine Hoffnung mehr. Lena war mir für immer verloren.

Ich merkte kaum, wie ich ins Haus gelangte, meine Freunde zogen mich wohl mit. Drinnen in der Wohnstube fiel mein Blick auf den kleinen Wighard. Der Poltergeist Daghbo wiegte ihn in seinen Armen und es sah aus, als ob das Kind freischwebend in der Luft schaukelte.

Meister Kieran ging murmelnd von einem zum anderen, schnipste mit den Fingern vor unseren Bäuchen. Im ganzen Raum breitete sich ein magischer, glitzernder Sternennebel aus, der erneut zum Husten reizte, aber danach sahen wir zumindest wieder einigermaßen sauber aus, auch wenn unsere Kleidung noch immer löchrigen Lumpen glich. Mihai ging zu Daghbo und nahm ihm den kleinen Mann ab.

Wie in Trance nahm ich das alles wahr, auch dass Briann mich auf einen Stuhl niederdrückte und dass Cara ein Glas magisches Hirschblut vor mich hinstellte, erlebte ich wie im Traum, ebenso die Gespräche der Männer, die sich irgendwann nicht mehr nur um das Geschehene drehten.

»Mihai, du solltest zu uns in den Turm ziehen«, sagte Finley gerade, »schon wegen dem Kleinen.«

Aber Mihai schüttelte den Kopf. »Ich gehe in mein Dorf zurück. Ich brauche meine gewohnte Umgebung, um mit allem, was hier geschehen ist, fertigzuwerden. Lena wusste das und ich weiß, dass Wighard es bei euch gut haben wird. Aber ich komme euch oft besuchen und mein Haus steht euch ja auch immer offen.«

Wie konnte *ich* mit all dem fertigwerden? Im Augenblick fühlte ich gar nichts mehr, kam mir vor wie eine ausgebrannte, leere Hülle.

Neben mir hörte ich Meister Kieran seufzen. »Ich hoffe, dass Lena lebt wie Niven. Vielleicht ist sie ja jetzt bei ihm, als Rabenfürstin.«

Nein, bestimmt nicht, dachte ich und überlegte im gleichen Augenblick, ob ich vielleicht wenigstens Lenas Statue wieder ausgraben konnte. Aber nein. Was Taherch verschwinden ließ, kam nie wieder zum Vorschein, außer sie wollte es so.

Der Feenkrieger Alrik saß mit aufgestütztem Arm am Tisch und rieb sich die Stirn. »Wie sollte das möglich sein, Kieran.

Lena wurde versteinert, ich hab es noch gesehen … Und es macht mir zu schaffen, dass wir uns nicht einmal von ihr verabschieden konnten!« Er wandte sich an alle. »Wir haben uns so beeilt, aber wir waren zu weit weg, schon hoch oben im Norden, als uns Mihais Schmetterling erreichte, und in der Aufregung fanden wir nicht gleich die richtigen Tore, die uns auf direktem Weg hätten zurückbringen können.«

Kieran nickte. »Ja, wir verirrten uns.« Er straffte den Rücken, schaute in die Runde. »Es ist so furchtbar. Und deshalb gehe ich auf alle Fälle noch einmal an den nordöstlichen Strandabschnitt des Nebelmeers. Ich will wissen, warum das alles passiert ist! Wenigstens das! Es gibt einen Grund dafür!« Er seufzte. »Heute Morgen, ganz plötzlich, da fiel es mir nämlich wieder ein, dass ich tatsächlich einmal beim Krappvolk gewesen war und dort von einem Rabenfürsten gehört hatte. Ich war noch ein Jüngling damals. Dieses Volk lebt nicht hier bei uns, sondern weiter draußen im Nebelmeer auf einer kleineren Insel namens Skeletten. Als der Schmetterling eure Botschaft brachte, hatten wir gerade das Tor mit dem Rabensymbol gefunden, das dorthin führt. Es ist uralt, überwuchert von Algen und versteinerten Muscheln …«

Kierans Erklärungen rauschten an mir vorbei. Was sollte das jetzt noch bringen? Niven war fort und Lena lag zu Stein erstarrt irgendwo unter der Erde. Mein Blick flog durch den Raum. Selbst die Geister saßen trübsinnig auf dem Spülstein. Es lag sicher nicht allein an dem, was geschehen war. Sie hätten sonst versucht, uns zu trösten, uns aufzumuntern, aber sie fühlten wohl, dass wir hier zum letzten Mal zusammensaßen. Zum letzten Mal … Wie seltsam dieser Gedanke in mir nachhallte.

Eine kleine Hand legte sich auf meine und dann schaute ich in die dunklen Augen des Alraunen Reik. »Ich weiß, wie du dich fühlst.«, sagte er leise und seine Stimme knirschte, als hätte er Sand zwischen den Zähnen. »Die Welt erscheint dir dunkel ohne sie. Aber mit der Zeit wird sich das Licht wieder durchsetzen, auch wenn du dir das jetzt nicht vorstellen kannst.«

Ich nickte, automatisch, aber im Grunde hörte ich ihm gar nicht richtig zu. Mein Blick fiel auf Mihai, der noch immer Lenas Kind in den Armen hielt. Wie fern mir der Kleine rückte. Ich hatte ihm Wärme versprochen, die ich nicht geben konnte. Ich hatte ihm Schutz versprochen, den er nicht brauchte. Cara und Finley würden gut für ihn sorgen.

Noch in derselben Nacht floh ich, ohne mich von meinen Gefährten zu verabschieden.

Ich floh in die Welt der Menschen. Zuerst trieb ich mich in der Stadt herum, in der Lena aufgewachsen war, beobachtete das Haus, in dem sie einmal gelebt hatte. Gewöhnliche Menschen wohnten jetzt dort, aber in meiner Fantasie sah ich Lena am Fenster stehen und die Gardine bewegen, so wie damals, als der magische Nebel zum ersten Mal in ihrem Garten erschienen war. Ein Rabenauge, hatte Niven gesagt. Was hatte dieses Ding gewollt? War es falsch gewesen, Lena für immer nach Antiquerra zu holen? Was wäre geschehen, wenn ich nicht nach einem Tor gesucht hätte, durch das auch ihr Vater nach Antiquerra gelangen konnte? Ich grübelte und grübelte. Mehrfach kletterte ich auch nachts über das Dach auf die Rückseite des Hauses und sprang in den Garten hinunter, und jedes Mal sah ich vor meinem geistigen Auge wieder das Nebelgebilde, das dort in der hinteren Ecke zwischen den Rosenbüschen waberte und sich ausstreckte, um nach Lena zu greifen. Die Bilder vermischten sich bald immer mehr mit den Szenen von Lenas letzten Stunden, stießen mich in eine verzweifelte Dunkelheit, in der ich bald nichts mehr wahrnahm außer quälendem Durst. Ich floh auch diesen Ort, versuchte meinen Blutdurst in den Großstädten zu stillen, die ich rastlos durchwanderte auf der Suche nach Mördern und Vergewaltigern, deren Taten nach Vergeltung schrien. Ich fand solche mit schlafwandlerischer Sicherheit, ihre verderbten Gedanken zogen sie zu mir her. Ich weiß nicht, wie vielen dieser menschlichen Dämonen ich das Leben aussaugte. Es gab mir kein besseres Gefühl, schien meinen Schmerz um Lena eher noch zu vergrößern, falls das überhaupt möglich war. Dennoch wütete ich weiter, gleich einem Rachedämon, der mit glattem, engelsgleichem Gesicht fühllos jene zum Ort der Verdammnis zog, die ihm dafür geschaffen schienen. Aber der eigenen Finsternis kann niemand entrinnen, und irgendwann wollte ich einfach nur noch sterben.

Briann suchte mich. Er streifte durch die ganze Welt der Menschen, ehe er mich endlich nach vielen Monden fand – in einem vergessenen Verlies unter einer ebenso vergessenen Burgruine irgendwo am Rande der Karpaten. Ich lag dort auf der kalten Erde und wollte nichts anderes, als dass man auch mich vergaß. Aber Briann tat alles, um mich meinen Schatten zu entreißen. Mit unendlicher Geduld und rigorosen Maßnahmen versuchte er, meinen Lebenswillen zu wecken. Einmal warf er sich zusammen mit mir sogar ins Feuer, nur damit ich begriff, dass dieses weder ihm, noch mir und meinem eingefrorenen Schmerz – so nannte er meinen Zustand – etwas anhaben konnte. Tahereh hätte dem Drachen Numir die Zauberkraft ihrer Augen geliehen und so dafür gesorgt, dass wir jetzt auch noch »feuerfest« seien. »Es ist sinnlos, sich tot zu stellen!«, erklärte er mir, und zwang mich gleich darauf hinauf in die pralle Mittagssonne, die mir sofort wie immer die Haut abschälte. »Du fühlst nichts mehr? Dann hältst du das wohl auch aus!«, brüllte er und erst als ich vor Schmerzen schrie, warf er mir ein Leintuch über und verfrachtete mich zurück in das Verlies. Mit der Zeit erreichte Briann, was er wollte: Ich wurde so wütend, auf Tahereh und auf ihn, dass ich mich aufraffte und den schier aussichtslosen Kampf gegen Briann aufnahm, mit Fäusten, Zähnen und Worten. Seltsamerweise tat mir das gut. Ich kam allmählich wieder zu mir, und in kleinen Schritten lernte ich, mit meiner Trauer umzugehen.

Unterdessen hielt Kieran, auch im Namen der Gefährten, den Kontakt zu uns aufrecht. Es berührte mich, auch wenn ich das nicht zugab.

Bald begriff ich aber, wie eigenartig es war, dass wir Nachrichten von ihm bekamen. Selbst wenn wir jahrzehntelang wegblieben, vergingen nämlich in Antiquerra aufgrund eines Zeitphänomens bis zu unserer Rückkehr kaum nennenswerte Augenblicke, sodass Kieran eigentlich gar nicht hätte wissen können, wie lange wir schon weg waren. Dass er es trotzdem wusste, konnte nur bedeuten, dass sich das Zeitempfinden in Antiquerra gerade an die Realzeit in der Menschenwelt anpasste. So etwas geschah nur etwa alle 165 Jahre, wenn der Nebelstern am Himmel aufstieg, oder aber zu Zeiten, wenn die Königinnen die Weltentore schlossen. Da die Tore offen waren, sprach ich Briann, der immer ein kleines Buch mit Sternenberechnungen mit sich schleppte, darauf an.

Er wies auf die Gradzahlen für den Nebelstern. »Ja, hättest du da reingeschaut, dann wäre dir klargeworden, dass du nicht unbemerkt verschwinden kannst.« Briann grinste, wurde aber gleich darauf wieder ernst. »Wir sollten nach Hause gehen. Unsere Freunde sorgen sich um dich, und du weißt, dass wir Kieran nicht antworten können.«

Mir fiel plötzlich etwas ganz anderes ein. »Sansa … Herrje, in meinem Schmerz um Lena hab ich sie ganz vergessen.«

Briann beugte sich zu mir vor. »Ah, du erinnerst dich an die Kleine? Gut!«

Ich seufzte. »Ich hätte mich von ihr trennen sollen, spätestens bevor ich ging. Dass ich sie ohne ein Wort verließ, hat sie nicht verdient.«

Briann nickte. »Das ist wahr! Ich traf sie ein paar Mal, als ich nach dir suchte, und du kannst mir glauben: Sie litt sehr!« Er schaute mich forschend an. »Sie wollte sogar ihr Training aufgeben. Ihr Traum, Feenkriegerin zu werden, war ihr nach deinem Verschwinden nicht mehr wichtig. Ich denke, sie liebte dich wohl mehr, als sie zugab.«

»Willst du mein Gewissen noch mehr belasten?«

Briann schüttelte den Kopf. »Nein, ich weiß ja, warum du abgehauen bist und ich verstehe das, wenn ich es auch nicht gutheißen kann. Wer weiß, vielleicht hätte ich mich in derselben Situation genauso verhalten. Wir Vampire neigen nun mal zu Extremen. Aber Sansa tat mir wirklich leid, und ich durfte ihr ja nicht sagen, was geschehen war.«

Ich seufzte wieder. »Dann hättest du ihr die Erinnerung an mich nehmen sollen, um es ihr leichter zu machen.«

Briann tätschelte meine Schulter. »Das hab ich getan, mein Freund. Wenn wir zurückkehren, kannst du sie ganz neu kennenlernen, wenn du das magst. Kehren wir zurück?«

Aber ich traute mich nicht.

Es ging mir zwar ein wenig besser, ich verhielt mich nicht mehr so extrem in meiner Trauer um Lena, aber für eine Rückkehr nach Antiquerra, wo mich alles an sie erinnern würde, empfand ich mich noch nicht stabil genug. Briann, der mich weiterhin nicht aus den Augen ließ, sah es ein. Er versuchte jedoch, Darian, Thure und Vico auf geistigem Weg

Botschaften zu übermitteln. Da wir aber in unterschiedlichen Welten weilten, empfingen sie diese wohl nicht so deutlich wie gewünscht. Umgekehrt nahmen ja auch wir deren Gedanken nur vage wahr.

Ich vermutete aber, dass unsere Vampirgefährten Kieran ihre Eindrücke mitteilten, die sie von uns empfingen. Vielleicht hat ihn das noch angespornt, doch ich wusste, dass es das bei ihm nicht brauchte. Kieran verhielt sich einfach als treuer Freund, auch wenn er keine Antwort bekam, weil wir den Papilio-Wurfzauber nicht beherrschten. Immer wieder erreichten uns seine Schmetterlinge, die von den Gefährten und von Antiquerra erzählten, dafür sorgten, dass ich das Band zu meiner Heimat und zu meinen Freunden nicht kappen konnte. Kieran suchte mich auch neugierig zu machen, wenn er von Wighard berichtete, der ein ganz besonderer Junge sei.

Da ich mich immer noch scheute, heimzukehren, zogen wir uns ein wenig tiefer in die Karpaten zurück. Die waldreiche Gegend erinnerte ein bisschen an Dracopatria. Einigermaßen komfortablen Unterschlupf hätten wir überall in den Bergen gefunden, jedoch wollte Briann unbedingt in einer Fledermaushöhle wohnen. Ich begriff auch bald, warum ihm das so wichtig war, denn er arbeitete beharrlich an einem Weg, Kieran Antwort zu geben. Jeden Morgen pflückte er einzelne Fledermäuse von der Höhlendecke, trank Tropfen von ihrem Blut, um sie rufen zu können und ihnen Aufträge zu erteilen. Mit der Zeit schienen seine Versuchsobjekte zu begreifen, was er wollte. Sie ließen sich kleine Briefe umhängen, flatterten in den Abendstunden davon, scheiterten aber jedes Mal an der Grenze, die Antiquerra mit der Welt der Menschen verband. Irgendwann kam Briann auf die Idee, einen Regenbogen für die Reise der Fledermäuse zu nutzen. Als das für das Experiment ausgewählte Tier eine Zeit später ohne Brief wieder zurückkam, warteten wir gespannt auf den möglicherweise antwortenden Schmetterling.

Und er kam! Voller Begeisterung griff Kieran Brianns Idee von dem verbindenden Regenbogen auf, und zusammen mit Finley schuf er einen Zauber, der es ermöglichte, einen solchen jederzeit zu erzeugen. Als Kieran uns etwa sechs Monde später in einer Schmetterlingsbotschaft die Worte dafür nannte, hüpfte Briann vor Freude im Kreis.

Es entspann sich danach ein reger Austausch zwischen Kieran und uns. Wir erzählten von der Menschenwelt und er von Antiquerra. Seine Botschaften schlossen jedes Mal mit der Frage: »Wann kommt ihr zurück?« Aber allein der Gedanke an Antiquerra, wo jeder Grashalm, jedes Blütenblatt Lenas Namen flüsterte, genügte, um mich in der Menschenwelt festzuhalten.

Allerdings wurde diese Welt, in der wir nun schon seit Jahrzehnten lebten, ziemlich ungemütlich. Furchtbare Kriege hatten einen Großteil der Lebensräume vollkommen zerstört. Dazu herrschte extreme Hitze, die Flüsse trockneten aus, auch die Wälder, von denen große Teile dazu noch von wiederkehrenden orkanartigen Stürmen zerstörte wurden. Wir sahen viel zu oft verendete Wildtiere und die Luft roch seltsam, legte sich wie Blei auf die Brust. Die einst so lebendige Erde der Menschen schien allmählich zu sterben. Ich wollte das nicht auch noch mitansehen müssen, und so entschloss ich mich nun doch endlich zur Heimkehr. Briann dankte allen Göttern, als ich es ihm sagte. Aber dann erfuhren wir von Kieran, dass er die Feen entsandt hatte, um wenigstens einen Teil der Menschheit nach Antiquerra zu evakuieren und so zu retten. Um unserer Ehre willen blieb uns daher nichts anderes übrig, als ebenfalls hierzubleiben, um die Aktion zusammen mit anderen Freiwilligen aus Dracopatria zu überwachen.

Aber dann geschah, womit keiner gerechnet hatte: Die Strahlenkönigin Alyssa verschloss die Tore zwischen den Welten. Alle Feen, Lichtmagier und Vampire, die zu diesem Zeitpunkt unter den Menschen lebten, verloren wie wir die Erinnerung an unsere alte Erde. Erst Jahre später wendete sich das Blatt wieder. Unsere Erinnerung kehrte zurück, aber innerhalb der folgenden drei Monde schwebten wir noch zwischen Hoffen und Bangen, denn noch konnten wir nicht nach Hause gehen. Dass die Königinnen am Ende die Weltentore tatsächlich wieder öffneten, verdankten wir einer mutigen jungen Korria-Fee, die Tahereh den Schlüssel zurückgab, den Niven aus dem Schattenreich mitgebracht und den ihre Familie damals auf Alriks Bitten hin in Verwahrung genommen hatte. Nun begriffen wir auch, warum Lena auf neunzig Jahren Schweigezeit bestanden hatte. Sie waren fast um.

Zusammen mit einem Flüchtlingsstrom von Menschen kehrten wir heim. Als ich dann den Boden von Antiquerra betrat, da war es, als sei ich niemals weg gewesen.

Cara und Finley stellten Briann und mir gleich ihre Tochter Keona vor, die ein Jahr nach meiner Flucht geboren worden war – und Wighard, der mit seinen siebenundachtzig Jahren noch in der vollen Blüte seiner Jugend stand. Ich sah seine Augen, die denen von Lena vollkommen glichen. Doch als er die Lippen hob und lächelte, da erblickte ich Reißzähne, nur wenig kürzer als meine eigenen. Ja, in diesem Augenblick erkannte ich, dass Wighard *mein* Sohn war! Es warf mich fast um!

Drei Jahre mussten wir danach noch schweigen, so hatten wir es Lena versprochen. Wighard kam ich in dieser Zeit sehr nahe, auch wenn ich ihm noch nicht sagen durfte, was uns verband und welche Aufgabe ihm unserer Meinung nach zukam, um den Kreis endgültig zu schließen. Er war anders als ich und meine Vampirgefährten, konnte alles essen, ohne dass ihm schlecht wurde, und selbst der höchste Stand der Sonne wurde ihm nicht gefährlich. Fliegen konnte er nicht, aber sehr hoch und weit springen, sodass es fast so aussah. Blut trank auch er so regelmäßig wie wir, seit seinem dritten Lebensjahr. Allerdings genügten ihm schon wenige Tropfen, die er zu Caras Leidwesen immer noch gern wie als Kind von den rohen Hirschsteaks lutschte, die sie nur seinetwegen ab und zu auf den Tisch brachte. Aber irgendeine Marotte hat wohl jeder, es tat meiner Meinung über ihn keinen Abbruch. Er war ein feiner junger Mann mit ansonsten guten Manieren, sicherem Urteilsvermögen und mitfühlendem Wesen. Ich empfand Stolz auf ihn.

Aber was empfand Mihai?

Ich sprach mit ihm unter vier Augen, weil ich wissen wollte, wie er damit umging, dass Wighard nicht Nivens Sohn war. Das musste ihn doch getroffen haben und seine Blutlinie würde ja jetzt dazu noch mit ihm aussterben.

Aber er beruhigte mich. »Ich liebe ihn, auch wenn er nicht Nivens Sohn ist. Ich habe das übrigens schon kurz nachdem Niven verwandelt wurde, geahnt. Er wäre nicht freiwillig mit Tahereh mitgegangen, wenn es sein Kind gewesen wäre. Auch dass sein Bogen danach verschwand, sprach dafür. Ein Feenkrieger – und das war Niven ja im Grunde – bewahrt seinen Bogen schon aus Tradition für die kommende Generation.« Er grinste mich an. »Im übrigen konnten Lena und du eure Liebe zueinander nicht so gut verstecken, wie ihr das vielleicht gewollt habt. Und mach dir keine Sorgen, weil ich keine Verwandten mehr habe. Wir haben eine Tradition, die dafür sorgt, dass keiner allein bleiben und keiner zu beengt leben muss.

Bald bin ich zweihundert Jahre alt und kann mir das zunutze machen. Ich darf eine junge Familie aus meinem Dorf adoptieren. Die Bewerber kommen mich jetzt schon besuchen. Ich habe die Auswahl und ich glaube, da ist ein junger Mann dabei, der meines Bogens einmal würdig sein wird.«

Ich atmete auf, vor allem auch, weil ich erkannte, dass Mihai die Geschehnisse am Fluss mittlerweile gut verarbeitet hatte. Er strahlte wieder Kraft aus und ein bisschen beneidete ich ihn sogar darum.

Mit Kieran saß ich wieder nächtelang zusammen, um zu diskutieren und zu philosophieren. Wie sehr ich das vermisst hatte in den Jahren, erkannte ich erst jetzt. Und natürlich trafen wir – die Überlebenden, wie wir uns nun manchmal nannten – uns oft, um gemeinsam zu feiern. In Kierans Turm saßen wir dann bei seinem hervorragenden falschen Kräuterschnaps, dem Biest, zusammen. Ja, auch das brachte ich wieder fertig: zu feiern, mit altgewohnter Exzession. Briann konnte den höheren Mächten nicht genug dafür danken, obwohl uns regelmäßig am Morgen danach der Kopf dröhnte.

Dass ich mich wieder sicher in meiner Haut fühlte – auch wenn die Erinnerung an meinen Verlust mich ab und zu noch quälte – lag auch daran, dass Kieran mir von den Juncta berichtete, zwei Rabenvögeln, die Tahereh einen Dienst erwiesen und denen sie die Freiheit geschenkt hatte.

»Ich bin überzeugt, dass das Lena und Niven sind«, erklärte er. »Sie wurden zu Juncta, beziehungsweise zu gestaltwandelnden Seelenhütern, wie dieses Rabenvolk einst hinter den Nebeln genannt wurde, alles deutet darauf hin. Ich nehme an, dass sie beide dieses geheimnisvolle Volk anführen, deshalb bezeichnete Tahereh Niven als Rabenfürsten.«

»Wolltest du nicht damals zum Krappvolk gehen, um Näheres zu erfahren?«, fragte ich ihn.

»Ja, ich stand sehr oft vor diesem alten Tor, aber ich konnte es nicht öffnen.«

Ich schaute Kieran aufmerksam an. »Und dennoch scheinst du etwas erfahren zu haben.«

Kieran nickte. »Ja. Als ich das letzte Mal zum Strand des Nebelmeers ging – aus einem inneren Drang heraus, zur Zeit, als die Weltentore geschlossen waren – da saß eine Meerjungfrau neben dem alten Eingang. Ist selten, dass man eine zu Gesicht bekommt, und ich erschrak erst, weil ich dachte, sie will mich ins Wasser locken. Das tun sie manchmal. Aber dann sprach sie ganz freundlich mit mir, fragte, wer ich sei und was ich an einem Tor wollte, das bereits seit mehr als dreihundert Jahren verschlossen wäre.«

»Was, so lange schon?«, entfuhr es mir.

Kieran grinste, dass sich die Fältchen tief um seine Augen gruben. »Ich durchschritt das Tor nur ein einziges Mal in meinem Leben und da war ich gerade einmal um die Sechzig herum. Jetzt weißt du, dass ich zwischenzeitlich ein ziemlich alter Mann geworden bin.« Er stand auf und holte aus seiner Bibliothek ein Buch herbei, dessen Einband sich wie Meereswellen kräuselte. »Diese Meerjungfrau wusste viel über das Krappvolk, das sich in Rabenfedern kleidet und das zumindest früher für seine Weissagungen und Zauber mithilfe von Flaumfedern berühmt gewesen war. Aber dann hatten sie wohl dem Falschen einen Dienst erwiesen.« Kieran wies auf das Buch, das er auf den Tisch gelegt hatte. »Das gab sie mir, mit dem Einverständnis der Königinnen Tahereh und Alyssa, wie sie betonte. Hier steht alles geschrieben.«

Ich schlug das Buch auf, dessen Schrift sich Satz für Satz in wellenförmigen Linien wie auf einer Wasseroberfläche abbildete. Es war schwierig zu lesen, zumal immer wieder Algenteile und ins Bild schwimmende Fische das Geschriebene verdeckten. Deshalb gab mir Kieran, der das Buch bereits gründlich studiert hatte, die Kurzfassung: Es gab einen Rabenfürsten und eine Rabenfürstin. Beide waren durch Zwillingsseelen miteinander verbunden. Mit ihrem Volk, den Juncta, dienten sie seit Anbeginn den Königinnen, in deren Auftrag sie durch die Welten flogen, um zu beobachten, wie die Dinge standen. Vor mehr als sechstausend Jahren geriet die Rabenfürstin jedoch an einen bösartigen Zauberer, der sich der Kräfte des Krappvolks bedient hatte und ihre Seele in einen sterblichen Körper trieb. Niemand konnte sie finden, da sie dadurch die Erinnerung an ihr wahres Wesen verloren hatte und nicht auf sich aufmerksam machen konnte. Es gab nur eine Möglichkeit, auch der Rabenfürst musste sterblich werden, denn nur so konnten sich ihre Seelen erkennen, wenn er sie irgendwann traf. Von da an durchwanderten beide immer wieder in wechselnden sterblichen Hüllen die Zeit, begleitet von der Hoffnung der Königinnen, dass sie irgendwann zusammenfinden würden und so wieder sichtbar wurden.

»Ich verstehe«, flüsterte ich.

Kieran seufzte. »Ja, Lena und Niven. Wir alle haben ihre besondere Verbindung immer gespürt. Für uns waren sie zwar die Fatas, aber damals im Schattenreich – Tahereh muss in den beiden die Rabenfürsten-Geschwister erkannt haben, spätestens als sie begriff, dass Niven mit uns gehen wollte.«

Ja, jetzt wurde vieles klarer. Lena lebte, Tahereh hatte sie in die Rabenfürstin zurückverwandelt, aber mich zuvor glauben gemacht, sie sei tot. Damit ich nicht nach ihr suchte? Um mir klarzumachen, dass meine Zeit mit Lena gelebt war? Vielleicht. Ich lächelte in mich hinein, dachte an Wighard und daran, dass Lena ihm an jenem Tag gesagt hatte, dass sie mich liebte. Ja, sie hatte mich geliebt, so wie ich sie, und unser Sohn war der lebende Beweis.

Als ich mich nach unserem Gespräch von Kieran verab-schiedete, da machte er mir das Buch der Meerjungfrau zum Geschenk. Ich nahm es nur zögernd an, da es so kostbar war, aber er bestand darauf.

Wenig später endete unsere Schweigezeit, und ich versprach ihm, alles aufzuschreiben, was wir erlebt hatten. Er wollte mir dabei helfen, aber dazu kam es nicht mehr, denn er starb bald darauf. *Kieran, mein treuer Freund, ich hätte so gerne noch ein paar Jahre mit dir gehabt ...*

Was die Zukunft betraf – diese war nur noch zum Teil meine Angelegenheit. Ich hatte Ahnungen, aber wozu sich darüber auslassen? Sollte ein jeder einfach aufmerksam beobachteten, was geschah. Denn der Sinn vergangener Erfahrungen wird sich immer erst offenbaren, wenn die Zeit dafür reif ist.

So, wie es vorgesehen ist.

Kapitel 6

Die Stimme Antiquerras …

Geschafft!

Aufatmend legte ich die Schreibfeder beiseite. Diese letzte Strecke meiner Erinnerungen hatte mich noch einmal Kraft gekostet, aber jetzt überwog das Gefühl, von einer schweren Last befreit zu sein. Mir war plötzlich, als ob aller Schmerz, aller Kummer, an dem ich so viele Jahrzehnte festgehalten hatte, mit den letzten Worten endgültig aus mir herausgeflossen wären, um nie wiederzukommen. Kieran hatte recht gehabt. Was davon übrig blieb, war die Erfahrung einer ungewöhnlichen reinen Liebe, die mich durch die Ewigkeit begleiten würde.

Als Briann kam, um mir meinen stärkenden Bluttrunk zu bringen, brachte er Thure mit.

»Wie geht es dir, Luczin?«, fragten beide fast wie aus einem Mund.

»Überraschend gut, jetzt wo ich endlich fertig bin.«

Briann nickte und nahm sich sogleich das Buch, in dem ich geschrieben hatte.

Thure schwenkte zwei große, in kostbares bemaltes Hirschleder gebundene Folianten. »Dann kann der Zauberdruck ja gleich nachher beginnen. Die Bücher machen das selbstständig, brauchen uns nicht dafür. Zwei Versionen, eine vollständige für uns, eine abgeschwächte Version für den Rest unserer Welt. Betrifft wohl vor allem die Schilderungen unserer Jagdgewohnheiten, das ist nichts für empfindsame Feenseelen, und unsere Vampirgeheimnisse, wie das von den gläsernen Drachen. Die müssen natürlich gewahrt bleiben. Schließlich erzählen wir immer, dass wir jeden beißen werden, wie es uns gefällt und den Spaß wollen wir uns ja weiterhin erhalten. Aber wie gesagt, die Druckbücher machen das selbstständig.«

»Du hast meine Aufzeichnungen bereits gelesen?«, fragte ich erstaunt.

»Einen Teil, während du schliefst.«

Ich nickte und wandte mich einem anderen Thema zu. »Läuft draußen alles rund? Ich hab ja nichts mitbekommen die letzten Tage.«

Briann legte meine Aufzeichnungen zur Seite und schaute mich prüfend an. »Und du bist wirklich wieder geerdet?« Als ich die Augenbrauen hob, fuhr er fort: »Also gut. Finley will Kierans Asche in drei Tagen zum Kristallenen See bringen. Er erwartet, dass wir alle dabei sind.«

Nun, damit hatte ich schon gerechnet. Finley war jetzt der Herr des Turms, er verdiente so viel Respekt wie Meister Kieran zuteil geworden war.

Ich nickte. »Schon seltsam, dass von Kieran Asche zurückblieb. Soweit ich weiß, ist das bisher noch bei keinem Herrn des Turms geschehen.«

Thure zuckte die Schultern. »Er hat sich sehr verdient um Antiquerra gemacht, und damals, als die große Dunkelheit kam, war er es, der die Hoffnung aller aufrecht hielt, bis Lena ihren Weg gehen konnte.«

Ich lächelte in Erinnerung an meine erste Begegnung mit Kieran. »Aber er selbst hatte sie damals längst verloren.«

»Und wiedergefunden. Vermutlich ist es das, was zählt.«

Briann gab Thure recht. »Noch etwas … Ich sagte dir schon, dass die Geister immer noch in dem Haus am Fluss sind. An dem Gebäude nagt zwar der Zahn der Zeit, aber das kümmert sie nicht. Gestern hab ich sie wieder besucht.« Als ich etwas sagen wollte, winkte Briann ab. »Ja, ja, das ist halt meine Art, die Vergangenheit zu verarbeiten. Ich will begreifen, und die Drei nehmen mehr Dinge wahr, als ein in Materie gebundenes Wesen es je könnte. Sie reden mit dem Fluss, mit den Bäumen, mit Gras und mit Blumen. Aber das ist jetzt nebensächlich. Wenn wir vom Kristallenen See zurück sind, sollst du zu ihnen kommen, in der Zeit kurz vor Sonnenuntergang. Daghbo sagte, es sei wichtig für dich.«

Ich seufzte. In den drei Jahren, seit ich wieder hier war, hatte ich mich erfolgreich davor gedrückt, noch einmal zu dem Platz am Fluss zu gehen. Aber vielleicht war jetzt genau der richtige Zeitpunkt, um auch diesen Test zu bestehen.

Am nächsten Vormittag, als die Zauberbücher ihre Abschrift beendet hatten, nahm ich das handschriftliche Original und flog damit zum Turm, um es meinem Sohn Wighard zu übergeben. Er wartete schon auf mich, obwohl ich mich nicht angekündigt hatte.

»Eine Eingebung«, antwortete er auf meine Nachfrage und nahm mir das Buch ab.

»Verwahre es gut und zeige es niemandem. Es ist allein deines, ein wenig ausführlicher als die offizielle Version«, erklärte ich ihm. »Wenn du es gelesen hast, reden wir.«

»Und das Exemplar für die Turmbibliothek?«, erkundigte sich Finley, der gerade hinzutrat.

»Bekommst du, bevor wir zum Kristallenen See gehen. Kannst es schon mal ankündigen. Aber Vorsicht! Wenn jeder in Antiquerra sich eine Kopie ins Haus zaubern will, wird deine Bücherwand gewaltig flattern.«

Finley grinste. »Es scheint dir nicht so schlecht zu gehen, wie du aussiehst. Deinen Humor hast du jedenfalls noch.«

Ich nickte. »Ich fühle mich gut, nur müde.«

»Hm, ja, deine rotgeränderten Augen sehen heute wirklich zum Fürchten aus.« Er schob mich zur Tür. »Also dann, bevor du hier noch zur Stolperfalle wirst, weil du mir auf der Schwelle einschläfst, ab in dein Bett, schlaf dich aus. Wir sehen uns übermorgen bei Sonnenaufgang.«

Zusammen mit Briann, Darian, Vico und Thure flog ich zum Turm. Als wir auf dem Platz davor die Füße aufsetzten, stapfte auch Reik gerade aus dem Eichenwald heraus.

Die Tür zum Turm stand wie immer offen und wir gingen hinein. Es war recht still, im Gegensatz zu sonst, wo immer lebhafter Umtrieb herrschte. Auf dem Schränkchen neben der Tür zum Studierzimmer sah ich sofort das kleine Gefäß, welches den winzigen Rest der Asche enthielt, die von Meister Kieran übrig geblieben war.

Finley, der bereits sein langes, helles Gewand und die schwere Kette um den Hals trug, die ihn als Herrn des Turms auswies, hatte meinen Blick bemerkt. »Ich vermisse Kieran so sehr«, sagte er leise.

Ich umarmte ihn fest. »Ja, ich weiß.«

Keona und Wighard kamen gerade die Treppe herunter und gesellten sich zu uns. Mein Herz pochte ein wenig schneller. Wighard sah mich an und in seinem Blick lag eine Wärme, die mich vollkommen einhüllte. Ich atmete auf.

Er lächelte. »Als wir uns vor drei Jahren das erste Mal in die Augen blickten, da wusste ich gleich, dass uns etwas verbindet. Ich spürte eine seltsame Vertrautheit. Jetzt weiß ich, warum.« Finley trat zurück und Wighard vor. Er umfasste meine Schultern und küsste meine Wange. »Mir ist jetzt klar, wohin mein Weg mich führen wird, und ich zähle auf dich ... Vater.«

Ich umarmte ihn. »Ja, du kannst auf mich zählen, mein Sohn, auf uns alle. Aber nenn mich weiterhin Luczin, denn der, der dir ein Vater war in all den Jahren, ist und bleibt Finley.«

Er nickte, lächelte wieder. »Ich dachte mir schon, dass du das sagen wirst.«

Briann wickelte den Folianten, der die Abschrift meiner Erinnerung enthielt, aus, strich über den ledernen Einband des großen Buchs und drückte es in Finleys Hände. »Hier! Bevor wir alle von Rührung übermannt werden.«

Finley hielt das Buch kaum in Händen, da schien es schon verrückt zu spielen. Es klappte auf und zu, führte sich auf, als ob der Sturm durch seine mit blutroter Schrift bedruckten Blätter rauschen würde. Finley konnte es kaum halten.

»Donnerlittchen!«, grummelte Reik, der einem Schlag von der harten Lederkante des Buchs gerade noch ausweichen konnte.

»Oh, oh!«, japste Finley und eilte ins Studierzimmer, um den Folianten im Regal in den dort vorbereiteten Käfig für neue Bücher einzusperren. Kaum dass er wieder herauskam und die Tür hinter sich schloss, da rumpelte es in dem Studierzimmer, als ob eine wild gewordene Herde Kühe durchrasen würde. Finley verzog das Gesicht und hielt sich die Ohren zu. »Ich hoffe, dass der Turm noch steht, wenn wir wiederkommen. Luczin, anscheinend brennt wirklich jeder darauf, deine Memoiren zu lesen.«

Bei uns in Dracopatria war es ähnlich gewesen, als ich unser Exemplar ins Regal stellte. Ich hob entschuldigend die Schultern. »In ein paar Tagen wird wieder Ruhe einkehren.«

Wir hielten uns nun nicht mehr auf.

Cara, deren lange rote Haare heute mit ihrem seidenen Feenkleid um die Wette leuchteten, drückte Finley das Aschekästchen in die Hand. »Liebster, Kieran wartet darauf, dass du deine Pflicht erfüllst.«

Finley nickte, griff nach seinem langen Stab und stieß ihn zum Zeichen des Aufbruchs auf dem Boden auf. »Gehen wir.«

Gemeinsam wanderten wir durch den Eichenwald und über die Wiese bis hinunter zum Felsen vor dem Wasserfall.

Finley legte seine Hand auf eine Ausbuchtung im Stein, und mit einem dumpfen, schabenden Geräusch öffnete sich der Eingang. Nacheinander traten wir hindurch und an den See, über dem ein großer Kristall schwebte, der die feuchten Höhlenwände und das Wasser in warmes Licht tauchte. Am Ufer lag eine schwarze, reich mit Silber beschlagene Barke, deren hoher Bug mit dem geheimnisvoll schimmernden Kopf einer Frau mit tief in die Stirn gezogener Kapuze geschmückt war – die Barke der Schattenkönigin Tahereh.

In sanften Wellen schlug das Wasser ans Ufer. Ich hörte das leise Plätschern, doch mein Blick flog zur gegenüberliegenden Seite des Sees. Ein wenig abseits unter einem überhängenden Felsen lag dort die edle goldgeschmückte Gondel aus Ebenholz, die vor dem Bug das Abbild der Strahlenkönigin Alyssa trug. Tahereh und Alyssa, zwei göttliche Schwestern, die sich ihre Aufgaben teilten. War eine von ihnen größer oder geringer als die andere? Nein, beantwortete ich mir die Frage selbst. Sie taten ihre Pflicht, rangen unermüdlich um das Gleichgewicht von Licht und Dunkelheit, damit im Raum dazwischen die geheimnisvolle Blume des Lebens nicht verdorrte.

Finley half Cara beim Einsteigen und beide stellten sich aufrecht vor den Bug. Briann, Wighard und ich stellten uns hinter ihnen auf, und nach uns stiegen die beiden Feenkrieger Mihai und Alrik sowie Reik, Vico, Keona, Darian und Thure ein. Wir alle blieben stehen, wie es sich für den feierlichen Anlass geziemte.

»Bereit?«, fragte Finley und wir bejahten.

Vorne am Felsen drehten sich die beiden weiblichen Figuren um, die das Portal zum Wasserweg einrahmten. Ihre Gewänder wogten und sie verneigten sich mit der Geste des Feengrußes. Dann setzte sich die Barke in Bewegung.

Das Schaukeln brachte keinen von uns aus dem Gleichgewicht. Es schien, als ob wir mit Taherehs Barke eins würden. Ich genoss die bewegten, mehrdimensionalen Bilder an den Wänden des Tunnels, ohne zu straucheln. Mein Blick streifte zwitschernde magische Vögel, Wind strich durch mein Haar, ich roch den Duft von Blumen, sah wogende Ähren, und das Aroma sonnengereifter Früchte lag auf meiner Zunge. Ich lächelte, weil ich mich plötzlich an das Entzücken von Lenas Vater erinnerte, als wir damals, als ich die beiden aus der Menschenwelt abgeholt hatte, aus der entgegengesetzten Richtung hier entlang gekommen waren.

Fast zu schnell nahm der Höhlengang ein Ende und die Barke schipperte in den riesigen See, der wegen seines klaren tiefen Wassers der »Kristallene See« genannt wurde.

Wir ankerten direkt vor dem Tunnelausgang.

Unzählige weitere Höhlengänge, die Verbindungswege zur Welt der Menschen, befanden sich ringsum in den Felswänden. Über den Eingängen brannten Fackeln, deren Licht sich im Wasser des Sees spiegelte und die Inseln voller Tropfsteingebilde zum Glitzern brachten. In der Luft hingen Lichtkugeln, die völlig reglos verharrten. Es war vollkommen still, so als ob dieser unterirdische See seinen Atem anhalten würde.

Ich hörte, wie Finley leise seufzte, und sah, wie Cara diskret seine Hand drückte. Es war soweit!

Für die Übergabe der Asche gab es kein Ritual. Zu selten wurde einer zur Stimme Antiquerras, als dass hierfür Vorschriften sinnvoll gewesen wären. Es blieb den Angehörigen selbst überlassen, auf welche Art sie die Asche der Toten dem See übergaben.

Finley hob das kleine Gefäß hoch, sodass wir alle es sehen konnten. »Danke, Meister Kiran«, sagte er, und wir wussten, dass es nicht mehr Worte brauchte, um das, was uns und vor allem ihn mit Kieran verbunden hatte, zu beschreiben. Finley nahm den Deckel von dem Gefäß und schüttete die wenigen Flöckchen Asche in das Wasser, das mit einem Mal von tief unten herauf zu leuchten begann. Es dauerte nur wenige Wimpernschläge lang, dann lag der See da wie zuvor. Ich hörte, wie Finley durchatmete und seinen Stab einmal gegen den Boden der Barke stieß. »Stimme Antiquerras!«, rief er. »Erkenne Kieran, der nun mit dir eins ist!«

An der Höhlendecke begannen die Lichtkugeln zu tanzen, und die Fackeln ringsum an den Wänden loderten blau und golden auf. Aus dem See erklang ein überirdisch schöner Gesang, erst ganz leise, dann schwoll er zart und erhebend an, und zugleich umwehte der Duft von blühenden Wiesen unsere Nasen. Ja, das war Antiquerra …

Nach einer Weile wendete die Barke der Schattenkönigin und wir schipperten durch den Höhlengang zurück in den See des Eingangsbereichs. Keiner sprach ein Wort, zu sehr waren wir alle noch ergriffen. Erst draußen auf der Wiese vor dem Eichenwald kamen wir wieder zu uns, als ein sanfter Wind liebkosend über unser Haar strich.

»Jetzt gehört Kieran allen in Antiquerra, er ist ein Teil unserer alten Erde geworden, die er so liebte«, fasste Finley seine Empfindungen zusammen.« Er atmete auf, sichtlich befreit. »Kommt, gehen wir zurück in den Turm. Ich habe eine Stärkung nötig und ihr sicher auch.«

Wie so oft saßen wir auch jetzt an dem großen Tisch neben dem Eingang zum Turm zusammen. Während Cara und Keona auftischten, gedachten wir noch einmal unserer Gefährten, die nicht mehr bei uns sitzen konnten. Die Plätze, an denen Meister Kieran, Niven und Lena immer gesessen hatten, blieben frei. Aber wir alle sahen sie wohl im Geist, und wir lächelten ihnen zu. Die Wehmut dieses Augenblicks verschwand, als Keona die stinkende Brennesseljauchensoße für Reik brachte.

Genüsslich schnalzte Reik mit der Zunge, während die anderen hektisch an ihrer Beerensoße schnüffelten. »Was ihr nur immer habt …« Er goss sich eine gute Portion davon über seinen Getreidebrei. »Guten Appetit!« Er schaute erst uns und dann die leeren Stühle an. »Auch euch, was immer eure Speise jetzt sein mag.« Sein runzlig bewegtes Gesicht wurde für einen Moment noch runzliger. »Danke, dass ich eine Weile an eurer Seite sein durfte.«

Wir bestätigten das aus vollen Herzen, und dann langten alle kräftig zu – das heißt, alle außer uns Vampiren. Wir tranken lediglich das Zauberblut, das Cara uns gebracht hatte.

Wighard, der ja nur zur Hälfte ein Vampir war, aß mit großem Appetit. Es versetzte mich immer noch in Erstaunen, obwohl ich das jetzt schon oft gesehen hatte. Keona saß neben ihm, und ich gewann den Eindruck, als ob die beiden sich heute besonders nahe standen.

Als alle satt waren, schnipste Finley mehrfach mit den Fingern. Die leergegessenen Schüsseln flogen in einer Reihe in die Küche des Turms. Reiks Soßenkrug segelte zurück hinter das Haus. Gleich darauf rauschten Gläser und eine Flasche falscher Kräuterschnaps durch die Luft und setzten auf dem Tisch auf. Die Flasche schenkte ein, nur halb voll. »Genießt, was von Kierans Vorrat noch da ist«, sagte Finley. »Es stehen nur noch wenige Flaschen im Keller, und ob ich das Biest so gut hinbekomme wie er, ist fraglich.«

Während wir diesmal den Inhalt unserer Gläser nicht kippten, sondern eher nippten, sah Wighard mich an. Dann ging sein Blick über die ganze Runde.

»Ich hab euch was zu sagen«, begann er. »Nachdem ich Luczins Aufzeichnungen vor zwei Tagen in einem Stück gelesen hatte, legte ich mich ins Bett, um über alles nachzudenken. Aber ich schlief ein. Im Traum erschien mir die Schattenkönigin Tahereh. Eine echte Vision, wie die Perle beweist, die ich danach in meinem Bett fand. Sie will, dass ich eine Burg mit einem Turm baue, ähnlich wie diesen hier, im Flimmerwald gegenüber des Flusses, an dem meine Mutter mit Niven gelebt hat, dort, wo die gläsernen Drachen zuhause sind.« Er schaute kurz mich und dann Finley an, fast entschuldigend. »Vater, ich weiß, dass du dir wünschst, dass ich einmal dein Nachfolger werde und den Lichtkristall der Strahlenkönigin hüte. Aber das kann ich nicht.«

Finley nickte. »Ich vermute schon seit einer Weile, dass du zu anderem bestimmt bist. Du bist keine Waise, so wie jeder Herr des Turms, nur eine Halbwaise. Und ich ahne schon, weshalb du fortgehen musst.«

»Die gläsernen Drachen?«, fragte ich alarmiert, denn das rührte an unser Vampirgeheimnis.

Wighard sah mich ruhig an. »Tahereh nannte sie so. Ich hab sie gesehen, früher manchmal, und Keona auch. Aber ich weiß, dass außer uns niemand sie sehen kann, auch nicht das Leuchten, das sie verbreiten.«

Ich werde jedes Vampirgeheimnis wahren, von dem ich Kenntnis erlange. Seine Gedanken beruhigten mich. Er sprach nur von sich, nicht von uns. Ich nickte, und dann erschrak ich wieder. Keona war kein Vampir und auch nicht wie er. War sie in

Lebensgefahr? Doch wieder beruhigte er mich: *Mach dir keine Sorgen, du wirst es bald verstehen.* Wighards Blick blieb auf mir haften. »Tahereh sagte mir, dass du mir etwas geben wirst, Luczin – sobald die Burg steht.«

Ich dachte an die Geister, die ich heute auch noch besuchen sollte. Wahrscheinlich wollten sie mich deshalb sehen. »Bis jetzt kann ich nur mutmaßen, was es sein könnte«, antwortete ich Wighard. »Aber die Zeit wird Klarheit bringen, und bis die Burg fertig ist und du einziehen kannst, dauert es ja noch.« Ich nickte ihm zu. »Unter uns Vampiren gibt es gute Baumeister. Sie werden dir helfen, deine Vorstellungen zu verwirklichen.«

Meine Vampirgefährten nickten, und Keona rückte plötzlich ihren Rücken gerade. »Ich werde mit Wighard gehen! Mutter, Vater, wir lieben uns, das wisst ihr.«

Cara seufzte und griff nach Finleys Hand. »Es wird einsam werden im Turm, aber der Liebe muss man folgen.« Sie lachte plötzlich auf. »Wenn ich daran denke, wie du als Kind so oft weinend zu mir gelaufen kamst und dich beschwert hast, weil Wighard dich wieder mal in den Finger gebissen hatte. Du konntest kein Blut sehen.«

Wighard schaute Keona an und grinste. »So bereitet man seine Liebste darauf vor, mit einem ungewöhnlichen Mann zu leben.«

Keona gab ihm einen heftigen Knuff in die Seite. »Lass dir das bloß nicht wieder einfallen! Ich beiß zurück!«, drohte sie. Dann legte sie ihren Kopf an seine Schulter und schaute in die Runde. »Er ist so stark und zuverlässig. Schon als kleiner Bub hat er mich aus allen brenzligen Situationen herausgeholt, in die mich meine«, sie grinste Finley an, »von väterlicher Seite geerbte Ungeduld hineinkatapultiert hatte.«

Jetzt begriff ich. Keona war geschützt durch ihn, dem künftigen Sprachrohr der Schattenkönigin. Denn dass Wig-

hard das werden würde, trat immer deutlicher zutage. Er und
Keona hatten sich durch Blut verbunden, und deshalb sah
auch sie die gläsernen Drachen – mit Taherehs Einverständnis.

Finley ließ die Kräuterbiestflasche noch einmal ein paar
Tropfen einschenken. »Bisschen viel auf einmal, aber trotzdem
nicht unerwartet. Cara, ich fürchte, ich muss auf Reisen gehen,
einen Jungen suchen, den wir zu meinem Nachfolger erziehen
können, so wie Kieran es tat, bis er mich fand.«

»Ah«, Wighard hob den Finger. »Ich glaube, ich weiß, wie
du deine Suche abkürzen kannst. Etwa eine Tagreise von hier
soll es einen jungen Lichtmagier geben mit ungewöhnlich star-
ken Fähigkeiten, etwa sechs oder sieben Jahre alt. Er ist eine
Waise wie du es warst, ziemlich rebellisch, wie ich hörte.«

Cara lachte und Finley seufzte. »Mir schwant Schlimmes.
Kieran hilf!«

Während Cara nun ein paar von Finleys Jugendstreichen
zum Besten gab, setzte ich mich mit meinem Sohn Wighard
ein wenig abseits. Zum Buch meiner Erinnerungen hatte er im
Augenblick keine Fragen, aber er meinte, dass die wohl noch
kommen würden. Er war erst einmal glücklich, das Geheimnis
seiner Geburt endlich zu kennen. Zwar hatte er bereits ver-
mutet, dass er von einem Vampir abstammte, diesbezüglich
auch Darian immer wieder in Bedrängnis gebracht, um etwas
herauszufinden, aber er hatte jedes Mal nur die Antwort bekommen, dass Vampire keine Kinder zeugen konnten. *Guter,
verlässlicher Darian*, dachte ich, und Wighard grinste. Es machte
mir nichts aus, dass er meine Gedanken las, im Gegenteil, sie
standen ihm offen, jetzt da die Schweigezeit vorüber war. *Ah,
du bist viel mehr als ein Vampir, mein Sohn, du bist ein Wunder, und
ich bin stolz auf dich!*

Schon eine Weile vor Sonnenuntergang verabschiedete ich mich, um an dem Platz am Fluss die Geister zu treffen. Ich flog über die Dragho-Berge und setzte auf dem Gipfelplateau auf, von dem man einen wunderbaren Überblick hatte. In dem hoch aufsteigenden Wald gegenüber des Flusses nahm ich ein feines Leuchten wahr. Die gläsernen Drachen schwärmten aus. Ich kannte den Platz, an dem sie lebten, war schon oft dort gewesen – ein geschütztes, mondförmiges Halbrund aus zerklüfteten Felsmassiven mit vielen Höhlen. Die große, sonnenverwöhnte Lichtung vor und hinter diesen Felsen wurde von Nadelbäumen abgeschirmt. Saftig grünes Gras wuchs dort, und am seitlichen Rand ruhte ein tiefgrüner Gebirgssee. Es war ein friedlicher Platz. Keona und Wighard würden sich dort wohlfühlen.

Ob sich Keona allmählich zu einem Wesen wandelte wie er? Ich hatte das sichere Empfinden, dass Wighard das wollte, und sie würde sich dem nicht entgegenstellen. Ja, die Liebe der beiden ging tief, es erinnerte mich an meine Zeit mit Lena.

Lena … Ich warf einen Blick auf das Haus unter mir. Es verfiel allmählich. Im Dach fehlte Stroh, der ehemals weiße Anstrich blätterte an vielen Stellen ab, die Fenster erschienen trübe, und der Tisch sowie die Stühle seitlich vor dem Haus faulten vor sich hin. Die Tanne auf der Rückseite war noch höher gewachsen. Sie streckte ihre Zweige über das Dach, als ob sie es beschützen wollte. Wie es wohl drinnen aussah?

Ich konnte mich noch nicht entschließen, nach unten zu springen, ließ meinen Blick weiter schweifen zum Fluss, der wie früher munter dem Wasserfall zueilte, mit einem Unterschied: In der Mitte erhob sich jetzt eine Sandbank mit wenigen Büscheln Gras bewachsen. Ein wenig schief steckte darin der versteinerte Körper der Grungalp, die Lena damals angegriffen und der ich den Kopf abgeschlagen hatte. Ein ewiges Mahnmal dessen, was mir die schlimmste Zeit meines schon so lange währenden Lebens beschert hatte. Ich horchte in mich hinein. Flammte meine Wut bei dem Anblick wieder auf? Nein. Ich begriff heute so viel mehr als zu jener Zeit. Lenas Bild stieg vor meinem inneren Auge auf, so wie ich es mir bewahrt hatte: mit ihren Locken, dem zarten Gesicht, ihrem lächelnden Mund – und mit ihren Augen, die immer so viel älter gewirkt hatten als ihre Jahre es erwarten ließen. Nein, da war kein Groll mehr, nur Dankbarkeit, dass ich sie hatte lieben dürfen.

Ich tat einen Sprung und landete auf dem Platz vor dem Haus sicher auf meinen Füßen. Gleich darauf ging ich zum Hauseingang, nahm die Klinke in die Hand und – brachte die Tür nicht auf. Von drinnen hörte ich kicherndes Prusten.

»Daghbo!«, rief ich. »Willst du, dass ich wieder gehe?«

Die Tür schwang so heftig auf, dass es mich beinahe mit ins Innere riss, weil ich die Klinke noch nicht wieder losgelassen hatte. Ich rieb mir mein Schultergelenk. »Herrje, Daghbo! Du hättest wohl gern, dass ich vor dir auf die Knie falle.«

Er und seine beiden Kumpane umringten mich, bliesen mir ihren kalten Atem ins Gesicht, keckerten und prusteten fröhlich. Ihre wabernden durchsichtigen Gestalten hüllten Teile des Raums wie in Nebel, und es versetzte mich sogleich in die alten Zeiten zurück.

»Alll … eeee … guuuu?«, fragte Daghbo.

»Ja, alles ist gut. Briann hat euch sicher schon berichtet.«

Die Geister nickten und Daghbo machte sich wieder zum Sprecher. »Haaa … eeee … diii … veeee … miiii …sss.«

Der ernste Klang seiner Stimme machte mir klar, dass die drei mich wohl tatsächlich vermisst hatten. Ich hatte ganz vergessen, wie anhänglich sie waren. Vorsichtig streichelte ich über die hellgrau durchscheinende Kontur seiner Schulter. »Ich werde euch in Zukunft öfter besuchen, versprochen!«

Daghbo nickte, dann verspürte ich einen Luftwirbel, der mich um die eigene Achse drehte, bis ich mit dem Gesicht zu dem Fenster stand, das den Blick auf den Fluss freigab.

»Üüüübb … eeee … aaaa … schhhhuu.« Daghbos kehlige Laute schwebten wie ein Hauch in der Luft.

»Ah, ihr habt eine Überraschung für mich.« Brav schaute ich durch das Fenster, in der Annahme, dass sie dort draußen irgendeine Spielerei vorbereitet hatten, die sie mir unbedingt zeigen wollten, denn dass sie noch immer polterten, schien sonnenklar. In den Küchenschränken und Regalen hatte ich fein säuberlich aufeinandergesetzte Scherben in Form von Tassen und Gläsern entdeckt, die ein weniger geübtes Auge als heiles Geschirr betrachtet hätte.

Aber da draußen, vor dem Fenster, entdeckte ich nichts. Außer – der dunkle Punkt, den ich zuvor schon am Himmel gesehen hatte, schien näher zu kommen. Die Geister beobachteten mich, wurden plötzlich vollkommen still. Nur Daghbo flüsterte: »Aaaa … e.«

Bald erkannte auch ich in dem dunklen Punkt einen Raben, und eine gespannte Unruhe erfasste mich. Das Tier landete nahe am Fluss auf dem Wiesengrund. Ein flimmernder, heller Schein flammte dort plötzlich auf, der Rabe veränderte seine Gestalt, und einen halben Wimpernschlag später erhob sich eine junge Frau aus ihrer knienden Stellung.

Mit offenem Mund und angehaltenem Atem schaute ich zu den Geistern, die sich vor Freude über ihre gelungene Überraschung wie hüpfende, durchsichtige Bälle verhielten. Dann stürzte ich zur Tür hinaus ins Freie, lief Richtung Fluss, drei, vier, sechs Schritte, und blieb unwillkürlich wie angewurzelt stehen. Die junge Frau kam leichtfüßig auf mich zu, lächelte. Ich fasste es nicht. Lena! Sie war zurückgekehrt! Zu mir!

Wie in alten Zeiten legte sie ihre Arme um meinen Hals und küsste mich. »Mein lieber Luczin ...«

»Süße, du bist hier«, sagte ich noch völlig überwältigt und zog sie an mich. Nur sehr langsam erfasste ich, dass ihre Haut sich anders anfühlte, nicht so warm wie früher und nicht so duftend. Federn. Sie trug den Geruch von Rabenfedern.

»Ich habe meine alte Gestalt angenommen, für dich, Luczin. Denn ich muss mit dir reden.«

Ich begriff. Lena war nicht gekommen, um zurückzukehren.

Ich nickte, flüsterte: »Ich liebte dich.«

»Ja, und jetzt weißt du, dass auch ich dich so geliebt habe wie du mich.«

Wieder nickte ich. Dann löste ich mich von ihr, suchte nach zwei noch einigermaßen standfesten Stühlen und stellte sie über Eck an den vermodernden Tisch.

Wir setzten uns und ich ergriff ihre Hände, streichelte mit den Daumen über ihre Finger. »So zart wie früher.« Ich schaute sie an. Lena trug nicht mehr die hellen Farben der Korria, ihr weich fließendes, edles Seidenkleid war von dunkelroter Farbe. Aber es stand ihr ausgezeichnet. Um den Hals trug sie ein schmales Collier mit einem großen Onyx-Anhänger, in den ein fliegender Rabe eingraviert war, und auf Lenas Stirn erkannte ich dieselben Zeichen, die mir auch bei Niven immer aufgefallen waren. Sie schimmerten in einer bräunlichen Farbe durch ihre Haut. Ja, sie war jetzt eine andere und würde nie mehr die sein, die ich gekannt hatte. Eine leise Wehmut ergriff mich, aber dann atmete ich durch. »Wo ist Niven?«, fragte ich, weil Lena scheinbar allein gekommen war.

»Er lässt dich grüßen, euch alle. Ich glaube, du weißt ja mittlerweile, dass Niven und ich zu den Juncta gehören. Wir sind

286

das Rabenfürsten-Paar, verbunden durch Zwillingsseelen und unsterblich wie du«, erklärte sie. »Jedenfalls jetzt wieder. Das Krappvolk, das schon seit einiger Zeit nur noch den Göttern dient, kündigte den Königinnen den Zeitpunkt an, zu dem wir uns als Sterbliche wiederfinden würden. Taherekh erkannte dann zuerst Niven und er mich, obwohl er natürlich nicht wusste, was uns aneinanderband. Aber es gab Komplikationen, wie so oft. Den Stein der Ewigkeit, den Taherekh brauchte, um uns unsere unsterbliche Gestalt zurückzugeben, fand sie erst durch Briann. Aber du weißt ja noch, wie das war. Dann erkannten die Königinnen, dass du und ich uns liebten, und das ließ Taherekh hoffen, dass sich jetzt auch noch ihr größter Wunsch erfüllte. Also gab sie uns Zeit, bis Wighard geboren war.« Lena pustete eine winzige Feder von ihrem Kleid, lächelte. »Niven und ich fliegen in Rabengestalt durch die Welten und wenn es sein muss, sogar durch die Zeit. Es gibt keine Grenzen mehr für uns, seit Taherekh ihren Schlüssel wiederhat. Mit unserem Volk helfen wir den Königinnen, den Überblick zu bewahren, Fehler auszubügeln, und glaub mir, das ist bitter nötig. So vieles geriet aus dem Lot während der Zeit, die wir unter den Sterblichen verbrachten.«

Ich nickte. »Dann ist es also wahr, dass du und Niven geholfen habt, den Schlüssel ins Schattenreich zurückzubringen?«

»Ja.«

Ich schaute sie an. »Und wo ist Niven jetzt? Er hatte uns ein Wiedersehen versprochen.«

Lena streichelte über meine Hand. »Ich weiß, und er wird sein Versprechen halten, sobald es ihm möglich ist.« Dann lachte sie auf, und es klang fast so wie früher. »Er nennt sich derzeit nicht Niven, sondern Barbarossa. Aber davon erzähle ich dir noch.« Sie kramte in ihrem Beutel, der in Taillenhöhe an einer Schlaufe ihres Kleids befestigt war. »Das hier zuerst.« Lena hob eine kleine durchsichtige Kugel hoch, in deren Innerem eine Art dunkelblau glitzernder Sternennebel wogte und dabei einen kleinen schwarzen Stein von der Form einer Bohne wiegte. »Tahereh gab mir das. Du sollst es an einem sicheren Ort verwahren bis unser Sohn in den Burgturm einzieht, den sie ihn zu bauen beauftragte. Wighard wird für Tahereh das werden, was Finley für ihre Schwester, die Strahlenkönigin ist: ein Wächter und ihre Stimme.«

Ich seufzte. »Das hab ich mir schon gedacht. Aber Tahereh ließ mich glauben, du wärst tot. Wieso denkt sie jetzt, dass ich ihr helfe?«

Lena legte die Kugel in meine Hand und schloss meine Finger darum. »Wighard ist dein Sohn, darum. Und damals wollte sie dir die Trennung nur leichter machen, dir klarmachen, dass du mich loslassen musstest. Aber sie ließ etwas zurück, schenkte euch ihre Drachenkraft. Ihr habt sicher schon gemerkt, dass ihr jetzt sogar durch Feuer gehen könnt. Irgendwann wird euch das zugute kommen.« Sie schaute mich an, forschend. »Tahereh hat dich gern, sie vertraut dir, und das kann sie doch, oder?«

Ich seufzte wieder. »Also gut, ich werde Taherehs Keim der Schöpfung verstecken, bis ich ihn Wighard geben kann.« Ich entspannte mich, lächelte. »Er ist ein großartiger junger Mann geworden.«

»Ich weiß, hab ihn in meiner Rabengestalt oft beobachtet.«

Lenas ganze Art, ihre Gesten und wie sie sprach, zeigten mir, dass sie alle Sehnsucht überwunden hatte, selbst die nach ihrem Sohn. Ich beugte mich zu ihr und gab ihr einen Kuss auf die Stirn, so wie früher manchmal, in der Hoffnung, die alte Lena wiederzufinden. Doch diese blieb Erinnerung, auch wenn sie hier leibhaftig vor mir saß. Ich lenkte meine Gedanken in eine andere Richtung. »Du sagtest, Niven nennt sich jetzt Barbarossa?«

Sie nickte. »Er hat eine Aufgabe übernommen, ist jetzt jenseits der Nebel im Türkisland bei einer jungen Olim, die vor großen Schwierigkeiten steht.« Lena kramte wieder in ihrem Beutel. »Je nachdem, wie sich die Sache entwickelt, könnten unsere Gefährten und du vielleicht damit in Berührung kommen.«

Entsetzt unterbrach ich sie. »Wie? Noch ein Kampf?«

Lena zog eine Art Taschenuhr aus ihrem Beutel und legte sie auf den Tisch. »Nicht eurer. Aber mit dem Herrn der Zeit, der unseren Informationen nach auf der Insel Karmand lebt, die halb im Nebelmeer und halb im Apricitameer liegt, stimmt etwas nicht, und wir befürchten …« Sie seufzte. »Nein, ich muss das anders beginnen, du bist ja mit den Gegebenheiten nicht vertraut.«

Nun, vom Herrn der Zeit hatte ich gehört, aber alles andere stimmte wohl. »Ja, es ist am besten, du fängst von vorne an.«

Lena holte Luft. »Also, Antiquerra ist eine Insel in einem zeitlosen Raum, wie du selbst einmal so schön gesagt hast. Diese alte Erde ist aber noch mehr, nämlich das erste Stück Land, das je entstanden ist. Eine geheime magische Insel, verborgen in den Nebeln. Wusstest du, dass sie niemals untergehen wird? Auch das bewirkt der Stein der Ewigkeit. Er ist fest mit Antiquerra verbunden, selbst dann, wenn er sich ganz woanders befindet oder zu Sand zerbröselt. Antiquerra wird es daher immer geben während alles andere dem Kreislauf von Werden und Vergehen unterworfen ist.« Sie blies die Backen auf und griff nach der seltsamen Uhr auf dem Tisch. »Diese Uhr hier könnte dich – nicht in Antiquerra, denn diese Erde ist wie gesagt einmalig, aber auf der Welt der Menschen – in jedes beliebige Jahr bringen.«

Jetzt wurde es interessant. »Du meinst, diese Uhr könnte mich zum Beispiel in die Zeit versetzen, in der du als Fata auf der Erde der Menschen gelebt hast?«

»Ja.«

»Und ich könnte dich dort wiedersehen?«

»Nein.«

»Wie jetzt?«

Lena umklammerte die Uhr und seufzte. »Das ist die Besonderheit. Du könntest in ein Jahr gehen, in dem ich gelebt habe, aber mich oder diejenigen, die mittlerweile in Taherehs Reich der Toten eingegangen sind, würdest du dort nicht mehr finden.« Sie seufzte wieder. »Es ist schwerer zu erklären als zu verstehen. Die Zeit, welche einen vergänglichen Lebensraum wie die Menschenerde Wirklichkeit werden lässt, hat dreizehn Ebenen. Wenn zum Beispiel in der ersten Zeit-Ebene Wesen leben, die ihren freien Willen zum Schaden des lebendigen Miteinanders nutzen, dann wirkt das vielfältig und kann im schlimmsten Fall die Richtung in einer Weise verändern, die das Gesamtgefüge aus dem Gleichgewicht bringt. Kannst du mir soweit folgen?«

Ich nickte. »Jetzt haben wir das Jahr 3002 nach Rechnung der Menschen, und deren Erde ist auf lange Sicht zerstört. Aber möglicherweise nicht deshalb, weil es dem natürlichen Lauf der Zeit entspricht, sondern weil es in den früheren Jahren Sterbliche gab, die sich falsch entschieden haben und dadurch alles aus dem Lot brachten.«

»Stimmt.« Lena nickte. »Und die Zeitebene bis 3002 ist nicht rückgängig zu machen, sie wurde in freiem Willen gelebt. Dennoch gibt es Korrekturmöglichkeiten, wenn auch nicht für diejenigen, die mit den Zerstörungen leben und sterben müssen. Aber eine nachfolgende Zeitebene ersetzt nach und nach die zuvor gelebten Jahre und läßt sie in altem Zustand neu auferstehen, sodass andere Wesen dort etwas verändern können, sofern der Schaden nicht bereits in der dreizehnten Ebene entstanden ist. Denn dann können selbst die Königinnen nicht mehr helfen, und der Lebensraum ist unwiderruflich verloren.« Lena hob mir ihre Hand entgegen. »In solchem Fall würde auch diese Uhr zu Staub zerfallen.«

Ich überlegte. »Ist wohl schwer, den Überblick zu behalten.«

Lena schob die Taschenuhr zu mir hin. »Ja. Aber das ist nicht die einzige Schwierigkeit. Irgendwie muss das, was falsch lief, ja wieder in Ordnung gebracht werden.« Sie wies auf die Uhr. »Niven befindet sich jetzt im Jahr 2011, aber wie gesagt nicht auf der Menschenerde sondern hinter den Nebeln im Türkisland.« Sie seufzte. »Er ist dort, weil es ein Problem mit dem Herrn der Zeit gibt, der anscheinend wartende Seelen in seinen Brunnen einsperrt, sodass sie nicht wie vorgesehen inkarnieren können. Es bringt das ganze Zeitgefüge durcheinander.«

Ich gab ihr einen Handkuss. »Dann ist der Herr der Zeit also eigentlich ein Diener der Zeit?«

Lena nickte. »Natürlich. Er darf die Seelen nicht behindern.«

»Und Niven soll ihn zur Ordnung rufen?«

Lena tastete über meine Hände, als ob sie jeden Finger spüren wollte. »Nein, so einfach ist es nicht. Da hängt vieles mit zusammen und es bringt die Welt hinter den Nebeln in große Gefahr. Du kannst es nicht wissen, denn euch ist dieser Teil Velams verschlossen. Wie ich schon sagte, nennt Niven sich derzeit Barbarossa, und als Rabe begleitet er eine junge Olim namens Lili, die aus dem Türkisland stammt. Sie wird es nicht leicht haben, doch das berührt euch nicht. Es ist nicht euer Kampf. Allerdings …« Sie schaute mich an, lange, so als ob sie in ihrer Erinnerung kramte. »Die Schlangenwächter sind nur der Schlüssel zum eigentlichen Problem.«

Ich schüttelte den Kopf, weil ich irgendwie nichts mehr verstand.

Lena lachte auf. »Ah, wir werden sehen, wie sich alles entwickelt.« Sie griff nach der Zeituhr und hielt sie mir unter die Nase. »Tahereh bat mich, dir auch diese zu geben, nur für den Fall, dass Lilis Kampf eines Tages auch Antiquerra berührt. Vielleicht passiert das nie, aber wenn doch ...« Sie deutete auf ein kleines Zeitrad an der Uhr. »Hier kannst du einstellen, in welches Jahr du reisen willst. Wenn du dann den Knopf da oben drückst, gelangst du in die entsprechende Zeit auf der Erde der Menschen. Es wird Briann und dir gefallen, denn ihr könnt viel erforschen.« Sie drehte die Uhr um. »Hier auf der Rückseite in der Mitte ist eine kleine Erhebung mit magischen Zeichen darauf. Was sie bedeuten und bewirken, werdet ihr herausfinden müssen, falls Nivens Auftrag ihn doch nach Antiquerra führen sollte. Aber wie gesagt, vielleicht regelt sich ja alles, ohne neue Komplikationen heraufzubeschwören.«

Lena stand auf und zog mich hoch. »Ich muss dir nicht sagen, dass du die Uhr und vor allem Taherehs Keim der Schöpfung gut verwahren musst, auch nicht, dass du Wighard unterstützen sollst, wo immer es dir möglich ist. Er wird durch die Ewigkeit wandern wie du, und seine Liebste Keona wird sich wandeln, um ihn zu begleiten. Ihrer beider Liebe setzt die unsere fort.« Lena schaute mich an, so als ob sie sich mein Gesicht noch einmal in allen Details einprägen wollte. »Und jetzt ist es soweit, ich muss wieder gehen, mein lieber Luczin.«

»Ja, ich weiß.« Ich nickte, steckte die blau schimmernde Kugel und die Zeituhr in die Innentasche meines Umhangs. Dann zog ich sie an mich, beugte mein Gesicht nah an ihr Haar. Nein, sie roch nicht mehr wie die Lena, die ich gekannt hatte, und sie fühlte sich auch nicht mehr so an. Aber aus der Ferne streifte mich der Atem von mit ihr gelebtem Glück. Es glich einer sanften Brise, die mich stärkte, ohne erneut den Trennungsschmerz zu wecken.

Als ich etwas sagen wollte, hob Lena ihren Finger an meinem Mund. »Scht!« Sie streichelte mein Gesicht, ließ ihre Hände dann über meine Schultern gleiten. »Nicht nur du, auch ich konnte dich furchtbar lange nicht loslassen, mein Luczin. Ich hab um dich geweint. Doch nun ist alles gut. Ich kann dich ansehen, dich berühren, und mein Herz tut nicht mehr weh.« Sie lächelte mich an. »Kein Vergessen, aber der Schmerz, dass wir uns trennen mussten, ist vorbei. Werde glücklich, mein Luczin, leb wohl.«

Lena löste sich von mir, und ich sah ihr nach, wie sie fortging, fast schwebenden Schrittes. Während sie noch lief, bauschte sich ihr dunkelrotes Kleid zu einer glitzernden Wolke, die ihre Gestalt auflöste und in den Raben zurückverwandelte. Ruhig schaute das Tier mich an, dann flog es davon.

»Meine Süße, leb wohl«, flüsterte ich und erkannte die Wahrheit in diesen Worten. Ich hatte sie nicht verloren, wir hatten uns einfach an einer Weg-Gabelung getrennt. Lena lebte nun ein anderes Leben als ich, wir hatten nicht mehr aneinander Anteil, aber in frei gewählter Freundschaft konnten wir uns in der Zukunft wiedersehen. Und noch etwas wurde mir bewusst, Niven hatte recht gehabt: Die Zeit der Dunkelheit war vorüber – als er das damals sagte, für ihn, und nun endlich auch für mich. Sie ist immer vorüber, sobald Ängste, Zorn oder der Widerstand gegen das Unvermeidliche überwunden werden und der eigene Weg sich klärt. Ich schüttelte über mich selbst den Kopf, weil ich das nicht schon früher begriffen hatte, und dachte im selben Augenblick an Kieran. Ihn würde ich leider niemals wiedersehen. Aber der Tod, den wir Unsterbliche den *Fluch der Ewigkeit* nannten, hatte mir immerhin sein Bild zurückgelassen, sodass er mir in der Erinnerung nah bleiben konnte. Ich bückte mich, pflückte eines der Gänseblümchen, die zu meinen Füßen wuchsen, und studierte das Blütenkörbchen mit den langen, weißen Zungenblüten. Es erinnerte mich an die vielen kleinen Fältchen, die sich immer an Kierans äußeren Augenwinkeln gebildet hatten, wenn er lachte. Sein Gesicht stieg vor meinem inneren Auge auf und er nickte mir zu, als ob er meine Gedanken bestätigen wollte.

Eine Weile blieb ich mit dem Gänseblümchen in der Hand noch stehen, reglos, spürte dem Frieden nach, der mein Herz nun erfüllte, und dem, was Lena gesagt hatte. So vieles hatte sie mir erzählt, Dinge, die meine Ahnungen bestätigten und völlig Neues. Gesprächsstoff für lange Nächte mit Briann …

Warum Tahereh ihren Keim der Schöpfung eine Weile mir anvertraute, wusste ich. In dem Versteck, in dem ich auch ihren Becher aufbewahrte, dessen Inhalt Briann und mich einst zu Vampiren machte, war die Frucht ihres Schoßes sicher, bis ich sie Wighard geben konnte.

Kurz dachte ich auch an diese Lili und an Niven, der sich jetzt Barbarossa nannte. Aber Lena hatte gesagt, dass es nicht unser Kampf sei, der jetzt hinter der Nebelgrenze in einer alten Zeit begann. Und das war gut so. Ich wollte mich nicht noch einmal in die undurchschaubaren Angelegenheiten der beiden Königinnen hineinziehen lassen.

Nun ja, ich wandelte auf einer Insel in einem zeitlosen Raum und die Ewigkeit begleitete mich. Ich würde sehen, ob mir das gelang …

Über die Autorin

Angela Mackert

Die Autorin Angela Mackert, geboren im Jahr 1952 in Karlsruhe, lebt und arbeitet in Ettlingen. Nach einer Karriere als Geschäftsführerin eines Einzelhandelsbetriebs erfüllte sie sich einen ihrer Lebensträume und gründete eine eigene Schule für Astrologie und Tarot. Die Expertin für Esoterik veröffentlicht gefragte Fachbücher, daneben aber auch Kurzgeschichten, Krimis und Fantasy-Romane, die oft von einem mystischen und geheimnisvollen Flair durchzogen sind.

Mehr über die Autorin unter: www.angela-mackert.de

Angela Mackert
Die Farbe der Dunkelheit
Antiquerra-Saga 1

264 Seiten, Paperback
ISBN 978-3-7392-1992-9
auch als eBook erhältlich

Die ewigen Königinnen Alyssa und Tahereh regieren über Leben und Tod, das Licht und den Schatten. Aus Eifersucht will Tahereh alle lebenserhaltenden Kräfte zerstören. Nur die sechzehnjährige Lena kann sie aufhalten. Sie öffnet das Tor zwischen den Welten und begibt sich auf den gefährlichen Weg ins Schattenreich. Begleitet wird sie von einer bunt gemischten Gruppe aus Feenkriegern, Lichtmagiern und Alraunen. Als völlig unerwartet Vampire auftauchen, wird es kritisch, und zu allem Überfluss scheint Lenas Führer Niven ein dunkles Geheimnis zu hüten.

Angela Mackert
Antonia Hain deckt auf ...
Ein tödliches Geheimnis

276 Seiten, Paperback
ISBN 978-3-7412-1044-0
auch als eBook erhältlich

Die Kartenlegerin Antonia Hain ist in der kleinen Schwarzwaldgemeinde Rabenhofen bekannt wie ein bunter Hund. Als sie die Überreste eines Mordopfers findet, packt sie der Ehrgeiz und sie verkündet, dass sie den Fall mithilfe ihrer Lenormandkarten aufklären wird. Bald findet Antonia erste Hinweise. Doch die Suche nach dem Täter ist nicht nur komplizierter als gedacht, sondern auch mörderisch gefährlich.